네가 사라진 날

RUN AWAY
by Harlan Coben

네가 사라진 날

RUN AWAY

할런 코벤 | 부선희 옮김

비채

비범한 기획자인 리사 밴스에게
사랑과 감사의 마음을 담아

1

사이먼은 센트럴파크에 있는 벤치에 앉아 있었다. 더 정확하게 말하면, 공원 안 스트로베리 필즈Strawberry Fields의 벤치였다. 그는 심장이 산산조각 나는 듯한 고통에 빠져 있었다. 물론 그때까지만 해도 그 누구도 무슨 일이 벌어질지 알지 못했다. 주먹질이 오가고, 때마침 지나가던 핀란드에서 온 관광객 두 명이 소리를 지르고, 다른 여러 나라에서 온 방문객 아홉 명이 이 망측한 사건의 전말을 휴대전화에 담기 전까지는 말이다.

하지만 그것은 지금으로부터 한 시간 뒤의 일이다.

스트로베리 필즈라지만 딸기를 찾아볼 순 없었다. 게다가 조경이 된 1만 제곱미터 남짓한 땅을 단수형도 아닌 복수형Fields으로 부르는 것은 억지나 다름없었다. 그러나 이곳의 이름은 비틀스의 노래에서 따온 것이지, 그 이름의 뜻과는 상관이 없다. 스트로베리 필즈는 72번가와 센트럴파크 웨스트에서 조금 벗어난 곳에 있는 삼각형 모양의 구역으로, 그 길 바로 건너편에서 총격을 받아 사망한 존 레넌을 기리기 위해 헌정된 장소다. 구역 중앙 바닥에는 둥근 형태의 석재 모자이크 기념물이 박혀 있는데, 가운데에 간단한 문구가 새겨져 있었다.

IMAGINE

사이먼은 어찌할 바를 몰라 눈만 껌뻑이며 고개를 들어 정면을 응시했다. 관광객이 끊임없이 밀려 들어와 기념물에서 사진을 찍어댔다. 단체 사진, 단독 사진, 기념물에서 무릎을 꿇고 찍는 사람, 위에 드러누워 찍는 사람. 오늘도 여느 날과 마찬가지로 누군가가 'IMAGINE'이라는 글자를 생화로 장식해두었다. 빨간 장미 꽃잎으로 만든 평화의 사인은 어떤 이유에서인지 바람에 날아가지 않았다. 기념 구역이어서 그런지 방문객들은 서로 인내심을 가지고 모자이크 기념물로 들어설 순서를 기다렸다. 그러고는 특별한 사진을 찍어 스냅챗이나 인스타그램 혹은 자신이 선호하는 소셜 미디어 플랫폼 어딘가에 존 레넌이라는 해시태그를 달아 올릴 것이다. 비틀스의 노래 가사나 평화로운 삶을 사는 사람들에 관한 노래 가사를 덧붙일지 모른다.

사이먼은 넥타이를 맨 양복 차림이었다. 그는 비지 가에 있는 월드 파이낸셜 센터의 사무실을 나선 후 한 번도 넥타이를 늦추지 않았다. 사이먼의 맞은편, 역시 모자이크 기념물에서 멀지 않은 곳에서 누군가가 비틀스의 곡을 연주하며 팁을 구걸하고 있었다. 요즘은 저런 사람을 뭐라고 부르려나? 부랑자? 떠돌이? 약쟁이? 정신병자? 걸인? 혹은 아무개? 아마도 이런 이름으로 불릴 길거리 음악가는 조율하지도 않은 기타를 튕기며 자기만의 해석으로 노래를 불렀다. 비틀스의 '페니 레인Penny Lane'이 누런 이 사이를 비집고 흘러나왔다.

사이먼은 아이들을 데리고 이 길로 산책을 다니곤 했다. 가끔이긴 했지만, 즐거웠던 추억도 있다. 페이지가 아홉 살, 샘이 여섯 살, 애니아가 세 살쯤이었을 것이다. 여기서 남쪽으로 다섯 블록 정도 떨어진 콜럼버스 거리와 센트럴파크 웨스트 사이의 67번가에 있는 아파트에서 출발해, 스트로베리 필즈를 지나, 공원 동쪽 끝에 있는 모형 보트 연못가의 앨리스 동상까지 갔다. 3미터가 넘는 앨리스, 미치광이 모자 장수, 흰토끼, 과하게 큰 버섯 동상은 여타 동상과 달리 아이들이 마음껏 기어올라도 됐다. 샘과 애니아는 동상을 기어오르는 놀이를 좋아했는데, 샘은 무슨 이유에서인지 항상 앨리스 콧구멍에 두 손가락을 쑤셔 넣고는 사이먼에게 소리쳤다. "아빠! 여기 좀 봐봐! 내가 앨리스 코 파준다!" 그 행동을 본 샘의 엄마, 잉그리드는 어김없이 한숨을 내쉬며 나지막하게 중얼거렸다. "남자애들이란."

페이지는 첫째여서 그런지 당시에도 비교적 조용한 편이었다. 색칠 공부 책과 새것 같은 크레용을 들고 벤치에 앉아만 있었다. 페이지는 크레용이 조금이라도 부러지거나 포장지가 벗겨지는 것을 싫어했다. 페이지는 경계선을 넘어가는 법이 없었다. 마치 인생의 아이러니에 관한 은유 같았다. 열다섯, 열여섯, 열일곱이 되어도, 페이지는 지금의 사이먼처럼 벤치에 앉아, 아빠가 콜럼버스 거리에 있는 파피루스 상점에서 사준 공책에 이야기나 가사를 적었다. 그렇다고 아무 벤치에나 앉지는 않았다. 센트럴파크에 있는 사천 개가 넘는 벤치는 모두 큰돈을 기부한 사람들에게 헌정한 것이다. 벤치마다 개인 명판이 붙었는데, 지금 사이먼이 앉은 자리도 마찬가지였다.

칼과 코르키를 기리며

페이지가 좋아하던 자리에는 늘 짧은 이야기가 담겨 있었다.

홀로코스트에서 살아남아 이 도시에서 인생을 시작한
C와 B를 위하여

나의 앤, 당신을 사랑하고 존경하고 소중하게 생각합니다
저와 결혼해주시겠어요?

1942년 4월 12일, 이곳에서 우리의 사랑이 시작되었습니다

그중 페이지가 가장 좋아해서, 새로 산 공책을 들고 몇 시간이고 앉아 있던 벤치는 믿기 힘든 비극을 기리고 있었다. 그게 복선이었을까.

열아홉 살의 아름다운 메릴
더 멋진 삶이 어울렸건만 너무 일찍 세상을 떠났구나
그때로 돌아가 너를 살릴 수만 있다면 무슨 짓이든 할 거야

페이지는 자리를 옮겨 다니며 명판에 적힌 내용을 읽고, 그것을 소재로 이야기를 써 내려갔다. 사이먼 역시 페이지와 조금이라도 가까워지고 싶은 마음에 같은 시도를 해봤지만 그에게는 딸아이 같은 상상력이 없었다. 그는 페이지가 허둥지둥 펜을 놀리는 동안, 신문을 읽거나 휴대전화로 시장상황과 경제 뉴스를 확인하며 옆을 지켰다.
그 공책은 다 어떻게 되었을까? 어디 있을까?
사이먼은 그 행방을 알지 못했다.

감사하게도 그사이 '페니 레인'이 마무리되고, 가수 겸 걸인이 '올 유 니드 이즈 러브All You Need Is Love'를 연주했다. 사이먼 바로 옆 벤치에는 젊은 남녀가 앉아 있었다. 남자가 가수에게 들리지 않는 소리로 속삭였다. "입 좀 다물어달라고 돈을 줄 순 없겠지?" 옆에 있던 여자가 낄낄거렸다. "이건 존 레넌을 두 번 죽이는 짓이잖아." 몇몇 사람이 여자의 기타 케이스에 동전을 던져주었지만, 대부분은 멀찍이 떨어진 채 원치 않은 불쾌한 냄새를 맡은 얼굴을 하고 있었다.

사이먼은 멜로디와 노래, 가사와 연주에서 모종의 아름다움을 발견할 수 있길 바라면서 열심히 듣고 또 들었다. 그는 다른 누구도 보지 않았다. 관광객과 가이드들, 1달러에 생수를 파는 셔츠를 (입어야 했지만) 입지 않은 남자, 1달러에 농담을 파는(특별할인: 5달러에 6 농담) 턱수염 난 말라깽이, 향을 피우며 이상한 방식으로 존 레넌을 기념하는 나이 든 아시아 여자, 조깅하는 사람들, 개를 산책시키는 사람들, 일광욕을 즐기는 사람들도.

그 음악에는 일말의 아름다움도 없었다. 전무했다.

사이먼은 존 레넌의 유산을 난도질하며 구걸하고 있는 여자에게 시선을 고정한 채 움직이지 않았다. 머리카락은 푸석하게 엉켰고 볼이 움푹 패여 있었다. 깡마른 체격에 누더기를 걸친, 더럽고 망가지고 오갈 데 없는 길 잃은 여자였다.

그리고 사이먼의 딸 페이지기도 했다.

용납할 수 없는 짓을 저지르고 떠난 후, 육 개월 만의 만남이었다.

잉그리드는 그 일로 마침내 폭발했다.

"이번에는 그냥 내버려둬." 페이지가 집을 나간 뒤, 잉그리드는 그렇게 말했다.

"무슨 뜻이야?"

훌륭한 어머니이자, 도움이 필요한 아이들을 위해 평생 헌신한 소아청소년과 의사인 잉그리드가 말했다. "페이지가 집에 돌아오지 않더라도 상관없다고."

"진심이 아니잖아."

"진심이야, 사이먼. 제발 좀, 진심이라고."

지난 몇 달 동안 사이먼은 잉그리드 몰래 페이지를 쫓았다. 어떤 경우에는 사설탐정까지 고용하면서 꽤 조직적으로 시도했다. 그러나 대부분은 계획성 없는, 안 되면 말고 식이었다. 위험한 마약 소굴을 어슬렁거리면서 약에 취한 불미스러운 치들에게 딸아이 사진을 무턱대고 들이대는 행동을 시도라는 카테고리에 넣을 수 있다면, 그랬다.

소득은 없었다.

딸아이가 얼마 전 지나간 생일은 잘 보냈을지 사이먼은 문득 궁금했다. 파티? 케이크? 마약? 자기 생일이 언제인지 알기는 알까? 페이지가 맨해튼을 벗어나, 이 모든 문제가 시작된 학교로 돌아간 것은 아닐까 생각했다. 잉그리드가 당직을 서서 잔소리할 사람이 없는 주말에, 사이먼은 두어 번 차를 몰고 페이지의 캠퍼스 옆에 있는 크래프트 버러 호텔로 가서 밤을 지새우고 돌아왔다. 그는 4인용 객실을 서성거리며 과거를 떠올렸다. 사이먼과 잉그리드, 곧 입학할 신입생 페이지, 샘과 애니아, 다섯 식구가 이곳에 와서 페이지가 적응할 수 있도록 얼마나 열성적으로 도왔는지, 맨해튼에서 나고 자란 딸에게는 이

광활한 녹지 캠퍼스가 제격이라며 부부가 얼마나 비뚤어진 낙관론을 품었는지, 그리고 그 낙관론이 어떻게 시들고 바랬는지에 관하여.

사이먼 역시 내심 페이지를 찾는 일을 포기하고 싶었다. 존재하는 지조차 몰랐던, 혹은 애써 무시해온 자신의 일부는 그러고 싶었다. 페이지가 사라지고 난 뒤, 인생이 아름다워진 것은 아니나 적어도 고요해지긴 했으니까. 올봄 호러스 맨*을 졸업한 샘은 누나 이야기는 한마디도 꺼내지 않았다. 샘의 관심은 온통 친구들과의 졸업 파티에 쏠려 있었고, 지금은 애머스트 대학교에서 새 학기를 준비하는 것만이 유일한 관심사였다. 애니아는, 글쎄, 막내의 생각은 알 수가 없었다. 애니아는 페이지뿐만 아니라 그 외의 일에 대해서도 사이먼과 대화를 나누려 하지 않았다. 대화를 시도하려는 아빠의 노력에 돌아오는 답은 거의 한 단어 혹은 한 음절로 일축되었다. "괜찮아요" 혹은 "좋아요" 혹은 "ㅇ" 같은.

그러나 얼마 전 상황이 갑자기 진전되었다.

삼 주 전쯤, 사이먼은 위층에 사는 안과 의사 찰리 크롤리와 엘리베이터를 같이 탔다. 평소대로 인사를 나눈 후, 찰리는 다들 그렇듯 엘리베이터 문을 마주한 채 층이 바뀌는 것을 지켜보다가 다소 소심하게, 약간 미안한 기색을 내비치며 페이지를 본 것 '같다'고 말했다.

역시 층수가 바뀌는 것을 바라보던 사이먼은 최대한 무심한 척 구체적인 정황을 확인했다.

"공원이요. 거기서 본 것 같아요." 찰리가 말했다.

"무슨 말씀이신가요? 산책하는 모습을 봤다는 말씀이세요?"

* 뉴욕의 명문 사립고등학교.

"아니, 그게 아니라." 두 사람은 1층에 도착했다. 문이 열렸다. 찰리는 깊은숨을 들이쉬었다. "페이지가…… 스트로베리 필즈에서 공연을 하고 있었어요."

찰리는 사이먼 얼굴에서 당황한 기색을 봤음이 분명했다.

"아시잖아요. 팁을 받으려는."

사이먼은 내면의 무언가가 찢겨나가는 느낌이 들었다. "팁요? 그게 그러니까……."

"저라도 돈을 좀 줘야 하나 싶었지만……."

사이먼은 그러지 않아도 된다며, 그가 말을 이어나갈 수 있도록 고개를 끄덕였다.

"그런데 페이지는 정신이 없어서 그런지 내가 누군지 몰라보더군요. 너무 걱정됐어요. 상황이 안 좋아질까 봐."

찰리는 그 정도 선에서 걱정을 그만두었다.

"미안해요, 사이먼. 정말요."

그게 전부였다.

사이먼은 이 사실을 잉그리드에게 말할지 고민했다. 그러나 정해진 결론을 가지고 씨름하고 싶지 않았다. 대신 남는 시간에 스트로베리 필즈를 서성였다.

페이지와 마주친 적은 없었다.

그는 연주하는 부랑자들에게 페이지를 알아보겠는지 물으며 기타 케이스에 지폐를 몇 장 던져 넣곤 했다. 물질적 보상이라는 명목으로 돈을 주면 몇몇은 얼굴을 알아보겠다며 조금 더 구체적인 정보를 주기도 했다. 그러나 다 쓸모없는 짓이었다. 대부분은 페이지를 알아보지 못했다. 페이지를 마주한 이 순간, 사이먼은 그 이유를 알 것 같았다. 한때 사랑스러운 모습이던 사이먼의 딸과 피골이 상접한 이 마약 중독자 사이에는 어떠한 물리적 접점도 없었다.

사이먼은 그동안 딸을 찾기 위해 틈이 날 때마다 스트로베리 필즈에 나가 앉아 있었다. 그가 주로 머물던 자리 앞쪽에는 '정숙 요망: 앰프 사용 금지, 악기 연주 금지'라는 경고문이 하나 붙어 있었는데, 사람들은 그 말을 대체로 가볍게 무시했다. 그곳에 앉아 있던 어느 날 사이먼은 이상한 점을 발견했다. 차림새가 비루한 그곳의 음악가 대부분이 절대 한꺼번에, 혹은 다른 사람과 겹치도록 연주하지 않는다는 점이다. 한 명의 거리 악사에게서 다음 악사로 넘어가는 과정은 놀랍도록 순조로웠다. 연주자들은 매시간 순서대로 바뀌었다.

마치 정해진 순번이 있는 것처럼.

거대한 헬멧을 쓴 듯한 모양의 잿빛 머리 거리 악사를 알현하는 데는 50달러라는 돈이 들었다. 그는 희끗한 수염을 고무줄로 정리하고, 뒷머리는 길게 땋아 등으로 늘어뜨린 데이브라는 사내였다. 고생을 한 오십대 중반 혹은 어려움 없이 살아온 칠십대처럼 보이는 데이브는 이 시스템이 어떻게 돌아가는지 설명해주었다.

"예전에는 말이죠, 게리 두스산투스라는 남자가…… 그런데 그 사람 아시오?"

"들어본 이름 같네요." 사이먼이 대답했다.

"당시에도 이 근방을 산책했다면 기억할 테지. 게리는 스트로베리 필즈의 시장을 자처했지. 대단한 양반이었소. 여기서 평화를 지킨답시고 이십 년이란 시간을 보냈어. 평화를 지키다가, 그래 봐야 사람들 겁주는 일에 불과했지만, 그치가 돌아버리고 말았어. 무슨 말인지 아시오?"

사이먼은 고개를 끄덕였다.

"2013년이었나, 죽었어. 백혈병으로 마흔아홉에." 데이브는 반장갑을 낀 손으로 땅바닥을 가리켰다. "이곳은 미쳐 돌아가기 시작했어. 파시스트가 없는 무정부 상태로. 마키아벨리를 아시오? 바로 그런 상태였지. 음악가라는 놈들이 맨날 싸움박질을 했어. 영역 분쟁이랄까, 듣고 있소?"

"무슨 말씀이신지 알겠습니다."

"그치들은 자치랍시고 시도했지만, 알잖소, 그중 반은 제 옷가지에 팔도 제대로 못 끼워 넣는 작자들이야. 보다시피, 한 명이 너무 길게 연주하면 다른 놈이 그냥 연주를 해버리고. 그렇게 비명과 욕지거리가 시작되지. 어린애가 앞에 있거나 말거나. 가끔 주먹도 오갔다오. 그리고 경찰 출동. 궁금한 건 다 풀렸소?"

사이먼은 그렇다는 뜻으로 고개를 끄덕였다.

"그 일로 이미지가 많이 상했지. 돈벌이는 말할 것도 없고. 그래서 나름대로 해결책을 찾은 거라오."

"그게 뭐죠?"

"스케줄을 짜는 거지. 시간대별로 돌리는 거야. 아침 열 시부터 저녁 일곱 시까지."

"정말요?"

"그렇소."

"그게 잘 돌아간다고요?"

"완벽하지는 않지만 그에 가깝다고 할 수 있지."

경제적 이해관계란, 재정 관리사인 사이먼의 생각으로는 삶의 구성 요소 중 하나였다. "자리는 어떻게 맡나요?"

"문자로. 고정 다섯 명이 있고, 놈들이 황금 시간대를 잡고 있지. 다른 사람들은 그 사이사이에 끼어 들어가."

"그럼 스케줄은 당신이 담당하나요?"

"그렇소." 데이브는 자긍심을 드러내려 가슴을 부풀려 보였다. "아시다시피 이게 어떻게 돌아가는지 아는 사람은 나뿐이잖소, 무슨 말인지 아시겠소? 나는 절대 핼의 차례를 줄스 다음에 넣지 않아요. 그 둘은 내 전처들이 나를 증오하는 것 이상으로 서로 싫어하거든. 구성을 다양하게 하려 하기도 하고."

"다양하게라니요?"

"흑인, 여자, 라틴계, 게이, 동양인도 몇몇 넣지."

데이브는 두 손을 펼쳐 보였다. "우리도 사람들이 마약쟁이는 다 백인이라는 편견을 갖는 게 싫거든. 그건 좋지 않은 편견이지, 안 그렇소?"

사이먼은 그 말뜻을 알아들었다. 만약 데이브에게 100달러 지폐 두 장을 반으로 찢어 주면서, 나머지 반은 페이지가 다시 나타났을 때 연락하면 주겠다고 약속한다면 반드시 진척이 있으리란 것도.

오늘 아침, 데이브에게서 문자가 왔다.

오늘 오전 11시. 나한테 들었다고 하지 마쇼. 난 그런 떠버리는 아니니까.

그리고 한 통 더.

내 돈은 10시까지 가져오시길. 11시에 요가를 가야 해서.

그렇게 사이먼은 여기 앉아 있게 된 것이다.

페이지가 자기를 알아볼까 궁금해하며 그 맞은편에 자리를 잡았다. 딸아이가 뛰기 시작하면 어떻게 해야 할지 고민했다. 무엇도 확신할 수 없었다. 일단 노래를 마치고, 소소한 팁과 기타를 챙기도록 기다렸다가 접근하는 것이 최선이라고 생각했다.

사이먼은 시계를 확인했다. 11시 58분. 페이지의 연주가 끝날 시간이었다.

머릿속으로 온갖 말을 연습해보았다. 이미 뉴욕 주 북부에 있는 솔매니 클리닉에 전화해서 페이지의 병실을 예약해두었다. 사이먼의 계획은 이러했다. 무슨 말이든 한다, 무슨 약속이든 해준다, 잘 구슬리든지 구걸이라도 하든지, 필요한 수단을 모두 동원해서 아이를 데리고 간다.

빛바랜 청바지와 찢어진 플란넬 셔츠를 입은 또 다른 음악가가 동쪽에서 걸어와 페이지 옆에 자리를 잡았다. 그는 기타 케이스로 까만 쓰레기봉투를 사용했다. 그는 페이지의 무릎을 톡톡 치더니 자기 손목에 있는 가상의 시계를 가리켰다. 페이지는 고개를 끄덕이며 '아이 엠 더 월러스I Am the Walrus'의 후렴구를 길게 늘어뜨리면서 마무리했다. 그러고는 허공에 두 팔을 들어 올렸다. "고맙습니다!" 그녀는 박수는 고사하고 주의조차 기울이지 않던 청중에게 소리쳤다. 페이지는 아무렇게나 구겨진 1달러짜리 지폐와 동전을 챙긴 뒤, 놀랍도록 조심스러운 태도로 기타를 케이스에 뉘었다. 기타를 뉘는 그 간단한 동작이 갑자기 사이먼의 뒤통수를 후려쳤다. 그 기타는 웨스트 48번가에 있는 샘 애시 매장에서 페이지의 열여섯 번째 생일 선물로 사준 타카미네 G 시리즈였다. 사이먼은 기억을 더듬으려고 당시의 감정을 떠올리려 애썼다. 벽에 걸린 기타를 집어 든 순간 페이지가 짓던 미소, 음색을 테스트할 때 눈을 감던 모습, 사이먼이 그 기타는 이제 네 것이라고 말했을 때 "고마워요, 고마워요, 고마워요!"라고 소리치며 그의 목을 팔로 감쌌던 일.

그러나 당시의 감정만은 끝내 떠오르지 않았다. 그게 실제였다고 해도.

끔찍한 사실은 더는 그 소녀를 만날 수 없다는 것이다.

물론 지난 한 시간 동안 노력했다. 그리고 지금도 노력을 기울이고 있었다. 페이지를 바라보며 그가 92번가로 수영 강습을 데리고 다니던 천사 같은 아이를 떠올려보려고. 노동절 휴일 주말 삼 일 동안 사이먼이 읽어주는 두 권의 '해리 포터' 시리즈를 들으며 햄프턴의 해먹에 누워 있던 딸을 떠올려보려고. 핼러윈 이 주 전부터 얼굴을 시퍼렇게 칠하고 자유의 여신상 코스튬을 입겠다며 떼쓰던 작은 소녀를 떠올려보려고 말이다. 하지만 방어 기제였을까, 사이먼은 끝내 그 어떤 모습도 떠올리지 못했다.

페이지는 연단을 향해 비틀거리며 걷기 시작했다.

이제 움직일 시간이었다.

모자이크 기념물을 사이에 두고, 사이먼도 자리에서 일어섰다. 심장이 거세게 요동쳤다. 거대한 손이 관자놀이를 짓누르는 듯한 두통이 느껴졌다. 그는 왼쪽과 오른쪽을 살폈다.

남자친구를 찾아.

사이먼은 이 모든 일이 어디서부터 잘못됐는지 정확히 짚어낼 수는 없지만, 그의 딸, 더 넓게는 그의 가족에게 불어닥친 재앙의 원인으로 딸의 남자친구를 지목했다. 물론 사이먼은 중독자 자신이 자기 행동을 책임을 져야 한다는 것과 모든 것은 중독자 자신의 잘못이라는 것을 학습을 통해 알고 있었다. 대부분의 중독자, 넓게는 그 가족들에게조차 나름의 이유가 있다는 것도.

변명은 어느 순간에나 존재한다.

그러나 페이지의 경우, 나약한 성격이나 잘못된 가정교육 등 무엇을 이유로 들든 이유는 꽤 단순한 편이었다.

에런을 만나기 전의 페이지가 있고, 지금의 페이지가 있다.

에런 코벌은 쓰레기다. 아주 명백하며 헷갈릴 수 없는 사실이다. 쓰레기와 순수함을 혼합하면 늘 순수함이 더럽혀지기 마련이다. 사이먼은 그에게 한 번도 호감을 느낀 적이 없다. 에런은 서른두 살이고, 딸보다 열한 살이나 많다. 아무것도 몰랐을 때도 나이 차이는 사이먼에게 걱정거리였다. 잉그리드 역시 몸서리를 쳤다. 모델 경력 때문에 이런 일에 익숙했음에도 말이다. 물론 지금에 와서 보니 나이 차이는 가장 작은 걱정거리에 불과했다.

에런의 모습은 보이지 않았다.

희망의 파랑새가 날아오르기 시작했다. 드디어 이 그림에서 에런이 빠지는 것일까? 악성종양, 암 덩어리, 기생충이 만찬을 마치고 더 감칠맛 도는 숙주로 갈아탔을까?

그렇다면 의문의 여지 없이 좋은 일이다.

페이지는 좀비처럼 발을 질질 끌며 공원 건너편으로 이어지는 길을 향해 동쪽으로 움직였다. 사이먼도 자리에서 일어났다.

만약 같이 가길 거부하면 어떻게 해야 할까? 그럴 가능성이 있는 정도가 아니라 정말 그럴 것 같았다. 과거에도 도움을 주려고 했지만 역효과만 났다. 사이먼은 페이지에게 강요할 수 없었다. 그도 그 사실을 알았다. 심지어 동서인 로버트 프레비디를 통해 법원 명령을 받아 아이를 입원시키려고도 해봤다. 부질없는 짓이었다.

사이먼은 페이지 바로 뒤까지 따라붙었다. 페이지의 선드레스 끈이 어깨 아래로 헐겁게 흘러내렸다. 한때 깨끗하던 등허리가 얼룩덜룩했다. 탄 걸까? 아니면 아픈 걸까? 혹시 폭력?

"페이지?"

페이지는 돌아보지도 움찔하지도 않았다. 아주 잠깐, 사이먼은 자신이 틀렸다는 환상, 찰리 크롤리가 틀렸다는 환상에 사로잡혀 환희를 느꼈다. 고약한 냄새를 풍기며 약에 찌든 목소리로 노래하는 헝클어진 매무새의 이 여자가 페이지일 리 없었다. 딸에게서는 싱그러운 젊음과 복숭아 향이 났다. 그의 딸은 애버내시 아카데미에서 공연한 〈지붕 위의 바이올린〉에서 호들 역을 맡아 '파 프롬 더 홈 아이 러브Far from the Home I Love'라는 노래로 청중의 심금을 울리던 아이였다. 사이먼은 다섯 번의 공연을 보는 족족 눈물을 흘렸다. 그는 호들이 테비예에게 돌아서며 "아빠, 신만이 우리가 언제 다시 만날지 아실 거예요"라고 하면, 극 중 아버지 역인 테비예가 "그렇다면 우리의 만남은 신의 손에 맡겨두자꾸나"라고 받아줄 때마다 거의 흐느끼며 울었다.

사이먼은 목청을 가다듬고 더 가까이 다가섰다. "페이지?"

그녀는 걸음을 늦췄지만 돌아보지는 않았다. 사이먼은 떨리는 손을 내밀었다. 여전히 아이의 등과 마주 보고 있었다. 페이지 어깨에 손을 가져다 대자, 깡마른 뼈를 감싸고 있는 종잇장 같은 가죽만 느껴졌다. 사이먼은 다시 한번 용기를 냈다.

"페이지니?"

페이지는 걸음을 멈추었다.

"페이지, 아빠야."

아빠. 페이지가 언제 마지막으로 아빠라고 불렀을까? 페이지의, 세 아이의 아빠로 살아왔지만, 지금은 그 사실을 군이 소리 내어 말해야 했다. 목소리가 갈라지며 절절한 애원이 흘러나왔다.

그녀는 아직도 돌아보지 않았다.

"제발, 페이지……."

페이지가 갑자기 달리기 시작했다.

예상치 못한 움직임이었다. 사이먼이 정신을 차렸을 때 페이지는 이미 서너 걸음 앞서 나가고 있었다. 사이먼은 몸을 탄탄하게 유지했다. 사무실 바로 옆에 헬스클럽이 있는 데다가, 딸을 잃은 스트레스로 (사이먼은 이 상황을 딸을 잃은 것으로 받아들였다) 점심시간 동안 진행하는 여러 가지 카디오 복싱 프로그램에 매달렸기 때문이다.

사이먼은 앞으로 튀어 나가 딸아이를 빠르게 따라잡았다. 그러고는 갈대 같은 페이지의 팔을 낚아채 돌려세웠다. 엄지와 검지만으로 종잇장 같은 이두박근을 감쌀 수 있을 것 같았다.

페이지는 벗어나려고 했다. 사이먼은 아이가 도망칠 수 없도록 꽉 잡았다.

"아야!" 페이지가 소리를 질러댔다. "이거 놔!"

주변에 사람이 많았다. 몇몇이 페이지의 고성에 돌아보았다. 사이먼은 상관하지 않았지만 서둘러 일을 마무리해야 했다. 빠르게 움직여 이곳에서 빠져나가야 한다. 착한 사마리아인이 끼어들어 페이지를 '구출'하기 전에 말이다.

"얘야, 아빠야. 같이 가자, 제발!"

페이지는 아직도 사이먼을 등진 채였다. 그는 아이를 돌려세워 자신과 마주 보도록 했다. 페이지는 팔로 눈을 가려버렸다. 마치 사이먼이 자기 얼굴에 너무 밝은 빛을 비춘다는 듯.

"페이지? 페이지, 제발 아빠 좀 봐."

페이지의 몸이 뻣뻣하게 굳는 듯하더니 이내 풀어졌다. 아이는 얼굴을 감싼 팔을 내리고 고개를 들어 사이먼을 바라보았다. 희망이 다시 날갯짓했다. 그랬다. 페이지의 눈은 눈썹 뼈 밑으로 움푹 꺼지고, 한때 빛나던 흰자위는 누렇게 착색되어 있었다. 그러나 처음으로, 사이먼은 그 안에서 명멸하는 불빛을 발견했다. 그 안에 생명이 있었다.

처음으로, 사이먼은 자기가 알던 어릴 적 딸의 모습이 여전히 그 안에 살아 있다는 느낌을 받았다.

페이지가 입을 열었을 때, 사이먼은 마침내 그 안에서 울려 퍼지는 딸아이의 목소리를 들었다. "아빠?"

그는 고개를 끄덕였다. 입을 열다가, 벅차오르는 감정에 도로 다물었다가 다시 말을 이었다. "아빠가 널 구하러 왔어, 페이지."

페이지는 울음을 터뜨렸다. "미안해요."

"괜찮아." 사이먼이 말했다. "이제 괜찮을 거야."

사이먼이 딸아이를 안전한 곳으로 이끌려고 팔을 뻗는 찰나, 사신의 낫과 같은 목소리가 공원을 가로질렀다.

"이게 뭐 하는 짓이야?"

심장이 떨어질 뻔한 사이먼은 오른편을 바라보았다.

에런이었다.

페이지는 에런의 목소리가 들리자 사이먼에게서 떨어지며 몸을 움츠렸다. 사이먼은 딸을 다시 잡으려 했다. 그러나 페이지는 끝내 팔을 빼냈다. 기타 케이스가 흔들거리며 페이지의 다리를 찧었다.

"페이지……." 사이먼이 애원했다.

몇 초 전 페이지 눈에서 본 선명함 같은 것들은 모두 산산이 흩어지고야 말았다.

"날 내버려둬요!" 그녀가 울부짖었다.

"페이지, 제발……."

페이지는 뒷걸음질 치기 시작했다. 사이먼은 낭떠러지에서 떨어질 때 나뭇가지를 낚아채듯 절박한 심정으로 딸아이 팔을 잡으려고 손을 뻗어보았지만, 페이지는 째지는 듯한 비명만 내지를 뿐이었다.

그 소리는 사람들을 돌아보게 하기에 충분했다. 아주 많은 사람을.

사이먼은 물러서지 않았다.

"제발 내 말 좀 들어……."

그때 에런이 끼어들었다.

두 사람, 에런과 사이먼은 서로의 눈을 노려보았다. 페이지는 에런 뒤로 몸을 숨겼다. 너절한 흰 티셔츠에 다 떨어진 데님 재킷을 걸친, 헤로인 시크 룩에서 '시크'를 뺀 듯한 에런의 몰골은 몹시 초췌해 보였다. 체인을 목에 잔뜩 감고, 수염도 길러 멋을 부렸으나 턱도 없었다. 죽었다 깨어나도 정직한 노동의 가치를 모를 인생이면서 워크부츠를 신다니. 그야말로 모순적이 행색이었다.

"괜찮아, 페이지." 에런은 사이먼의 시선을 피하지 않은 채 은근한 냉소를 지으며 말했다. "너는 가."

사이먼은 고개를 내저었다. "안 돼, 그건 안……."

페이지는 에런의 등짝을 지렛대 삼아 튕겨 나가 길을 내달렸다.

"페이지?" 사이먼이 소리쳤다. "기다려! 제발……."

페이지가 멀어졌다. 사이먼은 딸을 쫓으려고 오른쪽으로 방향을 틀었지만 에런이 길을 막으며 끼어들었다.

"페이지는 성인이에요." 에런이 말했다. "당신한텐 이럴 권리가 없어……."

사이먼은 주먹을 날려 에런의 얼굴을 정통으로 가격했다.

움켜쥔 주먹 아래로 에런의 코가 무너지며 깨지는 소리가 났다. 장화로 새 둥지를 밟을 때 나는 소리 같았다. 피가 쏟아졌다.

에런은 그대로 주저앉았다.

핀란드에서 온 관광객 두 명이 비명을 질렀다.

사이먼은 개의치 않았다. 그의 시선은 여전히 저 멀리 페이지가 가는 곳을 쫓았다. 페이지는 왼쪽으로 돌더니 인도를 벗어나 나무 사이로 사라졌다.

"페이지, 기다려!"

사이먼은 바닥에 쓰러진 에런을 건너뛰어 아이를 쫓아가려 했지만, 놈이 다리를 잡고 늘어졌다. 벗어나려 해도 보는 눈이 너무 많아졌다. 좋은 의도를 가졌지만 약간 혼란스러워 보이는 사람들이 아주 많이 다가오고 있었다. 몇몇은 망할 휴대전화로 동영상을 찍고 있었다.

하나같이 비명을 지르며 사이먼에게 움직이지 말라고 외쳤다.

사이먼은 비틀거리며 발을 빼냈다. 그러고는 페이지가 사라진 방향으로 따라 내려갔다.

이미 너무 늦었다. 사람들은 사이먼을 주시하고 있었다.

누군가가 몸을 날려 사이먼에게 달려들자 사이먼도 응수했다. 남자의 신음 소리에 사이먼은 힘을 뺐다. 다른 누군가의 팔이 사이먼의 허리를 감고 늘어졌다. 사이먼은 벨트 풀 듯 그를 떼어내고 딸을 쫓아갔다. 수비수들을 떼어내고 골라인을 향해 전진하는 하프백 같았다.

그러나 사람이 너무 많았다.

"딸이라고!" 외마디 비명이었다. "제발…… 저 아이가 못 가게……."

아무도 소란 속의 외침을 듣지 못했다. 아니면 그저 폭력적이고 제 지당해야 마땅한 미친 남자의 말을 듣고 있지 않았을 수도 있다.

다른 관광객이 그에게 달려들었다. 또 한 명이 더 달려들었다.

사이먼이 끝내 버티지 못하고 넘어가며 고개를 들자, 사라졌던 길목에 돌아와 서 있는 페이지가 보였다. 그는 쿵 하는 소리와 함께 쓰러졌다. 다시 일어서려 하자 비 오듯이 주먹세례가 쏟아졌다. 상황이 끝나면 사이먼은 갈비뼈 세 대와 손가락 두 개가 부러져 있을 것이다. 뇌진탕에다 스물세 바늘을 꿰매는 것을 포함해서 말이다.

사이먼은 가슴이 찢어지는 통증 외에 아무 고통도 느끼지 못했다.

다른 누군가가 그의 몸을 짓눌렀다. 비명과 고함 소리가 들려왔고 경찰까지 가세했다. 그들은 사이먼의 몸을 뒤집고 척추를 무릎으로 짓이기며 수갑을 채웠다. 다시 한번 고개를 들었을 때, 나무 뒤에서 이 광경을 지켜보는 페이지가 눈에 들어왔다.

"페이지!"

페이지는 다가오지 않았다. 대신 조금 전처럼 자취를 감춰버렸다. 사이먼은 또다시 딸아이를 놓쳤다는 사실을 깨달았다.

2

경찰들은 수갑을 차고 아스팔트에 얼굴을 대고 엎드린 사이먼을 잠시 그대로 두었다. 그중 한 명이 몸을 구부려 사이먼에게 체포되었다는 사실과 그의 권리에 대해 작은 목소리로 알려주었다. 헤이스라는 명찰을 단 흑인 여자 경찰이었다. 사이먼은 아무라도 자기 딸을 말려달라고 애원하며 나뒹굴었다. 헤이스는 미란다원칙을 읊는 것으로 답했다.

그녀는 자신의 소임을 다하자 몸을 일으켜 뒤돌아선 뒤 자리를 떴다. 사이먼은 딸 이야기를 하며 괴성을 지르기 시작했다. 아무도 들으려 하지 않았다. 목소리가 너무 불안정해 그런 거라고 생각한 사이먼은 진정하고 좀 더 공손한 톤으로 말했다.

"경관님? 선생님?"

모두 그를 무시한 채 목격자 진술을 접수하고 있었다. 수많은 관광객이 경찰관들에게 사건 영상을 보여주었고, 사이먼 생각에도 그 영상은 자신에게 유리해 보이지 않았다.

"제 딸이에요." 사이먼이 말했다. "그저 딸을 구하려던 거예요. 저 놈이 딸을 납치해서."

마지막 부분은 거짓말이나 다름없지만, 일말의 관심이라도 필요한 시점이었다. 그러나 아무도 관심을 주지 않았다.

사이먼은 고개를 왼쪽, 오른쪽으로 돌리며 에런을 찾았다. 어디에서도 그의 모습을 찾을 수 없었다.

"놈은 어디 있죠?" 고함을 지르자, 다시 한번 불안정한 목소리가 튀어나왔다.

헤이스는 결국 그를 내려다보았다. "누구 말씀이시죠?"

"에런이요."

무반응이었다.

"제가 때린 놈 말입니다. 놈은 어디 있습니까?"

대답이 없었다.

흥분이 어느 정도 가라앉자 메슥거릴 정도의 통증이 몸을 관통했다. 시간이 얼마나 흘렀는지 알 수 없었다. 마침내 화이트라는 명찰을 단 키 큰 백인 경찰과 헤이스가 사이먼을 일으켜 경찰차로 끌고 갔다. 사이먼은 뒷좌석, 화이트는 운전석, 헤이스는 조수석에 앉았다. 사이먼의 지갑을 든 헤이스가 돌아다보며 말했다. "도대체 무슨 일이 있었던 겁니까, 그린 씨?"

"딸아이와 얘기하던 중에 남자친구가 끼어들었습니다. 놈을 피해 보려 했지만……."

사이먼은 진술을 멈췄다.

"그리고요?" 헤이스가 말했다.

"남자친구가 보호관찰 대상 아니던가요? 딸아이를 찾도록 도와줄 수 있으시죠?"

"그리고요?" 헤이스는 같은 질문을 반복했다.

사이먼은 돌아버릴 것 같았지만, 그렇다고 정신 줄을 놓지는 않았다. "언쟁을 좀 벌였습니다."

"언쟁요."

"그래요."

"같이 훑어 내려가보죠."

"훑어 내려가다니, 뭘요?"

"말씀하신 언쟁요."

"일단 딸아이가 어떤 상황인지 말씀해주시죠." 사이먼이 애를 썼다. "아이 이름은 페이지 그린이고, 남자친구라는 놈이 아이 의사와는 상관없이 딸을 감금중인 것 같아요. 에런 코벌이란 놈입니다. 저는 단지 딸을 구하려던 것뿐이에요."

"그래서 노숙자를 때렸나요?" 헤이스가 말을 이었다.

"제가 때린 건……." 사이먼은 이쯤에서 그만두기로 했다. 상황이 좋지 않았다.

"당신이 때린 사람은?" 헤이스가 재촉했다.

사이먼은 답변하지 않았다.

"좋습니다. 제 생각대로네요." 헤이스가 말했다. "피를 온통 뒤집어쓰셨네요. 그 넥타이 좋아 보이는데, 에르메스인가요?"

그랬다. 하지만 그는 더는 아무 말도 하지 않았다. 셔츠는 아직도 목 끝까지 단추가 채워진 채였다. 넥타이는 적당히 느슨해져 있었다.

"딸은 어디 있죠?"

"우리도 모릅니다." 헤이스가 대답했다.

"그렇다면 변호인과 면담하기 전까지 아무 말도 하지 않겠습니다."

"마음대로 하시죠."

헤이스 역시 다시 앞을 보고 앉아 아무 말도 하지 않았다. 경찰은 10번길 근처의 59번가에 있는 마운트 시나이 의대 응급실로 사이먼을 데려갔다. 그곳에서 곧바로 엑스레이 검사를 받았다. 미성년자 관람 불가 영화를 보기에도 어려 보이는 터번을 쓴 의사가 사이먼의 손가락에 부목을 대주었고, 두피열상도 꿰매주었다. 의사 말에 따르면 금이 간 갈비뼈는 "육 주 이상 활동을 제한하는 것" 외에 별다른 조치를 취하기 힘들다고 했다.

그 외 나머지 일, 그러니까 센터 가 100번지에 있는 유치장으로 돌아와 머그 숏을 찍고, 지문을 채취하고, 다시 수감되기까지는 비현실적인 소용돌이 속에서 헤매는 것처럼 돌아갔다. 경찰은 사이먼에게 전화를 할 수 있게 해주었다. 영화에 나오는 것과 똑같이. 잉그리드에게 전화하려 했지만, 대신 맨해튼에서 잘나가는 변호사인 동서 로버트에게 연락하기로 했다.

"바로 사람을 보낼게." 로버트가 대답했다.

"네가 할 순 없어?"

"나는 형사재판은 안 해."

"내가 정말 형사재판에 회부될 일을 저질렀다고 생각하는 거야?"

"응, 그렇게 생각해. 게다가 지금 이본과 바닷가 별장에 와 있어. 내가 가면 너무 늦을 거야. 일단 기다려봐."

삼십 분쯤 뒤, 칠십대 초중반으로 보이는 작은 여자가 그의 손을 단단하게 마주 잡으며 자기소개를 했다. 곱슬한 회색 섞인 금발에 이글거리는 눈빛을 가진 여자였다.

"헤스터 크림스타인입니다." 그녀가 말했다. "로버트가 보내서 왔습니다."

"사이먼 그린이라고 합니다."

"네. 일류 변호사로서 미리 정리를 좀 해봤습니다. 지금부터 내 말을 따라 하세요, 사이먼 그린 씨. '결백합니다.'"

"뭐라고요?"

"내가 하는 말을 따라 하시라고요."

"결백합니다."

"훌륭해요. 잘하셨어요. 눈물이 나려 그러네요." 헤스터 크림스타인이 몸을 더 가까이 숙여왔다. "앞으로 그 말만 하실 수 있는 겁니다. 그마저도 판사가 입장을 물을 때 해야 해요. 아시겠어요?"

"알았습니다."

"예행연습을 해봐야 할까요?"

"아니요. 알아들었습니다."

"훌륭합니다."

법정으로 들어서며 그녀가 말했다. "헤스터 크림스타인, 변호인입니다." 웅성거리는 소리가 법정에 울렸다. 판사는 고개를 들며 눈썹을 치켜올렸다.

"변호인, 이거 영광이로군요. 누추한 법정까지 어인 일로 오셨나요?"

"엄중한 오심을 예방하려고 왔습니다."

"물론 그러시겠지요." 판사는 팔짱을 끼고 미소를 지었다. "다시 만나서 반가워요, 헤스터."

"설마 그럴 리가요."

"그럼요." 판사가 말했다. "그럴 리 없죠."

헤스터는 그 말에 신이 난 듯 보였다. "좋아 보이시네요, 판사님. 까만 법복이 잘 어울리십니다."

"그럴 리가, 이 낡은 게요?"

"날씬해 보이세요."

"그렇긴 하지요, 안 그래요?" 판사는 뒤로 물러나 앉았다. "피고가 주장하는 바는 뭔가요?"

헤스터는 사이먼에게 눈짓을 보냈다.

"저는 결백합니다." 사이먼이 대답했다.

헤스터는 긍정의 의미로 고개를 끄덕여 보였다. 검사는 보석금으로 5,000달러를 설정했다. 헤스터는 금액에 대해서는 별다른 말을 하지 않았다. 까다로운 법적 절차에 따른 문서 작업과 관료제적 행정 절차를 마친 뒤에야, 그들은 법정을 나설 수 있었다. 사이먼은 정문으로 향했다. 헤스터가 그의 팔을 붙잡으며 제지했다.

"그리로 나가면 안 돼요."

"왜요?"

"사람들이 기다리고 있을 거예요."

"누가 기다린다는 거죠?"

헤스터는 엘리베이터 버튼을 누르고 문 위쪽 불빛을 바라보았다. "나를 따라와요."

그들은 계단으로 두 층을 내려갔다. 헤스터는 건물 뒤편으로 사이먼을 안내하고는 휴대전화를 꺼내 들었다.

"팀, 지금 멀베리 가 쪽 가게에 있다고? 좋아. 오 분."

"무슨 일이죠?" 사이먼이 물었다.

"이상하군요."

"뭐가요?"

"계속 말씀을 하시네요." 헤스터가 말했다. "그러지 마시라고 특별히 부탁드렸는데."

그들은 어두운 복도를 따라 내려갔다. 헤스터가 길을 알았다. 그녀는 오른쪽으로 돌더니 또 한 번 오른쪽으로 꺾었다. 마침내 도착한 곳은 직원 출입구였다. 사람들이 출입하려고 배지를 들어 보이고 있었다. 그러나 헤스터는 쏜살같이 달려 입구를 통과했다.

"그러시면 안 됩니다." 경호원이 제지했다.

"그럼 체포하시든가요."

그는 그러지 않았다. 얼마 후, 두 사람은 외부로 나와 있었다. 그들은 백스터 가를 건너, 콜럼버스파크의 녹지를 가로지른 뒤, 배구 코트 세 곳을 지나 멀베리 가에 도착했다.

"아이스크림 좋아하세요?" 헤스터가 물었다.

사이먼은 대답하지 않고 앙다문 자기 입을 가리켰다.

헤스터는 한숨을 쉬었다. "이제 말씀하셔도 됩니다."

"네."

"에글루라는 가게에서 파는 캠프파이어 스모어 아이스크림 샌드위치가 죽여주죠. 기사한테 올 때 두 개 사 오라고 해뒀어요."

앞쪽에 까만 메르세데스가 기다리고 있었다. 기사 손에는 아이스크림 샌드위치가 들려 있었다. 그는 헤스터에게 하나를 건넸다.

"고마워요, 팀. 사이먼?"

사이먼은 사양했다. 헤스터는 어깨를 으쓱하며 말했다. "드세요, 팀." 헤스터는 아이스크림 샌드위치를 한 입 베어 물며 뒷좌석에 탔다. 사이먼은 그 옆으로 들어갔다.

"제 딸은……." 사이먼이 얘기를 꺼냈다.

"경찰이 찾지 못했어요."

"에런 코벌은요?"

"누구요?"

"제가 때린 남자요."

"이런, 농담으로라도 그렇게 얘기하시면 안 됩니다. 때린 것으로 추정된 남자라고 하셔야죠."

"뭐든 상관없어요."

"상관있어요. 사석에서라도 그런 말씀은 하시면 안 됩니다."

"알았어요. 알았으니까. 혹시 알고 있나요? 어디……."

"그 남자도 떴어요."

"떴다는 게 무슨 뜻이죠?"

"떴다는 표현에서 어느 부분이 헷갈리시죠? 경찰이 무언가를 알아내기도 전에 도망쳤다고요. 그 사실은 당신에게 유리한 지점이고요. 피해자가 없으면 범죄도 없다." 헤스터는 한 입 더 베어 물고 입가를 닦았다. "사건은 금방 해결될 거예요. 하지만…… 있잖아요. 내가 적당한 사람을 알아요. 마리키타 블룸버그라고, 아주 거칠어요. 저처럼 호락호락하지는 않죠. 그래도 이 도시에서 이런 일을 그보다 잘 해결할 사람은 없어요. 그분을 당신 홍보 담당자로 고용하세요."

기사가 시동을 걸었다. 메르세데스는 북쪽으로 나아갔다. 그리고 베이어드 가에서 우회전했다.

"홍보라뇨? 제가 왜……."

"곧 말씀드리죠. 일단 지금은 집중해야 하니까. 무슨 일이 있었는지 말씀해보세요. 일어난 일을 전부요. 시작부터 끝까지."

사이먼은 헤스터가 시키는 대로 했다. 헤스터는 사이먼을 마주 보려고 작은 몸을 돌렸다. 그녀는 전념이라는 단어를 예술의 경지로 끌어올리는 사람이었다. 자신의 모든 에너지와 활기를 쏟아 내는 사람. 지금 그 에너지는 레이저 빔처럼 사이먼을 가리키고 있었다. 그녀는 손을 뻗어 만질 수 있는 것처럼 한 단어 한 단어에 감정을 이입하며 집중했다.

"이런 세상에. 정말 유감입니다." 사이먼이 얘기를 마치자 헤스터가 입을 열었다. "정말 끔찍한 일이에요."

"그래도 당신은 이해하시는군요."

"물론이죠."

"페이지를 찾아야 해요. 에런이라도요."

"수사관들에게 다시 물어보죠. 하지만 말씀드린 것처럼, 내 생각에는 두 사람 다 이미 뜬 것 같네요."

다시 막다른 길이었다. 온몸 구석구석이 쑤시기 시작했다. 방어 기제든, 통증을 늦추는 화학작용이든, 통증이 몸을 갉아먹는 속도보다 느리면 그게 다 무슨 소용일까. 통증은 빠르게 시작된 것과 달리 빠르게 빠져나가지는 않았다.

"그렇다면 왜 홍보 담당자를 고용해야 하는 거죠?" 그가 물었다.

헤스터는 휴대전화를 꺼내 만지작거렸다. "정말 끔찍한 일이죠. 과도한 정보와 과도한 사용. 대부분 우리 인생을 망치는 것뿐이죠. 아이 있으시죠? 있다고 하셨지. 아이들은 하루에 몇 시간이나……." 헤스터의 목소리가 갑자기 잦아들었다. "이런 말 하고 있을 때가 아니군요. 보세요."

헤스터가 자기 휴대전화를 건넸다.

조회수 289,000회를 기록한 유튜브 동영상이 보였다. 섬네일과 거기 적힌 제목을 본 순간, 심장이 내려앉았다.

부자가 빈민에게 주먹질
월가가 부랑자를 가격하다
가난한 여자 노숙자를 망쳐놓은 대디 워벅스*
노숙자를 때리는 증권 맨
'가진 자'가 '가지지 못한 자'를 공격하다

사이먼은 눈을 껌뻑이며 헤스터를 올려다보았다. 그녀는 사이먼이 불쌍하다는 듯 어깨를 으쓱했다. 헤스터는 손을 뻗어 재생 버튼을 눌렀다. 조라스틸레토라는 사용자가 찍어 두 시간 전에 올린 영상이었다. 조라스틸레토는 그의 아내와 딸로 보이는 여자 셋을 찍다가, 주의를 거스르는 소란이 일자 화면을 돌렸다. 렌즈가 오른쪽으로 홱 움직이더니 아주 적확한 타이밍에 오만해 보이는 사이먼에게 초점을 맞췄다. 왜 양복을 갈아입거나 그놈의 넥타이라도 풀지 않았을까? 바로 그때 에런이 두 사람 사이에 끼어들며 페이지를 사이먼에게서 떼어냈다. 너무나 당연하게도, 돈 많고 권력 있는 양복 차림 남자가 자기보다 훨씬 어린 여자에게 찝쩍대는데(혹은 더 나쁜 의도로 보일 수도 있었다), 용감한 노숙인 남성이 끼어들어 여자를 구해낸 것처럼 보였다.
겁먹은 연약한 여성이 구원자의 등 뒤로 몸을 숨기자 양복 남자는 소리를 지르기 시작한다. 젊은 여자는 도망친다. 양복 남자는 노숙자

---

* 1924년부터 〈뉴욕타임스〉에 연재된 만화 '고아 소녀 애니'에 등장하는 억만장자 캐릭터.

를 지나쳐 그녀를 뒤쫓는다. 그다음 장면을, 당연하게도 사이먼은 아주 잘 알고 있었다. 그럼에도 사이먼은 두 눈을 크게 뜨고 희망을 품은 채 영상을 지켜보았다. 양복 남자가 주먹을 뻗어 용감한 노숙자 남성의 얼굴을 정통으로 가격할 만큼 멍청하지 않을 가능성이 있기라도 한 것처럼.

그러나 그 일은 바로 일어나고야 만다.

친절한 노숙자 사마리아인이 땅바닥으로 고꾸라지면서 피를 흩뿌린다. 양복 입은 부자는 신경 쓰지 않고 쓰러진 남자를 짓밟으려 하지만, 노숙자 사마리아인이 그의 다리를 붙잡는다. 또 한 명의 착한 사마리아인임이 분명한, 야구 모자를 쓴 아시아인이 싸움에 끼어들자 양복 남자는 그의 코를 팔꿈치로 가격한다.

사이먼은 눈을 질끈 감았다. "안 돼."

"안 되죠."

다시 눈을 떴을 때, 사이먼은 각종 기사와 동영상에 관해 기본적으로 통용되는 규칙, '절대 댓글을 보지 말 것'을 어기고 있었다.

"부자들은 이런 일을 저지르고도 빠져나갈 수 있다고 생각하지."

"여자를 강간하려고 했어! 중간에 끼어든 영웅이 있어서 다행이지."

"대디 워벅스는 감옥으로, 이상."

"부자 놈이 빠져나간다는 데 전 재산을 걸지. 흑인이었다면 바로 총에 맞았을 텐데."

"여자를 구한 남자는 정말 용감했어. 부자는 돈으로 자유를 사겠지만."

"좋은 소식이 있네요." 헤스터가 말했다. "조금이지만 팬도 생겼어요." 그녀는 휴대전화를 가져가 몇몇 댓글을 가리켰다.

"저 노숙자 놈은 아마 무료 급식이나 받아먹으며 살겠지. 쓰레기를 정리한
거야."
"저 냄새나는 마약쟁이가 실업수당이나 받으며 골골대지 않았다면 이런 일
도 없었다."

사이먼의 '지지자들' 프로필에는 독수리나 성조기가 떠 있었다.
"훌륭하군." 사이먼이 한탄했다. "이젠 사이코들이 편을 들어주네."
"그렇게 투정 부릴 일은 아닐 텐데요. 그런 사람들도 배심원으로
나오니까요. 이 사건은 배심원은 고사하고, 재판까지도 안 갈 테지만
요. 이것 좀 보시죠."
"뭐요?"
"새로고침 버튼 좀 눌러봐요." 헤스터가 말했다.
사이먼이 무슨 말인지 못 알아듣자, 그녀는 상단의 화살표를 눌렀
다. 동영상이 새로고침 되었다. 헤스터는 조회수를 가리켰다. 숫자는
단 이 분 만에 289,000회에서 453,000회로 뛰어올라 있었다.
"축하드려요." 헤스터가 말했다. "인기 급상승 동영상에 올라가셨
네요."

3

사이먼은 차창 밖을 응시했다. 익숙한 공원의 초록이 눈앞에 일렁였다. 기사가 센트럴파크 웨스트에서 왼쪽으로 꺾어 웨스트 67번가로 들어섰을 때, 그는 헤스터가 중얼거리는 소리를 들었다. "아, 이런."

사이먼은 고개를 돌렸다.

방송국 차들이 사이먼의 아파트 앞을 겹겹이 에워싸고 있었다. 대략 이십여 명 되는 시위대는 파란 목재 바리케이드 앞을 서성거렸다.

폴리스 라인 — 접근 금지

뉴욕 경찰국

"아내분은 어디 계시죠?"

잉그리드. 사이먼은 잉그리드와 그녀가 이 상황에 보일 반응에 관해서 까맣게 잊고 있었다. 시간이 몇 시가 됐는지조차 몰랐다. 사이먼은 시계를 확인했다. 오후 5시 반이었다.

"일하고 있겠네요."

"소아청소년과 의사 맞으시죠?"

사이먼은 고개를 끄덕였다. "168번가에 있는 뉴욕 프레즈비티리언 병원 소속이요."

"보통 몇 시에 퇴근이죠?"

"7시요. 오늘은."

"자가용으로 퇴근하시나요?"

"지하철을 타고 다닙니다."

"연락해보세요. 팀더러 모셔 오라고 하죠. 애들은요?"

"모르겠어요."

"애들한테도 전화해보세요. 미드타운에 회사 소유의 아파트가 있어요. 모두 오늘 밤은 거기서 지내도록 하죠."

"호텔로 가면 됩니다."

헤스터가 고개를 저었다. "기자들이 찾아낼 거예요. 아파트가 더 나아요, 어차피 돈 내는 건 마찬가지니."

사이먼은 대답하지 않았다.

"이 또한 지나가요, 사이먼. 우리가 먹잇감만 더 주지 않는다면요. 내일쯤, 늦어도 모레 정도면, 저 미치광이들은 새로운 사건을 찾아갈 겁니다. 미국이란 나라는 집중력이라고는 없으니까."

사이먼이 잉그리드에게 전화를 걸었다. 오늘은 응급실에서 일하는 날이라 바로 음성 사서함으로 넘어갔다. 지금 상황을 메시지로 남겼다. 그러고는 샘에게 전화했다. 둘째는 이미 상황을 알고 있었다.

샘이 말했다. "조회수가 100만이 넘었어요." 아들은 충격을 받은 동시에 들뜬 것 같았다. "아빠가 에런을 두들겨 패다니, 이런 일이."

그러더니 샘이 되뇌었다. "아빠가."

"네 누나를 만나려던 것뿐이야."

"사람들이 아빠를 부자 양아치로 만들고 있어요."

"그렇지 않아."

"네, 저야 알죠."

침묵.

"여기 기사님인 팀이라는 분이 너를 데리러 갈……."

"괜찮아요. 저는 번스틴네에 있을게요."

"괜찮겠니?"

"네."

"걔네 부모님도 허락하신 거야?"

"래리가 괜찮대요. 연습 좀 하고 같이 집으로 갈게요."

"그러렴. 네 생각에 그게 최선이라면."

"그편이 나아요."

"그래, 맞아. 그래도 중간에 마음이 바뀌면……."

"네, 알았어요." 샘은 좀 더 부드러운 목소리로 덧붙였다. "그런데, 아까 페이지 누나를 봤어요. 동영상에서요……. 누나 꼴이……."

더한 침묵.

"그래." 사이먼이 대답했다. "아빠도 알아."

사이먼은 애니아에게 세 번이나 전화했다. 연결되지 않았다. 그러다 아이가 자신에게 전화하고 있었다는 걸 발신자 표시창을 보고서야 알았다. 사이먼이 전화를 받았을 때, 상대편은 애니아가 아니었다.

"저기, 사이먼. 수지 피스크예요."

수지는 사이먼네 아파트 두 층 아래 사는 이웃이다. 수지의 딸아이인 델리아와 애니아는 세 살 때 유치원에서 만나 지금까지 줄곧 같은 학교에 다니고 있다.

"애니아는 괜찮나요?" 사이먼이 물었다.

"네, 괜찮아요. 걱정하시지 않아도 돼요. 그냥 좀 속이 상해서. 동영상 때문에요."

"그걸 애가 봤어요?"

"네. 얼리사 에드워즈 아시죠? 아이를 데리러 갔는데 세상에, 그걸 학부모들한테 보여주고 있더라니까요. 애들은 이미 봤고…… 뻔하죠. 얼마나 입을 놀려댔을지."

사이먼도 짐작하고 있었다. "애니아 좀 바꿔주시겠어요?"

"별로 좋은 생각이 아니에요, 사이먼."

'당신 생각은 중요치 않아'라고 사이먼은 생각했다. 그러나 현명하게도, 오늘 난리를 겪고 세상 돌아가는 법을 배운 사이먼은 자기 생각을 입 밖으로 내지 않았다.

어쨌든 지금 상황이 수지 피스크의 잘못은 아니니까.

그는 목을 가다듬고 자신이 낼 수 있는 가장 차분한 목소리로 말했다. "애니아에게 전화받을 수 있는지 물어봐주시겠어요?"

"그럼요, 말은 해볼게요." 수지가 휴대전화를 한쪽으로 치운 것이 분명했다. 소리가 더 작아지고 멀어졌다. "애니아, 아빠가 통화……. 애니아?" 이제는 아무 소리도 들리지 않았다. 사이먼은 기다렸다. "그냥 고개만 저어요. 저기, 사이먼. 애니아는 여기 계속 맡겨도 돼요. 그러니까 나중에 다시 통화하거나, 잉그리드가 퇴근하면 통화해보는 게 나을 것 같아요."

사실 당장 통화해야 할 이유도 없었다. "고마워요, 수지."

"정말 유감이에요."

"도와주셔서 정말 고맙습니다."

사이먼은 통화 종료 버튼을 눌렀다. 헤스터는 아이스크림 샌드위치를 먹으며 앞을 응시한 채, 사이먼 옆에 앉아 있었다.

"먹으라고 줄 때 받을걸 하고 후회하고 있죠?" 그러더니 팀을 불렀다. "팀?"

"네, 헤스터."

"냉장고에 아이스크림 하나 더 있죠?"

"네." 팀은 아이스크림 샌드위치를 헤스터에게 건넸다.

헤스터는 포장을 벗겨 사이먼에게 보여주었다.

사이먼이 말했다. "이것도 청구서에 포함되나요?"

"내가 개인적으로 청구하는 게 아니에요."

"당신 회사 말이에요."

헤스터는 어깨를 으쓱거렸다. "내가 아이스크림을 강권하는 이유가 뭐라고 생각해요?"

헤스터는 사이먼에게 아이스크림 샌드위치를 건넸다. 한 입 베어 물자 아주 잠깐 기분이 나아졌다.

그러나 오래가지는 않았다.

※

로펌 소유의 아파트는 비즈니스 타워에 있는 헤스터의 사무실 바로 아래층이었고, 그 사실이 그대로 드러나는 곳이었다. 베이지색 카펫. 베이지색 가구. 포인트로 둔 베개까지 베이지색이었다.

"아주 훌륭한 인테리어죠, 그렇지 않나요?" 헤스터가 물었다.

"베이지색을 좋아한다면요."

"정치적으로 적합한 단어는 '어스 톤 earth tone'이에요."

"어스 톤이라니." 사이먼이 물었다. "흙 같다는 소리인가?"

헤스터가 좋아하며 대꾸했다. "개인적으로는 초기 미국에서나 쓰던 밋밋한 색깔이라고 부르죠." 헤스터의 휴대전화가 울렸다. 그녀는 문자를 확인했다. "아내분이 오시는 중이라네요. 도착하면 모시고 올라올게요."

"고마워요."

헤스터가 자리에서 일어났다. 사이먼은 휴대전화를 힐끔거렸다. 부재중 메시지와 전화가 넘쳐났다. 사이먼은 이본에게서 온 연락을 제외하고 모두 무시했다. 이본은 PPG자산운용에서 사이먼과 함께 일하는 동료이자 잉그리드의 여동생이다. 이본에게는 설명할 필요가 있었다. 그래서 문자를 보내기로 했다.

나는 괜찮아. 얘기하자면 좀 길어.

답장하는 이본의 대화창에 작은 점이 움직였다.

우리가 뭐 도와줄 거라도?

없어. 내일 출근 못 할 수도 있어.

걱정하지 마.

나중에 내가 메꿀게.

이본은 다 잘될 것이며 스트레스받지 말라는 위로의 이모티콘을
답장으로 보내왔다.

사이먼은 나머지 메시지를 훑어보았다.

잉그리드에게서 온 것은 없었다.

몇 분 동안 사이먼은 아파트의 베이지색 카펫에서 서성거리다, 창
밖을 확인하다, 베이지색 소파에 앉았다 일어섰다, 다시 배회하길 반
복했다. 그리고 걸려오는 전화를 모두 무시하다가 애니아의 학교에서
들어오는 전화를 확인하고 받았다. 사이먼이 휴대전화를 들고 "여보
세요"라고 응답하자, 상대방은 놀라는 듯했다.

"이런." 애버내시 아카데미의 교장인 알리 카림으로 추측되는 목소
리였다. "전화를 받으실 거라고는 예상하지 못했습니다."

"무슨 문제라도 있나요?"

"애니아는 잘하고 있어요. 애니아 때문에 전화드린 건 아닙니다."

"네." 사이먼이 대답했다. 알리 카림은 팔꿈치를 덧댄 트위드재킷
을 입고, 얼굴 양쪽으로 정돈하지 않은 구레나룻을 기르고, 기다란 머
리카락을 왕관처럼 뒤집어써서 벗어진 이마를 가리는 스타일의 선생
이었다. "그럼 무슨 일이신가요, 알리?"

"약간 예민한 문제입니다."

"네."

"다음 달에 있을 학부모회 자선 행사 때문에 연락드렸어요."

사이먼은 알리가 말을 이어가길 기다렸다.

"아시다시피, 위원회 모임이 내일 저녁이잖아요."

"압니다." 사이먼이 대답했다. "잉그리드와 제가 공동 회장이죠."

"네, 바로 그 말씀입니다."

사이먼은 휴대전화를 힘껏 움켜쥐었다. 교장은 사이먼이 무슨 말이라도 해서 침묵을 깨주길 원했다. 그러나 사이먼은 아무 말도 하지 않았다.

"몇몇 학부모님께서 두 분은 내일 참석하지 않는 게 좋겠다고 하셔서요."

"어느 학부모가요?"

"그건 말씀드릴 수 없습니다."

"왜죠?"

"사이먼, 필요 이상으로 힘 빼지 마시죠. 학부모들이 그 동영상 때문에 걱정이 이만저만이 아닙니다."

"어휴." 사이먼이 말했다.

"네?"

"용건이 그게 다인가요?"

"아, 그게 아니라."

다시 한번 교장은 사이먼이 침묵을 메꿔주길 바랐다. 다시 한번 사이먼은 아무 말도 하지 않았다.

"아시다시피 올해 자선 행사는 노숙자들과의 융합을 위한 기금을 모으는 거잖아요. 현재 상황을 고려해보았을 때, 당신과 잉그리드가 공동 회장직을 계속 유지하는 것은 부적합하다고 판단됩니다."

"현재 상황이라니요?"

"이러지 말아요, 사이먼."

"그놈은 노숙자가 아니에요. 마약 딜러입니다."

"저는 그 상황을……."

"잘 모르고 하시는 말씀인 거 압니다." 사이먼이 말했다. "그래서 지금 말씀드리고 있잖아요."

"……하지만 가끔 보이는 것이 보이지 않는 진실보다 중요할 때가 있는 법이지요."

"보이는 것이 보이지 않는 진실보다 중요하다……." 사이먼이 알리의 말을 되풀이했다. "그게 당신이 아이들에게 가르치는 건가요?"

"자선 행사를 진행하려고 내린 최선의 결정입니다."

"결과가 수단을 정당화한다?"

"그런 말이 아닙니다."

"대단한 교육자시군요, 알리."

"마음이 많이 상하셨나 보군요."

"그보다 실망했다는 표현이 맞겠네요. 어쨌든 알겠습니다. 우리 수표나 돌려보내주세요."

"네?"

"우리가 대단한 사람들이라서 공동 회장을 시켜주신 거 아니잖아요. 우리가 낸 돈 때문에 그 자리에 앉을 수 있던 거 아닙니까?" 사이먼과 잉그리드는 대의명분을 위해 큰돈을 쾌척한 것이 아니었다. 이런 종류의 행사는 대부분 대의명분과는 상관이 없다. 명분은 부산물일 뿐, 모두가 학교와 알리 카림 같은 담당자에게 알랑대기 위한 것이다. 지지하는 대의가 있다면 그걸 지지하면 된다. 지우개 같은 연어를 차려놓은 지루한 저녁 식사 자리를 미끼 삼아, 돈 많은 누군가를 치하해 옳은 일을 하게끔 할 필요가 있을까? "이제 우리는 공동 회장이 아니니까……."

알리는 믿기지 않는다는 목소리였다. "기부금을 도로 가져가신다는 겁니까?"

"네. 내일 도착하게 보내주시면 좋겠지만, 내일모레도 괜찮습니다. 하루 잘 마무리하세요, 알리."

그는 전화를 끊고 베이지색 소파에 놓인 베이지색 쿠션에 휴대전화를 처박았다. 기부금을 낸다는 사실은 바뀌지 않았다. 그 정도로 위선자는 아니다. 다만 학교 자선 행사를 통해서 내지는 않을 것이다.

뒤를 돌아보자, 잉그리드와 헤스터가 그를 바라보며 서 있었다.

"법적인 조언이라기보다는 개인적인 조언인데 말이죠." 헤스터가 말했다. "앞으로 몇 시간은 아무하고도 말 섞지 말아요, 알겠어요? 사람들은 이런 상황에서 경솔하고 미련하게 대처하는 경향이 있어요. 그게 당신이라는 뜻은 아니에요. 하지만 양해를 구하고 안전한 쪽을 택하는 편이 낫죠."

사이먼은 잉그리드를 바라보았다. 아내는 키가 컸고, 늘 고상한 분위기를 풍겼다. 높이 솟은 광대뼈, 희끗해진 짧은 금발은 항상 멋져 보였다. 대학 시절에는 모델로도 잠깐 활동했고, 그때부터 '차가운 스칸디나비아인'이라는 말을 들었다. 첫인상이 차갑다는 평은 아직도 유효해서, 사람들은 소아청소년과 의사라는 그녀의 직업을 다소 의외라고 생각했다. 하지만 아이들은 잉그리드를 그렇게 받아들이지 않았다. 아이들은 그녀를 본 순간 사랑에 빠졌고, 신뢰했다. 아이들이 잉그리드의 마음을 들여다보듯 행동하는 것은 불가사의한 일이었다.

헤스터가 말했다. "두 분 얘기 나누세요."

무슨 얘기를 나누라는 것인지 특정하지 않았지만 그럴 필요가 없기도 했다. 두 사람만 남았을 때, 잉그리드가 이게 무슨 일이냐는 듯 어깨를 으쓱거리자 사이먼이 입을 뗐다.

"페이지가 어디 있었는지 알았다고?" 잉그리드가 물었다.

"말했잖아. 찰리 크롤리가 말해줬다고."

"당신은 거기에서 더 간 거잖아. 그다음에 노숙자를 만나서, 이름이 데이브……."

"그 사람이 노숙자인지 아닌지는 몰라. 그냥 공연자들 스케줄을 짠다는 것만 알아."

"지금 말싸움하자는 거야, 사이먼?"

사이먼은 그러고 싶지 않았다.

"데이브란 사람이…… 페이지가 거기 올 거라고 말해줬다고?"

"맞아, 그럴 거라고 했어."

"그런데도 나한테 말하지 않았어?"

"나도 확신이 없었어. 아무것도 아닌 일로 당신까지 걱정시킬 필요는 없잖아?"

잉그리드는 고개를 저었다.

"왜?"

"당신은 나한테 거짓말 안 해, 사이먼. 이건 당신이 할 만한 일이 아니야."

사실이다. 사이먼은 아내에게 거짓말한 적이 없다. 같은 맥락에서 지금도 거짓말을 하고 있지 않았다. 다만 진실을 가리고 있을 뿐. 하지만 그 역시도 충분히 잘못된 일이었다.

"미안해." 사이먼이 사과했다.

"내가 말릴까 봐 말하지 않은 거구나."

"부분적으로는." 사이먼이 인정했다.

"그 외에는?"

"그러면 다 말해야 했으니까. 내가 어떻게 페이지를 찾고 있었는지까지."

"우리 둘이 그러지 않기로 합의했음에도?"

사실 사이먼은 합의한 적이 없다. 잉그리드가 다소 강압적으로 나왔고, 거기에 반대하지 않았을 뿐이다. 그러나 지금은 그런 미묘한 차이를 논할 때가 아니었다.

"나는…… 나는 페이지를 그냥 그렇게 보낼 수 없었어."

"뭐야, 그럼 난 그럴 수 있다고 생각한 거야?"

사이먼은 대답하지 않았다.

"나보다 당신이 더 상처받았다고 생각했어?"

"아니야, 그런 거 아니야."

"제기랄. 당신 내가 그저 냉정하게 군다고 생각했지."

사이먼은 "아니야, 아니라고"하며 재차 그 말을 부정하려 했지만, 마음속 어딘가에서는 그런 생각을 하고 있지 않았을까?

"어쩌려던 셈이었어, 사이먼? 다시 중독 치료센터에 보내려고?"

"그러지 못할 이유도 없잖아?"

잉그리드는 눈을 감았다. "우리가 몇 번이나 노력했더라……?"

"한 번은 너무 적어. 그게 다야. 한 번으로는 너무 적다고."

"당신은 도움이 안 되고 있어. 페이지 스스로 돌아와야 한다는 거, 아직도 몰라? 내가 페이지를 사랑하지 않아서(잉그리드 스스로 그 말을 뱉었다) 그냥 내버려둔 게 아니야. 그 애가 가니까 잡지 못했을 뿐이야. 우리가 끌고 올 수는 없어. 알아들어? 우리는 그럴 수 없다고. 페이지 스스로 와야 해."

사이먼은 소파에 주저앉았다. 잉그리드가 옆으로 다가왔다. 이윽고 그녀는 사이먼 어깨에 머리를 기댔다.

　"나는 노력했어." 사이먼이 말했다.

　"알아."

　"그리고 다 망쳤어."

　잉그리드가 사이먼을 끌어안았다. "괜찮을 거야."

　사이먼은 가만히 고개를 끄덕였다. 그러지 못하리라는 것을, 그럴 수 없다는 것을 알고 있음에도 불구하고.

4

석 달 후

사이먼은 자신의 널찍한 사무실에서 미셸 브래디를 마주하고 앉아 있었다. 그의 사무실은 한때 월드 트레이드 센터가 서 있던 곳에서 길 하나만 건너면 되는 빌딩 38층에 있다. 잔혹했던 바로 그날, 그는 건물이 붕괴하는 모습을 목격했지만 그 일을 일절 언급하지 않았다. 그에 관한 다큐멘터리나, 업데이트되는 뉴스, 해마다 편성되는 특집도 보지 않았다. 그쪽으로 갈 수도 없었다. 오른편으로는 저 멀리, 물에 떠 있는 자유의 여신상이 보였다. 상대적으로 가까운 마천루 때문에 난쟁이처럼 보이는 여신상은 그저 물 위에 동동 떠 있는 듯했지만, 초록색 횃불을 높이 치켜들고 맹렬한 기세를 유지하고 있었다. 사이먼에게 이 모든 풍경이 지루해진 지는 꽤 오래되었지만(어떤 멋진 장관이든 매일 보면 진부해지기 마련이다), 자유의 여신상만은 늘 마음의 평화를 안겨주었다.

"정말 감사드려요." 미셸이 눈물을 머금고 말했다. "좋은 친구로서 우리 가족과 함께해주셔서요."

사이먼은 친구가 아니었다. 그는 이 가족의 재정을 담당할 뿐이고, 미셸은 그의 고객이다. 그러나 그녀의 말은 그를 감동시켰다. 그 말은 사이먼이 듣고 싶던 말이자, 그가 자기 직업을 바라보는 방식과도 일치했다. 그렇다면, 친구가 아니라고는 할 수 없지 않을까?

이십오 년 전, 릭과 미셸이 첫 아이인 엘리자베스를 출산한 직후에 사이먼은 자녀 명의로 된 대학 등록금 계좌를 만들어주었다.

이십삼 년 전에는, 생애 첫 주택 매매를 위한 대출을 짜주었다.

이십일 년 전에는, 중국에서 입양한 딸 메이를 위한 문서 작업과 각종 절차를 처리해주었다.

이십 년 전에는, 릭이 전문 인쇄 사업을 시작할 수 있도록 대출을 도와주었고, 그 사업은 이제 오십 개 주에서 서비스를 제공하고 있다.

십팔 년 전에는, 미셸이 첫 번째 아트 스튜디오를 차리는 일을 도와주기도 했다.

그리고 수년에 걸쳐, 사이먼과 릭은 사업 확장과 급여 계좌 관리, C 기업* 자격을 유지할 것인가, 어떤 은퇴 계획이 가장 적합한가, 차를 리스하는 것이 좋을지 사는 것이 좋을지, 딸아이들을 사립학교에 보내는 것이 그들의 재정 상황에 적합한지에 관해 논의했다. 그들의 대화 주제는 투자와 포트폴리오 잔고, 회사 급여 지급, 가족 여행 경비, 호숫가 낚시터 구매, 부엌 리모델링 등이었다. 그들은 529 계좌**를 개설했으며 부동산 계획을 함께 검토했다.

---

* 소유자와 별도로 과세되는 법인.
** 세금 혜택이 있는 대학 학자금 저축 방식.

이 년 전, 사이먼은 엘리자베스의 결혼식에 쓸 적절한 예산이 얼마인지 릭과 미셸에게 조언했다. 물론 그 결혼식엔 사이먼도 참석했다. 딸이 식장으로 들어오는 모습을 보며 릭과 미셸은 눈물을 많이 흘렸다.

한 달 전 릭의 장례식 날, 사이먼은 엘리자베스의 결혼식 때 앉은 바로 그 자리에 앉아 있었다.

그리고 현재, 사이먼은 그동안 릭에게 미뤄두었던 크고 작은 일들을 처리하는 방법을 미셸이 습득할 수 있도록 돕고 있다. 수표 결제, 신용카드 발급부터 어떤 펀드가 묶여 있고 어느 계좌로 나뉘어 있는지를 알려주는 것을 비롯해, 사업을 어떻게 운영해나가야 하는지, 지금이라도 팔아야 하는지에 대한 결정까지 말이다. 물론 미셸이 아직까지는 평생의 동반자를 잃은 슬픔에 휘청이고 있지만.

"도움이 되어서 제가 더 기쁩니다." 사이먼이 말했다.

"릭은 이 순간을 대비해뒀어요." 미셸이 말했다.

"네."

"마치 알고 있었다는 듯이요. 아시다시피 릭은 늘 건강해 보였잖아요. 제가 모르는 건강 문제라도 있었을까요? 그랬다고 생각하세요?"

사이먼은 고개를 저었다. "아니요, 그런 건 아니라고 생각합니다."

릭은 쉰여덟 살에 심근경색으로 죽었다. 사이먼은 릭의 법률 대리인이나 보험 관리인은 아니지만, 만일의 사태를 대비하는 것은 재정 관리 업무의 일부이기도 하다. 그래서 사이먼은 릭과 이 사안을 논의해왔다. 물론 릭은 또래의 다른 남자들처럼 자신의 죽음을 생각하기를 꺼렸다.

주머니에서 진동이 울렸다. 사이먼은 엄격한 규칙을 가지고 있었다. 고객 응대 시에는 어떤 방해도 없을 것. 허세를 부리려는 것이 아니었다. 사람들이 그를 만나러 올 때는 대개 자신에게 엄청난 의미를 가진 무언가에 대해 논의하려 했다.

바로 돈이다.

누군가는 콧방귀를 뀔지도 모른다. 돈으로는 행복을 살 수 없을지도 모른다. 그러나…… 글쎄, 그건 말도 안 되는 소리다. 돈은 당신이 통제할 수 있는 그 무엇보다 훨씬 더, 우리가 행복이라고 부르는 손에 잡히지 않는 이상을 불러오고 그것을 향해 다가갈 수 있도록 해준다. 돈은 스트레스를 덜어준다. 돈은 더 나은 교육을 제공하며, 더 나은 음식, 더 나은 의료 서비스를 제공해준다. 일정 수준의 마음의 평화까지도. 돈은 평안과 자유를 준다. 돈은 경험과 편의, 그리고 그 무엇보다도 시간을 벌어준다. 그것은 사이먼이 깨달은 바에 따르면, '가족'과 '건강'과 더불어 저 높은 곳에 있는 가치였다.

재정을 관리하도록 당신이 선택한 사람이 의사나 성직자만큼 중요하다는 사실을 믿든 안 믿든, 사이먼은 그들이 당신의 일상에 훨씬 더 깊숙이 관여하고 있다고 주장할 것이다. 사람들은 열심히 일을 한다. 열심히 저축하고 계획을 세운다. 사실상 사람들이 인생에서 재정 상태를 염두에 두지 않고 내릴 수 있는 주요한 결정은 없다고 봐도 무방하다.

한발 물러서서 생각해볼 수 있다는 것은 엄청난 여유인 것이다.

미셸 브래디는 사이먼의 주의를 온전하게, 집중적으로 받을 권리가 있다. 그러므로 바지 주머니에서 울리는 진동은 그 이상의 엄청나게 중요한 일이 벌어지고 있다는 신호였다.

사이먼은 슬쩍 컴퓨터 화면을 보았다. 새로 온 비서 칼릴이 보낸 메시지가 떠 있었다.

경찰이 왔습니다.

메시지를 오래 보는 바람에 미셸도 눈치를 챘다.
"괜찮으세요?" 미셸이 물었다.
"괜찮습니다. 다만……."
"무슨 일이죠?"
"일이 좀 생긴 것 같네요."
"아." 미셸이 말했다. "저는 나중에 다시 와도……."
"잠깐 실례해도 될까요?" 사이먼이 책상 위 전화기를 가리켰다.
"그럼요."
수화기를 들고 칼릴에게 연결했다.
"아이작 패그벤레이 형사가 면담을 위해 올라오고 있습니다."
"엘리베이터라고?"
"네."
"내가 부를 때까지 접견실에 좀 잡아둬."
"알겠습니다."
"브래디 부인 신용카드 발급 신청서는 가지고 있나?"
"네."
"그럼 거기다 서명하시게 하고. 부인과 메이 앞으로 오늘 카드가
나올 수 있도록 해줘. 그리고 자동결제 어떻게 되는지 보여드리고."
"알겠습니다."
"아마 그쯤이면 나도 끝날 거야."
사이먼은 전화를 끊고 미셸과 눈을 맞추었다. "방해가 됐네요. 죄송
합니다."

"괜찮아요." 미셸이 대답했다.

그렇지 않았다. 괜찮지 않은 일이었다. "제, 어, 그러니까, 저한테 몇 달 전에 일어난 일 알고 계시죠?"

미셸은 고개를 끄덕였다. 모두가 알고 있었다. 사이먼은 인기 급상승 동영상 속 악당들이 오르는 명예의 전당에 이름을 올렸다. 사자에게 총질을 해댄 치과 의사와 이성을 잃은 인종주의자 변호사가 사이먼과 어깨를 나란히 하고 있었다. 사건 후 며칠간 ABC, NBC, CBS의 아침 뉴스가 이 사건으로 재미를 보았다. 케이블 뉴스도 마찬가지였다. 헤스터가 예상한 대로 사이먼의 악명은 며칠간 불타오르더니, 그 달 말쯤 빠르게 기억에서 사라져갔다. 첫 주에 조회수 800만을 찍었는데, 아직도 850만을 밑돌고 있었다.

"그 일은 어떻게 돼가고 있어요?" 미셸이 물었다.

어쩌면 이런 대화를 하지 말아야 하는지도 모른다. 그러나 다시 생각해보면, 꼭 해야 하는 말일 수도 있다. "형사가 오고 있대요."

고객에게만 숨기는 것 없이 털어놓길 바라는 일방통행적 대화는 과연 공평할까? 미셸과는 상관없는 일로 미셸에게 할당된 시간을 명백하게 방해하고 있다는 점에서, 사이먼은 그녀가 알 권리가 있다고 생각했다.

"릭이 기소는 취하됐다고 하던데."

"취하됐어요."

그 지점도 헤스터의 예상이 맞았다. 지난 석 달간 에런과 페이지의 행적을 찾지 못했고, 피해자가 없으니 사건이 성립되지 않았다. 사이먼이 꽤 부유하고 에런은 꽤 기다란 전과를 가지고 있다는, 유감스럽긴 해도 놀랍지 않은 사실이 밝혀져 도움이 되었다. 헤스터와 맨해튼

지방 검사는 지켜보는 눈들을 피해 조용히 일을 처리했다.

당연히 합의는 없었다. 보상금도 없었다. 일은 서투른 부분 없이 진행됐다. 거기서 끝이 아니었다. 이럴 수가, 사이먼과 잉그리드가 참석할 의사가 있다면 참여할 수 있는 자선기금 모금 행사도 다가오고 있었다. 카림 교장은 사건 이 주 후 연락을 해왔다. 직접 사과를 건네진 않았지만, 자신이 힘이 됐으면 좋겠다며 사이먼네 가족이 애버내시 아카데미의 '가족'임을 넌지시 알렸다. 사이먼은 교장에게 꺼지라고 할 준비가 되어 있었지만, 잉그리드는 애니아가 조만간 신입생으로 들어갈 예정이라는 사실을 상기시켰다. 그는 미소를 머금고 수표를 다시 돌려보냈고 인생은 그렇게 계속됐다.

맨해튼 지방 검사가 공식적으로 기소를 철회하기 전에 시일을 두고 기다리길 원한다는 것이 일종의 절차라면 절차였다. 언론에서 특혜나 그 유사한 것에 의문을 품지 않을 정도로, 사건은 백미러로 보는 풍경처럼 저 멀리 멀어져야 했다.

"경찰이 온 이유를 아세요?" 미셸이 물었다.

"아니요." 사이먼이 대답했다.

"변호인한테 연락해봐야 하는 거 아닌가요?"

"저도 그 생각을 하고 있었습니다."

미셸이 자리에서 일어섰다. "그럼 볼일 보세요."

"정말 죄송합니다."

"염려 마세요."

사이먼의 사무실은 유리 벽으로 되어 있어서 대기실이 내다보였다. 칼릴이 이쪽으로 걸어오자 사이먼은 들어오라고 고갯짓을 했다.

"문서 작업은 칼릴이 도와드릴 겁니다. 경찰이 돌아갈 때쯤엔……"

"그냥 일 보셔도 돼요." 미셸이 끼어들었다.

그녀는 책상 너머에서 사이먼과 악수했다. 칼릴이 그녀를 데리고 나갔다. 사이먼은 심호흡을 했다. 그는 헤스터 크림스타인의 사무실로 전화를 걸었다. 그녀는 빠르게 응답했다.

"용건만 똑바로 말해." 헤스터가 말했다.

"뭐라고요?"

"친구라면 이렇게 전화를 받는 법이죠. 신경 쓰지 마세요. 무슨 일이에요?"

"경찰이 저를 만나러 여기까지 왔어요."

"여기가 어디죠?"

"제 사무실이요."

"진심으로 하는 말씀인가요?"

"아니요. 헤스터, 사실 장난 전화예요."

"재밌네요. 똑똑한 의뢰인이 내 취향이죠."

"뭘 어떻게 해야 하나요?"

"짜증 나는 놈들." 헤스터가 구시렁거렸다.

"뭐라고요?"

"그 인간들도 당신 변호사가 누군지 기록을 봐서 안다고요. 나한테 연락도 안 하고 당신한테 쳐들어가면 안 돼요."

"그러니까 저는 뭘 해야 하는 건가요?"

"내가 가요. 그 남자하고 말 섞지 말고요. 그 여자든지. 이 상황에 성차별주의자까지 되고 싶진 않으니."

"남자예요." 사이먼이 덧붙였다. "검사가 기소를 철회중인 걸로 아는데, 그러면 경찰은 사건이 없잖아요."

"철회중이고, 사건 없어요. 그냥 앉아 있어요. 한 마디도 하지 말고."

문간에서 조심스러운 노크 소리가 들렸다. 잉그리드의 여동생인 이본 프레비디가 사이먼의 사무실로 들어왔다. 이본은 모델 같은 언니만큼은 예쁘지 않았다. 혹은 사이먼의 취향은 아니라고 할까. 하지만 패션에 훨씬 관심이 많아서, 오늘도 분홍색 펜슬스커트에 크림색 민소매 블라우스를 입고, 골드 징이 박힌 10센티미터짜리 발렌티노 펌프스를 신고 있었다.

사이먼은 잉그리드를 만나기 전 이본을 만났다. 두 사람이 메릴린치에서 트레이닝을 받던 시절이었다. 두 사람은 바로 절친이 되었다. 이십육 년 전 일이다. 트레이닝을 마치고 얼마 지나지 않아, 이본의 아버지인 바트 프레비디가 딸 이본과 아직 사위는 아니었던 사이먼을 자신의 신생 회사 파트너로 지정했다.

PPG자산운용 회사명에 있는 P는 두 사람의 프레비디를, G는 그린을 나타냈다.

모토는 '우리는 정직하지만 회사 이름을 짓는 데는 창의적이지 못하다'였다.

"저 잘생긴 경찰은 무슨 일이야?" 이본이 물었다.

이본과 로버트는 아이 네 명과 뉴저지 주 교외 쇼트 힐의 호화 주택에 살고 있다. 아주 잠깐, 사이먼과 잉그리드도 교외에서 산 적이 있다. 샘이 태어났을 무렵, 살고 있던 어퍼 웨스트사이드 아파트에서 콜로니얼 양식의 주택으로 옮겨 갔다. 다들 그렇게 하니까 대세를 따른 것이다. 사람들은 아이가 한두 명 생기기 전까지는 도심에 살다가 그 후에는 방범 벽과 뒷마당, 좋은 학교와 체육시설이 갖춰진 동네의 좋은 집으로 이사를 한다. 그러나 사이먼과 잉그리드는 교외가 맞지 않았다. 두 사람은 도시의 자극과 활기, 소음 같은 익숙한 것이 그리웠다. 대도시에서 밤에 산책을 하다 보면 항상 볼 것이 있다. 교외에서 밤에 산책을 하면…… 글쎄, 볼 게 없다. 조용한 뒷마당, 끝없이 펼쳐진 축구장, 동네 수영장, 어린이 야구장, 그 모든 열린 공간은 전부 망할 폐소공포를 유발했다. 고요함은 더디게 흘러갔다. 통근도 오래 걸렸다. 꼬박 이 년을 살고 다시 맨해튼으로 돌아왔다.

그게 실수였을까?

사람을 미치게 하는 부류의 질문이다. 그러나 사이먼은 그렇게 생각하지 않았다. 설사 그렇다고 해도, 교외에 사는 지루한 아이들이 도시에 사는 또래보다 훨씬 더 실험적이고 드세게 행동하기 마련이다. 게다가 페이지는 고등학교 때까지는 괜찮았다. 대도시를 떠나 시골에 있는 대학에 간 것이 모든 문제의 시발점이다.

혹은 이 모든 것이 합리화에 불과하지 않을까. 누가 알겠는가?

"경찰을 봤어?" 사이먼이 물었다.

이본이 고개를 끄덕였다. "접견실에 막 도착했어. 왜 온 거래?"

"나야 모르지."

"헤스터에게 연락은 했어?"

"응. 오는 중이야."

"저 남자 심하게 잘생겼는걸."

"누구?"

"경찰 말이야. 〈지큐〉 표지에 나올 것처럼 생겼네."

사이먼은 고개를 끄덕였다. "고마워, 아주 좋은 정보로군."

"내가 미셸을 맡을까?"

"칼릴이 하고 있어. 그래도 들여다봐주면 좋지."

"알겠어."

이본이 자리를 뜨려는 순간, 매끈한 회색 양복을 입은 키 큰 흑인 남자가 문을 막아섰다. "그린 씨?"

인정, 〈지큐〉에서 방금 튀어나온 거 맞네. 그의 양복은 단순한 맞춤복 같지 않았다. 그보다는, 그만을 위해 태어나고 자라고 만들어진 옷처럼 보였다. 꽉 끼는 슈퍼히어로 슈트나 제2의 피부처럼도 보인달까. 체격도 바위처럼 단단해 보였다. 그는 바짝 깎은 머리와 완벽하게 손질한 수염, 커다란 손을 과시했고, 이 남자에 관한 모든 것이 비명을 질러대는 듯했다. '그는 당신보다 멋져!'

이본은 사이먼에게 고개를 까딱하고 나서 말했다. "내 말이 무슨 뜻인지 알겠지?"

"뉴욕 경찰국의 아이작 패그벤레이 형사입니다."

"여기 이렇게 오시면 안 되는 거 아닌가요?" 사이먼이 물었다.

패그벤레이 형사가 너무 눈부시게 미소 지은 까닭에 이본은 뒷걸음질을 쳤다. "맞아요, 그런데 일반적인 용건으로 온 게 아니라서요." 형사는 배지를 꺼내 보였다. "몇 가지 여쭤볼 사항이 있습니다."

이본은 꼼짝도 하지 않았다.

"안녕하세요." 형사가 그녀에게 말을 걸었다.

이본은 말없이 손을 흔들어 인사했다. 사이먼은 인상을 찌푸렸다.

"변호인을 기다리고 있습니다." 사이먼이 응수했다.

"헤스터 크림스타인이던가요?"

"네."

아이작 패그벤레이는 청하지도 않았는데 사무실을 가로질러 사이먼 반대편 의자에 자리를 잡았다. "유능한 변호사죠."

"네네."

"듣기로는 최고라던데."

"맞아요. 그리고 그 최고 변호사는 우리가 대화하는 상황을 반기지 않을 겁니다."

패그벤레이는 눈썹을 치켜올리며 다리를 꼬았다. "그래요?"

"네."

"대화를 거부하겠다는 겁니까?"

"거부가 아닙니다. 변호인이 동석할 때까지 기다리는 거죠."

"저도 그러길 바라시는 거고요?"

형사의 목소리에서 날카로움이 느껴졌다. 사이먼은 이본을 힐끗 보았다. 이본 역시 날 선 느낌을 받은 듯했다.

"지금 그 말씀입니까, 사이먼 씨? 그게 마지막 진술인가요?"

"무슨 말씀이신지 모르겠네요."

"저와의 대화를 거부하시는 건지 묻는 겁니다."

"변호인이 올 때까지만 그렇습니다."

아이작 패그벤레이는 한숨을 내쉬며 다리를 풀었다. 그러고는 자리에서 일어섰다. "그렇다면 안녕히 계십시오."

"접견실에서 기다리시면 됩니다."

"아니요, 그럴 일은 없을 겁니다."

"곧 도착할 텐데요."

"사이먼? 사이먼이라고 불러도 될까요?"

"물론이죠."

"당신은 고객을 소중히 생각하겠죠, 그렇지 않나요?"

사이먼은 이본 쪽을 본 뒤, 다시 패그벤레이를 바라보았다. "그러려고 노력합니다."

"제 말은, 당신이라면 고객의 돈을 낭비하지 않을 거라는 말이에요,
그렇지 않나요?"

"그렇죠."

"저도 똑같습니다. 제 고객은 아시다시피 뉴욕의 납세자입니다. 그
사람들이 힘들게 번 돈을 당신네 접견실에 앉아 금융 잡지나 보면서
허비하고 싶지 않아요. 아시겠어요?"

사이먼은 대답하지 않았다.

"당신과 당신 변호인이 가능할 때 관할서로 오시면 됩니다."

패그벤레이는 양복을 쓸어내리고는, 재킷 주머니에서 명함을 꺼내
사이먼에게 건넸다.

"그럼 안녕히 계세요."

사이먼은 명함을 보다가 놀라운 사실을 발견했다. "브롱크스?"

"뭐라고요?"

"여기에 당신 관할서가 브롱크스라고 나와 있는데."

"맞아요. 당신네 맨해튼 사람들은 가끔 뉴욕 시에 다섯 개 구역이
있다는 걸 잊어버리는 것 같군요. 브롱크스, 퀸스……."

"하지만 그 폭행사건은……." 사이먼은 잠시 멈추고 되감기 버튼을
눌렀다. "의혹이 제기된 폭행사건은 센트럴파크에서 일어났어요. 센
트럴파크는 맨해튼에 있고요."

"네, 맞아요." 아이작 패그벤레이가 다시금 눈부신 미소를 지으며
대답했다. "하지만 살인사건은 말이죠, 브롱크스에서 일어났거든요."

5

엘레나 라미레스는 말도 안 되는 경치가 내려다보이는 말도 안 되게 커다란 사무실로 들어서며, 곧 닥칠 일에 대해 마음을 다잡았다. 상대는 기대를 저버리지 않았다. "잠깐, 당신이 라미레스 씨라고요?"

엘레나는 충격에 가까운, 이런 회의적 반응에 익숙했다.

"실제로 보니 어떠세요." 엘레나가 받아쳤다. "너무나 기대한 바 그대로죠, 안 그래요?"

의뢰인 서배스천 소프 3세는 그녀를 찬찬히 훑어보았다. 엘레나가 남자였다면 이런 식으로 대하지는 않을 것이다. 민감하게 굴려는 게 아니다. 그것은 사실이다. 소프에 관련된 모든 것에서는 돈 냄새가 잔뜩 풍겼다. 이름 끝에 붙은 3세라는 단어, 따로 맞춤한 수제 핀스트라이프 양복, 부자 특유의 발그레한 안색, 뒤로 넘긴 1980년대 월가 헤어스타일, 은으로 만든 황소와 곰 모양 커프 링크스까지.

소프는 누군가가 일러준 것이 틀림없는 기죽이는 눈빛으로 엘레나를 줄곧 뚫어져라 바라보았다.

엘레나가 입을 뗐다. "치아까지 확인하시겠어요?"

엘레나가 입을 활짝 벌렸다.

"뭐라고요? 아니요, 됐습니다."

"확실해요? 까뒤집어서 보여줄 수도 있는데." 엘레나는 실제로 그렇게 해 보였다. "이건 뭐 축산 시장이 따로 없네요, 안 그래요?"

"그만하시죠."

소프의 사무실은 허식적이고 과장된 스타일로 꾸며져 있었다. 하얀색과 크롬 빛깔로 도배가 되어 있었고, 정중앙에는 마치 위에서 포즈를 잡기 위해 깔아놓은 듯한 얼룩말 러그가 펼쳐져 있었다. 전부 쇼였다. 일을 하는 게 아니었다. 남자는 혼다 오디세이를 주차해도 될 만큼 커다란 하얀 책상 건너편에 서 있었다. 책상에는 액자 하나가 놓여 있었다. 인스타그램에 자신을 '피트니스 모델'이라고 소개함 직한 탄탄한 몸매의 젊은 금발 미녀 옆으로, 소프가 일그러진 미소를 지으며 턱시도를 입은 채 서 있었다. 꽤 과한 포즈의 결혼사진이었다.

"당신이 훌륭하다고 추천받았을 뿐이니." 소프는 설명 조였다.

그는 자기 돈에 부합하는 좀 더 세련된 사람을 기대했을지도 모른다. 맘 진을 입고 운동화를 신은, 150센티미터도 안 되는 땅딸막한 멕시코인 말고. 사람들은 엘레나의 이름을 들으면, 여름 별장에서 일을 도와주는 아주머니를 닮은 여자가 아닌, 페넬로페 크루스 같은 배우 혹은 유연한 플라멩코 댄서를 기대했다.

"제럴드가 당신이 최고라더군요." 소프가 다시 강조했다.

"단가가 제일 높기도 하죠. 그러니 본론으로 들어가볼까요? 아드님이 실종됐다고 알고 왔습니다만."

소프는 휴대전화를 들어 몇 번 누르더니 엘레나 쪽으로 화면을 돌렸다. "헨리입니다. 올해 스물네 살이죠."

화면 속 헨리는 파란 폴로셔츠를 입은 채 어색한 미소를 짓고 있었다. 아무리 짜내도 속에서 우러나오지는 않는 그런 종류의 웃음이었다. 엘레나는 더 가까이서 보려고 몸을 수그렸다. 그러나 둘 사이를 갈라놓고 있는 책상은 너무나 거대했다. 두 사람은 시카고 강과 시내 풍경이 환상적으로 내려다보이는 창가로 걸어갔다.

"잘생긴 아이네요." 엘레나가 말했다.

소프가 고개를 끄덕였다.

"실종된 지는 얼마나 됐나요?" 엘레나가 물었다.

"삼 일."

"경찰에 신고는 하셨나요?"

"했죠."

"그랬더니요?"

"경찰은 매우 정중하게 나오더군요. 내 말을 듣고 신고 접수를 받더니, 헨리 이름을 무슨 시스템 같은 데 집어넣고는, 그것도 내가 누구인지를 아니까 해준……."

그는 백인이다. 돈 많은 백인. 엘레나는 그렇게 생각했다. 그게 다지만, 그거면 충분했다.

"반전이 있다고 들리네요." 엘레나가 말했다.

"그런데 아이가 문자를 보냈어요. 헨리가."

"언제요?"

"실종된 날."

"뭐라고 하던가요?"

소프는 휴대전화를 누르더니 엘레나에게 건넸다. 엘레나는 받아 들고 문자를 읽었다.

친구들이랑 서부로 가고 있어요. 이 주 후에 돌아올게요.

"경찰한테도 보여줬나요?" 엘레나가 물었다.

"보여줬죠."

"그런데도 신고를 접수해줬고요?"

"네."

엘레나는 흑인이나 히스패닉 아버지가 실종된 아들을 신고하러 가서 이런 문자를 경찰에게 보여줬을 때 나올 반응을 상상해보았다. 아마도 비웃음을 사며 경찰서 밖으로 쫓겨날 것이다.

"다른 게 더 있어요." 소프는 허공을 응시했다. "일종의 반전이."

"뭔데요?"

"헨리는 법적으로 좀 문제가 있었어요."

"어떤 문제죠?"

"사소한 문제. 마약 소지죄."

"형을 살았나요?"

"아뇨. 전혀 심각한 문제는 아니었으니까요. 사회봉사명령을 받았죠. 진즉에 해결된 소년원 기록도 있긴 해요. 아시다시피."

물론, 엘레나도 알고 있었다.

"전에도 사라진 적이 있나요?"

소프는 창문을 응시했다.

"소프 씨?"

"전에도 가출한 적이 있어요. 그 말씀을 하시는 거라면."

"한 번 이상인가요?"

"그렇습니다. 그런데 이번에는 달라요."

"흠." 엘레나가 말했다. "아드님과 사이는 어땠죠?"

슬픈 미소가 얼굴에 스쳤다. "아주 좋았어요. 각별한 사이였죠."

"지금은요?"

그는 검지로 뺨을 톡톡 두드렸다. "최근에 관계가 틀어졌어요."

"왜죠?"

"헨리는 애비를 좋아하지 않았어요."

"애비가 누구죠?"

"새 아내입니다."

엘레나는 책상에서 사진이 든 액자를 집어 올렸다. "이분이 애비?"

"맞아요. 무슨 생각을 하는지 압니다."

엘레나는 고개를 끄덕였다. "정말 핫한 여자다?"

그는 사진을 낚아챘다. "함부로 판단하지 말아요."

"당신을 판단하지 않았어요. 애비를 판단하는 거지. 제 판단은 정말 핫한 여자라는 거고요."

소프는 인상을 찌푸렸다. "당신한테 연락하는 게 아니었는데."

"그럴지도요. 그래도 당신 아들 이야기를 좀 정리해봅시다. 하나, 아드님은 당신에게 이 주간 친구들과 서부 여행을 간다는 문자를 보냈다. 둘, 전에도 여러 번 사라진 적이 있다. 셋, 마약 건으로 여러 번 체포된 이력이 있다. 제가 빠뜨린 거라도? 아, 이런. 넷, 아드님은 자기 또래로 보이는 애비와 당신의 관계에 안 좋은 감정을 품고 있다."

"애비는 헨리보다 다섯 살은 더 많아요." 소프가 끼어들었다.

엘레나는 아무 말도 하지 않았다.

엘레나가 지켜보는 가운데 소프는 자신감을 잃어갔다. "진지하게 듣지 않는군요." 그는 필요 없다는 듯이 손을 내저었다. "가보세요."

"네, 좀 있다가요."

"뭐라고요?"

"당신은 분명 아드님을 걱정하고 있어요." 엘레나가 말했다. "제가 묻고 싶은 것은 '왜인가?'입니다."

"그게 무슨 상관입니까. 어차피 당신을 고용하지 않을 텐데요."

"농담도." 엘레나가 말했다.

"그 문자."

"그게 왜요?"

"멍청하게 들리겠지만."

"말씀해보세요."

"헨리는 사라질 때…… 글쎄, 그냥 사라졌죠."

엘레나가 고개를 끄덕였다. "사라진다고 문자를 남기지 않았다는 말이군요. 그냥 가출하지."

"그래요."

"이런 문자를 보낸 것은 아드님 성격에서 벗어난 일이군요."

소프는 천천히 고개를 끄덕였다.

"그게 다인가요?"

"그래요."

"확실한 증거는 아니네요." 엘레나가 말했다.

"경찰도 그렇게 생각했죠."

소프는 손바닥으로 얼굴을 문질렀다. 이제야 그가 한동안 잠을 자지 못했다는 것을 알 수 있었다. 뺨은 혈색이 좋았지만 눈 주변 피부는 투명할 정도로 창백했다.

"시간 내줘서 고마워요, 라미레스 씨. 아무래도 당신이 제공하는 서비스는 필요 없을 것 같군요."

"제 생각에는 필요하실 것 같은데요." 엘레나가 말했다.

"뭐라고요?"

"사실 여기 오기 전에 뒷조사를 좀 했어요."

그 말이 소프의 주의를 끌었다. "무슨 소리죠?"

"아드님이 본인 휴대전화로 문자를 보냈다고 하셨습니다."

"그래요."

"여기 오기 전에 그 휴대전화로 핑을 보내봤어요."

소프는 눈을 가늘게 떴다. "무슨 소릴 하는 거요? 핑을 보내다니?"

"사실은요, 저도 잘 모릅니다. 일종의 편법이에요. 그게 뭔지는 크게 중요하지 않습니다. 루라는 천재 기술자를 데리고 있어요. 루가 핑을 보내죠. 휴대전화로요. 그러면 휴대전화가 자기 위치를 알리는 핑을 회신합니다."

"그럼 헨리가 어디 있는지 알 수 있단 말인가요?"

"이론적으로는 그렇습니다."

"이미 핑을 보냈다고요?"

"네, 루가 보냈죠."

"그럼 아이는 어디 있죠?"

"거기까지가 다입니다." 엘레나가 말했다. "우리가 보낸 핑에 응답하지 않았어요."

소프는 여러 차례 눈을 깜빡였다. "이해가 가질 않는군요. 아까는 핑에 회신한다고 하지 않았나요?"

"맞습니다." 엘레나가 대답했다.

"휴대전화를 꺼놨나 보군요."

"아닙니다."

"아니라고요?"

"그렇게들 오해하시죠. 휴대전화를 끈다고 GPS가 꺼지는 게 아니거든요."

"그럼 당신은 누구든 아무 때고 추적할 수 있다는 말인가요?"

"원칙적으로는 영장이 있어야 합니다. 통신사를 설득할 명분도 필요하고요."

"하지만 당신은 했고요." 소프가 말했다. "어떻게?"

엘레나는 대답하지 않았다.

소프는 천천히 고개를 끄덕였다. "알겠습니다." 그가 말했다. "그렇다면 핑을 보내지 않았다는 것은 무슨 뜻인가요?"

"여러 의미일 수 있어요. 아무 의미 없을 수도 있고요. 혹은 헨리가 당신이 저 같은 사람을 고용할 것이라 생각해서 휴대전화를 바꿨을 수도 있죠."

"하지만 가능성은?"

엘레나는 어깨를 으쓱거렸다. "상황에 대한 합리적 설명이 가능한 동시에 헨리도 무사할 확률? 오십 대 오십이죠. 조금 더 높을 수는 있겠지만."

"그럼에도 여전히 당신을 고용해야 한다?"

"집이 털릴 가능성이 0.5퍼센트에 불과할지라도 도난보험에 가입하잖아요."

소프가 고개를 끄덕였다. "아주 적절한 비유로군요."

"다른 건 몰라도 마음의 안정에는 도움이 될 거예요."

소프는 휴대전화를 만지작거리다, 아기를 팔에 안은 젊은 날의 자기 사진을 보여주었다. "그레천…… 첫 번째 아내예요. 우리는 아이를 가질 수 없었어요. 모든 시도를 해봤죠. 호르몬, 수술, 세 번에 걸친 시험관 시술. 그러다 헨리를 입양했어요."

수심에 찬 얼굴에 미소가 떠올랐다.

"그레천은 어디 있나요?"

"십 년 전에 죽었어요. 헨리가 고등학교에 입학한 직후였죠. 꽤 힘들어했어요. 나는 최선을 다했습니다. 정말로. 그래도 아이가 어긋나는 게 보였죠. 아이와 좀 더 시간을 보내려고 안식년도 냈지만 더 강하게 붙잡을수록……."

"더 멀리 도망가죠." 엘레나가 말을 매듭지었다.

고개를 든 소프의 눈이 촉촉했다. "왜 이런 이야기를 당신에게 하는지 모르겠네요."

"정황이요. 제가 정황을 알 필요가 있죠."

"나도 내가 하는 말이 어떻게 들릴지 압니다. 그래서 제럴드에게 시카고 최고의 사설탐정을 찾아달라고 부탁한 거고요. 라미레스 씨, 마약이건 문자건 애비와의 문제건 간에, 내 아들은 내가 잘 알아요. 이번에는 느낌이 안 좋아. 아주 간단하죠. 일이 단단히 잘못됐어요. 이렇게 말하면 이해가 좀 가나요?"

"네." 엘레나가 부드럽게 대답했다. "그럼요."

"라미레스 씨?"

"엘레나라고 부르시죠."

"엘레나, 내 아들 좀 찾아줘요."

6

사이먼은 자기가 농락당하고 있음을 알았다.

패그벤레이 형사가 자극하고 수작을 걸려 한다는 것도, 자신은 그무엇 하나 잘못하지 않았다는 것도 알았다("유죄를 받은 사람들도 다들 그렇게 얘기하죠." 헤스터가 나중에 그에게 한 말이다). 패그벤레이는 자기가 핵탄두를 떨어뜨리고 문밖으로 유유히 걸어 나가는 꼴을 사이먼이 가만히 두고 보지 않으리라는 사실을 너무나 잘 알고 있었다.

"누가 살해당했죠?" 사이먼이 물었다.

"아, 아." 패그벤레이가 반쯤은 꾸짖듯, 반쯤은 깔보듯 손가락을 흔들었다. "변호인이 출석하기 전까진 아무 말도 하지 않겠다고 하셨잖아요."

사이먼은 입이 바짝바짝 말랐다. "제 딸인가요?"

"죄송합니다. 변호인 출석을 포기하지 않으시는 한……."

"세상에." 이본이 끼어들었다. "인간적으로 하시죠."

"변호사를 선임할 권리든 뭐든 포기하겠소." 사이먼이 말했다. "변호사 없이 직접 얘기하죠."

패그벤레이는 이본 쪽으로 몸을 돌렸다. "선생님은 이만 나가주시는 게 어떨까요?"

"페이지는 제 조카예요." 이본이 말했다. "괜찮은 건가요?"

"괜찮은지 어떤지는 저도 모릅니다." 패그벤레이가 대답했다. 그의 시선은 여전히 대기실을 향해 있었다. "하지만 피해자는 아닙니다."

안도감. 순수하고 달콤한 안도감이었다. 온몸 구석구석의 세포가 산소 부족으로 아우성치는 느낌이었다.

"그렇다면 누구죠?" 사이먼이 물었다.

패그벤레이는 바로 대답하지 않았다. 그는 이본이 자리를 비울 때까지 기다렸다. 이본은 엘리베이터 옆에서 헤스터를 기다리겠다고 했다. 마침내 사무실 문이 닫혔다. 아주 잠시 동안 패그벤레이는 대기실로 향하는 유리 벽을 응시했다. 처음 방문한 사람에게 꽤 낯선 풍경일 것이라고 패그벤레이는 생각했다. 프라이버시를 완벽히 보호할 수 없는 사무실이라니.

"어젯밤 어디에 계셨는지 말씀해주실 수 있나요, 사이먼?"

"몇 시에요?"

패그벤레이는 어깨를 으쓱했다. "그냥 어제저녁부터 밤까지 말해보도록 하죠. 6시부터 쭉이요, 말씀해보시죠."

"6시까지는 여기 있었고요. 지하철을 타고 집으로 갔습니다."

"몇 호선을 타셨죠?"

"1호선입니다."

"체임버스 가에서 타셨나요?"

"네. 링컨 센터에서 내렸고요."

패그벤레이는 이것이 아주 심오한 사실이라는 듯 고개를 끄덕였다.

"그러면 얼마나 걸리죠? 회사에서 집까지요. 이십 분, 삼십 분?"

"삼십 분요."

"그럼 6시 반 정도에 집에 도착하신 건가요?"

"맞습니다."

"집에 누가 있었나요?"

"아내와 막내딸이 있었습니다."

"아드님도 있으시죠, 맞나요?"

"네, 샘입니다. 대학에 다니고 있어요."

"어느 대학요?"

"애머스트요. 매사추세츠 주에 있습니다."

"네, 저도 애머스트가 어디 있는지는 압니다." 패그벤레이가 말했다. "그러니까, 집에 오셨고. 아내와 딸이 거기 있었고……."

"네."

"다시 나가셨나요?"

사이먼은 몇 초 동안 생각해보았다. "두 번이요."

"어딜 가셨나요?"

"공원이요."

"몇 시에요?"

"7시, 그리고 10시에 다시 한번 나갔습니다. 개를 산책시키러요."

"오, 부럽네요. 견종이 뭐죠?"

"허배너스입니다. 여자아이고, 이름은 래즐로입니다."

"래즐로는 보통 남자애 이름 아닌가요?"

사이먼은 고개를 끄덕였다. 실제로 그랬다. 사이먼과 잉그리드는 샘의 여섯 살 생일 선물로 래즐로를 데려왔다. 샘은 강아지의 성별에는 개의치 않고 그 이름을 고집했다. 이젠 다 지난 이야기지만 강아지를 입양하고 나자, 아이들은 약속과 달리 강아지 돌보는 일을 입양을 반대한 유일한 가족 구성원에게 미뤘다.

사이먼이었다.

또 한 가지 놀랍지 않은 사실은, 그가 래즐로를 무척이나 사랑하게 되었다는 점이다. 래즐로와의 산책은 즐거웠다. 래즐로는 사이먼이 일과를 마치고 집으로 돌아오면, 하루도 빼놓지 않고 해방된 포로처럼 달려 나와 그를 반겨주었다. 그리고 마치 처음 가는 곳인 양 열정적으로 그를 공원으로 이끌었다. 사이먼은 바로 그런 산책을 사랑했다.

래즐로는 이제 열두 살이다. 걸음이 점점 느려지고 있었다. 청각도 무뎌져서, 어떤 날은 사이먼이 집 안에 다 들어올 때까지 그의 귀가를 눈치채지 못했다. 그 사실은 사이먼에게 깊은 슬픔을 안겨주었다.

"강아지 산책 외에 밖으로 나가신 적이 있나요?"

"아니요."

"밤새 세 분이 같이 계셨군요?"

"그렇게 말씀드린 적 없습니다."

패그벤레이는 뒤로 기대앉으며 양팔을 들어 보였다. "그럼 계속 말씀해보시죠."

"아내는 근무하러 갔습니다."

"아내분은 뉴욕 프레즈비티리언 병원 소아청소년과 의사시죠? 야간 근무셨나 보군요. 그렇다면, 막내딸 애니아와 둘뿐이었겠네요."

사이먼은 잠시 주춤했다. 패그벤레이는 그의 아내가 어디서 일하는지 알고 있었다. 딸 이름도 알았다. "형사님?"

"아이작이라고 부르십쇼."

거절. 애들이었다면 이렇게 받아쳤을 테다. "누가 살해당했나요?"

사무실 문이 벌컥 열렸다. 헤스터 크림스타인은 체격은 작지만 보폭이 넓었다. 그녀는 다짜고짜 안으로 들어와서 패그벤레이에게 비난을 퍼부었다.

"지금 장난해요?"

패그벤레이는 침착함을 잃지 않았다. 천천히 자리에서 일어나 헤스터를 내려다보며 손을 내밀었다. "살인사건을 담당하는 아이작 패그벤레이 형사입니다. 만나 뵙게 되어 영광이네요."

헤스터는 그의 얼굴을 노려보았다. "손모가지 날아가기 전에 그 손 치우시죠. 모가지도 같이 날려버리기 전에요." 그러고 나서 그녀는 기를 죽이는 눈빛으로 사이먼을 노려보았다. "당신도 마음에 안 들기는 마찬가지예요."

헤스터는 잔소리를 조금 더 이어갔다. 그러고는 창문 없는 회의실로 자리를 옮기자고 주장했다. 장소 이동. 심리적 조작 중 하나임에 틀림없지만, 그게 어떻게 가능한지 사이먼은 몰랐다. 장소를 옮기고 나자 헤스터가 주도권을 장악했다. 그녀는 기다란 탁자 한쪽 끝에 패그벤레이를 앉혔다. 자신과 사이먼은 그 반대쪽에 앉았다.

자리를 잡고 나자, 그녀는 패그벤레이에게 고갯짓을 했다. "좋습니다, 이제 시작해보죠."

"사이먼……."

"그린 씨라고 부르도록 하세요." 헤스터가 끼어들었다. "이쪽은 당신 친구가 아닙니다."

패그벤레이는 할 말이 있는 것처럼 보였지만, 대신 그냥 웃고 말았다. "그린 씨." 그는 주머니에 손을 넣어 사진을 한 장 꺼냈다. "이 남자를 아시나요?"

헤스터는 사이먼의 한쪽 팔에 손을 얹었다. 그는 그녀가 괜찮다고 하기 전까지 대답도 반응도 하지 않을 것이다. 팔은 일종의 신호 수신기나 다름없었다.

패그벤레이가 탁자 건너편으로 사진을 밀었다.

에런 코벌이었다. 쓰레기 같은 놈이 끔찍하고도 젠체하는 미소를 머금고 있었다. 사이먼에게 얻어맞기 직전에 머금던 바로 그 미소였다. 놈은 어딘가 잔디밭에 서 있고, 뒤로는 나무가 보였다. 그 옆에 선 누군가에게 에런이 팔을 둘렀는데, 패그벤레이가 사진을 잘라낸 것 같았다. 왼쪽으로 그 사람의 어깨가 보였다. 사이먼은 잘려 나간 사람이 페이지인지 궁금해서 견딜 수 없었다.

"압니다." 사이먼이 대답했다.

"누구죠?"

"에런 코벌입니다."

"따님 남자친구 맞나요?"

헤스터가 사이먼의 팔을 움켜쥐었다. "관계에 대해 증언할 필요는 없을 텐데요. 넘어가시죠."

패그벤레이는 에런의 얼굴을 손가락으로 가리켰다. "에런 코벌을 어떻게 아시죠?"

"지금 장난해요?" 헤스터가 다시 끼어들었다.

"무슨 문제 있으신가요? 크림스타인 씨?"

"그럼요, 문제죠. 당신이 우리 시간을 낭비하고 있으니까요."

"저는 단지……."

"그만하세요." 헤스터가 손을 들어 올렸다. "엉뚱한 짓을 하시는군요. 우리 모두가 내 의뢰인과 에런 코벌의 관계를 압니다. 그냥 당신이 이미 상황을 접수했다고 가정해봅시다. 통찰력 있는 신문 기술로 나와 그린 씨를 진정시킨 것으로요. 우리는 당신 손바닥 위에 있는 거죠, 형사님. 그러니까 바로 본론으로 들어가시죠."

"알겠습니다, 그쯤 해두죠." 패그벤레이는 몸을 앞으로 기댔다. "살해된 사람은 에런 코벌입니다."

사이먼이 바라던 바지만, 그 말의 무게는 그를 동요시키기에 충분했다. "그럼 제 딸은요……?"

헤스터가 그의 팔을 움켜쥐었다.

"우리도 따님이 어디 있는지 모릅니다, 그린 씨. 혹시 아시나요?"

"아니요."

"마지막으로 언제 만나셨나요?"

"석 달 전이요."

"장소는?"

"센트럴파크요."

"당신이 에런 코벌을 폭행한 그날인가요?"

"와." 헤스터가 끼어들었다. "나는 완전 없는 사람 취급이군요."

패그벤레이가 말했다. "다시 묻습니다. 무슨 문제 있으신가요?"

"다시 말씀드리자면, 네, 문제 있습니다. 당신이 하는 묘사가 마음에 들지 않네요."

"당시 사건을 묘사하려고 쓴 '폭행'이라는 단어 말씀인가요?"

"네, 바로 그 부분입니다."

패그벤레이는 뒤로 기대앉아 책상에 양손을 올려놓았다. "그 건은 고소가 취하된 것으로 알고 있습니다."

"당신이 뭘 알고 있든 알 바 아닙니다."

"그렇게 빠져나가시겠다? 증거가 그렇게 많았는데. 흥미롭네요."

"당신이 무엇에 흥미가 있든 상관없습니다, 형사님. 사건을 묘사하는 당신 방식이 마음에 들지 않을 뿐입니다. 다시 말씀해주시죠."

"누가 시간을 낭비하고 있는 건지 모르겠네요, 변호사님."

"조사 과정이 올바로 진행되길 바랄 뿐입니다, 바쁘시겠지만."

"좋습니다. 폭행 혐의. 바로 그 사건. 뭐가 됐든. 그쪽 의뢰인이 지금 대답해주실 순 있는 건가요?"

사이먼이 대답했다. "센트럴파크에서 있었던 그 사건 이후로 딸을 본 적이 없습니다."

"에런 코벌은요? 그를 만난 적이 있나요?"

"아니요."

"그럼 지난 석 달간, 따님 혹은 코벌 씨와는 어떤 접촉도 없으셨던 거네요, 맞습니까?"

"이미 질문하셨고, 대답한 것으로 아는데요." 헤스터가 매섭게 쏘아붙였다.

"그린 씨가 대답하게 해주시죠."

"그렇습니다." 사이먼이 대답했다.

패그벤레이의 얼굴에 미소가 스쳤다. "따님과 아주 가까운 사이는 아니신가 보군요?"

헤스터는 더는 용납할 수 없었다. "뭐 하시는 분이죠, 가족 상담사세요?"

"그냥 기록용입니다. 애니아와는 어떻죠?"

"애니아가 무슨 상관이죠?" 헤스터가 반박했다.

"조금 전 그린 씨가 어제저녁 애니아와 단둘이 집에 계셨다고 진술하셨습니다." 패그벤레이가 대답했다.

"사이먼이 뭘 했다고요?"

"그쪽 의뢰인께서 진술하신 내용입니다."

헤스터는 다시 사이먼을 매섭게 쏘아보았다.

"그린 씨, 10시에 다시 한번 강아지를 산책시키셨다고요, 맞나요?"

"맞습니다."

"이후 그린 씨나 따님 중 외출을 한 사람은요?"

"어휴." 헤스터가 손으로 T 자를 만들며 끼어들었다. "타임아웃."

패그벤레이는 짜증 난 표정이었다. "질문을 계속하고 싶습니다만."

"나는 휴 잭맨을 혀로 핥고 싶습니다만." 헤스터가 받아쳤다. "우리 둘 다 작은 실망을 안고 살아갈 수밖에 없겠네요." 헤스터가 자리에서 일어났다. "여기 계시죠, 형사님. 바로 돌아오겠습니다."

그녀는 사이먼을 끌고 회의실 밖으로 나가 복도를 따라 내려갔다. 가는 내내 휴대전화로 무언가를 했다. "조언은 건너뛸게요."

"저 역시 피해자가 제 딸인지 알기 위해 한 일이었다는 변명은 생략하기로 하죠."

"대단하시네요."

"늘 그렇죠."

"이미 일어난 일이니 어쩔 수 없죠." 헤스터가 말했다. "또 뭐라고 했나요? 전부 말씀해보시죠."

사이먼은 형사와 나눈 대화를 헤스터에게 빠짐없이 말해주었다.

"방금 내가 내내 문자 보낸 거 알죠?" 헤스터가 말했다.

"네."

"다시 들어가서 멍청한 소리를 지껄이기 전에, 조사원한테 코벌의 죽음에 대해 알아낼 수 있는 건 다 캐내라고 했어요. 시간, 정황, 방법 등등. 바보가 아니시니까 저 건장한 형사가 뭐 하러 왔는지는 알고 계시겠죠."

"제가 용의자로군요."

헤스터는 고개를 끄덕였다. "당신에겐 유의미한 '사건'이 있었어요." 헤스터는 손가락으로 따옴표를 만들어 보였다. "죽은 사람과요. 당신은 에런 코벌을 증오했죠. 딸의 약물 문제로도 원망했고요. 그러니까 당연히 용의자가 됩니다. 당신 아내도, 그리고…… 페이지도요. 아마 가장 유력한 용의자겠죠. 어젯밤 알리바이는 있나요?"

"말했다시피 계속 집에만 있었어요."

"누구와?"

"애니아요."

"네, 그 알리바이는 채택되지 않을 겁니다."

"왜죠?"

"집에서 애니아가 있던 곳은 어디죠?"

"자기 방이요, 거의."

"문이 열려 있었나요, 닫혀 있었나요?"

사이먼은 헤스터가 하려는 말을 알 것 같았다. "닫혀 있었습니다."

"애니아는 애잖아요, 그렇죠? 문은 닫혀 있고, 헤드폰에서는 쿵쾅대는 음악이 흘러나오고 있었겠죠. 당신은 아무 때고 몰래 나갈 수 있었을 겁니다. 애니아가 몇 시에 잠들었죠? 11시라고 해봅시다. 당신이 그 이후에 빠져나갔을 수도 있죠. 건물에 보안 카메라가 있나요?"

"네. 하지만 오래된 건물인걸요. 눈에 띄지 않고 나갈 수 있는 길은 많습니다."

헤스터의 휴대전화가 울렸다. 그녀는 휴대전화를 귀에다 가져다 대고 말했다. "똑바로 말해."

전화상의 누군가는 헤스터가 시키는 대로 했다. 그러자 헤스터의 얼굴이 창백해졌다. 그녀는 아무 말도 하지 않았다. 그리 오랜 시간은 아니었다. 헤스터가 다시 입을 열었을 때, 평소 성격과 달리 부드러운 목소리가 흘러나왔다. "이메일로 보고서 좀 보내봐요."

그녀는 전화를 끊었다.

"뭔가요?" 사이먼이 물었다.

"당신 짓이라고 의심하고 있지 않대요. 정정합니다. 당신이라고 의심할 수 없는 겁니다."

7

애시는 타깃이 낡아빠진 이세대주택에 주차하는 모습을 가만히 지켜보았다.

"캐딜락인가?" 디디가 물었다.

"그래 보이네."

"엘도라도야?"

디디는 말을 멈추는 법이 없었다.

"아니야."

"확실해?"

"ATS야. 캐딜락은 2002년에 엘도라도를 단종시켰어."

"어떻게 알아?"

애시는 어깨를 으쓱거렸다. 그냥 주워들은 거였다.

"우리 아빠가 엘도라도를 몰았는데." 디디가 말했다.

애시는 인상을 찌푸렸다. "지금 '아빠'라고 했냐?"

"뭐, 내가 그 사람 기억도 못 하는 줄 알아?"

디디는 여섯 살 이후로 위탁가정에서 자랐다. 애시는 네 살 때 첫 번째 위탁가정에 맡겨졌다. 그 후 십사 년이 넘는 시간 동안, 그는 스무 곳이 넘는 위탁가정을 전전했다. 디디 역시 비슷했을 것이다. 두 사람은 세 번에 걸쳐 같은 위탁가정에서 지냈다. 도합 팔 개월 정도 되는 시간이었다.

"물론, 중고였어. 진짜 낡은 거. 녹이 슨 밑바닥이 떨어져 나갈 지경이었지. 그래도 아빠는 그 차를 사랑했어. 나를 앞에 앉게 해줬지. 안전벨트도 없었어. 의자 가죽은? 모조리 갈라져서 너덜너덜. 다리가 맨날 긁혔다니까. 어쨌든 아빠는 라디오를 크게 틀고 가끔은 거기서 나오는 노래를 따라 불렀어. 그게 기억나는 전부야. 목소리가 아주 좋았지. 미소를 지으며 노래를 흥얼거리기 시작해. 그리고 핸들을 잡지 않고 손목을 얹은 채 운전했어, 무슨 말인지 알지?"

애시는 무슨 말인지 바로 알아들었다. 그 역시 아버지란 사람이 한 손으로 운전하면서 다른 손으로 어린 딸의 다리 사이를 주물럭거렸다는 사실도 알고 있었다. 하지만 지금은 그 얘기를 꺼낼 적절한 타이밍이 아닌 것 같았다.

"아빠는 그 망할 차를 정말 사랑했어." 디디는 입술을 삐죽거렸다. "그 일이 있기 전까지……."

애시는 더는 참을 수 없었다. "그 일이 있기 전까지?"

"그때부터 일이 틀어지기 시작한 게 아닌가 싶어. 아빠가 그 차에 관한 진실을 알았을 때 말이야."

애시는 디디가 '아빠'라는 단어를 쓸 때마다 움찔거렸다.

타깃이 차에서 내렸다. 플란넬 셔츠와 청바지를 입고 닳아빠진 가짜 팀버랜드 부츠를 신은 건장한 사내였다. 턱수염과 카무플라주 프린트의 보스턴 레드삭스 야구 모자가 꽉 끼는 머리를 과시했다.

애시는 턱으로 신호를 보냈다. "저놈인가?"

"그래 보이네. 계획은?"

타깃은 차 뒷좌석 문을 열었다. 밝은 초록색 가방을 멘 여자아이 둘이 쪼르르 내렸다. 그의 딸들이라는 것을 애시도 알았다. 키가 큰 아이 이름은 켈시, 열 살이다. 작은 아이 이름은 키에라, 여덟 살이다.

"기다린다."

애시는 운전석에 앉아 있었다. 디디는 조수석이었다. 그들은 삼 년 간 얼굴을 보지 못했다. 최근에 다시 만나기 전까지 애시는 그녀가 죽은 줄로만 알았다. 너무 오랜 시간이 흐르기도 했고, 너무 많은 일이 있었으니 서로 어색한 사이가 될 것이라 생각했다. 하지만 두 사람은 금세 과거의 패턴을 되찾았다.

"그 이후에 무슨 일이 있었던 거야?" 애시가 물었다.

"뭐가?"

"너희 아빠의 엘도라도 말이야. 어디서 잘못된 거야? 아빠가 알게 된 진실은 또 뭐고?"

디디 얼굴에서 미소가 사라졌다. 그녀는 자세를 바꿔 앉았다.

"꼭 말하지 않아도 돼."

"할 거야." 디디가 대답했다. "하고 싶어."

그들은 앞 유리를 통해 타깃의 집을 응시했다. 애시는 총을 넣어둔 엉덩이 근처에 손을 갖다 댄 채였다. 애시는 자기만의 방식이 있었다. 그 건장한 사내가 무슨 짓을 저질렀는지는 상상조차 할 수 없었다. 명단에 있는 놈들이 무슨 짓을 했건, 더 조금 알수록 더 나은 일도 있는 법이다.

"저녁을 먹으러 근사한 해산물 레스토랑에 갔었어." 디디가 입을 열었다. "할머니가 돌아가시기 직전이었지. 그래서 할머니가 계산하셨어. 우리 아빠는, 뭐랄까, 스테이크를 선호하는 사람이었달까. 항상 그랬지. 생선을 엄청나게 싫어했거든. 내 말은, 정말 증오하는 수준이었다고."

애시는 이야기가 어디로 가는지 감을 잡을 수 없었다.

"웨이터가 와서 데일리 스페셜을 읊었어. 작은 칠판을 들고 왔는데 스페셜은 분필로 적혀 있잖아. 폼 나게."

"그렇지."

"어쨌든, 웨이터는 생선 요리 스페셜을 이상한 악센트로 설명하기 시작했고, '셰프님은 호두와 파슬리 페스토를 곁들인 엘도라도 구이를 강력 추천하십니다'라고 말했어. 그러면서, 퀴즈 쇼에 나오는 차를 설명하듯 칠판을 향해 손짓했어."

애시는 디디를 바라보려고 몸을 틀었다. 그는 세월이 디디에게 친절하지만은 않았을 거라고 생각했다. 그녀가 지나온 모든 시간 말이다. 하지만 디디는 그 어느 때보다 아름다웠다. 두툼하게 땋은 금빛 머리카락이 등을 따라 흘러내렸다. 입술은 도톰했고 피부에는 잡티 하나 없었다. 초록색 눈동자는 밝은 에메랄드빛이었는데, 대부분이 콘택트렌즈를 꼈거나 화장을 했다고 생각했다.

"그러자 아빠는 웨이터더러 다시 말해보라고 했어, 그 물고기 이름 말이야. 웨이터는 그렇게 했지. 그랬더니 아빠가……."

맙소사, 애시는 그녀가 놈을 아빠라고 부르는 것을 그만뒀으면 좋겠다고 생각했다.

"화를 내기 시작했어. 정말로 식당 밖으로 뛰쳐나가더라고. 의자고 뭐고 다 넘어뜨리면서. 자기 차가, 엄청나게 멋진 차가 물고기 이름을 딴 것이었다니! 아빠는 그 사실을 받아들이지 못했어."

애시는 그저 디디를 바라볼 뿐이었다. "정말이야?"

"진짜야."

"물고기 이름을 딴 게 아니잖아."

"뭐라고? 엘도라도라는 생선을 못 들어봤단 말이야?"

"들어봤지. 하지만 엘도라도는 남아메리카에 있는, 금으로 만들어진 신화 속 도시야."

"그래도 물고기인 것도 맞잖아?"

애시는 아무 대꾸도 하지 않았다.

"애시?"

"어." 그는 한숨을 내쉬었다. "맞아, 물고기 이름이기도 하지."

타깃이 다시 집 밖으로 걸어 나와 창고 쪽으로 향했다.

"모두 다르게 처리해야 하는 거지?" 애시가 물었다.

"다르게 해야 하는지는 모르겠지만 서로 연결점이 없어야겠지."

시카고 건과는 달라야 한다는 뜻일 것이다. 하지만 애시에게는 여전히 이 건에 관해 여러 선택 사항이 남아 있었다.

"집을 주시하고 있어." 그가 말했다.

"이번엔 나는 같이 안 가는 거야?"

디디는 상처받은 것 같았다.

"안 가. 네가 핸들을 잡아. 시동은 계속 걸어놓고 입구를 주시해. 누가 나오면 나를 부르고."

애시는 지시 사항을 두 번 말하지 않았다. 타깃은 이제 창고로 들어가고 없었다. 애시는 그쪽을 향해 걸어갔다.

타깃에 대해 그가 아는 것은 다음이 전부였다. 이름은 케빈 가노. 고등학교 시절 첫사랑인 코트니와 결혼한 지 십이 년. 매사추세츠 주 리비어의 데번 가에 있는 이세대주택 꼭대기 층에 네 식구가 살고 있다. 육 개월 전 케빈은 린에 있는 올스턴 포장육 공장에서 해고되었다. 지난 칠 년간 일한 곳이다. 그 이후로 줄곧 다른 직장을 찾아보았지만 헛수고였다. 그 때문에 지난달 코트니는 컨스티튜션 거리에 있는 여행사에 접수원으로 취직해야만 했다.

케빈은 조금이나마 보탬이 되려고 매일 오후 2시에 학교를 마친 아이들을 데리고 왔다. 노동자 계급이 사는 이 동네가 조용하고 한적해지는 바로 이 시각, 그가 집에 있는 이유다.

애시가 접근했을 때, 케빈은 DVD 내지 블루레이 플레이어로 보이는 물건의 나사를 풀며 작업대 옆에 서 있었다. 그는 간단한 수리를 하며 용돈벌이를 했다. 케빈은 고개를 들어 애시에게 다정한 미소를 지었다. 애시도 미소를 지어 보이고는 그에게 총을 겨눴다.

"조용히 있으면 다 좋게 마무리될 거야."

애시는 창고 안쪽으로 완전히 들어가서 등 뒤쪽 셔터를 내렸다. 케빈에게 겨눈 총구를 그대로 유지한 채 그에게서 눈을 떼지 않았다. 케빈의 손에는 아직도 스크루드라이버가 들려 있었다.

오른손이었다.

"원하는 게 뭐야?"

"케빈, 스크루드라이버 내려놔. 협조하면 아무도 다치지 않는다."

"개소리." 케빈이 받아쳤다.

"뭐라고?"

"네 놈은 지금 면상을 보여주고 있잖아."

좋은 지적이었다.

"변장중이니 염려 마."

"개소리 집어치워." 케빈이 다시 소리쳤다.

케빈은 마치 도망갈 사람처럼 쪽문 쪽을 바라보았다.

"켈시하고 키에라지." 애시가 말했다.

딸들을 호명하자 케빈은 얼어붙었다.

"두 가지 선택권을 주지. 도망가면 즉시 쏜다. 그리고 집에 침입자가 든 것처럼 꾸밀 거야. 내가 너희 집 안으로 들어간다는 소리야. 켈시와 키에라는 뭘 하고 있지, 케빈? 숙제? 텔레비전을 보고 있나? 아니면 간식 먹는 중? 뭘 하고 있든 상관없어. 나는 들어갈 거고, 네가 차라리 죽었으면 좋겠다고 생각할 정도로 끔찍한 일을 하겠지."

케빈은 고개를 흔들었다. 눈에 눈물이 차올랐다. "제발."

"아니면." 애시가 말했다. "지금 스크루드라이버를 내려놔."

케빈은 시키는 대로 했다. 스크루드라이버가 콘크리트 바닥에 떨어져 탕 소리를 냈다.

"이러지 마. 나는 누구도 해친 적이 없어. 왜 이런 짓을 하는 거야?"

애시는 어깨를 으쓱해 보였다.

"제발 딸들만은 해치지 말아줘. 시키는 건 다 할게. 제발……." 그는 침을 꿀꺽 삼키며 몸을 곧추세웠다. "그럼…… 이제 어떡하면 돼?"

애시는 창고를 가로질러 케빈의 관자놀이에 총구를 갖다 댔다. 케빈은 애시가 방아쇠를 당기기 직전 두 눈을 감았다.

창고에 총성이 울려 퍼졌다. 길고 길게. 하지만 애시는 밖에 있는 누군가가 눈치챘을 거라고 생각하지 않았다.

케빈은 바닥으로 몸이 떨어지기 전에 유명을 달리했다.

애시는 빠르게 움직였다. 총을 케빈의 오른손에 쥐여주고 방아쇠를 당겼다. 총알이 바닥으로 발사됐다. 이제 케빈 손에 화약 가루가 묻었을 것이다. 케빈의 뒷주머니에서 휴대전화를 꺼내 그의 엄지손가락으로 잠금을 해제했다. 화면을 빠르게 넘겨 아내 연락처를 찾아냈다.

코트니 이름 앞뒤로 하트가 달려 있었다.

하트. 케빈은 아내 이름 옆에 하트를 달아두는 사람이었다.

애시는 간단한 문자를 입력했다. 미안해. 나를 용서해줘.

그는 보내기 버튼을 누르고 작업대에 휴대전화를 내려놓은 뒤, 차로 향했다.

서두르지 마. 너무 빨리 걸으면 안 돼.

애시는 자살 시나리오가 먹힐 가능성이 80에서 85퍼센트 정도 된다고 생각했다. 머리에 총상을 입었다. 피해자의 오른쪽 관자놀이에, 오른손잡이가 자해한다면 시도할 만한 방식으로. 이것이 바로 케빈이 어느 쪽 손에 스크루드라이버를 들고 있는지 확인한 이유다. 자살 메시지가 있다. 손에 화약 가루가 있다. 다른 총알 한 발은 아마도 케빈이 한 번 시도했다가 겁을 집어먹은 것처럼 보일 것이다. 그리고 진짜 실행하기 위해 자기 마음을 다잡은 것처럼.

자살 시나리오는 아마도 잘 팔릴 것이다. 80에서 85퍼센트, 케빈이 해고되었다는 사실과 그 때문에 우울해했다는 점을 계산에 넣는다면 90퍼센트 이상은 될 것이다. 과학수사에 적극적인, 혹은 드라마 〈CSI〉를 많이 본 몇몇 경찰이 앞뒤가 맞지 않는 지점을 발견할 수도 있다. 예를 들어, 두 번째 총알을 발사하기 전 케빈에게 일어설 시간이 충분하지 않았다는 점 같은 것 말이다. 범죄 분석가가 총알의 궤적을 확인하려고 예산을 쓴다면, 총알이 바닥 근처에서 발사되었다는 사실을 눈치챌 수도 있다.

누군가가 지금 애시를 목격하거나 차를 본다면 이상하다고 여기며 눈썹을 치켜올릴 수도 있다.

그러나 전부 의심을 살 만한 정황일 뿐이다.

결론이 어떻게 나든 그와 디디가 멀리 도망친 후일 것이다. 차는 깨 끗이 세차한 뒤 폐기할 예정이다. 그들을 쫓을 수 있는 단서는 아무것 도 없다.

애시는 이런 일에 뛰어났다.

그는 조수석에 몸을 실었다. 같은 블록에 있는 어느 집 커튼도 움직 이지 않았다. 문이 열리는 일도 없었다. 지나가는 차도 없었다.

디디가 물었다. "그 사람은······?"

애시는 고개를 끄덕였다.

디디는 미소를 지으며 길을 따라 차를 몰았다.

8

잉그리드는 귀가하던 사이먼과 문 앞에서 마주쳤다. 그녀는 남편을 두 팔로 감싸 안았다.

"딱 잠들던 참이었는데 경찰이 들이닥쳤어." 잉그리드가 말했다.

"그러게."

"갑자기 초인종이 계속 울리더라고. 좀 꾸물거리면서 일어났어. 배달이라고 생각했거든. 물론 평소에는 그분들이 이런 경우가 없게 해주시지만."

'그분들'이라 함은 건물 수위들이다. 잉그리드는 일주일에 한 번 응급실에서 야간 근무를 했다. 그래서 다음 날 낮에 잠을 자야 한다는 걸 수위들도 알았다. 만약 배달이 오면, 6시 반에 퇴근하는 사이먼이 가지고 올라갈 수 있도록 아래층에 받아두었다.

"얼른 트레이닝복을 주워 입었지. 그런데 경찰이 들이닥쳐서는 다짜고짜 알리바이를 묻더라고. 내가 용의자인 것처럼."

사이먼도 그 사실을 알았다. 수위에게서 계속 초인종이 울린다는 연락을 받자마자 잉그리드가 그에게 전화했기 때문이다. 헤스터는 경찰이 신문하는 동안 잉그리드와 함께 있어줄 회사 동료를 즉각 보냈다.

"그리고 바로 응급실에서 일하는 메리한테서 전화가 왔어. 내가 출근했었는지 재차 확인하려고 경찰이 병원에도 갔대. 말이 돼?"

"나한테도 알리바이를 내놓으라더군." 사이먼이 말했다. "헤스터 말로는 그냥 통상적인 거래."

"그래도 이해가 안 가. 정확히 무슨 일이야? 에런이 죽었다고?"

"응, 살해당했어."

"그럼 페이지는?"

"행방을 아는 사람이 없는 것 같아."

래즐로가 사이먼의 다리를 긁어댔다. 두 사람은 래즐로의 깊은 눈망울을 들여다보았다.

"산책 좀 시켜줘야겠네." 사이먼이 말했다.

오 분 뒤, 그들은 67번가에서 센트럴파크 웨스트로 길을 건넜다. 래즐로가 목줄을 세차게 끌어당겼다. 왼편으로 보이는 평범한 풍경 속에서 작은 놀이터가 불현듯 색채를 뿜어냈다. 아주 오래전, 사실 그리 오래전도 아니지만, 그들은 페이지를 데리고 이곳에 놀러 오곤 했다. 그다음에는 샘, 그다음에는 애니아. 두 사람은 주변을 열심히 살피지 않아도 놀이터 전체가 한눈에 들어오는 벤치에 앉아 안전하고 무탈하다는 느낌을 공유했다. 집에서 채 한 블록도 떨어지지 않은, 이 거대한 도시 속 거대한 공원 한가운데에서.

그들은 이름난 레스토랑인 태번 온 더 그린을 지나 우회전해서 공원 남쪽으로 향했다. 현장학습에서 눈에 띄기 쉽도록 노란 티셔츠를 맞춰 입은 어린이들이 일렬종대로 행진하며 그들을 지나쳐 갔다. 사이먼은 소리가 들리지 않을 정도로 아이들이 멀어지길 기다렸다.

"살인사건이라니." 사이먼이 말했다. "소름 끼쳐."

잉그리드는 얇고 기다란 코트를 걸치고 있었다. 그녀는 양손을 주머니에 찔러 넣으며 말했다. "그러니까."

"토막 살인이었나 봐."

"어떻게?"

"정말 구체적인 정황을 알고 싶어?" 그가 물었다.

잉그리드가 슬며시 웃음을 지었다. "이상하네."

"뭐가?"

"잔인한 영화에 나오는 폭행 장면을 못 견디는 쪽은 대개 당신이잖아." 그녀가 말했다.

"당신은 피를 봐도 눈 한번 깜박이지 않는 외과 의사고." 사이먼은 잉그리드가 할 법한 말을 계속 이어갔다. "그런데 이번에는 좀 괜찮은 것 같아."

"어떻게 그래?"

"헤스터가 해준 말인데, 이번에는 그렇게까지 역겹지 않은 이유가 진짜이기 때문일 거래. 당신이 응급실에서 환자와 마주칠 때처럼 말이야. 화면에서야 고개 돌릴 여유라도 있지. 현실에서는……."

사이먼의 목소리가 잦아들었다.

"옴짝달싹도 못 하지." 잉그리드가 말했다.

"생각만 해도 최악이야. 헤스터 정보원 말로는 살인자가 에런의 목을 찔렀다는데, 그냥 평범한 살해 방법 중 하나래. 칼이 목 깊숙이 들어갔대. 거의 머리가 잘려 나갈 정도로. 손가락도 세 개나 잘라냈고. 그리고 또……."

"죽기 전에? 후에?" 의사가 묻는 것 같은 질문이었다.

"뭘?"

"손가락 절단. 살아 있었을까?"

"몰라." 사이먼이 대답했다. "그게 중요해?"

"그럴지도."

"거기까진 모르겠어."

래즐로는 잠깐 멈춰 서서 지나가던 콜리와 엉덩이를 킁킁거리며 인사를 나눴다.

"에런이 살아 있을 때 자른 거라면." 잉그리드가 말했다. "누군가가 그에게서 정보를 빼내려던 것일 수 있어."

"무슨 정보?"

"나야 모르지. 그런데 이제 우리 딸을 찾을 수 있는 사람이 없네."

"당신이 생각하는 게 혹시⋯⋯?"

"난 아무 생각도 안 했는데." 잉그리드가 대답했다.

두 사람은 걸음을 멈추었다. 아주 잠시 둘은 서로의 눈을 바라보았다. 지나가는 사람들에도 불구하고, 두 사람이 앞으로 겪을 일에 대한 두려움에도 불구하고, 둘은 서로의 눈으로 빨려 들어갔다. 그는 그녀를 사랑한다. 잉그리드도 마찬가지다. 단순하지만 그것은 진실이다. 맞벌이를 하면서 아이들을 기르고, 좋은 일과 나쁜 일을 겪으면서 타성에 젖어 살아가다 보면 하루는 길지만 일 년은 짧게 느껴진다. 그러다 문득, 멈춰 서서 동반자를 바라보아야 함을 기억해낸다. 인생의 동반자, 바로 옆에서 외로운 여정을 함께한 바로 그 사람을 들여다보면, 둘이서 얼마나 많은 것을 함께해왔는가를 새삼 깨닫는다.

"경찰한테는." 잉그리드가 말했다. "페이지는 무가치한 마약중독자나 다름없어. 아이를 찾지 않겠지. 만약 찾는다면, 공범죄거나 더 심각한 이유 때문일 거야."

사이먼도 고개를 끄덕였다. "이제 우리가 나서야 해."

"맞아. 에런이 살해당한 곳이 어디래?"

"모트 헤이븐에 있는 자기 집."

"주소 알아?"

사이먼은 고개를 끄덕였다. 헤스터가 알려주었다.

"거기서부터 시작하면 되겠군." 잉그리드가 말했다.

우버 기사는 길 양옆으로 세워진 콘크리트 벽을 따라 차를 몰았다. 교전 지역에서나 볼 수 있을 법한 풍경이었다. "더는 못 갑니다." 아크멧이라는 이름의 기사는 차를 돌리며 사이먼을 향해 인상을 찌푸렸다. "여기가 확실해요?"

"네."

기사는 미덥지 않은 표정이었다. "마약을 사려는 거라면 더 안전한 곳을 아는데……."

"괜찮습니다. 고마워요." 잉그리드가 말했다.

"나쁜 뜻은 없었어요."

"그럼요." 사이먼이 말했다.

"방금 그 말 때문에 별점 한 개 주는 건 아니겠죠, 설마?"

"별점 5점입니다, 기사님." 사이먼이 조수석 문을 열며 말했다.

"가능하다면 6점이라도 드릴 판이에요." 잉그리드가 덧붙였다.

그들은 토요타에서 내렸다. 사이먼은 회색 트레이닝복에 운동화를 신고 있었다. 잉그리드는 청바지에 스웨터 차림이었다. 두 사람 다 야구 모자를 썼는데, 잉그리드는 뉴욕 양키스의 로고인 NY가 새겨진 모자였고, 사이먼은 바자회에서 받은 골프 클럽 로고가 달린 것이었다. 하나하나 아주 신중하게, 눈에 띄지 않고 자연스러워 보이도록 노력했지만 그것은 불가능한 일이었다.

엘리베이터가 없는 낡아빠진 4층 벽돌 건물은 허물어진다기보다는 오래된 코트처럼 해져서 떨어져나간다고 표현하는 쪽이 적절했다. 살짝 건드리기만 해도 무너질 듯한 비상 탈출용 사다리는 금속이라기보다 녹 그 자체에 가까웠고, 화상이 과연 파상풍보다 심각한 상해인가라는 화두를 던지는 것 같았다. 인도에는 혹사당한 침대 매트리스가 검은 쓰레기봉투 더미 위에 널브러졌고, 덕분에 쓰레기 더미는 더 기형적인 형태로 뭉개져 있었다. 건물 입구는 콘크리트 먼지를 뿜어내는 것처럼 보였다. 금속성을 띠는 회색 문은 현란한 그라피티로 뒤덮여 있었다. 잡초가 무성하게 자란 옆집 마당에는 자동차 부품과 낡은 타이어들이 나뒹굴고 있었는데, 훔치려는 사람이라도 있다는 듯이 담장을 가시철조망으로 둘러놓았다. 오른편에 있는 붉은 벽돌 건물은 한때는 위용을 자랑했을지 몰라도, 지금은 깨진 유리창을 합판으로 덮어둔 채였다. 고독과 절망의 모습을 한 풍경에 사이먼은 새삼스레 가슴이 미어졌다.

그의 딸 페이지가 바로 이곳에 살고 있었다.

사이먼은 잉그리드를 바라보려고 몸을 돌렸다. 그녀도 건물을 보고 있었다. 얼굴에 상실감이 드리워졌다. 잉그리드는 고개를 들어, 옥상 너머 가까운 거리에 솟아 있는 높다란 공공주택을 바라보았다.

"이제 어떡하지?" 사이먼이 물었다.

잉그리드는 주변을 둘러보았다. "이 정도일 거라고는 생각 못 했네, 안 그래?"

그녀는 그라피티가 그려진 문을 향해 걸어가더니 망설임 없이 손잡이를 돌렸다. 문이 삐거덕거리며 마지못해 열렸다. 좋게 말해 현관이라고 부를 수 있는 곳으로 들어서자, 지린내와 곰팡내 그리고 무언가가 썩어가는 악취가 그들을 에워쌌다. 고정 장치 없이 천장에서 달랑거리는 전구가 25와트만큼의 빛을 뿜어냈다.

여기 살았다니. 사이먼은 생각했다. 페이지가 이런 데서 살았다니.

사이먼은 인생에서 맞닥뜨리는 수많은 선택과 나쁜 결정들, 여러 갈림길을 떠올렸다. 그리고 페이지가 둔 어떤 수가, 그녀가 통과한 어떤 문이 아이를 이런 지옥 같은 곳으로 이끌었을까 생각했다. 그의 잘못은 아니었을까. 어떤 점에서는 당연히 그렇다고 해야 할 것이다. 나비효과. 하나를 바꾸면 모든 것이 바뀐다. 만일이라는 단어가 꼬리를 물었다. 과거로 돌아가 무언가 바꿀 수만 있다면. 페이지는 글을 쓰고 싶어했다. 지역 문학 잡지사에서 일하는 친구에게 기부금께나 쥐여주면서 딸아이 글을 보냈다고 가정해보자. 그게 출판됐다면? 페이지는 글쓰기에 조금 더 집중할 수 있었을까? 아이는 컬럼비아 대학교 수시모집에 지원했다가 떨어졌다. 입학처에 연락해달라고 옛 친구들을 닦달하든지, 모교를 압박했어야 하지 않을까? 이본의 시아버지는 윌리엄스 대학교 이사회에 속해 있었다. 사이먼이 부탁했다면 아마 이본은 부탁을 들어주었을 것이다. 아주 엄청난 일이었다. 페이지의 진로가 바뀔 수 있었을 테니까. 그렇지 않은가? 페이지는 기숙사에서 고양이를 키우고 싶어했지만, 사이먼은 허락하지 않았다. 학창 시절 친한 친구였던 메릴리와 싸웠을 때도 사이먼은 아빠로서 아무것도 하지 않았다. 터키 샌드위치에 체더치즈가 아닌 아메리칸 치즈를 넣는 걸 좋아한다는 사실을 알면서도, 사이먼은 종종 까먹고 다른 치즈를 넣곤 했다.

이러다가 미쳐버리고 말 거야.

페이지는 세상에서 제일가는 훌륭한 딸이었다. 나쁜 일에 휘말리는 것을 싫어했고, 아주 작은 일로 문제가 생겨도 두 눈에 눈물이 맺혔다. 그러면 사이먼은 참지 못하고 아이를 꾸짖었다. 그때 참아야 했는지도 모른다. 그랬다면 조금 더 나았을지도 모른다. 페이지가 그토록 쉽게 눈물을 흘린다는 사실은 사이먼 속을 뒤집었다. 사이먼 역시 너무나도 쉽게 눈물을 흘리는 사람이었고, 그 사실을 말할 용기가 없어서 더 그랬다. 사이먼은 그 사실을 받아들이기보다 콘택트렌즈가 잘못된 척하거나 있지도 않은 알레르기 핑계를 대거나 그냥 방을 나가버렸다. 만약 사이먼이 그 사실을 털어놓았더라면, 페이지는 조금 더 쉽게 상황을 받아들이고 나름의 해소법을 찾았을 것이다. 울지 않는 아버지 밑에서 자란 아이들이 더 보호받고 안전하다고 느낄 것이라는 그릇된 생각을 고수한 자기 아버지를 더 사랑할 수 있었을지도 모른다. 그러지 못했으므로 페이지는 더 유약한 아이가 되고 말았다.

잉그리드는 뒤틀린 계단을 올라갔다. 사이먼이 쫓아오고 있지 않다는 사실을 깨달은 잉그리드는 뒤를 돌아보았다. "괜찮아?"

사이먼은 잡생각을 떨쳐내고 고개를 끄덕인 뒤 아내를 따라갔다. "3층이야." 그가 말했다. "B호."

첫 번째 층계참에는 한때 소파였을 것으로 추정되는 물건의 파편이 널려 있었다. 재떨이에는 꽁초가 수북했고 찌그러진 맥주 캔도 높이 쌓여 있었다. 위층으로 올라가기 전 사이먼은 복도를 살폈다. 폭력 남편이라는 문구가 쓰인 티셔츠와 해진 청바지를 입은 마른 흑인 남자가 복도 끝에 서 있었다. 곱슬곱슬하고 빽빽한 하얀 턱수염 때문에 마치 양 한 마리를 집어삼킨 것처럼 보였다.

3층에는 '수사중 출입 금지'라고 적힌 노란 테이프가 무거운 철문을 엑스 자로 막고 있었다. 문에는 B라는 글자가 달려 있었다. 잉그리드는 주저하거나 속도를 늦추지 않았다. 문고리를 잡고 힘을 주어 돌렸다.

문은 꼼짝하지 않았다.

그녀는 한 발짝 물러서서 사이먼에게 해보라는 신호를 보냈다. 사이먼은 시키는 대로 문고리를 앞뒤로 움직이고 좌우로 돌려보았다.

꼼짝도 하지 않았다.

주변 벽은 주먹 한 방에 뚫릴 정도로 삭았지만, 굳게 잠긴 문고리만큼은 항복할 기미가 보이지 않았다.

"어이."

아무렇지 않게 툭 던져진 한마디가 총알처럼 퀴퀴한 공기를 갈랐다. 사이먼과 잉그리드는 깜짝 놀라 뒤를 돌아보았다. 양털 턱수염을 기른 아까 그 흑인 남자였다. 사이먼은 도망칠 경로부터 확인했다. 들어온 길을 제외하면 출구가 없는데, 그 길은 지금 가로막힌 상태였다.

의식하진 않았지만 아주 천천히, 사이먼은 한 발짝 내디뎌 잉그리드와 남자 사이에 자리를 잡았다.

잠시 아무 말도 오가지 않았다. 세 사람은 더러운 복도에 선 채로 움직이지 않았다. 위층에서 베이스가 심히 쿵쿵대는 노래의 볼륨을 높였다. 보컬은 몹시 화가 나 있었다.

이윽고 남자가 입을 열었다. "페이지를 찾나 보군."

의문문이 아니었다.

"당신." 남자는 손을 들어 앙상한 손가락으로 잉그리드를 가리켰다. "당신이 엄마고."

"어떻게 아시죠?" 잉그리드가 물었다.

"페이지를 똑 닮았으니까. 페이지가 당신을 닮았다고 해야 하나?" 남자는 양털 수염을 쓰다듬었다. "늘 헷갈린단 말이야."

"페이지가 어디 있는지 아시나요?" 사이먼이 물었다.

"그것 때문에 여기 온 거요? 딸을 찾으러?"

잉그리드가 한 발짝 다가섰다. "네, 페이지가 어딨는지 아세요?"

남자는 고개를 저었다. "미안하오."

"그래도 페이지는 아시나 보군요."

"그럼, 알다마다. 바로 아래층이 내 집이오."

"알 만한 사람이 또 있을까요?" 사이먼이 물었다.

"알 만한 사람?"

"친구라든지."

남자는 미소를 지었다. "내가 바로 그 친구요."

"그럼 다른 친구라든가."

"없을 거요." 그는 턱수염으로 문을 가리켰다. "들어가시게?"

사이먼은 잉그리드를 바라보았다. 잉그리드가 대답했다. "네, 그저 좀 보고 싶어서……."

남자는 눈을 가늘게 떴다. "뭘?"

"사실 잘 모르겠어요." 잉그리드가 말했다.

"그저 아이를 찾는 중이라." 사이먼이 덧붙였다.

남자는 마치 수염을 더 길게 뽑아내려는 듯 끝을 잡아당기면서 쓰다듬었다. "내가 들여보내주지." 남자는 주머니에서 열쇠를 꺼냈다.

"그걸 어떻게……?"

"내가 말했지 않소, 친구라고. 당신은 문이 먹통이 되거나 하는 상황에 대비해서 열쇠를 맡겨둘 친구도 없는가 보오?" 남자가 이쪽으로 걸어왔다. "만약 경찰이 테이프가 파손됐다고 난리 치면 당신들 때문이라고 할 거요. 이쪽으로, 들어가보십시다."

아파트는 폐소공포증을 유발할 것 같은 작은 공간이었다. 페이지가 살던 대학 기숙사 넓이의 반쯤은 될까. 방에는 싱글 매트리스가 두 개 있었다. 하나는 오른쪽 벽 바로 옆 바닥에 놓였고, 다른 하나는 왼쪽 벽에 기대어 세워져 있었다. 그게 다였다. 이부자리도, 세간도 없이.

오른편 구석에 페이지의 기타가 세워져 있었다. 그 옆으로 세 더미 정도 되는 옷가지가 바닥에 쌓여 있었다. 혼란의 도가니 같은 이곳에서 딸아이의 옷가지만은 가지런히 개어져 있었다. 사이먼은 옷가지를 뚫어져라 바라보았다. 잉그리드의 손이 스르르 다가와 그의 손을 세게 움켜쥐었다. 페이지는 늘 자기 옷가지를 잘 정돈하는 아이였다.

방 왼편 바닥에는 마른 핏자국이 얼룩져 있었다.

"누구를 해칠 만한 아이는 아니었소. 당신네 딸 말이오." 남자가 말했다. "자기 자신을 제외하면."

잉그리드는 남자 쪽을 바라보았다. "성함이 어떻게 되시죠?"

"코닐리어스."

"저는 잉그리드라고 해요. 이쪽은 애 아빠, 사이먼. 그런데 당신이 맞는 말만 하는 것 같지는 않네요, 코닐리어스."

"예를 들면?"

"페이지는 그 이상을 망쳐버렸죠."

코닐리어스는 고개를 끄덕이기 전 잉그리드의 말을 되새겨보았다. "당신 말이 맞을 수도 있소, 잉그리드. 하지만 장점이 많은 아이였소, 여전히. 나랑 체스를 많이 뒀지." 사내는 사이먼과 눈을 맞췄다. "당신이 가르쳐줬다더군."

사이먼은 차마 아무 말도 하지 못하고 고개만 끄덕였다.

"클로이를 산책시켜주는 걸 좋아했소. 클로이는 내 개라오. 코커스 패니얼. 자기 집에서도 강아지를 한 마리 키운다고 하더군. 너무 보고 싶다고. 페이지 때문에 상심한 건 알겠소만, 내 말은 그 원인이 따로 있다는 거요. 전에도 본 적이 있지. 앞으로도 그럴 거고. 그건 악령과도 같아. 잡고 놔주질 않지. 상대방의 약점을 찾을 때까지 들쑤시다가 바로 그 약점을 파고들어 혈관으로 들어간다오. 술, 도박, 암이나 다른 바이러스일 수도 있고, 헤로인이나 코카인, 메스암페타민 같은 것일 수도 있소. 악령은 어떤 형태로도 존재할 수 있지."

남자는 몸을 돌려 바닥에 있는 핏자국을 내려다보았다.

"남자의 모습을 할 수도 있고." 코닐리어스가 말했다.

"에런을 아시나 보군요." 사이먼이 물었다.

코닐리어스는 핏자국을 가만히 들여다보았다. "혈관을 파고드는 악령에 관해 내가 한 말을 이해하시오?"

잉그리드가 대답했다. "네."

"어떨 때는 놈이 들쑤실 필요도 없소. 사람이 대신해주니까." 코닐리어스는 고개를 들어 두 사람을 바라보았다. "누군가가 죽기를 바라는 건 싫소만, 이거 하나만은 말해두지. 여기 올라와서 그놈과 페이지가 약에 취해 널브러져 있는 것만 몇 번을 봤소. 그놈과 놈이 한 짓을 볼 때마다 그런 생각을 하긴 했지……."

남자 목소리가 잦아들었다.

"경찰한테도 얘기하셨나요?" 잉그리드가 물었다.

"얘기를 나누기는 했지만 딱히 할 말은 없었소."

"마지막으로 페이지를 보신 게 언제죠?"

코닐리어스는 대답을 주저했다. "그 대답은 당신들한테 듣고 싶었는데."

"무슨 말씀이죠?"

복도에서 소리가 들렸다. 코닐리어스는 고개를 내밀었다. 젊은 커플이 그들 쪽으로 비틀거리며 걸어왔다. 서로를 얼싸안은 팔다리가 하도 꼬여 있어서 누구 것인지 분간할 수 없었다.

"코닐리어스." 젊은 남자가 경쾌한 목소리로 아는 체를 했다. "뭐하고 있어요?"

"걱정 말게, 엔리케. 캔디, 안녕?"

"사랑해요, 코닐리어스."

"그래그래."

"거기 치우는 거예요?" 엔리케가 물었다.

"아니. 그냥 괜찮은지 확인중이네."

"쓰레기 같은 놈이었어."

"엔리케!" 캔디가 말했다.

"뭐?"

"죽은 사람이잖아."

"그럼 쓰레기가 죽었다고 하면 돼? 그게 낫나?"

엔리케는 안쪽을 들여다보다가 사이먼과 잉그리드를 발견했다. "저 사람들은 누구예요?"

"그냥 경찰이야." 코닐리어스가 대답했다.

그 말에 커플은 몸가짐을 다시 했다. 느릿한 걸음걸이가 갑자기 의미심장하게 바뀌었다.

"아, 만나서 반가웠어요." 캔디가 말했다.

두 사람은 팔다리를 풀고 걸음을 재촉하며 복도 끝에 있는 방으로 사라졌다. 코닐리어스는 두 사람이 시야에서 사라질 때까지 미소를 머금고 있었다.

"코닐리어스?" 잉그리드가 말했다.

"흠."

"페이지를 언제 마지막으로 보셨어요?"

코닐리어스는 몸을 돌려 슬픔의 공간을 다시 바라보았다. "내가 지금 댁들에게 하려는 말을." 그가 말했다. "경찰한테 하지 않은 이유가 있소."

두 사람은 기다렸다.

"당신들은 이해를 해줘야지. 페이지가 클로이와 나에게 얼마나 잘 해줬는지 늘어놓으면서 사탕발림을 했지만, 사실은 말이오, 그 아이는 처치 곤란이었소. 마약중독자였으니. 체스를 두거나 잠깐 요기하러 우리 집에 오면 말이오. 이런 말 하기는 정말 싫지만, 사실 난 그 아이에게서 눈을 떼지 않았소. 무슨 말인지 아시겠소? 뭘 집어 갈까 봐 노심초사였지. 그게 마약중독자들이 하는 짓이니까."

사이먼은 알고 있었다. 페이지는 집에서도 도둑질을 했다. 사이먼의 지갑에서 현찰이 사라지고 잉그리드의 보석 몇 점이 자취를 감췄을 때, 페이지는 오스카상을 줘도 아깝지 않을 연기력을 선보이며 결백을 주장했다.

그게 마약중독자들이 하는 짓이니까.

마약중독자.

딸아이는 마약중독자다. 사이먼은 단 한 번도 그 사실을 소리 내어 말해본 적이 없다. 코닐리어스의 입을 통해 들은 그 단어는 그에게 부정할 수 없는 가혹한 일격을 가했다.

"에런이 살해당하기 이틀 전에 건물 입구에서 페이지를 보았소. 집에 들어오던 참이었는데, 페이지가 부들부들 떨면서 계단을 뛰어 내려오더군. 꼭 누군가에게 쫓기는 사람 같았소. 너무 빨라서 넘어질 것 같아 보였다니까."

코닐리어스는 고개를 들어 마치 페이지가 그곳에 있는 것처럼 허공을 바라보았다.

"나는 양손을 내밀었소. 아이를 받아주려고." 코닐리어스는 손바닥을 위로 한 채 팔을 들어 올리며 시범을 보였다. "그런데 큰 소리로 불러봐도 그냥 지나쳐 밖으로 뛰어나가더군. 잠깐 멈춰 서지도 않더라고. 그런데 그런 일이 처음은 아니어서."

"전에는 어떤 일이 있었죠?" 잉그리드가 물었다.

코닐리어스는 잉그리드에게 주의를 돌렸다. "페이지는 아까 말한 대로 그렇게 뛰쳐나가곤 했지. 너무 정신이 없어서 나를 알아보지도 못해. 빈 옆집 공터로 뛰쳐나간 게 여러 번이지. 들어올 때 봤소?"

두 사람은 고개를 끄덕였다.

"가시철조망을 달아놨지만, 옆쪽으로 개구멍이 있소. 로코한테 작대기*를 사러 가는 거요."

"로코요?"

"이 동네 딜러. 에런이 그 밑에서 일했소."

잉그리드가 물었다. "에런이 마약을 취급했나요?"

코닐리어스는 눈썹을 치켜올렸다. "그게 놀라운 일인가?"

사이먼과 잉그리드는 눈빛을 교환했다. 사실 그렇지 않았다.

"요지는 프로 미식축구 수비수를 갖다 놔도 작대기가 급한 마약쟁이는 못 막는다는 거요. 그러니까 내가 하려는 말은 그날처럼 뛰쳐나간 건 그리 이상할 게 없다는 뜻이오."

"그럼 그날 이상했던 점은 뭔가요?" 사이먼이 물었다.

"페이지 얼굴에 멍 자국이 있었다는 거."

사이먼 귓가에 수비수가 돌격하는 소리가 들리는 것 같았다. 자기 목소리조차 멀게 느껴졌다. "멍 자국요?"

"피도 묻었고. 두들겨 맞은 것 같았소."

사이먼은 주먹을 불끈 쥐었다. 분노가 차올라 온몸이 뜨거워졌다. 마약, 약쟁이, 중독. 그게 무엇이든 간에 사이먼은 받아들이거나 거부하거나 할 수 있었다.

하지만 누군가가 자기 딸에게 폭력을 행사했다니.

사이먼 눈앞에 불끈 움켜쥔 잔인한 주먹이 그려졌다. 지금 그의 주먹처럼 세게 움켜쥔 그 주먹은 한껏 뒤로 젖혀진다. 얼굴에 냉소가 번진다. 주먹은 아무것도 할 수 없는 사이먼의 딸을 향해 나아간다.

---

* 마약 1회분을 주입해놓은 주사기.

노여움, 분노, 미칠 것 같은 갈망이 그를 사로잡았다.

에런이 그랬다면, 그놈이 어떻게든 살아서 바로 이 순간 앞에 있다면, 사이먼은 한순간의 망설임이나 주저함 없이 놈을 죽였을 것이다. 후회 없이. 죄책감 없이.

놈을 끝장내버리고 말았을 것이다.

그를 진정시키려는 잉그리드의 따뜻한 손길이 느껴졌다.

"어떤 마음일지 알겠소." 코닐리어스가 사이먼을 바라보았다.

"그래서 당신은 뭘 했죠?" 사이먼이 물었다.

"내가 뭘 했다고 누가 그랬소?"

"지금 제 심정을 안다고 했잖아요." 사이먼이 말했다.

"그게 내가 무언가를 했을 거라는 의미는 아니지. 나는 개 아빠가 아니니까."

"그럼 그냥 어깨 한번 으쓱하고 볼일을 봤다는 뜻인가요?"

"아마도."

사이먼은 고개를 저었다. "당신은 그런 일이 벌어지도록 그냥 내버려둘 사람이 아니에요."

"내가 안 죽였소." 코닐리어스가 말했다.

"만약 당신이 그랬다면." 사이먼이 말했다. "사건이 발각되지도 않았겠죠."

코닐리어스는 잉그리드를 바라보았다. 그녀는 동의한다는 듯 고개를 끄덕였다.

"계속 말씀해주세요." 잉그리드가 말했다.

코닐리어스는 희끄무레한 턱수염을 만지작거렸다.

그는 방 안을 다시 한번 휘 둘러보더니, 이 방에 처음 들어와 잔해를 발견한 듯한 표정을 지었다.

"그래요, 여기 올라왔었소."

"그리고요?"

"바로 문을 두드렸지. 잠겨 있더군. 그래서 열쇠를 꺼내 오늘처럼 문을 열었는데……."

위층 음악 소리가 끊겼다. 이제 방 안은 완전히 고요했다.

코닐리어스는 오른편에 있는 매트리스를 내려다보았다. "에런이 저기 있었소. 의식이 없더군. 악취가 너무 심해 숨을 못 쉴 지경이었 지. 그대로 뒤돌아 나와 모든 것을 잊고 싶었소."

코닐리어스는 하던 말을 멈췄다.

"그래서 뭘 했죠?" 잉그리드가 물었다.

"녀석의 주먹을 확인했소."

"뭐라고요?"

"에런의 오른쪽 주먹 말이오. 온통 긁혀 있더군. 새로 생긴 상처도 있고. 그때 알았지. 놀랍지도 않다고 생각했소. 페이지를 때릴 놈은 그 녀석밖에 없었으니까. 그래서 녀석 위로 올라타서……."

그는 하던 말을 다시 그만두었다. 이번에는 두 눈을 감았다.

잉그리드는 그를 향해 한 발짝 다가갔다. "괜찮아요."

"아까 말했다시피 나도 그 생각을 안 한 건 아니오, 잉그리드. 아마 도…… 나는 그보다 더한 일도 했을 거요. 그럴 기회만 있었다면, 그 치가 깨어 있었다면 말이지. 녀석이 깨어 있고 변명을 하려 했다면, 그랬다면 아마 폭발했을 거요. 무슨 말인지 아시겠소? 그래서 여기 다시 들어와 이 쓰레기통을 보고 있는 거란 말이오. 이제야, 이 모든 것을 다 보고 난 후에야, 고개 몇 번 흔들고 방을 나와버리기보다 좀 더 많은 것을 할 수 있지 않았을까 하는 생각이 드는 거고."

코닐리어스가 감았던 눈을 떴다.

"하지만 나는 그러지 못했소."

"그대로 방을 나왔군요." 잉그리드가 말했다.

그는 고개를 끄덕였다. "엔리케와 캔디가 딱 오늘처럼 복도를 따라 내려왔거든. 나는 그대로 문을 닫고 아래층으로 내려갔소."

"그게 끝이에요?"

"그게 끝이오." 코닐리어스가 대답했다.

"그 이후로 페이지는 못 보신 거죠?"

"못 봤소. 에런도 마찬가지고. 당신들이 나타났을 때 내가 틀렸을 수도 있겠다고 생각했소."

"틀렸다니 뭐가요?"

"어쩌면 페이지는 공터에 가지 않았고 로코를 만나지 않았다고. 집으로 쪼르르 달려가서 엄마 아빠에게 무슨 일이 있었는지 말했구나. 어쩌면 그래서 이 사람들이 여기 왔구나…… 페이지의 혈육이고 가족이구나. 그래, 아마 이 사람들이라면 그냥 가만히 두고 보지는 않았겠구나."

코닐리어스는 두 사람의 얼굴을 자세히 들여다보았다.

"그런 일은 없었습니다." 사이먼이 대답했다.

"음, 그런 것 같구려."

"아이를 찾고 싶습니다." 사이먼이 말했다.

"그것도 그렇겠지."

"여기서 나가 어디로 갔는지 따라가봐야겠어요."

코닐리어스가 끄덕였다. "그렇다면 로코에게 가봐야겠군."

9

로코를 찾는 방법은 코닐리어스가 알려주었다. "울타리에 나 있는 개구멍으로 들어가시오. 공터 뒤편의 버려진 건물에 있을 테니."

사이먼은 뭘 어떻게 해야 하는지 확신이 서지 않았다.

텔레비전에서 본 적은 있었다. 황폐해진 도시 한 귀퉁이에서 수도 없이 벌어지는 마약 거래, 음침한 눈빛의 남자들, 총과 두건, 한껏 내려 입은 청바지. 자전거 탄 꼬마들이 거래를 담당했다. 잡혀 들어가도 쉽게 빠져나올 수 있기 때문이다. 아니면 텔레비전에 나오는 것들은 다 개소리였을 수도. 울타리에 난 개구멍 근처에는 아무도 눈에 띄지 않았다. 보초나 무장 경호원도 없었다. 멀리서 희미하게 들려오는 목소리뿐이었다. 버려진 건물에서 들려오는 것 같았지만, 예상할 수 있는 위험 요소는 딱히 눈에 띄지 않았다.

그렇다고 여기가 안전한 장소라는 걸 의미하지는 않았다.

"이제." 사이먼이 잉그리드에게 말했다. "한 번만 더 물을게. 우리 계획이 뭐였더라?"

"빌어먹을. 나도 좀 알았으면 좋겠어."

두 사람은 울타리에 난 개구멍을 바라보았다.

"내가 먼저 들어갈게." 그가 말했다. "위험할 수도 있으니까."

"나만 여기 남겨두고? 그거참, 대단히 안전하겠어."

맞는 말이었다.

"집으로 돌아가라고 할 수도 있어." 사이먼이 말했다.

"그러시든지." 잉그리드는 그렇게 말하면서 철조망을 잡고 버려진 공터로 기어 들어갔다.

사이먼은 재빨리 그 뒤를 따랐다. 잡초가 무릎까지 올라왔다. 그들은 깊이 쌓인 눈을 헤치고 걷는 것처럼 발을 들어 올리며 걸었다. 녹슨 도끼나 금속 부품, 잘려 나간 호스와 해진 타이어 쪼가리, 부서진 자동차 앞 유리와 금이 간 헤드라이트 따위에 걸려 넘어질까 봐 조심스러웠다.

비록 누군가는 고정관념이라 할지 모르겠지만, 사이먼과 잉그리드는 제법 똑똑한 사람들이므로 이 동네로 모험을 떠나기 전 나름의 계획을 세웠다. 잉그리드는 결혼반지와 약혼반지를 포함한 모든 장신구를 빼두었다. 사이먼은 결혼반지만 끼고 있었는데 어차피 값이 얼마 나가지 않는 물건이었다. 수중에는 현찰로 100달러 정도를 가져왔다. 만약 소굴로 들어가고 있다는 사실을 직시하여, 강도당할 가능성을 고려하되 그리 짭짤한 건수는 되지 못할 정도로만 챙겼다.

강철로 된 지하실 문은 열려 있었다. 사이먼과 잉그리드는 어둠 속 저 아래를 내려다보았다. 콘크리트 바닥이 보였다. 그리고 아무것도 없었다. 깊은 곳에서 소리가 들려왔지만 알아듣기 어려웠다. 속삭이는 것 같기도 하고 가벼운 웃음소리 같기도 했다. 잉그리드가 첫발을 내딛는 와중에도 사이먼은 꼼짝하지 못했다. 그녀가 두 번째 발걸음을 내딛기 전, 사이먼은 서둘러 앞으로 나서며 눅눅한 콘크리트 바닥에 먼저 발을 내디뎠다.

먼저 강력한 냄새가 그를 공격했다. 썩은 달걀에서 나는, 언제 맡아도 끔찍한 유황 냄새가 암모니아 같은 훨씬 더 강력한 화학물질 냄새와 섞여 있었다. 혀에서 냄새의 맛이 느껴졌다.

목소리가 조금 더 선명해졌다. 사이먼은 그쪽으로 다가갔다. 몸을 숨기거나 소리를 내지 않도록 노력하지 않았다. 놈들을 갑자기 덮치는 것은 좋은 생각이 아니었다. 그런 무모한 짓을 해서 녀석들을 놀라게 하고 싶지 않았다.

잉그리드가 사이먼을 따라잡았다. 두 사람이 지하실의 가운데쯤에 다다랐을 때, 스위치를 내린 것처럼 말소리가 사라졌다. 악취가 코를 찔렀지만 사이먼은 안으로 들어갔다. 그는 입으로 숨을 쉬려고 노력했다. 오른편으로 네 사람이 퍼질러 누워 있었다. 뼈가 없거나, 누군가가 던져놓은 오래된 양말 같은 모양새였다. 조명은 희미했다. 놀라 동그래진 눈들이 먼저 눈에 띄었다. 찢어진 매트리스와 한때 빈백이었던 물건이 보였다. 싸구려 와인을 담아두던 종이 상자는 임시 탁자로 쓰이고 있었다. 그 위로 숟가락과 라이터, 버너와 주사기가 놓여 있었다.

아무도 움직이지 않았다. 사이먼과 잉그리드는 가만히 서 있었다. 바닥에 누운 네 사람(네 명인가? 더 많을 수도 있지만 이런 조명 아래서는 분간하기 힘들었다)은 위장 전술을 쓰고 있거나, 움직이지 않으면 보이지 않기라도 하는 것처럼 꼼짝도 하지 않았다.

얼마 뒤 누군가가 움찔거렸다. 남자였다. 그는 천천히 발을 움직였다. 거대한 몸집의 남자는 물 밖으로 걸어 나오는 고질라처럼 바닥에서 몸을 일으켰다. 그의 존재가 팽창하며 공간을 가득 채웠다. 남자가 몸을 완전히 일으켜 세우자 머리 꼭대기가 거의 천장에 닿을 것 같았다. 커다란 남자는 두 발이 달린 행성처럼 그들을 향해 걸어왔다.

"훌륭하신 분들이 무슨 일로?"

쾌활하고 붙임성 있는 말투였다.

"로코라는 사람을 찾고 있습니다." 사이먼이 말했다.

"난데?"

거대한 남자는 메이시스 백화점의 추수감사절 퍼레이드에 등장하는 풍선에 달린 것 같은 손을 내밀었다. 사이먼이 손을 내밀어 마주 잡자, 그의 손은 순간 로코의 두툼한 살덩이에 파묻혀 사라졌다. 로코가 웃음을 짓자 얼굴이 반으로 갈라지는 것 같았다. 그는 잉그리드의 것과 같은 양키스 모자를 쓰고 있었다. 물론 그의 머리에는 너무 작아 보였다. 거대한 야구공 머리를 가진 구단 마스코트 중 하나처럼 보였다. 로코는 피부색이 아주 어두운 흑인이었다. 그는 앞쪽에 주머니가 달린 대마 소재의 후드티를 입고 데님 반바지와 버켄스탁 샌들처럼 보이는 신발로 잔뜩 멋을 부렸다.

"뭐 도와드릴 일이라도?"

밝고 친근한 목소리였고, 살짝 마리화나에 취한 것 같았다. 방에 있는 다른 사람들은 각기 제 할 일에 다시 집중했다. 그들의 할 일이란 라이터와 버너 그리고 알 수 없는(적어도 사이먼은 알 수 없는) 가루와 다른 무언가가 든 비닐봉지와 관련한 것이었다.

"딸아이를 찾고 있어요." 잉그리드가 말했다. "이름은 페이지예요."

"최근에 여기 왔다더군요." 사이먼이 덧붙였다.

"오?" 로코가 그레코로만형 기둥 같은 팔로 팔짱을 꼈다. "그건 어떻게 알고?"

사이먼과 잉그리드는 눈빛을 교환했다. "그냥 들었어요." 사이먼이 대답했다.

"누가한테?"

바닥에 있는 누군가가 소리쳤다. "누구한테!"

"뭐라고?"

백인 힙스터 하나가 급히 일어섰다. 솔패치*를 길렀고, 스키니 진은 인조가죽 워크부츠에 쑤셔 넣은 차림새였다. "누가한테 들었냐가 아니고 누구한테 들었냐고 해야지. 제발 좀, 로코."

"제길, 그러네, 미안."

"넌 그거보다 괜찮은 놈이잖아."

"실수였어. 크게 생각하지는 마." 로코는 사이먼과 잉그리드에게 다시 집중했다. "무슨 말을 하고 있었더라."

"페이지요."

"그렇지."

침묵이 이어졌다.

"페이지를 알죠, 그렇죠?" 사이먼이 물었다.

"암, 알지요."

"그 아이가." 잉그리드는 잠시 말을 멈추고 적당한 단어를 찾았다. "당신 고객이었나요?"

"나는 고객에 대해서는 어떤 말도 하지 않습니다만. 내가 무슨 일

---

*　아랫입술 바로 아래 난 자그마한 수염.

을 한다고 생각하는지 모르겠지만 보안이 아주 중요한 일이라.”

“당신 사업에는 관심 없어요.” 잉그리드가 말했다. “우리는 그냥 딸을 찾으려는 것뿐이에요.”

“아주 좋은 분이신 것 같군요. 미스……?”

“그린입니다. 닥터라고 부르시면 돼요.”

“아주 좋으신 분 같군요, 닥터 그린. 마음 상하라고 드리는 말은 아니지만, 당신 주위를 둘러보시라고.” 그는 지하실 전체를 끌어안으려는 것처럼 아주 넓게 팔을 펼쳤다. “사랑하는 자식이 어디 숨었는지 부모님께 소상히 알려드리는 사람처럼 보이나 보죠, 내가?”

“걔가 그랬나요?” 사이먼이 물었다.

“뭘요?”

“우리가 싫어서 페이지가 숨었나요?”

“그 부분에 대해서는 입단속.”

“1만 달러 드리면 얘기해줄 수 있나요?” 사이먼이 물었다.

그 소리에 로코는 입을 다물었다.

로코는 두 사람에게 더 가까이 다가왔다. 〈인디아나 존스〉 시리즈 1탄에 나오는 둥근 돌 같은 느낌이었다. “목소리 낮춰.”

“제안은 유효합니다.” 사이먼이 말했다.

로코는 손으로 얼굴을 비볐다. “1만 달러를 지금 들고 있다고?”

사이먼 표정이 일그러졌다. “아, 아니, 그건 아니죠.”

“그럼 지금 가진 게 얼마지?”

“아마 80, 100달러 정도. 왜, 우리를 털어보시려고요?” 사이먼은 언성을 높였다. “방금 제안은 이 방 모두에게 한 겁니다. 페이지가 어디 있는지 말해주면 1만 달러.”

잉그리드는 로코와 눈을 맞추려고 노력하며 그의 얼굴을 올려다보았다. "제발." 그녀가 말했다. "페이지가 위험한 것 같아요."

"에런 일 때문인가?"

로코가 그 이름을 대자마자 방 안 공기가 바뀌었다.

"맞아요." 잉그리드가 말했다.

로코가 고개를 갸웃거렸다. "무슨 일이 있었다고 생각하시죠, 닥터 그린?"

로코의 목소리는 차분하고 높낮이가 느껴지지 않았지만, 사이먼은 무언가가 달라졌음을 감지했다. 균열. 억양. 좀 더 명확하길 바란 것들이 선명해지기 시작했다. 로코는 친절한 외양을 가졌다고 할 수 있다. 그는 현실에서 걸어 다니는 테디 베어 같은 인상을 주었다.

그러나 로코는 자기 구역이 있는 마약상이다.

에런 살인사건의 잔혹성은 약물 과다 복용을 시사하고 있었다. 게다가 에런이 로코 밑에서 일했던 것이라면……

"우리는 에런한테 관심 없어요." 잉그리드가 말했다. "이 공간도 당신 사업도 마찬가지고요. 에런한테 무슨 일이 일어났든 페이지와는 상관없는 일일 테니까."

"그걸 어떻게 알지?" 로코가 물었다.

"뭐라고요?"

"진지하게 말이지. 에런한테 일어난 일과 페이지가 아무 관계가 없다는 걸 어떻게 장담하시나?"

사이먼이 이 부분을 파고들었다. "페이지를 본 적 있나요?"

"있지."

"그렇다면 알겠네요."

로코는 천천히 고개를 끄덕였다. "걔한테 무슨 큰일이 있었다는 건 알겠어. 그랬겠지. 그렇다고 해서 약 먹인 틈을 타 놈을 썰어버리지 못할 년이라고 장담할 수는 없지."

"1만 달러." 사이먼이 이어서 제안했다. "우리가 원하는 건 아이를 집으로 데려가는 것뿐입니다."

눅눅한 지하실이 다시 고요해졌다. 로코는 표정 없는 얼굴로 그대로 서 있었다. 사이먼은 그가 고민중이라고 생각했다. 그래서 방해하지 않았다. 잉그리드도 마찬가지였다.

갑자기 어디서 목소리가 들렸다. "저기, 분명히 아는 사람 같은데."

사이먼은 구석을 돌아보았다. 문법을 지적하던 힙스터였다. 녀석은 사이먼을 가리키며 손가락을 딱딱거렸다. "당신 그 남자네."

"무슨 소릴 하는 거야, 톰?"

"그 남자야, 로코."

"무슨 소리야."

문법 천재 힙스터 톰이 엄지손가락으로 청바지를 추켜올렸다. "동영상에 나오는 그놈이야. 공원에서 애런을 때린 놈."

로코는 후드티 주머니에 손을 집어넣었다. "와, 그러네."

"내 말이. 로코, 그 남자라니까."

"진짜네." 로코가 사이먼을 보며 미소 지었다. "동영상에 나오는 그 남자 맞지?"

"맞아요."

로코는 항복하듯 손을 들어 보이며 물러섰다. "아저씨, 제발 저는 때리지 마세요."

문법 천재 힙스터 톰이 웃음을 터뜨렸다. 다른 몇몇도 낄낄거렸다.

나중에 사이먼은 일이 잘못되기 전 이미 위험을 감지했노라고 주장할지 모른다.

인간에게는 원시 본능 같은 것이 정말로 존재할 수도 있다. 끊임없는 위험에 노출됐던 원시인 시절부터 잠재되어 있던 생존 본능이 현대인에게도 남아 있는 것이다. 현대사회에서는 수면 위로 드러날 필요 없는, 육감이나 본능이라 부르는 것들이 여전히 우리 안에 존재한다. 발현되진 않았지만 우리 유전자 속 어딘가에 잠재된 채로.

놈이 지하실로 비틀거리며 내려오는 순간, 사이먼의 목덜미에 소름이 돋았다.

로코가 아는 체를 했다. "루서?"

나머지와도 얼마 지나지 않아 인사를 나누었다.

루서는 셔츠를 입지 않은 채였다. 털 한 가닥 나지 않은 가슴 근육이 반질거렸다. 이십대 초반으로, 말랐지만 탄탄한 근육질 체형이었다. 종이 울리기를 기다리는 밴텀급 복서처럼 까치발을 한 채 제자리에서 위아래로 움직였다. 그는 사이먼과 잉그리드를 보고 눈을 부릅뜨더니 일말의 망설임조차 없이 총을 뽑았다.

"루서!"

루서는 정조준을 했다. 경고도, 망설임도, 단 한 마디 말도 없었다. 루서는 그대로 방아쇠를 당겼다.

탕!

사이먼은 단언컨대 총알이 코끝을 스쳐 지나가는 것을 느꼈다. 그 순간 총알에서 나는 바람 소리도. 동서인 로버트와 골프를 치러 갔을 때, 로버트가 잘못 친 공이 그의 코끝을 지나 바로 옆 캐디를 강타한 적이 있다. 사이먼은 너무나도 충격적이던 그 순간을 떠올렸다. 멍청한 비교처럼 들리겠지만, 이 모든 경험이 두 번씩 일어나지 않을 일이라 해도, 총알이 휙 소리를 내며 지나가고 사이먼의 피가 두 뺨으로 몰린 순간 그냥 그 생각이 떠올랐다. 뉴저지 주 퍼래머스로 나갔던 골프 라운딩이.

피다…….

잉그리드는 바닥으로 쓰러지며 눈이 뒤집혔다.

사이먼에게는 그녀가 쓰러지는 모습이 슬로모션으로 비쳤다. 그의 원시적인 생존 본능은, 도망치거나 싸우거나 뭐든 해보라고 알려주던 본능은 순간 자취를 감췄다. 그는 잉그리드가, 자신의 세계가 피를 흘리며 콘크리트 바닥으로 고꾸라지는 모습을 지켜보았다. 그때 다른 본능이 깨어났다.

그녀를 보호해야 한다…….

사이먼은 무의식적으로 자세를 낮춰 잉그리드를 감싸 안았다. 아내를 지키는 방패가 될 수 있도록 최대한 노력하면서 동시에 그녀가 살아 있는지, 상처가 어디인지, 지혈을 할 수 있는지 확인했다.

머릿속 어딘가에서 루서가 아직 여기 있고, 여전히 총을 가지고 있으며, 다시 총을 쏠 가능성이 농후하다는 사실이 떠올랐다. 하지만 그것은 두 번째 혹은 세 번째로 드는 생각에 불과했다.

잉그리드를 지켜야 한다. 잉그리드를 구해야 해…….

사이먼은 위험을 감수하고 위를 올려다보았다. 루서가 이쪽으로 걸어오며 총구를 사이먼 머리에다 겨누었다. 수십 가지 생각이 머리를 훑고 지나갔다. 발로 차버려, 밀어내, 어떻게든 때려눕혀, 뭐가 됐든 놈이 다시 총을 쏘기 전에.

할 수 있는 일은 아무것도 없었다. 사이먼도 그 사실을 알았다.

자신을 지킬 시간조차 없었으므로 사이먼은 잉그리드를 더 가까이 끌어안았다. 몸을 한껏 웅크려서 잉그리드가 노출되지 않도록 했다. 잉그리드의 머리 쪽으로 자기 머리를 낮췄다. 그리고 마음을 단단히 먹었다.

　총성이 울렸다.

　루서가 자리에 쓰러졌다.

10

애시는 커피가 든 잔을 탁자에 올려놓았다. 디디는 기도하려고 고개를 숙였다. 애시는 눈알을 굴리지 않으려고 노력했다. 디디는 여느 때와 마찬가지로 이 말과 함께 기도를 마쳤다. "빛나는 진리로 영원히 함께하소서."

애시는 디디 반대편으로 가서 앉았다. 다음 타깃은 데이미언 고스였다. 그는 그들이 앉아 있는 곳 건너편의 뉴저지 주 상가에서 타투 전문점을 운영중이었다. 두 사람은 고개를 돌려 차양 막에 적힌 가게 이름을 뚫어져라 응시했다.

디디가 킥킥거렸다.

"뭐가 그렇게 웃겨?"

"가게 이름 말이야."

"그게 뭐?"

"즉석 타투라니." 디디가 말했다. "생각 좀 해봐. 내 말은, 즉석이 아니면 어떡할 건데? '이봐요, 주인장. 여기 내 팔 맡기고 갈 테니까 해골이랑 뼈다귀 십자가 좀 넣어주시오. 두 시간 후에 올 테니까.'"

디디는 조금 더 크게 웃으며 입을 가렸다. 사랑스러운 모습이었다.

"좋은 지적이야." 애시가 말했다.

"그렇지? 즉석 타투라니. 이보다 못한 이름도 있을까?"

이제는 애시도 낄낄거렸다. 농담이 재밌거나, 디디의 웃음이 전염
성이 강해서일 것이다. 아마 후자가 그 이유겠지. 애시는 디디 때문에
미칠 것만 같았다. 가끔 견디지 못할 정도로 짜증 나는 순간이 있었는
데, 곧 이 일이 끝나면 그녀를 못 볼 것이라는 사실이 두려웠기 때문
이다. 디디는 애시가 석연치 않은 눈빛으로 자기를 보고 있다는 사실
을 눈치챘다. "뭐?"

"아무것도 아니야."

"말해봐."

결국 애시가 입을 열었다. "그곳으로 돌아가지 않아도 돼."

디디는 애시를 올려다보았다. 그 안에서 길을 잃고 싶을 정도로 아
름다운 초록색 눈동자였다. "가야 해."

"그건 빛나는 진리가 아니야. 그냥 사이비지."

"너는 몰라."

"모든 광신도가 그렇게 얘기해. 너는 다시 선택할 수 있어."

"내 선택은 빛나는 진리야."

"제발, 디디."

디디가 뒤로 기대앉았다. "나는 그곳에서 디디가 아니야. 내가 말
안 했구나."

"무슨 소리야?"

"진리의 안식처에서 말이야. 거기서는 나를 홀리라고 불러."

"진심으로 하는 소리야?"

"그래."

"놈들이 이름까지 바꾸게 했다고?"

"그 무엇도 억지로 바꾸지 않았어. 홀리가 내 진리의 일부인 거지."

"이름을 바꾸도록 하는 게 사이비 세뇌법 제1조지."

"그건 내가 새사람이 됐다는 뜻이야. 더는 디디가 아니라고. 디디이고 싶지도 않고."

애시는 오만상을 지었다. "그래서 나더러 홀리라고 부르란 거야?"

"너는 안 그래도 돼, 애시." 디디는 탁자를 가로질러 손을 뻗어 그의 손을 감쌌다. "너는 항상 홀리의 존재를 알았어. 네가 유일한 사람이었지."

애시는 자기 손을 감싼 그녀의 손에서 따스함을 느꼈다. 잠시 두 사람은 그렇게 있었다. 애시는 이 순간이 지나가지 않길 바랐다. 멍청한 바람이었고 그 역시 불가능한 일임을 알았다. 영원한 것은 없다. 그래도 아주 잠시이지만, 이 상황을 조금 더 즐기려 가만히 있었다.

디디는 애시가 어떤 감정을 느끼는지 다 안다는 듯 미소를 지었다. 아마 알 것이다. 그녀는 다른 사람이 절대 할 수 없는 방식으로 그의 마음을 읽을 수 있었다.

"괜찮아, 애시."

애시는 아무 말도 하지 않았다. 그녀는 그의 팔을 몇 번 더 토닥이고는 천천히 손을 뗐다. 갑작스럽지 않은 방식으로.

"이러다 늦겠어." 그녀가 말했다. "이제 준비해야지."

애시는 고개를 끄덕였다. 두 사람은 훔친 번호판을 단 훔친 차로 향했다. 북부선을 타고 가다 다우닝 가에서 빠져나왔다. 길은 숍라이트

슈퍼마켓 뒤편으로 이어졌다. 그들은 출구 근처 감시 카메라와 먼 곳에 주차한 뒤, 화단을 지나 타투 전문점 뒤편으로 접근했다.

애시는 시각을 확인했다. 마감 이십 분 전이었다.

간단히 처리하자고 들면 살인은 매우 간단한 일이다.

애시는 이미 장갑을 긴 상태였다. 옷은 머리부터 발끝까지 검은색으로 통일했다. 스키 마스크는 아직 쓰지 않았다. 미리 쓰고 있으면 너무 덥고 간지럽기 때문이다. 그러나 쓸 준비는 하고 있었다.

타투 전문점 뒤로는 녹슨 초록색 쓰레기통이 있었다. 측면 창문에는 '모든 부위 피어싱 가능'이라고 적힌 빨간색 네온사인이 달려 있었다. 안에서 청소하는 누군가의 실루엣이 보였다. 주차장에 남은 차는 두 대였다. 오늘의 마지막 손님 소유로 보이는 토요타 툰드라 픽업트럭 한 대와 목재 패널을 댄 데이미언 고스의 포드 플렉스였다. 길에서는 보이지 않는 가게 뒤편 쓰레기통 근처에 주차되어 있었다.

두 사람은 미리 정보를 받아 오늘은 고스가 마감한다는 사실을 알고 있었다.

계획은 데이미언 고스가 가게 문을 닫고 차로 향하길 기다린 다음, '잘못된 강도사건'에 연루된 것처럼 보이도록 죽이는 것이었다.

가게 출입문이 열리면서 손님 방문을 알려주는 종이 딸랑거렸다. 빨간 머리를 길게 묶은 남자가 걸어 나왔다. 그는 뒤를 돌아보며 소리쳤다. "고마워, 데이미언."

데이미언이 포니테일을 한 남자에게 뭐라고 소리쳤지만, 무슨 소리인지 알아들을 수 없었다. 포니테일을 한 남자는 고개를 끄덕이고 자갈 깔린 주차장을 지나 토요타 툰드라로 향했다. 팔에는 붕대가 칭칭 감겨 있었다. 그는 걸어가면서 자기 팔을 보며 함박웃음을 지었다.

"와서 찾아가는 건가 보다." 디디가 속삭였다.

"뭐라고?"

"팔 말이야. 즉석 타투 했나 봐!"

가게 안의 실루엣이 청소를 멈추었다. 디디는 포니테일 남자가 토요타에 시동을 걸고 도로로 들어서는 것을 지켜보며 낄낄거렸다.

그녀가 애시 쪽으로 조금 더 다가갔다. 그녀한테는 아름다운 여인에게서 나는 향기가 났다. 암브로시아 향이 섞인 허니서클과 라일락 향이었다. 가까이 있으니 집중이 분산됐다. 애시는 자신이 이러는 것이 싫었다.

애시는 디디에게서 조금 떨어져서 스키 마스크를 착용했다.

가게 불이 꺼졌다.

"쇼 타임이야." 디디가 말했다.

"너는 여기 있어."

애시는 몸을 숙인 채 주차장 뒤편으로 접근했다. 나무 뒤에 쪼그려 앉아 때를 기다렸다. 그는 포드 플렉스를 바라보았다. 인조 목재 패널을 덧대서 패밀리 카처럼 보였지만, 고스는 미혼인 데다 아이도 없었다. 아마도 어머니의 차일 것이다. 아니면 아버지의 것이거나. 시간이 조금 더 충분했다면 애시는 자기 정보력을 이용해서 모든 것을 알아냈을 것이다. 그러나 다 알고 나면, 미안한 말이지만 그 사람들까지 죽여야 한다.

그냥 시키는 일이나 하자. 넘어가, 흔적을 남기지 말자.

나머지는 어중이떠중이들이다.

방법론적으로 생각하는 것이 도움이 되었다. 차까지 가는 데 십 초도 걸리지 않을 것이다. 망설이면 안 돼. 반응할 시간을 주면 안 돼.

그대로 걸어가서 가슴에다 두 방 쏘는 거야. 애시는 주로 머리를 쏘는 편이었다. 하지만 첫째, 강도는 대개 그러지 않으며, 둘째, 이미 케빈 가노의 머리를 쏴서 죽였다.

그러니 그 방법을 고수할 이유는 없었다.

물론 데이미언 고스와 케빈 가노 간의 연결 고리는 존재하지 않는다. 애시는 제조사와 모델명이 다른 총을 전혀 다른 방식으로 입수하여 쓰고 있다. 하나의 죽음(가노 건)은 보스턴 지역에서 일어난 '자살' 사건이고, 다른 하나(고스 건)는 뉴저지 주에서 발생한 살인강도 사건이 될 것이다.

수사 과정에서 두 사건의 연결점은 전무할 것이다.

그보다 중요한 것은, 애시 역시 케빈 가노와 데이미언 고스 그리고 나머지 사이의 연결점을 찾지 못하고 있다는 점이다. 스물네 살에서 서른두 살 사이의 사람들이었다. 사는 곳은 전국에 퍼져 있었다. 다른 학교를 나왔고, 다른 직업을 가졌다. 물론 중첩되는 부분은 반드시 존재한다. 약간의 정보와 시간이 더 주어졌다면, 애시는 타깃들을 연결하는 무언가를 알아냈을 것이다.

지금 그에게는 시간도 정보도 없었다. 그리고 상관도 없었다.

타투 전문점 문에 달린 종이 울렸다.

애시는 장갑 낀 손으로 총을 잡았다. 스키 마스크는 제자리에 있었다. 지난 몇 년간의 경험으로 스키 마스크를 끼면 주변 시야를 충분히 확보하지 못한다는 사실을 알았다. 그래서 눈을 조금 더 크게 부릅떴다. 자세를 낮춘 채 기다렸다. 왼편으로 디디가 다가오는 모습이 보였다. 그는 인상을 찌푸렸다. 그녀는 상황을 지켜보며 가만히 기다려야 한다. 하지만 가만히 있을 디디가 아니었다.

고스가 오른편에서 다가오고 있었다. 디디는 왼편이었다. 총을 쏘기 전 놈이 디디의 존재를 눈치채는 것은 불가능했다.

디디는 그저 조금 더 가까이서 보고 싶었을 뿐이다.

하지만 애시는 그것조차도 못마땅했다.

자갈 위를 걷는 소리가 들리자 애시는 건물 쪽으로 고개를 돌렸다.

데이미언 고스였다.

완벽했다.

이제 때를 맞추어 공격하기만 하면 된다. 그러나 문제가 발생할 수 있는 지점 역시 많았다. 특히 마무리를 조심해야 한다. 너무 빨리 움직이면 고스가 길 쪽으로 도망치거나 가게로 들어가버릴 가능성이 있다. 너무 늦게 움직이면 고스가 차에 몸을 실은 다음이 될 것이다. 물론 유리는 총알을 막지 못한다.

상관없었다. 애시의 타이밍은 언제나 정확했다.

고스는 차 키를 쥔 손을 앞으로 뻗었다. 잠금장치가 해제될 때 나는 익숙한 경보음이 들렸다. 애시는 데이미언 고스가 뒤쪽 범퍼까지 오기를 기다렸다. 몸을 일으켜 그를 향해 빠르게 걸어갔다. 뛰면 안 돼. 뛰면 조준이 흔들릴 것이다.

고스가 애시의 존재를 알아챘을 때, 그는 자동차 문손잡이로 손을 뻗고 있었다. 애시는 무기를 올려 고스의 가슴에 두 발을 발사했다. 두 번째 총성은 그의 예상보다 크게 났지만 상관없었다. 고스가 차 위로 쓰러졌다. 얼마 동안 차가 그를 받치고 있는 것처럼 보였지만, 이내 몸뚱이가 문을 거쳐 자갈 위로 미끄러져 내려갔다.

애시는 주변을 둘러보며 시체 쪽으로 접근하다가 디디의 움직임을 포착했다. 그녀는 시체를 더 잘 볼 수 있도록 오른쪽으로 이동중이었다. 애시에게는 그럴 시간이 없었다. 몸을 숙여 고스가 죽었는지 확인한 뒤 그의 주머니를 뒤졌다. 지갑을 끄집어냈다. 고스는 태그호이어 시계를 차고 있었다. 그것도 접수했다.

디디가 더 가까이 다가왔다.

"제자리로 돌아가줄래?" 애시가 매섭게 말했다.

자리에서 일어섰을 때, 그는 디디의 표정을 보았다.

그녀는 그의 어깨 너머를 보고 있었다. 심장이 내려앉는 것 같았다.

"애시?" 디디가 말했다.

그녀는 턱으로 신호를 보냈다.

애시는 뒤를 돌아보았다. 그곳, 초록색 쓰레기통 바로 옆에 쓰레기 봉투를 든 남자가 서 있었다.

그 남자는, 남자라기보다는 청소년에 가까웠다. 곧 울음을 터뜨릴 듯 겁에 질린 꼬마는 쓰레기를 버리러 가게 뒤편으로 나온 것이 틀림없었다. 현장을 목격한 그는 토스하던 배구선수처럼 허공에 쓰레기봉투를 높이 들어 올린 채 그대로 얼어붙었다.

꼬마는 스키 마스크를 쓴 애시를 바라보았다.

그 시선은 디디에게로 옮겨갔다. 그녀는 무방비 상태였다.

제기랄. 애시는 그렇게 생각했다.

선택의 여지가 없었다. 그는 총을 겨누고 그대로 발사했다. 그러나 꼬마는 이미 움직이고 있었다. 그는 쓰레기통 뒤로 몸을 숨겼다. 애시가 다시 총을 겨누며 그쪽으로 다가갔다. 총알이 머리 위로 날아오자, 꼬마는 두 손과 두 발로 기기 시작했다. 가게 뒷문으로 기어 들어간 다음에는 쾅 하고 문을 닫았다.

제기랄!

애시는 이번 타깃을 위해 여섯 발짜리 리볼버를 사용하고 있었다. 이미 네 발을 썼으므로 두 발이 남았다. 총알을 낭비할 수 없었다. 시간을 낭비할 수도 없는 노릇이었다. 이제 몇 분도 채 남지 않았다. 꼬마가 경찰에 전화를 걸거나…….

경보음이 허공을 갈랐다.

소리가 어찌나 큰지, 애시는 잠시 멈춰 서서 양손으로 귀를 틀어막았다. 그는 뒤돌아 디디를 바라보았다.

"가!" 애시가 소리쳤다.

그녀는 고개를 끄덕이고는 행동 지침대로 움직였다. 자리를 뜨는 것. 그도 도망치고 싶었다. 경찰이 오기 전에 벗어나고 싶었다. 하지만 꼬마가 디디 얼굴을 보았다. 어떻게 생겼는지 진술할 것이다.

그러므로 꼬마는 죽어야만 한다.

애시는 가게 뒷문 손잡이를 잡았다. 문고리가 돌아갔다. 첫 번째 총알을 발사하고 오 초가 흘렀다. 가게에 총이 있다면 꼬마가 찾았을지를 의심해볼 만한 시간이었다. 애시는 문을 열고 내부를 둘러보았다.

꼬마의 흔적은 보이지 않았다.

숨어 있다.

애시에게 얼마만큼의 시간이 주어진 것일까. 그리 길지는 않을 것이다. 그러나.

인간의 정신은 컴퓨터와 같아서, 한 걸음 내딛는 동안에도 수많은 가능성과 예상이 머릿속을 오간다. 첫 번째 생각은 가장 명확하고 본능적이다. 꼬마가 디디 얼굴을 보았다. 그녀가 누구인지 알아볼 수 있다. 그를 살려두는 것은 디디에게 명확한 위험 요소다.

결론. 놈을 죽여야 한다.

다시 한 걸음 내딛는 순간, 애시는 속에서 아주 격렬한 반응이 일어나는 것을 느꼈다. 그래, 꼬마가 디디를 봤고 설사 인상착의를 댈 수 있다 치자. 하지만 걔가 뭐라고 할 수 있을까? 금발을 길게 땋아 내린 초록색 눈동자의 아름다운 여자. 뉴저지 주에 살지 않고, 뉴저지 주와는 아무 관련도 없는 사람. 얼마 지나지 않아 이곳을 벗어나 그놈의 공동체인지 수용소인지 안식처인지, 망할, 그걸 뭐라 부르든지 간에 그곳으로 돌아갈 사람…… 경찰이 그녀를 어떻게 찾을지 감이나 잡을 수 있을까?

그렇지만 디디가 그렇게 멀리 도망치지 못한다고 가정해보자. 그녀가 완전히 빠져나가기 전에 경찰이 그녀를 체포한다고 가정해보자. 꼬마는 그녀를 지목할 것이다. 다시 생각해보면(인간의 정신이 어떻게 작동하는지 이제 알겠는가?) 그래서 뭐가 어떻단 말인가?

정리해보자. 디디는 데이미언 고스가 살해당하던 순간 주차장에 서 있었다. 그게 다였다. 스키 마스크를 쓰고 총을 든 남자도 마찬가지였다. 두 사람이 한패라고 생각할 이유가 있을까? 만약 디디가 한패였다면 그녀도 마스크를 쓰지 않았을까? 디디가 살인과는 아무 상관 없다고 주장하는 것은 그리 어렵지 않은 일 아닐까? 설사 체포되어 꼬마의 증언 때문에 용의자로 특정된다 하더라도, 그냥 우연히 현장에 있었다고 주장할 수 있는 문제 아닌가?

타투 전문점 안쪽으로 한 발짝 더 들어갔다.

주변은 더 고요해졌다.

정말 진지하게 다시 생각해봤을 때, 꼬마가 살아남아 디디에게 위험 요소로 작용할 가능성이 얼마나 될까? 모든 가능성을 종합해보면, 모든 이불리를 따져보면 성공할 가능성이 가장 높은 행동은 경찰이 오기 전에 당장 도망가는 것이 아닐까? 체포될 가능성을 무릅쓰고 겁먹은 꼬마를 쫓으며 시간을 낭비하는 것이 과연 의미가 있을까? 반론으로는 목격자의 생존이 디디에게 위협이 될 수도 있다는 아주 사소한 가능성 정도가 존재한다.

꼬마는 그냥 살려두자.

사이렌 소리가 들려왔다.

애시는 꼬마를 죽이고 싶지 않았다. 아, 물론 기꺼이, 아무 문제 없이 죽일 수도 있는 놈이다. 그러나 지금으로선 낭비로 여겨졌다. 그리고 가능하다면 천사의 호의를 베푸는 편이 좋다. 그렇지 않은가? 애시는 업보라는 것을 믿지 않지만, 전면 부정할 필요도 없었다.

사이렌이 가까워졌다.

오늘은 꼬마가 운이 좋았다.

애시는 뒤로 돌아, 도망치려고 뒷문을 향해 달렸다. 그에게 주어진 선택지는 이제 단 하나뿐이기 때문이다. 도망치는 것.

바로 그 순간, 가장 가까운 문에서 딸각하는 소리가 들렸다.

애시는 그냥 가려고 했다.

결국 그러지 않게 되었지만.

그는 소리가 난 문을 열었다. 꼬마가 바닥에 쭈그린 채, 머리 위로 손을 들고 달달 떨고 있었다. 마치 날아오는 총알을 막을 준비가 된 것처럼.

"제발." 꼬마가 말했다. "약속해요. 절대로……."

더는 들을 시간이 없었다.

애시는 머리에 대고 한 발을 발사했다. 마지막 한 발은 혹시 모를 상황에 대비해 남겨두었다.

11

모두 지하실에서 도망쳤다.

곁눈질하던 사이먼은 로코가 루서를 세탁 가방처럼 어깨에 둘러메고 달아나는 것을 보았다. 몇 초 혹은 조금 더 긴 시간 동안, 사이먼은 같은 자세를 유지한 채 아내를 보호했다. 위험이 지나갔음이 확실해지자, 휴대전화를 찾아 911을 눌렀다. 사이렌 소리가 퀴퀴한 공기를 갈랐다.

아마 누군가가 먼저 전화했을 것이다. 지금 이 상황과 아무 상관 없는 사이렌일 수도 있었다.

잉그리드의 두 눈은 계속 감긴 채였다. 오른쪽 어깨와 가슴 윗부분 사이 어딘가에 생긴 상처에서 피가 뿜어져 나왔다. 사이먼은 셔츠를 벗어 상처에 대고 누르며 출혈을 멈추기 위해 할 수 있는 모든 것을 했다. 애써 잉그리드의 맥박을 체크하지 않았다. 만약 그녀가 죽는다면 바로 알 수 있을 테니까.

잉그리드를 보호해야 한다. 그녀를 지켜야 한다.

911 접수원이 의료진이 출동했음을 알려주었다. 시간이 흘렀다. 얼마가 지났는지 알 수 없었다. 사이먼과 잉그리드, 두 사람은 냄새나고 구역질 나는 지하실에 남겨졌다. 둘이 처음 만난 곳은 지금 사는 곳에서 두 블록 떨어진 69번가에 있는 레스토랑이었다. 잉그리드가 마침내 미국으로 돌아왔을 때, 이본이 만남을 주선해주었다. 사이먼은 먼저 도착해 창가 자리에 앉아 초조하게 기다렸다. 잉그리드가 고개를 치켜들고 고상한 걸음걸이로 들어온 순간, 그는 정신을 잃고 말았다. 사이먼은 누군가와 첫 데이트를 할 때마다 상상을 하곤 했다. 진부하다고 할 수 있지만 아마도 모두 같은 경험이 있으리라. 그 사람과의 인생 전체를 그려보는 것이다. 그 상상은 아주 '머얼리'까지 나아갔다. 두 사람이 결혼하고 아이를 키우는 모습, 나이 들어 부엌 탁자를 두고 마주 앉아 있거나, 침대에서 함께 책을 읽는 장면까지. 그렇다면 잉그리드를 처음 본 사이먼은 어떤 감정을 느꼈을까? 그녀가 과분하게 멋지다고 생각했다. 그게 처음 든 생각이었다. 그녀는 그를 위해 준비된 사람처럼 보였다. 차분하면서 너무나 자신감 있어 보였다. 사이먼은 나중에서야 그것이 보여주기 위한 것이었음을 깨달았다. 우리 모두와 마찬가지로 잉그리드 역시 불안함과 두려움을 가진 사람이었다. 기품 있는 사람 역시 보통의 인간처럼 자신을 가짜라고 생각하기도 하고, 어디에도 속하지 못한다고 느끼기도 하는 것이다.

뭐가 됐든, 두 사람은 웨스트 69번가와 콜럼버스 거리가 교차하는 곳의 밝은 창가 자리에서 시작했다. 그리고 지금 브롱크스의 눅눅하고 어두운 지하실에서 마지막을 함께하고 있다.

"잉그리드?"

그의 목소리는 가엾은 애원과도 같았다.

"정신 차리고 있자, 알았지?"

경찰이 구조대와 함께 도착했다. 그들은 사이먼을 떼어내고 잉그리드를 인계했다. 사이먼은 무릎을 끌어안은 채 콘크리트 바닥에 앉아 있었다. 경찰이 몇 가지 질문을 했지만, 귀에 아무 말도 들어오지 않았다. 그는 구조대가 응급처치를 하는 동안 움직이지 않는 자기 아내를 바라볼 뿐이었다. 수없이 많은 키스를 나눈 입술에 산소 호흡기가 씌워졌다. 때로는 무심하게, 때로는 열정적으로, 상상할 수 있는 모든 방법으로 키스를 나누었다. 사이먼은 아무 말도 하지 않고 그저 바라보았다. 잉그리드가 아직 살아 있는지, 그녀를 살릴 수 있는지 추궁하지 않았다. 너무 무서워서 사람들을 방해할 수조차 없었다. 그들의 집중을 깨뜨릴 수 없었다. 부서지기 쉬운 잉그리드의 생명 줄은 작은 방해에도 낡은 고무줄처럼 툭 하고 끊어질 것 같았다.

사이먼은 나머지 장면을 그저 흐릿하게 기억하고 싶었지만 모든 것은 아주 천천히, 선명하게 흘러갔다. 들것에 실린 잉그리드, 구급차로 밀려 들어간 그녀, 함께 구급차에 탄 순간, 주사액, 구조대의 엄숙한 표정, 잉그리드의 피부에서 느껴지던 창백함, 비명 같은 사이렌 소리, 미쳐버릴 지경으로 꽉 막힌 메이저 디건 고속도로, 마침내 도착해서 응급실 문으로 달음질치던 의료진, 단호하지만 침착한 손길로 사이먼을 대기실에 있는 노란 플라스틱 의자로 안내해준 간호사······.

그는 이본에게 연락해서 대략적인 상황을 설명했다. 사이먼이 말을 마쳤을 때 이본이 말했다. "지금 당장 집에 가서 애니아를 맡을게."

사이먼의 목소리는 자기 귀에도 낯설게 들렸다. "그래."

"애한테 뭐라고 해두는 게 좋겠어?"

목구멍으로 울음이 올라오는 게 느껴졌다. 사이먼은 애써 눈물을

137

삼켰다. "자세하게 말하지는 마. 지금은 그냥 같이 있어줘."

"샘한테는 연락했어?" 이본이 물었다.

"아니. 생물학 시험 봐야 해. 굳이 지금 알릴 필요 없지."

"사이먼?"

"왜?"

"지금 제대로 판단 못 하고 있어. 애들 엄마가 총에 맞았어. 수술중이고."

사이먼은 눈을 질끈 감았다.

"내가 애니아를 데리고 갈게." 이본이 말을 이었다. "로버트더러 샘을 데려오라고 해야겠다. 아이들도 병원에 있어야지."

이본은 '나도'라는 말을 빠뜨렸다. 아이들이 더 중요해서일 수도 있고, 이본과 잉그리드가 그리 친한 자매 사이가 아니어서일 수도 있다. 두 사람은 적당한 거리를 유지했다. 서로에 대한 앙심은 없었지만 매번 예의를 지켰다. 사이먼이 자매 사이의 연결점이었다.

이본이 다시 입을 열었다. "괜찮은 거지, 사이먼?"

경찰 두 명이 나타나 근처를 둘러보더니, 사이먼을 발견하고 그를 향해 걸어왔다.

"괜찮아." 사이먼이 대답하고 전화를 끊었다.

현장에서 이미 총을 쏜 사람에 대해 진술했지만, 두 사람은 더 구체적인 내용을 요구했다. 사이먼은 아는 것을 전부 얘기했다. 그러나 맥락을 완전히 알지 못하고, 에런과 여타 살인사건에 대한 정보가 없는 상황에서 조사는 더디게 진행됐다. 사이먼 역시 주의가 분산됐다. 그는 수술실 문을 바라보며, 그의 세상이 끝나버렸는지 아닌지 통보해줄 의사가 나타나길 기다렸다.

패그벤레이가 대기실로 헐레벌떡 들어왔다. 경찰 둘이 그쪽으로 이동했다. 세 사람은 구석에 모여 무언가를 논의했다. 사이먼은 잠시 쉬는 동안 데스크로 가서 아내의 상황에 대해 다시금 물었다. 접수원은 아주 예의 바른 태도로 다시 한번, 아직 달리 드릴 말씀이 없다고 대답했다. 상황이 달라지면 의사가 바로 나와 알려줄 거라는 말도 덧붙였다.

사이먼이 돌아서자 패그벤레이가 바로 뒤에 서 있었다. "이해가 안 가네요. 두 분이 왜 브롱크스에 계셨죠?"

"딸을 찾으러 갔어요."

"마약 소굴에 가면 찾아진답니까?"

"제 딸은 마약중독자니까요."

"그래서 찾으셨나요?"

"못 찾았습니다, 형사님. 그리고 혹시 못 들으셨나 본데, 아내가 총에 맞았어요."

"그건 유감입니다."

사이먼은 눈을 감으며 손사래를 쳤다.

"살인사건 현장에도 가셨다고 들었습니다."

"그래요."

"왜 가셨죠?"

"거기서부터 시작했죠."

"시작하다니, 뭘요?"

"딸을 찾는 일요."

"그 아파트에서 마약 파는 옆집까진 어떻게 가시게 된 겁니까?"

사이먼은 그런 곳에 갈 사람이 아니었다. "그게 무슨 상관입니까?"

"왜 진술하길 꺼리시죠, 사이먼?"

"상관없는 일이니까요."

"솔직해져 보죠." 패그벤레이가 말했다. "상황이 좋지 않습니다."

"솔직해져 보죠." 사이먼이 말했다. "상황이 어떻든 상관없습니다."

사이먼은 앉아 있던 노란 플라스틱 의자 쪽으로 움직였다.

"오컴의 면도날이란 말, 들어보셨나요?" 패그벤레이가 물었다.

"딱히 그럴 기분이 아닙니다, 형사님."

"그 뜻은……."

"무슨 뜻인지는 압니다."

"가장 간단한 대답이 정답일 가능성이 높다는 뜻이죠."

"그 간단한 대답이 뭐죠, 형사님?"

"당신이 에런 코벌을 살해했어요." 패그벤레이가 말했다. 정말 딱 그렇게. 감정도, 원한도, 놀람도 없이. "아니면 부인이 그랬거나. 누가 됐든 비난할 마음은 없습니다. 놈은 괴물이었으니까. 놈은 당신 딸을 천천히 중독시키고, 당신 눈앞에서 죽이고 있었죠."

사이먼은 인상을 찌푸렸다. "이제 무릎 꿇으며 자백하면 되는 타이밍인가요?"

"아니죠, 계속 들어보세요. 지금 아주 전형적인 딜레마에 관해 얘기하고 있으니까."

"아, 네."

"질문. 당신은 누군가를 죽일 수 있나요? 대답. 아니요, 절대로. 질문. 당신의 아이를 구하기 위해 누군가를 죽일 수 있나요? 이에 대한 대답은?"

패그벤레이는 양손을 들어 올리며 어깨를 으쓱해 보였다.

사이먼은 뒤로 기대앉았다. 형사는 가까운 데 있던 의자를 끌어와 그 옆에 앉았다. 그러고는 목소리를 낮췄다.

"당신은, 애니아가 잠들었을 때 몰래 집을 빠져나간 거죠. 혹은 잉그리드가 쉬는 시간 동안 브롱크스까지 차를 몰고 갔거나."

"당신도 그렇게 생각하지 않잖아요."

패그벤레이는 그럴 수도, 아닐 수도 있다는 고갯짓을 했다. "아내가 총에 맞았을 때 그 위로 뛰어들었다고 들었습니다. 방패막이처럼."

"요점이 뭡니까?"

"당신은 사랑하는 사람을 구하기 위해 기꺼이 목숨도 바칠 사람이라는 거죠." 패그벤레이가 더 가까이 붙으며 말했다. "당신이 죽었다는 걸 믿는 데 얼마만큼의 상상력이 필요할까요?"

두 사람 주변이 부산스러워졌다. 사람들이 문으로 들어왔다 나갔다. 사이먼과 패그벤레이에게는 그 무엇도 보이지 않았다.

"아이디어를 하나 내죠, 형사님."

"말씀하세요."

"루서라는 놈이 아내를 쐈어요." 사이먼은 두 번이나 한 진술을 그대로 하고 있었다. "가서 놈이나 잡는 게 어때요?"

"이미 체포했습니다."

"잠깐만, 놈을 잡았다고요?"

"별로 어려운 일이 아니었죠. 핏자국을 따라가면 됐으니. 두 블록 정도 떨어진 곳에서 의식을 잃고 쓰러져 있는 것을 발견했어요."

"로코라는 몸집이 큰 남자가 지하실에서 데리고 나갔어요. 놈을 둘러업고."

"로코 카나드죠. 잘 압니다. 갱이랑 연결되어 있어요. 루서 리츠(그게 놈의 성이었다)는 그 밑에서 일하고요. 에런도 마찬가지였죠. 로코가 어떻게든 숨겨주려 한 것 같습니다. 그런데 핏자국을 발견하고는 그냥 골목에다 버린 거죠. 일단 그게 우리가 예상하는 내용입니다. 체포한 놈이 총을 쏜 녀석이 맞는지 확인해주실 필요가 있습니다."

"좋아요." 사이먼이 대답했다. "상태가 어떻죠?"

"살아 있습니다."

"체포되고 뭐라고 하긴 하던가요?"

"네." 패그벤레이가 미소를 지었다. "당신과 잉그리드가 자길 쐈다더군요."

"거짓말이에요."

"그 정도는 우리도 압니다. 그런데 어떻게 된 일인지는 여전히 모르겠다는 거죠. 놈이 왜 총을 쏜 거죠?"

"모르겠어요. 그저 로코와 얘기를 나누고 있었는데……."

"당신과 아내분이요?"

"네."

"그렇다면 두 분이 마약 소굴에 들이닥쳐서 갱 리더와 담소를 나눴다, 그런 말씀이신가요?"

"비슷합니다. 사랑하는 사람을 구하기 위해서 저희가 할 수 있는 일이죠."

패그벤레이는 이 대답을 좋아하는 것처럼 보였다. "계속해보시죠."

사이먼은 핵심적인 사실 딱 한 가지만 제외한 채, 형사에게 무슨 일이 있었는지 진술했다.

"그렇다면 루서가 그냥 총을 쐈다는 거네요?"

"맞아요."

"아무 경고도 없이?"

"네."

"그렇다면 말이죠." 패그벤레이는 다시 한번 이를 번뜩였다. "오컴의 면도날을 다시 소환해보죠."

"왜죠?" 사이먼이 물었다.

"로코는 마약상입니다. 루서와 에런, 두 사람은 그 밑에서 일했고요. 폭력이 팽배한 세상이죠. 에런은 결국 죽음을 맞았고, 루서는 당신들에게 총을 쐈습니다. 그렇다면 누가 루서를 쐈을까요?"

남자 하나가 그들 맞은편에 있는 노란 의자로 와서 풀썩하고 앉았다. 머리에 붕대가 감겨 있었다. 거즈에 피가 배어 나왔다.

"사이먼?"

"네?"

"아내분이 총에 맞았어요. 당신은 그 위로 몸을 던졌고요. 루서는 당신까지 끝장내려던 참이었죠. 그런데 누가 놈을 멈춘 거죠?"

"저는 아무도 못 봤습니다." 사이먼이 대답했다.

패그벤레이는 사이먼의 대답에서 뭔가를 읽어냈다. "누구를 봤는지 물은 적 없습니다. 누가 루서를 막았냐고 물었죠."

바로 그때 애니아가 대기실로 뛰어 들어왔다. 사이먼은 자리에서 일어나, 거의 몸을 던지듯 두 팔을 벌려 안기는 애니아를 받아주었다. 그는 눈을 감고 눈물을 참으며 딸을 꼭 끌어안았다. 애니아는 사이먼 가슴에 얼굴을 파묻었다.

"엄마가……." 애니아는 울음을 틀어막았다.

사이먼은 이렇게 대답하고 싶었다. '다 괜찮을 거야'라든지 '엄마 다 나았어'라든지. 그러나 더는 거짓말할 이유가 없었다. 그는 눈을 감았다. 대기실로 들어온 이본이 애니아를 안고 있는 사이먼의 볼에 입을 맞추었다.

"로버트가 샘을 데리러 갔어." 그녀가 말했다.

"고마워."

그때 수술복 입은 남자가 대기실로 들어와 그를 찾았다. "사이먼 그린 씨?"

애니아는 감은 팔을 늦추고 아빠에게서 떨어졌다.

"접니다."

"저를 따라오세요. 선생님이 뵙자고 하시네요."

12

의사들은 종종 잠자리 매너가 다소 무심하다는 말을 듣는다. 이 말은 사람들이 부주의하게 칼을 휘두르는 의사보다, 차갑고 기계적이며 로봇 같은 의사, 감정에 휘둘리지 않고 이 풍문대로 사는 의사를 선호한다는 것을 시사한다.

사이먼이 아는 잉그리드는 소문과 반대되는 것을 믿었다.

사람들은 진짜 사람, 그러니까 공감해주고 보듬어주는 의사를 원한다. 환자들은 자신을 똑같은 사람으로 대해줄 의사가 필요했다. 그들은 상처받고 겁먹은, 돌봄과 격려가 필요한 사람일 뿐이다. 잉그리드가 책임감을 느낀 부분은 바로 이런 지점이다. 부모가 아이를 데리고 그녀를 만나러 왔을 때를 잠깐만 생각해보자. 사람이 이보다 유약해질 수 있는 순간이 있을까. 그들은 스트레스를 받고 두려움에 떠는, 아주 혼란스러운 상태다. 이 사실을 이해하지 못하고 환자를 지니어스 바에 접수된 맥북처럼 수리가 필요한 해부학적 물체로 대하는 의사들은, 상황을 더 비참하게 느끼도록 할 뿐 아니라 진료 과정에서도 실수를 범한다.

때때로, 바로 지금 같은 상황에서 사람들은 상처받고 겁먹고 스트레스를 받아 두려움에 떠는 아주 혼란스러운 상태가 된다. 인생을 송두리째 바꿔놓을 수 있는 말을 하는 의사가 맞은편에 앉아 있는 이 순간에. 그 말은 세상에서 가장 가혹할 수도, 가장 기쁠 수도 있지만, 지금은 그 중간 어디쯤이었다.

어찌 됐든 잉그리드는 헤더 그루이 박사를 정말 좋아할 것이다. 박사에게서는 피로와 공감이 둘 다 느껴졌다. 그루이 박사는 의학 용어와 생활 용어를 섞어 쓰느라 말을 더듬거렸다.

잉그리드는 아직까지 목숨을 부지하고 있었다.

가까스로.

그녀는 혼수상태다.

앞으로 이십사 시간이 중요할 거라고 했다.

사이먼은 고개를 끄덕였지만, 한편으로는 의사 말을 듣고 정신을 놓아버렸다. 붙잡으려 해도 자꾸 떠내려갔다. 사이먼 옆에 앉은 이본은 굳건히 버티고 있었다. 그녀가 꽤 훌륭한 질문을 몇 가지 던졌지만, 그렇다고 해서 불확실한 상황이 명확해진다거나 결과가 변하지는 않았다. 이렇게 우리는 의사에 관한 사실을 또 한 가지 배운다. 환자들은 간혹 그들을 신이라 생각할지 모르지만, 의사들이 할 수 있는 것과 아는 것의 한계는 우리를 대경실색게 하고 초라하게 만든다.

의료진이 잉그리드의 상태를 면밀히 관찰중이지만 지금 할 수 있는 일은 기다리는 것뿐이다. 그루이 박사는 자리에서 일어나 손을 내밀었다. 사이먼도 일어나 악수를 했다. 이본도 그렇게 했다. 아직 면회가 허락되지 않아 두 사람은 복도를 따라 대기실 쪽으로 터덜터덜 걸어왔다.

패그벤레이가 사이먼을 가로막고 자기 쪽으로 끌어당겼다.

"협조 좀 해주셔야겠습니다." 패그벤레이가 말했다.

사이먼은 비틀거리며 가까스로 고개를 끄덕였다. "알겠습니다."

"확인해주실 게 있어요."

그는 위아래 세 장씩 총 여섯 장의 사진이 붙은 판을 사이먼에게 건넸다. 모두 얼굴 사진이었다. 사진 아래에는 번호가 매겨져 있었다.

"자세히 보시고 저한테……."

"5번이요." 사이먼이 대답했다.

"아직 설명도 안 끝났어요. 자세히 보시고 알아볼 수 있는 사람이 있는지 말씀해주세요."

"5번이요."

"5번을 어떻게 아시나요?"

"놈이 아내를 쐈어요."

패그벤레이가 고개를 끄덕였다. "정식으로 직접 진술해주시면 감사하겠습니다."

"이걸로 충분하지 않나요?" 사이먼은 손가락으로 판을 가리켰다.

"직접 가서 진술하시는 게 나을 것 같군요."

"아내를 두고 가고 싶지 않아요."

"그러실 필요 없습니다. 용의자도 여기 있어요. 총상에서 회복중이 죠. 따라오시죠."

패그벤레이가 복도를 따라 내려갔다. 사이먼은 뒤돌아서 이본을 바라보았다. 그녀는 가보라고 고개를 끄덕였다. 걸어서 얼마 걸리지 않는 거리였다. 복도 끝까지만 가면 됐다.

"로코도 체포했나요?" 사이먼이 물었다.

"네, 잡아들였죠."

"뭐라고 하던가요?"

"당신과 아내분이 본인 거주지에 침입했고, 잠시 등을 돌린 사이 총격이 있어 도망쳤다고요. 총을 누가 쐈고, 누가 맞았는지 기억하지 못해요."

"개소리가 따로 없군."

"그런가요? 잘나가는 마약상이 거짓말을 하는 걸까요? 와, 정말 충격이군요."

"딸에 관해서도 물어봤나요?"

"모른답니다. '여자애들은 다 똑같이 생겨서요'라고 하더군요. '특히나 마약쟁이들은'이라고."

사이먼은 위축되지 않았다. "놈을 계속 잡아둘 수 있나요?"

"무슨 명목으로요? 당신이 말하길, 로코는 당신들을 공격하지 않았다고 했잖아요?"

"그래요."

"방아쇠를 당긴 건 루서죠. 말하자면."

그는 제복 입은 경찰관이 문을 지키는 병실 앞에서 멈췄다. "이봐, 토니." 패그벤레이가 알은체했다.

경호원 토니는 사이먼의 얼굴을 확인했다.

"누구야?"

"피해자 남편."

"아." 토니는 사이먼을 향해 고개를 끄덕였다. "유감입니다."

"고마워요."

"신원확인을 하러 왔어." 패그벤레이가 말했다. "범인은 아직도 깨어나지 않은 거야?"

"아니, 정신 차렸어."

"언제?"

"오 분, 십 분 정도 전에."

패그벤레이는 사이먼을 돌아보았다. "굳이 지금 들어가는 건 좋지 않을 것 같군요."

"왜죠?"

"절차가 그렇습니다. 목격자는 대부분 범인을 대면하기 두려워하거든요."

사이먼은 얼굴을 찌푸렸다. "그냥 하시죠."

"놈이 당신 얼굴을 봐도 괜찮겠어요?"

"아내를 쏠 때 이미 제 얼굴을 봤어요. 그게 대수겠어요?"

패그벤레이는 좋을 대로 하라는 듯 어깨를 으쓱하고는 문을 열었다. 텔레비전에서 스페인어가 흘러나왔다. 루서는 어깨를 붕대로 감은 채 침대에 앉아 있었다. 그는 사이먼을 보고 험악한 얼굴을 하더니 소리쳤다. "저 남자 여기서 뭐 하는 거야?"

"오, 이 남자를 아나 보지?" 패그벤레이가 물었다.

루서의 눈동자가 좌우로 돌아갔다. "아……."

패그벤레이는 사이먼을 돌아보았다. "그린 씨?"

"맞아요. 저 남자가 아내를 쐈습니다."

"거짓말!"

"확실합니까?" 패그벤레이가 물었다.

"네." 사이먼이 대답했다. "확실합니다."

"저 사람들이 날 쐈다고!" 루서가 소리쳤다.

"그랬나, 루서?"

"그렇다니까요. 저 남자가 거짓말하는 거라고요."

"정확히 어디서 쐈지?"

"어깨요."

"아니, 루서. 지리적 위치를 묻는 거야."

"네?"

패그벤레이는 눈알을 굴려댔다. "장소 말이야."

"아, 지하실에서요. 로코네 지하실."

"그렇다면 왜 두 블록이나 떨어진 골목에 숨어 있다가 잡혔지?"

루서는 순간 멍한 얼굴이 되었다. "어, 도망쳤어요. 저 남자한테서."

"그리고 경찰이 발견할 때까지 골목에 숨어 있었다?"

"이봐요, 전 경찰이 별로예요. 그냥 그게 다예요."

"좋아. 총격사건 현장에 있었다는 사실을 확인해줘서 고맙네, 루서.
이제 정리가 좀 되겠어."

"저는 아무도 안 쐈어요. 증거도 없으면서."

"총을 가지고 있나, 루서?"

"아니요."

"한 번도 쏜 적 없다고?"

"총요?" 루서는 아주 신중해 보였다. "아마 한 번쯤. 몇 년 전에."

"이거 봐, 루서. 텔레비전도 안 보나?"

"뭐요?"

"경찰이 나오는 쇼 프로 같은 거 말이야."

루서는 혼란스러운 얼굴이었다.

"그런 쇼를 보면 꼭 이렇게 말하는 멍청한 범인들이 나와. '저는 총을 쏴본 적도 없어요'라고. 방금 네가 한 말처럼 말이야. 그러면 경찰이 이렇게 말해. 이미 발사 잔여물 테스트를 했다고. 이제야 감이 잡히나, 루서? 대부분 그 멍청한 범인의 손과 옷가지에서는 화약 입자 형태의 잔여물이 왕창 발견되지."

루서의 얼굴이 창백해졌다.

"계속 들어봐. 그렇게 증거를 확보한 경찰은, 지금 상황에서는 내가 되겠지, 범인에게 사형을 구형해. 우리는 목격자와 발사 잔여물과 우리의 멍청한 범인이 거짓말쟁이라는 과학적 증거를 확보하고 있거든. 놈은 끝났다고 볼 수 있지. 그러면 대부분 형량을 줄이려고 다 털어놓게 돼."

루서는 뒤로 기대앉으며 눈을 껌뻑거렸다.

"범행 동기를 말해주겠나?"

"저는 안 쐈어요."

패그벤레이가 한숨을 내쉬었다. "피곤하게 굴지 마."

"저 남자한테 왜 그랬는지 묻지 그래요?" 루서가 물었다.

"뭐라고?"

루서는 사이먼을 향해 턱을 치켜들며 말했다. "저 남자한테 물어보라고요."

사이먼은 심호흡을 했다. 방에 들어온 후 계속 붙들고 있던 것이 일순간 무너졌다. 잉그리드, 사이먼이 누구보다 사랑하는 여자가 가까이에, 놈과 같은 건물에 있다. 빌어먹을 놈 하나 때문에 목숨이 위중한 상태로. 무의식중에 침대 쪽으로 한 걸음 내디뎠다. 그토록 아름답고 빛나는 존재의 생명을 꺼뜨리려 한 이 똥 덩어리, 아무짝에도 쓸모

없는 더러운 놈의 숨통을 끊어놓으려고 손을 들어 올렸다.

패그벤레이가 사이먼을 말리려 팔을 뻗었다. 물리적이라기보다는 감정적 제지였다. 그는 사이먼과 눈을 맞추며, 이해하지만 그러면 안 된다는 단호한 고갯짓을 해 보였다.

"내가 뭐라고 물어봐야 할까, 루서?" 패그벤레이가 물었다.

"둘이 로코네에서 뭘 하고 있었을까요, 네? 그냥 제가 한 짓이라고 해봅시다. 사실이 아니지만, 그냥 그렇다고 해보자고요. 말 그대로. 제가 그랬다는 가설을 세워봐요."

패그벤레이는 인상을 펴보려고 최선을 다했다. "계속해."

"로코를 보호해줘야 할지 몰라요."

"왜지?"

"저도 모르죠. 그냥 가설이니까."

"닥터 그린을 쏘라고 한 사람이 로코인가?"

"닥터? 의사 말인가?" 루서는 바로 앉으며 얼굴을 찡그렸다. "무슨 소리죠? 저는 의사를 쏜 적 없는데. 그것까지 했다 그러면 안 되죠." 그는 사이먼을 바라보았다. "그냥 저 남자 마누라를 쐈는데."

사이먼은 주먹을 갈겨야 할지 웃음을 터뜨려야 할지 가늠할 수 없었다. 다시 한번 지금 상황에 대한 순수한 분노가, 이토록 보잘것없는 아무것도 아닌 놈이 잉그리드 같은 소중하고 중요하며 사랑받는 누군가를 파괴할 힘을 가졌다는 사실에 대한 분노가 그를 집어삼키는 것 같았다. 이 세상에 지휘와 통제란 없고, 무차별적 혼란만이 존재한다는 믿음이 생겨났다. 사이먼은 이 쓰레기를 죽이고 싶었다. 어떤 벌레도 놈보다 무신경하고 해롭진 않겠지만, 인류의 행복을 위해서라도 벌레 밟듯 밟아버리고 싶었다. 잃을 것은 없지만 얻는 것은 많으리라.

문득 그럴 필요조차 없다는 생각이 들자 갑자기 극도로 피곤해졌다. 모든 것이 망할 농담처럼 느껴졌다.

"저는 보스를 지키려던 것뿐이에요." 루서가 말했다. "정당방위, 무슨 소린지 알아요?"

사이먼은 휴대전화가 진동하는 걸 느꼈다. 화면을 힐끗 확인했다. 이본이었다.

잉그리드 면회 가능.

병실에 들어선 순간, 잠든 것보다 고요하게 침대에 누워 있는 잉그리드와 여기저기 꽂힌 튜브와 꾸르륵 소리를 내는 장치들이 눈에 들어왔다. 그 모든 것을 처음 본 순간, 다리가 풀린 사이먼은 그대로 바닥에 고꾸라졌다. 하려고만 했다면 손을 뻗어 오른편에 있는 휠체어용 안전 바를 잡을 수도 있었다. 하지만 그러지 않았다. 자기 몸이 바닥으로, 그것도 아주 거세게 고꾸라지도록 내버려두었다. 소리 없는 비명을 지를 수 있도록 내버려두었다. 그 순간만큼은 그것이 자신에게 필요하다는 사실을 잘 알았기 때문이다.

그 순간이 지나고 사이먼은 몸을 일으켰다. 더는 눈물이 나지 않았다. 그는 잉그리드 옆에 앉아 그녀를 안고 말을 걸었다. 살아나야 한다거나 그녀를 얼마나 사랑하는가와 같은 말은 전혀 하지 않았다. 만약 잉그리드가 들을 수 있다면, 그런 말을 좋아하지 않을 테니까. 일단 그녀는 모노드라마를 좋아하지 않는 데다가, 자신이 교감하거나 최소한의 코멘트조차 못 하는 이런 상황에서 그가 그런 말을 한다는 사실 자체를 좋아하지 않을 것이다. 교감 없이 사랑을 천명하거나 이별을 논하는 건 잉그리드에게 의미 없는 일이었다. 혼자 캐치볼을 하는 것과 다름없었다. 그러한 일은 쌍방향이어야만 했다.

사이먼은 그냥 일상적인 이야기를 늘어놓았다. 그의 회사와 잉그리드의 병원, 언젠가 하기로 한 부엌 리모델링(하지 못하게 되어버린 것 같지만), 정치 얘기, 그녀가 좋아할 만한 지나간 추억 몇 가지. 잉그리드는 그런 사람이었다. 그녀는 사이먼이 어떤 이야기를 반복하는 것을 좋아했다. 그녀는 온 힘을 다해 깊숙이 집중해서 듣는 사람이었다. 그녀 입술에 미소가 떠오를 때면 사이먼은 아내가 자기와 함께 과거로 돌아가, 아주 선명하게 그 시점을 다시 체험중이라는 걸 알 수 있었다. 아무나 할 수 있는 경험이 아니었다.

물론, 오늘 그녀 얼굴에서는 미소를 찾아볼 수 없었다.

갑자기 이본이 그의 어깨에 손을 올렸다. 사이먼은 시간이 얼마나 흘렀는지 눈치채지 못하고 있었다. "무슨 일이 있었는지 말 좀 해봐." 이본이 말했다. "전부 다."

사이먼은 겪은 일을 전부 털어놓았다.

이본은 언니 얼굴에서 눈을 떼지 않았다. 두 사람은 너무나도 다른 길을 걸어왔고, 아마 그것으로 두 사람 사이의 균열을 설명할 수 있을 것이다. 잉그리드는 모델 일을 하고 여행을 다니고 약물에 손대는 등, 처음부터 호화스러운 생활 방식을 택했다. 이상한 일이지만 잉그리드는 자신의 경험 때문에 페이지를 오히려 이해하지 못했다. 반면 이본은 성실하고 전형적인 모범생 딸이었다. 열심히 공부하고 부모를 사랑하며 엇나가지 않고 바르게 지내는 아이였다.

잉그리드는 모든 경험을 하고 나니 결국 집으로 돌아오게 되더라고 했다. 그리고 일 년을 브린모어 대학교에서 학사학위 인정 과정을 들으며 보냈다. 의예과 지원서에 뭐라도 쓰는 데 필요한 일이었다. 모종의 뚝심과 집중력으로 잉그리드는 의대, 인턴, 레지던트 과정을 모두 훌륭한 성적으로 통과했다. 이본은 다른 사람이 그랬다면 의심할 여지 없이 그 사람을 찬양했을 것이다.

"여기 있으면 안 돼, 사이먼." 그가 이야기를 끝맺자 이본이 말했다.

"무슨 소리야?"

"잉그리드 옆에는 내가 있을게. 넌 여기 있으면 안 돼. 페이지를 찾으러 가야지."

"지금은 못 가."

"가야 해. 선택의 여지가 없어."

"잉그리드한테 약속한 게 있어……." 사이먼은 말을 멈추었다. 이본 역시 아는 얘기를 또 하지는 않을 셈이었다. 사이먼과 잉그리드는 한 몸 같았다. 둘 중 하나가 병들면, 다른 한 사람은 그 옆을 지킬 것이다. 그것은 규칙이었다. 이 와중에 지켜야 할 약속이었다.

이본 역시 알면서도 고개를 저었다. "잉그리드는 이겨내고 일어날 거야. 못 일어날 수도 있겠지. 그런데 눈을 뜬다면 말이야, 페이지를 보고 싶어하지 않을까?"

사이먼은 대꾸하지 않았다.

"여기 앉아 있으면 페이지는 못 찾아."

"이본……."

"잉그리드가 말할 수 있는 상태라면 똑같은 말을 했을 거야. 너도 알잖아."

잉그리드의 손에서는 이제 생명력이 느껴지지 않았다. 피가 도는 느낌이 없었다. 사이먼은 아내가 대답이나 신호를 주길 바랐지만, 잉그리드는 점점 더 작아지다가 눈앞에서 사라질 것만 같았다. 침대에 누워 있는 사람은 더는 잉그리드가 아닌, 텅 빈 몸뚱이처럼 보였다. 그녀가 이 건물에서 이미 빠져나간 것처럼 느껴졌다. 페이지 목소리를 들으면 잉그리드가 깨어날 거라고 생각할 만큼 순진하진 않지만, 사이먼이 여기 앉아 있는다고 해서 달라질 것 역시 없었다.

사이먼은 잉그리드의 손을 놓았다. "가기 전에, 해야 할 일이……."

"애들은 내가 맡을게. 회사 일도. 잉그리드도. 그러니까 가."

13

사이먼이 브롱크스의 콘크리트 동네를 다시 찾아갔을 즈음에는 달이 저물고 날이 밝아오고 있었다. 거리에는 아무도 없었다. 적어도 깨어 있는 사람은. 잡초가 웃자란 버려진 공터에 남자 둘이 곯아떨어져 있었다. 불과 몇 시간 전 잉그리드와 사이먼이 발을 들여놓았던 데에서 얼마 떨어지지 않은 곳이었다. 현장에 폴리스 라인이 둘러쳐져 있지만, 이미 가운데가 잘려나가 새벽 미풍에 흩날렸다.

사이먼은 페이지가 집이라고 칭했던 허물어질 것 같은 4층짜리 벽돌 주택으로 들어섰다. 이번에는 들어가는 데 두려움도 머뭇거림도 없었다. 계단을 오르던 사이먼은 3층으로 가지 않고 2층에서 멈췄다. 아직 6시도 안 된 시각이었다. 사이먼은 아직 한숨도 자지 않은 상태였다. 그는 곧 사그라질 어떤 감정에 취해 허둥대고 있었다.

사이먼은 문을 두드리고 기다렸다. 잠을 방해하는 짓이라는 걸 잘 알았지만 크게 개의치 않았다. 십 초 정도 지났을까, 문이 열렸다. 코닐리어스 역시 잠을 청하지 못한 모습이었다. 두 남자는 오랫동안 상대방을 바라보기만 했다.

"부인은 좀 어떻소?" 코닐리어스가 물었다.

"위중해요."

"안으로 들어오는 게 좋겠소."

그 집에 발을 들이면 무슨 일이 일어날지 알 수 없었다. 페이지의 거처와 비슷하게 지저분한 오두막 같은 아파트지만, 내부는 마치 다른 세계로 연결되는 마법의 문처럼 꾸며져 있었다. 잉그리드가 즐겨 보던 TV 인테리어 프로그램에 등장할 법한 집이었다. 가장 안쪽 벽 창문을 중심으로 떡갈나무 책장을 짜 맞추고, 그 오른편에 술 장식이 달린 빅토리안 스타일의 초록색 소파를 놓았다. 쿠션에는 잎사귀가 수놓여 있었다. 그 왼편으로 나비 그림이 걸렸고, 지나치게 화려한 나무 탁자에는 체스 판이 놓여 있었다. 아주 잠깐이지만, 코닐리어스와 그곳에 앉아 있는 페이지의 모습을 그려볼 수 있었다. 수에 집중할 때 머리카락을 꼬던 모습과 주름 잡히던 미간이 사이먼을 스치고 지나갔다. 코커스패니얼이 구석에서 갑자기 모습을 드러냈다. 꼬리를 어찌나 세게 흔드는지 중심을 잃을 것처럼 보였다. 코닐리어스는 강아지를 들어 꼭 끌어안았다. "이 아이가 클로이요."

책장에 꽂힌 책들 앞으로 사진이 몇 장 보였다. 가족사진이었다. 꽤 많았다. 사이먼은 자세히 보려고 그쪽으로 다가갔다. 첫 번째 사진은 무지개 배경 앞에서 찍은 전형적인 가족사진이었다. 젊은 코닐리어스와 그의 아내로 보이는 여자 그리고 웃고 있는 세 명의 사내아이. 그중 두 녀석은 이미 코닐리어스보다 키가 컸다.

코닐리어스는 강아지를 내려놓고 사이먼 쪽으로 다가왔다.

"팔 년, 십 년쯤 된 사진이오. 나 그리고 태냐. 우리는 아들 셋을 이 아파트에서 키웠지. 이젠 다 컸지만. 태냐는…… 이 년 전에 떠났소. 유방암으로."

"유감입니다." 사이먼이 입을 열었다.

"좀 앉으시겠소? 피곤해 보이는군."

"앉으면 못 일어날 거 같은데요."

"그래도 나쁠 거 없지. 나아가려면 휴식도 필요한 법이오."

"나중에요."

코닐리어스는 극도로 부서지기 쉬운 물건을 대하듯, 가족사진을 제자리에 조심히 내려놓았다. 그러고는 군복 입은 해병의 사진을 가리켰다.

"이쪽이 엘든. 첫째요."

"해병이로군요."

"그렇소."

"아버지를 닮았네요."

"그래요."

"당신도 복무했나요, 코닐리어스?"

"해병 하사로 걸프전 사막의 폭풍 작전에 투입됐었소." 코닐리어스는 몸을 돌려 사이먼을 똑바로 바라보았다. "별로 놀라는 눈치는 아니군."

"전혀요."

코닐리어스는 얼굴을 쓸어내렸다. "나를 봤소?"

"언뜻요."

"누군지 알아볼 순 있을 만큼?"

"그렇지 않았대도 누군지 알았을 겁니다." 사이먼이 말했다. "어떻게 감사를 드려야 할지 모르겠군요."

"그럴 필요 없소. 루서가 들어가는 걸 봤지, 그래서 따라간 거고. 놈이 잉그리드를 쏘기 전에 데리고 나왔어야 했는데."

"우리 생명을 구하셨습니다."

코닐리어스는 가족사진을 돌아보았다. 마치 그 사진이 현명함을 전해주기라도 하는 것처럼. "왜 다시 왔소?" 그가 물었다.

"아시잖아요."

"페이지를 찾으러 온 게로군."

"맞습니다."

"그 아이도 그곳에 갔었지. 그 지하실에. 당신들이 그랬던 것처럼." 코닐리어스는 구석으로 자리를 옮겼다. "그 후론 나도 그 아이를 본 적이 없소."

"그리고 에런은 죽음을 맞았고요."

"그렇소."

"녀석들이 페이지를 죽였을 거라 생각하시나요?"

"그건 잘 모르겠소." 코닐리어스가 쪼그리고 앉았다. 캐비닛을 열자 금고가 드러났다. "나쁜 소식에 대한 마음의 준비는 해두는 게 좋을 거요. 아무리 힘들어도."

"그러죠." 사이먼이 대답했다.

코닐리어스는 금고 문에 엄지손가락을 갖다 댔다. 금고가 지문을 읽는 동안 삐빅 소리가 났다. 문이 열렸다. "그리고 이번에는 지원 없이 들어가면 안 되고."

코닐리어스는 금고에서 권총 두 정을 꺼낸 뒤 자리에서 일어나 캐비닛 문을 닫았다. 한 정은 사이먼에게 건네고 나머지는 자신이 챙겼다.

"이러실 필요까진 없습니다." 사이먼이 만류했다.

"감사 인사나 하자고 온 건 아니잖소, 안 그래요?"

"그건 아니죠."

"그럼 로코를 잡으러 가십시다."

패터슨 하우스는 뉴욕에서도 오래되고 커다란 공공임대주택 단지 중 하나로, 낡은 벽돌의 단조로운 고층 구조물 열다섯 동이 즐비한 곳이었다. 6만 9000제곱미터에 달하는 부지에 지어진 단지는 천팔백여 가구의 집이 되어주었다.

코닐리어스가 길을 안내했다. 6동 엘리베이터가 고장 난 바람에 그들은 계단으로 올라갔다. 이른 시각이지만 건물은 활기를 띠었다. 계단은 등교하려는 꼬맹이로 가득 차 있었다. 어른들은 출근하려고 근처 버스 정류장이나 지하철역으로 향했다. 대부분 이곳에서 나가려고 계단을 내려가는 중이었으므로, 사이먼과 코닐리어스는 8층으로 가기 위해 두 마리 연어처럼 인파를 거슬러 올라갔다.

로코의 어머니와 동생들은 8C에 살고 있었다. 두 꼬맹이가 문을 열어둔 채 밖으로 달음질쳐 나왔다. 사이먼이 현관문을 노크하자, 들어오라는 여자 목소리가 들렸다.

사이먼은 안으로 들어갔다. 코닐리어스는 현관을 지켰다. 로코가 리클라이너 의자에서 몸을 일으켜 다가왔다. 사이먼은 순전히 덩치 때문에 다시 한번 뒷걸음질 쳤다. 여자가 부엌에서 나왔다.

"누구세요?" 여자가 물었다.

로코는 사이먼을 노려보며 답했다. "신경 쓰지 마세요, 엄마."

"나한테 이래라저래라 하지 마라. 여긴 내 집이야."

"알았어요, 엄마. 이 남자 곧 갈 거예요." 로코는 덩치를 부풀리며 사이먼에게 바짝 붙어 섰다. 그의 가슴 근육이 사이먼의 눈 바로 앞까지 다가왔다. "그렇지?"

사이먼은 로코 뒤편을 보려고 몸을 기울였다. 쉽지 않은 미션이었다. "딸아이를 찾고 있습니다." 사이먼이 로코의 어머니에게 말했다. "아드님이 행방을 알 것 같아서요."

"로코가요?"

"이 사람 말 듣지 마요, 엄마."

아들 말을 들을 사람이 아니었다. 어머니가 다가오자 큰 덩치가 풀이 죽었다. "이분 딸이 어디 있는지 아니?"

"몰라요, 엄마." 로코는 이제 열 살짜리 꼬맹이처럼 말했다. "진짜예요."

이번에는 어머니가 사이먼 쪽으로 몸을 틀었다. "왜 이 아이가 안다고 생각하시죠, 선생님?"

"제가 얘기할게요, 엄마." 로코는 그들을 문 쪽으로 밀어붙였다. "제가 알아서 해요."

로코는 몸으로 사이먼을 복도까지 밀어내고는, 자기도 따라 나온 뒤 문을 닫았다. "이러면 곤란해, 아저씨. 엄마 집에 오다니." 그의 시선이 코닐리어스를 포착했다. "당신은 여기서 뭐 하는 거야?"

"이 남자를 도와주고 있지."

로코는 손가락을 딱 하고 튕기더니 코닐리어스를 가리켰다. "이제 알겠네. 애초에 이 남자를 보낸 게 당신이군. 여기서 꺼져, 둘 다."

사이먼은 꼼짝도 하지 않았다. "로코?"

덩치가 내려다보았다. "뭐?"

"아내가 지금 혼수상태야. 생사를 다투고 있어. 지하실에서 당신 부하에게 총을 맞았지. 딸은 실종됐고. 그 아이가 마지막으로 목격된 장소도 당신 지하실이야." 사이먼은 물러서지도 동요하지도 움직이지도 않았다. "아는 걸 다 불 때까지 아무 데도 안 가."

"내가 겁낼 줄 알고?"

"그러는 편이 나을 텐데." 코닐리어스가 끼어들었다.

"내가 왜?"

"이 남자를 보게나, 로코. 절박해. 자네는 영리하니까 절박한 사람이랑은 엮이지 않는 편이 낫다는 걸 알겠지."

로코는 코닐리어스 말대로 사이먼을 보았다. 사이먼은 그 시선을 놓치지 않았다.

"당신이 우릴 쏘라고 루서한테 명령했다고 경찰한테 말할 거야." 사이먼이 협박했다.

"뭐? 그게 사실이 아니라는 건 당신도 알잖아."

"루서 이름을 부른 건 너야."

"그건 쏘지 말라고 그런 거지, 아저씨. 쏘지 말라고!"

"그건 알 바 아니고. 난 그게 신호라고 생각하는데. 우릴 쏘라는."

"어, 그래." 로코는 양손을 펼쳐 보였다. 그는 사이먼과 코닐리어스를 차례로 보았다. "뭐, 다 그런 거지. 안 그래?"

코닐리어스가 어깨를 으쓱했다.

"나는 딸을 찾고 싶을 뿐이야." 사이먼이 덧붙였다.

로코는 한번 생각해보자는 표정으로 고개를 젖혔다. "좋아. 대신 애기해주면 가는 거야."

사이먼은 고개를 끄덕였다.

"맞아, 페이지가 왔었지. 지하실로 왔더라고. 딱 보니까 누군가한테 처맞았더라고."

"누구한테 맞았는지 얘기했어?"

"물어볼 필요가 있나. 누가 그랬는지 아는데."

"에런이었겠지."

로코는 굳이 대꾸하지 않았다.

"그럼 루서는 왜 우리를 쏜 거지?"

"미친놈이라서."

사이먼은 고개를 저었다. "뭔가 더 있어."

"내가 그러라고 한 게 아니야."

"그럼 누가 시킨 거지?"

"이봐요, 아저씨. 내가 몸담고 있는 비즈니스는 말입니다. 그게 쉬운 일이 아니에요. 항상 우릴 덮치려는 놈들이 있다고. 에런, 맞아, 거지발싸개 같은 놈이었지. 하지만 놈도 우리 조직원이었어. 내 생각엔 라이벌, 적당히 경쟁기업이라고 하자고. 그 경쟁기업 놈들이 에런을 해치웠다고 생각해. 피델 애들이."

"피델 애들?"

코닐리어스가 주석을 달았다. "쿠바 출신 갱이오." 아내는 사경을 헤매고, 딸아이의 행방은 오직 신만이 아는 이 상황에서 웃음이 났다. 사이먼은 크게 웃어젖혔다. 그 소리가 복도에 메아리쳤다. 사람들이 돌아보았다.

"농담이시죠?"

"아니."

"쿠바 출신 갱을 피델이라고 부른다고요?"

코닐리어스도 입술에 웃음이 번지는 것을 참지 못했다. "리더 이름은 카스트로*지."

"거짓말이시죠?"

"신께 맹세하지."

사이먼은 다시 로코 쪽으로 몸을 돌렸다. "페이지가 맞고 나서 왜 당신을 찾아갔을까?"

"왜라고 생각해?"

"작대기 때문이었겠지." 사이먼이 대답했다. "줬나?"

"돈을 안 가지고 있더군."

"안 줬다는 말이야?"

"난 자선사업가가 아니야." 로코가 대답했다.

"그다음은?"

"그냥 돌아갔어. 내가 아는 그다음은, 에런이 죽었다는 거지."

"페이지가 한 짓이라고 생각하나?"

"머리가 좀 있다면 피델 애들이 한 짓이라고 생각하겠지." 로코가 답했다. "뭐, 페이지가 죽였을 가능성도 있다고 생각해. 아니면 당신이 했을 수도 있고, 아저씨. 아마 루서는 그렇게 생각했겠지. 페이지가 왔을 때 루서도 있었으니까. 생각해봐. 내가 걔 아빠라고 해보자고. 어떤 놈이 에런이 한 것처럼 내 딸을 망쳐놨다면 나는 복수할 거야. 그러니 당신 작품일 수도 있겠지."

* 쿠바의 전 국가원수 이름이 '피델 카스트로'다.

"내 작품이라니?"

"당신이 죽였다고. 이제 페이지만 찾으면 구출 작전 완성이고."

"내 작품이 아니야." 사이먼이 부정했다.

한편으로는 그것이 사실이길 바랐다. 로코 말이 맞았다. 누군가가 딸아이를 해친다면, 아버지라는 사람은 이유를 불문하고 그걸 막을 의무가 있다. 사이먼은 그러지 못했다. 그는 페이지를 놓쳐버렸고, 아버지가 해야 할 일 대신에 의미 없는 구명 밧줄만 던지고 있었다.

아이를 구조하는 대신에.

아이를 보호하는 대신에. 아이를 구해내는 대신에.

사이먼이 보인 아버지의 모습이란 그게 다였다.

"걘 근처 어딘가에 있을 거야." 로코가 말했다. "찾아봐, 아저씨. 찾아보는 거야 뭐라고 할 수 없으니. 하지만 당신 딸은 마약쟁이야. 찾는다 한들, 해피 엔딩은 아닐 거야."

사이먼은 코닐리어스를 따라 그의 아파트로 돌아왔다. 코닐리어스가 문을 닫자, 사이먼은 코트 주머니에서 권총을 꺼냈다.

"여기요." 사이먼이 총을 건넸다.

"가지고 있게나."

"그래도 되나요?"

"물론." 코닐리어스가 대답했다.

"로코가 찾을 수 있다고 생각하세요?"

"현상금 때문에라도."

사이먼은 로코에게 간단한 제안을 하면서 이야기를 마무리 지었다. 페이지를 찾으면 5만 달러를 주겠다는 제안이었다.

"찾을 수 있을 거요." 코닐리어스가 덧붙였다. "여기 어디 있다면, 찾아내겠지."

현관문을 두드리는 소리가 들렸다.

"총 집어넣게." 코닐리어스가 속삭였다. 이어서 다시 목소리를 높였다. "누구시오?"

작은 노파의 억양 섞인 목소리가 들려왔다. 폴란드, 러시아, 아마 동유럽 쪽인 것 같았다. "리지예요, 코닐리어스 씨."

코닐리어스는 문을 열었다. 목소리에서 느껴진 것처럼 작고 나이 든 여자였다. 잘 때나 입을 법한 기다랗고 하얀 가운을 걸치고 있었다. 하얗게 센 머리카락은 헝클어진 채 등허리에 드리워져 있었는데, 바람 한 점 없는 이곳에서도 머리카락이 바람에 날리는 것처럼 보였다.

"제가 도와드릴 일이라도, 소베크 씨?" 코닐리어스가 물었다.

나이 든 여자는 커다란 눈으로 코닐리어스 주변을 훑더니 사이먼의 존재를 알아챘다. "저분은 누구시죠?" 그녀가 물었다.

"사이먼 그린이라고 합니다."

"페이지의 아버지요." 코닐리어스가 덧붙였다.

진지한 여자의 눈빛에 사이먼은 거의 물러설 뻔했다. "지금이라도 구할 수 있어요. 그럴 수 있다고요."

여자의 말에 사이먼은 오싹함을 느꼈다.

"페이지가 어디 있는지 아시나요?" 사이먼이 물었다.

여자는 고개를 저었다. 기다란 백발이 구슬 커튼처럼 얼굴 앞에서 춤을 추었다. "그 아이가 어떻게 됐는지는 알지요."

코닐리어스는 이야기를 끝내려고 헛기침을 했다. "도와드릴 일이 있는 거 아니었소, 소베크 씨?"

"누가 위층에 들어왔어요."

"위층에?"

"3층에요. 여자였어요. 페이지네 집으로 들어가더라니까요. 당신이 알아야 할 것 같아서."

"혹시 누군지 보셨소?"

"모르는 여자였어요."

"고맙소. 지금 가서 확인해보지요."

코닐리어스와 사이먼은 다시 복도로 나섰다. 소베크는 바삐 자리를 떴다.

"왜 당신한테 이 얘기를 하는 거죠?" 사이먼이 코닐리어스를 따라 복도를 내려가며 질문을 던졌다.

"난 일반 세입자가 아니라오."

"건물 관리인이신가요?"

"내가 건물 주인이오."

두 사람은 위층으로 올라가 복도를 따라 걸었다. 살해 현장이었음을 상기시키는 노란 테이프가 찢겨 있었다. 코닐리어스가 문고리를 잡았다. 사이먼은 의도이든 무의식적이든 주머니 속 총에 손을 가져갔다는 사실을 깨달았다. 총을 가지고 있으면 이렇게 되는 걸까? 긴장되는 상황에서, 안정과 침착을 도와주는 고무젖꼭지가 있는 느낌?

코닐리어스가 문을 활짝 열었다. 한 여자가 서 있었다. 두 사람의 방문에 놀랐을 만도 한데, 티 나지 않게 자기 업무를 수행하고 있었다. 작고 땅딸막한 라틴계로, 파란 재킷과 청바지 차림이었다.

여자가 입을 열었다. "사이먼 그린 씨?"

"누구십니까?"

"엘레나 라미레스라고 합니다. 사설탐정이죠. 당신 딸과 할 얘기가 좀 있습니다."

엘레나 라미레스는 이름을 양각으로 인쇄해 멋을 낸 명함을 건넸다. 사설탐정 면허와 FBI 에이전트 출신이라는 신상 명세가 찍혀 있었다. 세 사람은 코닐리어스의 집으로 갔다. 남자 둘은 가죽 의자에 앉고, 엘레나 라미레스는 술 달린 초록색 소파에 자리를 잡았다.

"따님은 어디 있나요, 그린 씨?" 엘레나가 말을 꺼냈다.

"상황이 잘 이해가 가지 않네요. 명함을 보니 시카고에서 오셨군요."

"맞습니다."

"왜 제 딸을 만나고 싶어하시죠?"

"맡은 사건과 관련이 있습니다." 엘레나가 답했다.

"무슨 사건요?"

"그건 말씀드릴 수 없습니다."

"라미레스 씨?"

"그냥 엘레나라고 부르시죠."

"엘레나, 그냥 솔직하게 말할게요. 저는 당신이 어떤 사건을 맡았는지 관심이 없습니다. 굳이 딱딱하게 굴 이유도 없으니 그냥 대놓고 말하죠. 그쪽도 그랬으면 좋겠군요. 전 딸아이가 어디 있는지 모릅니다. 그래서 여기 있는 거고요. 저도 지금 찾는 중입니다. 그렇게 해서 알게 된 사실은 고작 약에 취해 반경 400, 500미터 안에 있을 거라는 정도예요. 듣고 있나요?"

"그럼요."

"그런데 당신이 나타난 겁니다. 세상에, 시카고에서 사설탐정이 와서 딸과 얘기하길 원하다니. 저 역시 바라는 바입니다. 그렇다면 우리는 협력이 가능하지 않을까요?"

사이먼의 휴대전화가 진동했다. 그는 휴대전화를 들고 새로운 메시지가 오는지 수시로 확인했다. 십 초 간격으로 휴대전화가 울리는 느낌이 들었다. 이번에는 진짜 진동이었다.

이본의 문자였다.

안정됨. 의사 말로는 좋은 거래. 일반 병실로 옮겼어.
혼수상태는 지속. 샘과 애니아는 우리랑 있어.

"듣고 있습니다." 엘레나 라미레스가 말했다. "따님이 실종됐다, 그 말씀인가요?"

사이먼은 휴대전화에서 눈을 떼지 않은 채 대답했다. "그렇습니다."

"언제부터죠?"

숨겨봤자 얻을 게 없었다. "남자친구가 살해된 시점부터요."

엘레나는 팔짱을 낀 채 시간을 두고 상황을 파악했다.

사이먼이 말했다. "엘레나?"

"저도 실종된 사람을 찾고 있거든요."

"누구를?"

"시카고 인근에서 실종된 스물네 살 남성입니다."

코닐리어스가 자리에 앉은 뒤 처음으로 입을 열었다. "실종된 시점은 혹시 언제요?"

"지난 목요일입니다."

사이먼이 물었다. "그게 누군데요?"

"이름은 말씀드릴 순 없습니다."

"그거참 안타깝군요, 엘레나. 당신이 찾는 스물네 살의 남성이 딸아이가 아는 사람이라면, 서로 도움이 될 수도 있을 텐데요."

엘레나는 잠시 고민하다 입을 열었다. "헨리 소프입니다."

사이먼은 휴대전화를 들어 문자를 입력했다.

"뭘 하시는 거죠?" 엘레나가 물었다.

"못 들어본 이름이라 아들이랑 딸한테 물어보는 겁니다. 페이지의 친구에 관해선 저보다 더 잘 알 테니까."

"둘이 친구였을 거라고는 생각하지 않습니다."

"그럼 무슨 관계죠?"

엘레나는 어깨를 으쓱했다. "그래서 제가 여기 온 거겠죠. 그걸 알아내려고. 대략적으로 헨리가 사라지기 얼마 전부터 따님 혹은 남자친구였던 에런 코벌과 연락했던 것으로 보입니다."

"어떻게요?"

엘레나는 작은 수첩을 꺼내고 손가락에 침을 묻혀 페이지를 넘겼다. "첫 번째 통화는 따님이 헨리에게 걸었습니다. 이 주 전이죠. 그러다가 한동안 문자와 이메일을 주고받았고요."

"무슨 내용이죠?"

"저도 모릅니다. 문자는 본인들 휴대전화에 있어요. 다른 사람은 접근 불가죠. 이메일은 모두 삭제됐고요. 누가 보냈는지만 기록에 남았고 그 이상은 알 수 없어요."

"그 이메일과 문자는 모두……."

"일상적이진 않죠. 시카고에 사는 스물네 살의 헨리 소프라는 남성이 따님이나 에런 코벌과 왜 연락을 주고받았는지 혹시 짐작 가시는 거라도?"

사이먼은 길게 고민하지 않았다. "혹시 그 남자도 마약 투약 기록이 있나요?"

"네."

"그럼 그 문제겠군요."

"그럴 수도 있죠." 엘레나가 말했다. "하지만 마약은 시카고에서도 구할 수 있어요."

"더 전문적인 무언가가 있던 거 아닐까요?"

"그럴지도요. 그래도 저는 그렇게 생각하지 않습니다."

"네." 사이먼이 대답했다. "어찌 됐든 제 딸과 당신 의뢰인이 실종됐고요."

"그렇습니다."

"뭘 도와드리면 될까요?" 사이먼이 물었다.

"처음 든 의문은 휴대전화로 문자를 주고받다가 왜 컴퓨터로 이메일을 보냈냐는 겁니다."

"그리고요?"

"그 사람들이 마약에 얼마나 중독되어 있었는가? 따님과 남자친구 말입니다."

사이먼은 거짓말할 이유가 없었다. "심각했죠."

코닐리어스가 뭔가 깨달았다는 듯 손가락을 튕겼다. "페이지가 휴대전화를 팔았을 거요. 작대기 사려고." 그는 사이먼 쪽으로 몸을 돌렸다. "여기서는 늘 있는 일이거든."

"휴대전화가 꺼져 있었어요." 엘레나가 말했다. "같은 생각입니다."

사이먼은 두 사람처럼 확신할 수 없었다. "그럼 페이지가 휴대전화를 쓰다가 컴퓨터를 쓰고 있다는 말씀인가요?"

"네."

"그 컴퓨터는 지금 어디에 있죠?"

"그것도 팔았을 거요." 코닐리어스가 끼어들었다.

"저도 그렇게 생각합니다." 엘레나가 대답했다. "아니면 사라지면서 챙겨갔을 수도 있고요. 범인이 가져갔을 수도 있습니다. 중요한 점은 처음에 컴퓨터를 어떻게 손에 넣었냐는 거겠죠. 그걸 살 돈이 없었을 테니까요, 안 그래요?"

"가능성이 낮죠." 사이먼이 대답했다. "약을 사려고 휴대전화를 팔 정도인데 컴퓨터 사는 데 돈을 썼겠어요?"

"그 말은 훔쳤다는 건데."

사이먼은 그 사실을 받아들였다. 자기 딸이, 마약쟁이가 되어, 물건을 팔고 다니다, 도둑이 되었다는 사실을.

이제 또 뭐가 남았을까?

"컴퓨터를 잘 다루시나요, 그린 씨?"

"사이먼이라고 하세요. 잘 못 다룹니다."

"이쪽 방면으로 일을 봐주는 루라는 친구가 있어요. 컴퓨터를 좀 아신다면 IP 주소가 추적 가능하다는 사실을 아실 겁니다." 엘레나가 설명했다. "컴퓨터가 어느 도시에 있는지, 구체적인 주소, 심지어는 그 주소의 어느 컴퓨터인지까지 알 수 있죠."

"그분이 페이지의 컴퓨터가 누구 소유였는지 알아낼 수 있나요?"

"아니요." 엘레나가 대답했다. "하지만 그게 매사추세츠 주 애머스트에서 왔다는 건 알아냈습니다. 더 구체적으로는 애머스트 대학교 캠퍼스죠. 아드님이 거기 다니지 않나요?"

14

사이먼과 엘레나가 병원 대기실에 도착했을 때, 애니아는 이모부의 볼링공 같은 어깨에 기댄 채 대기실 노란 의자에서 졸고 있었다. 이본의 남편 로버트는 몸이 전반적으로 두껍고 덩치가 커다랬다. 럭비선수 출신에 거의 민머리였으며, 감정을 솔직하게 드러내는 점이 매력적인 사람이었다. 훌륭한 법조인이기도 했다. 배심원들은 그가 짓는 승리의 미소, 법리적 노림수를 영리하게 감춘 농담, 엄청난 속도로 퍼붓는 반대신문에 열광했다. 이본을 제외하면 그는 사이먼의 가장 가까운 친구였다.

로버트는 애니아가 깨지 않도록 조심스럽게 아이를 옮겼다. 그리고는 괴수와도 같은 몸짓으로 사이먼을 안아주었다. 포옹이 너무 따뜻해서 사이먼은 잠시 눈을 감고 그의 품에 머물렀다.

"괜찮아?"

"아니."

"그렇겠지."

두 남자는 포옹을 하고 나서 잠자는 애니아를 내려다보았다.

"열여덟 살 이하는 병실 출입을 못 하게 하네."

"그럼 샘은……?"

"샘이랑 이본은 안에 있어. 717호야."

로버트는 엘레나 라미레스를 향해 이 사람은 누구냐는 표정을 지어 보였다. 사이먼은 엘레나가 설명해주길 바라며, 로버트의 어깨를 두드려 감사 인사를 하고 717호로 향했다. 코닐리어스는 집에 남았다. 그로서는 이제 할 일이 없었다. 사실 그 이상을 하기도 했고, 모트 헤이븐에서 '동네를 주시하는' 편이 낫다고 생각했다.

"내가 필요한 일이 생기면……." 코닐리어스는 전화번호를 주고받으며 사이먼에게 덧붙였다.

사이먼은 잉그리드의 병실 문을 열었다. 수많은 소리가 먼저 그를 맞았다. 삑삑거리는 망할 기계음과 흡입 소리, 철컹이는 소리. 온기와 보살핌과는 정반대에 있는 소리였다.

열여덟 살의 아름다운 소년이자 두 사람의 아들인 샘은 엄마의 병상 옆 의자에 앉아 있었다. 아버지를 돌아보는 얼굴은 눈물범벅이었다. 샘은 자기 아버지처럼 감정에 예민한 아이였다. 잉그리드는 그런 아이를 사랑을 담아 '울보'라고 부르곤 했다. 삼 년 전 사이먼의 어머니가 세상을 떠났을 때, 샘은 내리 몇 시간을 통곡했다. 한 치의 흐트러짐도 없이 흐느끼고 또 흐느꼈다. 사이먼은 아이가 일말의 지친 기색 없이 전력으로 울 수 있다는 사실이 믿기지 않았다.

샘이 그럴 때면 아무도 달랠 수 없었다. 그렇게 감정적일 때는 어떤 종류의 물리적 접촉도 상황을 안 좋게 할 뿐이었다. 샘은 혼자만의 시간이 필요했다. 그러고 나면 얘기할 것이다. 어떻게든 울음을 그치게 하거나 달래려고 들면 상황이 더 안 좋아졌다. 꼬마였을 때조차 간절한 눈빛으로 올려다보며 이렇게 말하곤 했으니까. "나 좀 그냥 내버려둬, 알겠지?"

이본은 창가에 서 있다가 사이먼을 보고 반쯤 웃어 보였다.

사이먼은 병상 쪽으로 걸어갔다. 아들 어깨에 손을 짚고 아내 볼에 입 맞췄다. 잉그리드는 상태가 더 좋지 않아 보였다. 빛을 잃어가는 것 같았다. 모든 것이 영화에 나오는 한 장면 같았다. 그 영화 속에서 생과 사가 다투는 중이었고, 죽음이 우위를 점하고 있었다.

손이 가슴을 뚫고 들어와 심장을 쥐어짜는 것 같았다.

사이먼은 이본에게 자리를 비켜달라는 눈빛을 보냈다. 이본은 바로 알아듣고 아무 말 없이 병실을 빠져나갔다. 사이먼은 의자를 당겨 샘 옆에 자리를 잡았다. 아이는 스리라차소스 로고가 그려진 빨간색 티셔츠를 입고 있었다. 샘은 로고 티셔츠를 좋아했다. 지금 입은 티셔츠는 이 주 전쯤 잉그리드가 사준 것이다. 학교 음식이 나쁘진 않지만 스리라차소스를 뿌리면 더 맛있어진다는 걸 발견했다는 얘기를 나눈 다음이었다. 잉그리드는 사명감을 가지고 온라인에서 찾아낸 스리라차소스 티셔츠를 샘에게 택배로 보냈다.

"괜찮니?"

사이먼이 할 질문은 아니었지만, 달리 뭘 물어볼 수 있었을까? 사이먼이 안부를 묻자 폭포수 같은 눈물이 샘의 뺨을 타고 흘러내렸다. 그는 새로운 감정의 파도를 참아내듯 얼굴 근육을 다잡았다. 샘은 애머스트 대학교에서 매우 행복해했다. 페이지가 대학 생활을 시작하며 집을 그리워한 반면(왜 그때 딸에게 좀 더 주의를 기울이지 않았을까? 그냥 내버려두라거나, 시간이 해결해준다는 무성의한 조언에만 귀를 기울였을까?)

샘은 곧바로 신입생 생활에 적응했다. 마주치는 모든 사람이 세상에서 가장 멋있어 보였을 것이다. 콧수염을 기른, 오스틴에서 온 게으름뱅이 룸메이트 칼로스는 더 멋있어 보였을 것이다. 샘은 곧장 클럽에 가입하고 스포츠와 학회 관련 활동을 하는 그룹에 들어갔다.

그 활동들을 말렸다면 잉그리드는 매우 화를 냈을 것이다.

샘은 엄마에게서 눈을 떼지 않았다. "무슨 일이에요, 이게?"

"이모랑 이모부가 뭐라고 설명해줬니?"

"그냥 엄마가 총에 맞았다고만 했어요. 아빠를 기다려보라고."

이본과 로버트는 할 일을 다시 한번 잘해냈다. "너도 에런이 누군지 알지?"

"누나가 만나는 남자……."

"맞아. 놈이 살해당했어."

샘은 눈을 깜빡였다.

"페이지는 자취를 감췄고."

"무슨 소린지 모르겠어요."

"두 사람은 브롱크스에서 같이 살았어. 엄마랑 혹시라도 누나를 찾을 수 있지 않을까 하고 거기 가봤지. 거기서 총에 맞았고."

샘의 안색이 창백해지고 눈이 더 커졌다. 사이먼은 아랑곳하지 않고, 멈추지도 숨을 쉬지도 않은 채 정황을 설명해나갔다.

중간에 샘이 끼어들었다. "누나가 죽인 거라고 생각하시는 거예요? 누나가 에런을 죽였다고?"

그 말에 사이먼은 차갑게 굳었다. "왜 그런 걸 묻니?"

샘은 어깨를 으쓱했다.

"물어볼 게 있다, 샘."

샘의 시선은 갈 곳을 잃고 잉그리드 쪽을 향했다.

"최근에 페이지를 본 적 있니?"

샘은 대답하지 않았다.

"샘, 중요한 거야."

"네." 샘이 부드러운 목소리로 대답했다. "만났어요."

"언제?"

샘은 엄마에게서 눈을 떼지 않았다. "샘?"

"이 주 전쯤에요."

앞뒤가 맞지 않았다. 샘은 이 주 전에 학교에 있었다. 학기가 끝났지만 학교생활이 너무 즐거운 나머지 그곳에 머물렀다. 그게 거짓말이 아니었다면. 지금까지 말한 모든 것, 학교생활과 망할 스리라차소스, 룸메이트 칼로스와 스포츠 클럽을 진짜로 좋아했다면.

"어디서?" 사이먼이 물었다.

"누나가 애머스트로 찾아왔어요."

"페이지가 학교로 찾아갔다고?"

샘은 고개를 끄덕였다. "피터 팬 버스라인에서 운영하는 시외버스를 타고요. 오소리티 버스터미널에서 24달러면 와요."

"혼자 왔어?"

샘은 또 고개를 끄덕였다.

"누나가 오는 걸 알았니?"

"아니요. 그런 말 없었어요. 그냥…… 그냥 나타났어요."

사이먼은 상황을 그려보려 애썼다. 카탈로그에 나올 법한 건강한 학생들이 프리스비를 날리거나 햇살 아래서 책을 보며 휴식을 취한다. 그 틈으로 일 년 전에는 그들과 같았지만 이제는 끔찍한 본보기가 되어버린 누군가가 흘러 들어온다. 그 모습은 마치 음주 운전 경각심을 심어주기 위해 경찰서 밖에 세워놓은 파손 차량 같았을 것이다.

만약에 그러지 않았더라면, 또 만약에 저러지 않았더라면…….

"어때 보였어?" 사이먼이 물었다.

"동영상에 나온 모습이랑 똑같았어요."

그 말은 사이먼이 가진 작은 희망의 불씨마저 짓밟아버렸다.

"왜 왔는지 얘기해줬어?"

"에런한테서 도망쳐야겠다고 했어요."

"이유는?"

샘은 고개를 저었다.

"그리고 무슨 일이 있었니?"

"며칠 동안 제 방에서 지내도 되냐고 물었어요."

"그런데 우리한테 말을 안 했어?"

샘은 여전히 잉그리드만 보았다. "누나가 말하지 말라고 했어요."

사이먼은 그 부분, 부모를 믿지 않는 점에 관해 이야기를 나누고 싶었지만 지금은 때가 아니었다. "룸메이트가 뭐라고 안 했어?"

"칼로스요? 칼로스도 괜찮다고 했어요. 취약계층을 돕는 학교 과제처럼 생각하더라고요."

"얼마나 있었어?"

샘의 목소리는 여전히 부드러웠다. "얼마 안 있었어요."

"얼마나 있었는데, 샘?"

눈물이 다시 아이 뺨을 타고 흘러내렸다.

"샘?"

"우리 물건을 싹쓸이할 수 있을 만큼요." 눈물이 볼을 타고 흘렀지만 샘은 목소리를 가다듬었다. "누나는 칼로스가 가지고 있던 고무 매트리스에 바람을 넣어 바닥에서 잤어요. 우리 모두 잠들었는데, 깨어보니 사라지고 없었어요. 우리 물건도 싹 다."

"누나가 뭘 가져갔어?"

"우리 지갑이요. 노트북도요. 칼로스한테는 다이아몬드로 된 피어싱도 있었는데."

"그런데도 나한테 말을 안 했다고?"

사이먼은 자기 목소리에 묻어나는 짜증이 싫었다.

"샘?"

샘은 대답하지 않았다.

"칼로스가 부모님에게 얘기했니?"

"아니요. 제가 가진 돈으로 갚고 있어요."

"얼마인지 알려주면 지금 다 갚아주마. 너는 어떡하고 있어?"

"아빠 사무실로 전화했었어요." 샘이 말했다. "에밀리한테 신용카드를 잃어버렸다고 얘기했어요. 새로 보내주기도 했고요."

사이먼은 이제야 생각이 났다. 그 일에 대해 여러 생각을 하지 않았었다. 신용카드는 늘 잃어버리고 도둑맞는 거니까.

"컴퓨터는 도서관에서 쓰고. 그거야 뭐 별거 아니니까."

"그런데도 말을 안 했다고?"

계속 물어봤자 무의미했지만 사이먼은 멈출 수 없었다.

아들의 얼굴이 슬픔에 잠겼다. "다 제 잘못이에요." 샘이 말했다.

"뭐가? 아니야."

"아빠한테 말했으면……."

"아니야, 샘. 그렇다고 해도 달라진 건 없었을 거야."

"엄마는 돌아가시는 걸까요?"

"아니."

"아빠도 모르잖아요."

사실이었다.

사이먼은 반박하지도 거짓말을 더 늘어놓지도 않았다. 의미 없는 일이었다. 거짓말을 해봤자 위로가 되기보단 괴로울 뿐이었다. 그는 문 쪽을 바라보았다. 이본이 문에 난 작은 창으로 지켜보고 있었다. 사이먼은 밖으로 나갔다. 누군가와 가깝게 지내면서 사이먼과 이본이 함께한 시간만큼을 공유한다면, 자연스럽게 상대의 마음을 읽을 수 있게 되기 마련이니까.

사이먼이 병실을 빠져나오자 이본이 그 자리를 채웠다.

그는 복도 끝에서 휴대전화로 무언가를 하고 있는 엘레나를 발견했다.

"어떤가요?" 그녀가 말했다.

사이먼이 상황을 전달했다.

"페이지가 노트북을 쓰고 있을 거라는 예상이 맞았군요." 엘레나가 말했다.

"그럼 이제 뭘 해야 하죠?" 사이먼이 물었다.

엘레나가 미소를 지었다. "우리가 한 팀이라고 생각하시나요?"

"서로 도울 수 있다고 생각합니다만."

"동의합니다. 물론 연결 고리를 찾아야겠지만요." 엘레나는 휴대전화를 좀 더 확인했다. "에런의 인적 사항을 보내드렸습니다. 오늘 아침에 추모회를 하는 것 같더군요. 거기 가보셔야 하지 않을까요? 페이지가 나타날 수도 있고, 주변에서 염탐하는 사람이 있을 수도 있고요. 그게 아니어도 유가족과 얘기해볼 수 있을 테니까요. 에런과 헨리 소프가 어떻게 아는 사이인지도 알아내면 좋겠죠."

"알겠습니다." 사이먼이 대답했다. "그럼 당신은요?"

"헨리 소프가 접촉했던 다른 사람을 만나러 가야죠."

"누구요?"

"이름은 모릅니다." 엘레나가 대답했다. "주소만 알아요."

"어딥니까?"

"뉴저지 주에 있는 타투 시술 업소예요."

15

숙박 시설을 갖춘 코벌 가족 농장은 로드아일랜드 주와 붙어 있는 코네티컷 주 동쪽 끝에 있었다. 사이먼은 아침 8시 반쯤 그곳에 도착했다. 엘레나에 따르면, 에런을 위한 추모 미사는 9시에 시작될 예정이었다.

하얀 숙소 건물은 독립 전쟁 직후 미국에서 유행한 양식의 농가로, 양옆으로 멋들어지게 증축을 한 형태였다. 건물을 에워싼 포치에는 고리버들로 짠 초록색 흔들의자가 줄지어 놓여 있었다. '1893년부터 코벌 가족 소유'라고 쓰인 간판이 눈에 띄었다. 뉴잉글랜드 지역 기념엽서 같은 풍경이었다. 건물 오른편에 주차된 버스에서 건초 타기*를 즐기러 온 관광객이 쏟아져 나왔다. 뒤편에 있는 헛간은 '들썩들썩 쓰담쓰담 동물원'으로 염소, 양, 알파카, 닭을 쓰다듬으며 교감할 수 있다고 광고했다. 사이먼은 특별히 닭을 쓰다듬고 싶던 적이 있었는가

---

* 트랙터나 마차 뒤편에 건초 더미를 쌓아 푹신하게 만든 뒤, 그 위에 올라타서 농장을 둘러보는 미국의 체험 활동.

에 대한 답을 찾으려 골몰했다.

크리스마스 시즌에 찾아오는 방문객들은 직접 나무를 베어 갔다. 10월에는 귀신 농장을 콘셉트로, '귀신 들린 미로' '귀신 들린 지하실' '머리 없는 기수와 함께하는 귀신 들린 건초 타기' 등 (어쨌든 '귀신 들린'이라는 키워드가 들어가는) 프로그램을 운영했다. 시즌별로 호박이나 사과 수확도 진행했다. 오른편에 있는 작은 오두막에서는 자기만의 사이다를 제조할 수 있었다.

사이먼은 주차한 뒤 숙소 현관으로 향했다. 현관 옆에 놓인 장식 푯말에는 '숙박객 전용'이라고 쓰여 있었다. 사이먼은 무시하고 안으로 들어갔다. 내부는 생각보다 훨씬 격식 있고, 건축 사조를 제대로 구현해놓은 듯 보였다. 윈저체어풍 등받이가 달린 체리목 의자 여럿이 다리가 긴 마호가니 소파 양쪽에 놓여 있었다. 터무니없이 큰 벽난로 옆에는 대형 괘종시계 하나가 보초병처럼 서 있었다. 마호가니 장식장 한쪽에는 정교한 도자기가, 다른 쪽에는 가죽을 덧댄 책들이 전시된 상태였다. 잘생기고 상냥해 보이는 남성들을 그린 유화도 있었다. 아마 코벌 집안의 가부장들일 것이다.

"무엇을 도와드릴까요?"

안내 데스크에 있는 여자가 사이먼을 향해 미소 지었다. 여자는 정통성 있어 보이고자 지나치게 노력하는 이탈리안 레스토랑에서 입을 법한 블라우스를 입고 있었다. 사이먼은 이 여자가 에런의 어머니인지 궁금했지만, 이내 유화 초상에서부터 이어지는 사진 액자를 하나 발견했다. 육십 정도 되어 보이는 커플이 여자 머리 위에서 미소 짓고 있었다. 사진 밑에는 이렇게 적혀 있었다.

코벌 부부

와일리와 이니드

사이먼이 대답했다. "추모 미사에 참석하려고 왔습니다."

갑자기 악취를 맡기라도 한 듯, 사이먼을 보는 여자의 눈빛에 의심이 담겼다. "성함이 어떻게 되시죠?"

"사이먼 그린입니다."

"제가 모르는 이름이네요, 그린 씨."

사이먼은 고개를 끄덕였다. "에런을 압니다."

"에런을 아신다." 여자는 미심쩍은 듯 목소리를 떨었다. "그런데 이곳에 추모하러 오셨다고요?"

사이먼은 굳이 대답하지 않았다. 여자는 팸플릿을 꺼내 주의 깊게 들여다보았다. 목걸이 줄에 달린 안경이 달랑거렸다. 여자는 안경을 코끝에 걸쳐 썼다. "헛간 뒤로 돌아 들어가시면 됩니다. 여기서 오른쪽으로 가세요. 그럼 옥수수 미로가 보일 겁니다. 안으로 들어가지 마시고요. 직원들이 길 잃은 사람을 찾아온 게 이번 주에만 두 번이나 되니까요. 여기서 둘러 가시면 됩니다."

여자는 지도를 가리켰다.

"숲으로 이어지는 길이 나오고, 길을 따라 내려가시면 나무에 걸린 초록색 화살표가 나옵니다. 오른쪽으로 가라는 화살표요. 그건 방문객용이고요, 손님은 왼쪽으로 가세요."

"복잡하군요." 사이먼이 말했다.

여자는 팸플릿을 건네며 인상을 찌푸렸다. "여기 로비는 숙박 손님만 드나들 수 있는 곳입니다."

"까다롭기도 하고요."

사이먼은 감사 인사를 하고 밖으로 나왔다. 건초 타기가 시작됐는지 사람들을 태운 트랙터가 느린 속도로 움직이고 있었다. 승차감이 좋지 않아 보였지만 모두 즐거운 표정이었다. 아빠, 엄마, 딸, 아들로 보이는 한 가족이 그를 향해 일제히 손을 흔들었다. 사이먼도 그들에게 손을 흔들다가, 뉴저지 주 경계에 있는 체스터에서 아이들과 사과 따기를 한 순간이 문득 떠올랐다. 화창한 가을날이었다. 높은 가지에 손이 닿을 수 있도록 페이지를 어깨에 태웠다. 아무 잘못 없고 행복하며, 다행스럽게도 너무나 무심한 이 가족을 노려보지 않으려 애쓰는 지금, 그는 그날의 잉그리드를 생생히 떠올렸다. 짙은 플란넬 셔츠를 통이 좁은 청바지에 넣어 입고 장화를 신은 모습. 꺄르르 웃는 페이지를 어깨에 태운 채 몸을 돌리자, 잉그리드는 머리카락을 귀 뒤로 넘기면서 그를 보고 미소 지었다. 눈이 마주친 그 순간을 떠올리니 지금도 다리에 힘이 풀리는 것 같았다.

사이먼은 휴대전화를 부여잡고, 혹여 좋은 소식이 있지는 않은지 얼마간 화면을 들여다보았다. 그런 일은 없었다.

그는 동물 헛간을 지나 길을 따라갔다. 닭들이 돌아다니고 있었다. 그중 한 마리가 다가와 사이먼을 올려다보았다. 한번 쓰다듬어보고 싶은 유혹이 들었다. 안쪽에서 작업복을 입은 남자가 달걀과 부화기를 가지고 시범을 보이고 있었다. 미로를 만드는 데 쓰인 옥수수 줄기는 족히 3미터는 될 것 같았다. 안으로 들어가려고 사람들이 줄지어 섰고, 표지판에는 '오십 개 주를 모두 찾아보세요'라는 올해의 미로 테마가 쓰여 있었다.

숲으로 이어지는 길로 들어서자 여자의 설명대로 초록색 화살표가 보였다. 화살표는 오른쪽을 가리켰지만 사이먼은 왼쪽으로 방향을 틀었다. 숲이 더 빽빽해졌다. 들어온 방향도 살펴보았지만, 공터는 보이지 않았다.

사이먼은 계속 걸었다. 내리막길이 시작되고 점점 경사가 심해졌다. 멀리서 흐르는 물소리 같은 것이 들렸다. 작은 시내가 있는 것 같았다. 갑자기 길이 오른쪽으로 꺾였다. 나무들이 듬성듬성해지다가 마침내 공터가 나왔다. 정사각형 모양의 공터였다. 자연스럽게 생긴 공간이라기보다는 사람 손을 탄 것 같았다. 30센티미터 정도 되는 낮은 나무 울타리가 경계를 형성하며 작은 비석들을 에워쌌다.

가족 묘지였다.

사이먼은 발길을 멈췄다.

공터 뒤로 시냇물이 흐르고 빛바랜 티크재 벤치가 놓여 있었다. 죽은 자들이야 크게 개의치 않겠지만, 산 사람들에게 이곳은 떠난 사람을 떠올리며 기도하고 그리워하는 공간이었을 것이다.

와일리 코벌, 에런의 아버지로 보이는 남자가 그곳에 서서 새로 생긴 비석을 내려다보고 있었다. 사이먼은 기다렸다. 와일리 코벌이 마침내 고개를 들고 이쪽으로 다가왔다.

"누구시죠?" 와일리가 물었다.

"사이먼 그린이라고 합니다."

와일리 코벌은 사이먼을 보며 영문을 모르겠다는 표정을 지었다.

"페이지의 아버지입니다."

"그 아이가 한 짓이오?"

사이먼은 대답하지 않았다.

"당신 딸이 내 아들을 죽인 겁니까?"

"그렇지 않습니다."

"어떻게 확신하시오?"

"확신할 순 없습니다." 남자는 곧 아들을 땅에 묻어야 했다. 거짓으로 둘러댈 상황이 아니었다. "제 딸이 범인이 아니라고 말씀드려봤자 마음이 불편하신 건 마찬가지겠지요, 안 그런가요?"

와일리 코벌은 사이먼을 노려보았다.

"저는 페이지가 범인이 아니라고 생각합니다. 그 죽음은…… 끔찍했습니다. 정황을 들으셨나요?"

"그렇소."

"제 딸이 할 수 있는 짓은 아니라고 생각합니다."

"당신도 모르는 거지, 안 그렇소?"

"네. 저도 모르긴 합니다."

그는 사이먼에게서 돌아섰다. "그만 가시오."

"페이지가 실종됐습니다."

"내가 무슨 상관이오."

저 멀리서 아이들이 소리를 지르며 웃어댔다. 옥수수 미로에서 들려오는 소리 같았다. 에런 코벌은 이곳에서 성장했다. 노먼 록웰의 작품을 현실로 재현해놓은 것 같은 이곳에서. 그렇지만 결말을 보라. 공평하게 생각해보면, 페이지 역시 어떤 면에서는 목가적인 환경에서 자라지 않았던가? 그것은 일정 부분 사실이다. 말뚝 울타리나 멋진 건물, 미소 짓는 부모나 건강한 형제자매 같은 것은 모두가 볼 수 있는 겉모습이다. 그중 일부만이 그 안에서 정말로 무슨 일이 일어나는지 알 수 없다는 사실을 인지하고 있다. 일부만이 그 안에 분노와 폭력, 처참히 부서진 꿈 그리고 휘발된 기대가 존재한다는 사실을 안다.

그러나 페이지는 그런 사례가 아니다.

그들의 삶이 완전한 적이 있었나?

물론 그렇지 못했다.

그렇다면 완전에 가까웠던 적은?

어느 정도는, 이라고 사이먼은 생각했다.

그들의 딸은 바깥세상에서 최악의 상황에 굴복하고 말았다. 사이먼은 자기가 내린 결정을 수백만 번 되묻고 곱씹었다. 아이에게 충분히 관심을 보였는지, 친구와 성적에 주의를 기울였는지, 취미를 가질 수 있도록 도왔는지, 너무 엄격하거나 느슨한 부모는 아니었는지. 화를 참지 못한 사이먼이 식사 도중 유리잔을 집어 던진 적이 있었다. 딱 한 번이었다. 오래전 일이다. 사이먼은 당시 여덟 살이던 페이지가 두려움에 떨던 모습을 기억했다.

그게 잘못이었을까?

사이먼은 파멸의 불씨가 될 만한 모든 순간을 곱씹었다. "아이들은 사용 설명서를 가지고 태어나는 게 아니야." 그렇게 경고한 어머니의 말에도 불구하고, 사이먼은 아이들이 제각각 타고나는 게 있다는 것 그리고 타고난 것과 학습한 것 사이에서 언제나 본성이 승리한다는 사실을 빠르게 배웠다. 그럼에도, 일이 잘못되면, 어둠이 아이들의 영혼을 잠식하는 이런 일이 벌어지면, 그가 할 수 있는 일이라고는 어디서부터 잘못됐는지 곱씹는 것뿐이었다.

뒤에서 여자 목소리가 들렸다. "이분은 누구셔?"

사이먼은 뒤를 돌아보았다. 로비에 있던 사진 속 여자였다. 에런의 어머니, 이니드였다. 그녀와 신부복을 입고 성경을 든 남자를 포함해 열두어 명의 사람이 길을 따라 터덜터덜 걸어오고 있었다.

"그냥 길을 잘못 든 분이야."

사이먼은 반박해야 할지 고민했다. 사실을 말하며 극강의 대립으로, 지옥으로 갈지를. 그러면 역효과를 불러올 것이다. 사이먼은 조용히 사과를 건네고 가족과 친구들을 지나 농장 쪽으로 발길을 돌렸다. 에런과 비슷한 또래는 보이지 않았다. 사이먼은 페이지가 에런이 외동이라고 얘기한 것을 기억해냈다. 그건 물어볼 형제자매가 없다는 의미이기도 했다. 에런 같은 마약쟁이에게 친한 친구가 있었다고 해도, 참석한 사람들 나이대는 에런과 친해지기는 힘들어 보였다.

이제 어떻게 해야 하지?

사이먼은 일단 미사가 끝날 때까지 기다리는 것이 맞는다고 생각했다. 아들이 어떤 존재였든 와일리와 이니드는 아들을 잃었다. 잔혹하고 갑작스러운 방식으로, 순리에 어긋나게, 영원히. 두 사람에게 이 순간만큼은 허락해주자.

공터로 돌아가는데 열 살 혹은 열한 살쯤 되어 보이는 아이들이 미로에서 숨을 헐떡이며 등장했다. 아이들은 서로 하이 파이브를 해댔다. 사이먼은 휴대전화를 꺼냈다. 음성메시지가 많이 와 있었다. 그는 즐겨찾기 통화 목록에 들어갔다. 첫 번째에 잉그리드가 있었다. 이본이 두 번째였다. 그리고 페이지(이제는 페이지의 번호가 아니지만, 사이먼은 여전히 그 번호를 즐겨찾기에서 지우지 않았다), 샘, 애니아. 아이들은 나이순이었다. 공평하게.

이본의 번호를 눌렀다.

"똑같아." 이본이 말했다.

"내가 옆에 있어야 하는데."

"아니."

사이먼은 옥수수 미로에서 나온 아이들을 돌아보았다. 몇몇이 휴대전화를 꺼내 사진을 찍었다. 셀카와 단체 사진 둘 다 놓치지 않았다. 나머지는 그저 휴대전화를 들여다보고 있었다.

"입장을 바꿔봐." 이본이 다그쳤다. "네가 총에 맞았다고 생각해봐. 혼수상태로 누워 있는 게 너라고. 잉그리드가 네 옆에 앉아서 손만 꼭 붙잡고 있으면 좋겠어? 아니면……."

"알았어, 알았다고."

"에런 가족은 만났어?"

사이먼은 조금 전까지 일어난 일을 이야기했다.

"그래서 계획은?"

"여기 있어봐야지. 일단 미사 끝날 때까지 기다렸다가 다시 이야기해보려고."

"아버지란 사람이 호락호락해 보이지 않는데." 이본이 말했다. "어머니 쪽이 좀 더 아량이 있을지도 몰라."

"성차별주의자." 사이먼이 말했다.

"멋대로 생각하시든가."

"회사는 어떻게 돌아가고 있어?"

"알아서 잘하고 있어."

사이먼은 전화를 끊고 차로 돌아왔다. 그는 다시 휴대전화를 꺼내 음성메시지를 확인했다. 어떤 이유에서인지 아직 총격사건 기사가 나지 않아서, 대부분 감사하게도 위로가 아닌 고객 관련 내용이었다. 그는 몇몇 고객에게 전화를 돌려 자신의 상황은 언급하지 않은 채 다른 날로 업무를 조정했다. 일상적인 일을 처리하는 것이 위안이 됐다.

사이먼은 잉그리드에 관한 생각을 차단하는 중이었다. 그 사실을 알았지만, 지금으로서는 그것이 맞는 선택이었다.

삼십 분 정도 지났을 무렵, 마운트 시나이 병원의 신경외과 의사인 대니얼 브로클허스트 박사와 은퇴 후 플로리다와 애리조나 중 어떤 주에 사는 것이 경제적인지 통화하던 중, 사이먼은 언덕을 넘어 이쪽으로 오는 추모객들을 발견했다. 와일리 코벌과 신부가 앞에서 행렬을 이끌고 있었다. 과장된 슬픔에 빠진 건 아니지만, 와일리의 등은 현저히 굽어 있었다. 신부가 그의 어깨를 감싸고 무언가를 속삭였다. 아마도 위로의 말이었을 것이다. 추모객들은 두 사람을 따라가며, 실눈을 뜨고 태양을 보거나 지나가는 방문객들에게 묵례를 했다.

행렬 뒤편에는 에런의 어머니인 이니드가 있었다. 찰나이지만, 사이먼은 그들이 한 무리의 가젤이며 자신은 사자라고 상상했다. 무리에서 가장 뒤처진 놈을 덮치려고 기다리는 사자. 말도 안 되는 상상이지만 틀린 말은 아니었다.

그 대상은 이니드가 될 참이었다.

그는 계속 지켜보았다. 이니드는 주의가 산만해 보였다. 손목시계를 보다, 걸음을 늦췄다 하면서 무리에서 멀어진 끝에 혼자 남았다.

이상하군, 사이먼은 생각했다. 에런의 어머니다. 조문객 몇몇이 어깨에 팔을 두르고 위로하며 함께 있어줘야 했지만, 아무도 그러지 않았다.

이니드만 옷을 다르게 입기도 했다. 와일리 코벌을 비롯해 나머지 사람은 파란색 블레이저나 카키색 옷을 입고 맨발에 로퍼를 신고 있었다. 사실 그조차도 정확한 묘사가 아니다. 그들은 가난한 요트 클럽 회원 같은 행색이었다. 이니드는 펑퍼짐한 청바지에, 벨크로가 달린 하얀색 스니커스를 신고, 채도가 낮은 노란색 니트를 입고 있었다.

와일리와 신부가 포치 계단을 오르기 시작했다. 사이먼을 도와준 안내 직원이 와일리에게 볼 뽀뽀를 하며 인사를 건넸다. 나머지 조문객은 그 뒤를 따랐다.

이니드만 제외하고.

그녀는 이제 현관문이 닫힌 뒤에도 밖에 있을 정도로 무리와 동떨어졌다. 왼쪽, 오른쪽을 살핀 이니드는 숙소 건물 뒤편으로 향했다.

사이먼은 어떻게 해야 좋을지 확신할 수 없었다. 차에서 내려 만나 봐야 하나? 차에 숨어서 지켜봐야 하나?

이니드 코벌이 건물 뒤로 종적을 감추자, 사이먼은 시야를 확보하려고 차에서 내렸다. 픽업트럭에 오르는 이니드가 보였다. 그녀는 시동을 걸고 후진했다. 사이먼은 서둘러 차에 올라 시동을 걸었다.

삼십 초 뒤, 그는 톰 휠러 도로를 따라 이니드 코벌의 픽업트럭을 쫓고 있었다.

양쪽으로 펼쳐진 광활한 농지를 보호하려고 가장자리에 석벽을 친 길이었다. 사이먼은 이쪽 지역을 거의 몰랐다. 여기 농장들은 진짜일까, 보여주기용일까? 대부분의 농지는 황폐하고 지력이 쇠한 듯 보였다.

십오 분 뒤, 픽업트럭은 비슷한 부류의 차들이 세워진 주차장으로 들어갔다. 가게 이름이나 업종 설명 간판은 눈에 띄지 않았다. 이니드는 차에서 내려 알루미늄 철판을 이용해 개조한 헛간으로 향했다. 철판은 서로 단단히 맞물려 있는 것처럼 보였다. 외관은 광대 가발처럼 밝은 오렌지 색상이었다.

사이먼은 자신의 차만 아우디라는 사실을 자각하며 주차장 맨 구석에 주차했다. 왼편을 바라보니, 헛간 반대편 길에서 안 보이는 쪽으로 오토바이 수십 대가 지나치게 반듯하게 서 있었다. 대부분 할리 데이비슨이었다. 사이먼은 오토바이에 관해 잘 모르고 한 번도 타본 적 없지만, 이 정도 먼 거리에서도 할리 데이비슨의 상징적 로고는 알아볼 수 있었다.

이니드는 주차장을 가로질러 술집 문처럼 생긴 출입구로 향했다. 그러자 가죽 바지에 까만 두건을 쓴 건장한 남성 두 명이 천천히 다가왔다. 축 처진 근육이 두툼하게 붙은 팔뚝에는 문신이 가득했다. 두 사람 다 올챙이배를 자랑스럽게 내밀었고, 기본적으로 턱수염을 기르고 있었다. 바이커였다.

그들은 악수와 포옹으로 이니드를 맞았다. 그녀는 가볍게 볼에 입을 맞추고 안으로 사라졌다. 사이먼은 그녀가 밖으로 나오길 기다릴까 고민했지만(이곳은 딱 봐도 사이먼이 평상시에 드나들 만한 곳이 아니었다) 시간 낭비 같았다. 그는 시동을 끄고 아직 완전히 닫히지 않은 문으로 향했다.

사이먼은 문을 열면 음악이 멈추고 모두가 뒤를 돌아 침입자를 노려보지 않을까 기대했다. 아무도 그러지 않았다. 애초에 음악을 틀어 두지 않았다. 토끼 귀 모양의 안테나가 달린 오래된 텔레비전에서 야구 중계가 나오고 있었다. 이상한 술집이었다. 춤을 춰도 될 정도로 실내가 넓었다. 물론 최근에 춤판이 벌어졌을 것 같지는 않았다. 오른쪽 구석에 주크박스가 있지만 전원이 연결되어 있지 않았다. 바닥에는 주차장과 마찬가지로 흙먼지가 날렸다.

이니드 코벌은 바에 자리를 잡았다. 오전 11시라는 점을 고려하면 술집은 꽤 성황이었다. 서른 개 정도 되는 의자에 손님 열 명 정도가 흩어져 있었다. 남자 화장실에서 소변기를 쓰는 것처럼, 자기만의 공간을 확보한 채 누구도 붙어 앉지 않았다. 모두 눈을 내리깔고 방어적인 태세로 '나한테 말 걸지 마시오' 모드로 술만 마실 뿐이었다. 오른편 당구대에서는 몇몇 바이커가 정력적으로 당구를 즐겼다.

여기저기에 팹스트 블루 리본 맥주 캔이 널려 있었다. 사이먼은 드레스 셔츠에 넥타이, 까만 로퍼 차림이었다. 어쨌든 장례식에 다녀오는 길이니까. 반면 이곳에 모인 남자 과반수는 아무리 몸이 좋다 한들 사십이 넘으면 입지 않을 것 같은 민소매 운동복을 입고 있었다. 게다가 그들은 몸이 좋지 않았다.

사이먼은 그들의 무심함에 경의를 표해야 할 것 같다고 생각했다.

그는 이니드에게서 두 칸 떨어진 곳에 자리를 잡았다. 그녀는 고개를 들거나 사이먼 쪽을 힐끗거리지 않고, 자기 술잔에만 주의를 기울였다. 사이먼 건너편에 앉은 남성은 중절모를 쓴 채 음악에 맞춰 고개를 흔들었다. 물론 실내에는 여전히 음악이 나오지 않았고, 그는 이어폰을 끼고 있지도 않았다. 바 뒤편 벽에는 각양각색의 자동차 번호판이 걸려 있었다. 오십 개 주의 번호판을 전부 모아둔 듯했다. 사이먼은 굳이 일어나 확인하지 않았다. 그 옆으로 맥주 브랜드 로고 모양 네온사인이 보였다. 천장에는 이상하리만치 과한 샹들리에가 달려 있었다. 코벌 농장의 숙소 건물과 마찬가지로 이곳 역시 전부 나무로 장식되어 있었지만, 그것이 유일한 공통점이었다. 이곳은 부유한 코벌 건물의 가난하고도 가난한 사촌이 운영하는 곳처럼 보였다.

"어떤 것으로 드릴까요?"

바텐더의 머리카락은 색상과 질감이 건초 타기 때 쓰이는 건초와 정확히 일치했다. 앞쪽과 옆머리는 짧게 치고 꼬리만 길게 기른 스타일이 1980년대 하키 선수를 연상시켰다. 그녀는 고생한 마흔다섯 혹은 잘 관리한 예순다섯 정도로 보였다. 별꼴을 다 보고 산 사람처럼 보인다는 점은 의심의 여지가 없었다.

"맥주는 어떤 게 있죠?" 사이먼이 물었다.

"팹스트가 있고, 팹스트가 있죠."

"하나 추천해주시죠."

이니드는 아직도 잔에 시선을 고정한 채였다. 그러고는 돌연 그 모습 그대로 말을 걸었다. "페이지의 아버지시군요."

"남편께서 그러시던가요?"

그녀는 여전히 이쪽을 보지 않은 채 고개를 흔들었다. "아무 말도 안 했어요. 왜 오신 거죠?"

"조의를 표하려고요."

"거짓말."

"거짓말이죠. 그래도 안타까운 일이니까요."

이니드는 사이먼 말에 반응하거나 동조하지 않았다. "왜 오셨죠?"

"딸아이가 사라졌어요."

바텐더가 맥주 캔을 따서 사이먼 앞에 내려놓았다.

이니드는 마침내 고개를 들어 이쪽을 보았다. "언제요?"

"아드님이 죽고 나서요."

"우연의 일치는 아닌 것 같군요."

"저도 그렇게 생각합니다."

"당신 딸이 에런을 죽이고 도망친 거죠."

그냥 하는 말이었다. 이니드 목소리에는 아무 감정도 실려 있지 않았다.

"괜찮겠습니까?" 사이먼이 말했다. "그런 게 아니라고 해도?"

이니드는 그럴 수도, 그렇지 않을 수도 있다는 제스처를 해 보였다.

"도박하시나요?"

"아니요."

"당신이 대단한 증권 중개인인가 뭐라고 하던데."

"투자 자문을 하고 있습니다."

"네, 뭐든. 도박하는 사람인 건 맞잖아요? 뭐가 위험하고 뭐가 안전한지 맞히려고 애쓰는 사람이니까."

사이먼은 고개를 끄덕였다.

"그럼 가장 확률이 높은 가능성 두 가지가 무엇인지 아시겠군요."

"말씀해보시죠."

"1번. 당신 딸이 에런을 죽이고 도망쳤다."

"2번은요?"

"에런을 누가 죽였건, 그놈이 당신 딸도 죽였거나 데리고 갔다." 이니드는 술을 홀짝였다. "생각해보니, 2번이 더 가능성이 높을 것 같네요."

"왜 그렇게 생각하시죠?" 사이먼이 물었다.

"마약쟁이들은 단서를 남기지 않거나 경찰을 피해 다니는 데 능하지 않죠."

"그럼 페이지가 에런을 죽였다고 생각하지 않으시는군요?"

"그런 말은 안 했어요."

"당신 말이 맞는다고 해봅시다." 사이먼은 사심 없이 방법론적 태도를 유지하려 애쓰며 이야기를 이어갔다. "누군가가 페이지를 데려갈 이유가 있나요?"

"그거야 모르죠. 이런 말 하기 좀 그렇지만, 확률상 그 아이는 죽었어요." 이니드는 또 한 모금을 들이켰다. "당신이 여기 온 이유도 여전히 이해가 안 가고요."

"당신이 뭔가 알고 있길 바랐어요."

"몇 달 동안 에런 그림자도 못 봤네요."

"이 남자를 아시나요?"

사이먼은 이니드에게 휴대전화를 건넸다. 엘레나 라미레스가 보내준 의뢰인의 실종된 아들, 헨리 소프 사진이었다.

"이게 누구죠?"

"헨리 소프입니다. 시카고 출신이요."

이니드는 고개를 저었다. "모르는 사람이에요. 그런데 왜요?"

"이 사건과 연관이 있을 수 있어서요."

"어떻게요?"

"저도 모릅니다. 그래서 여기 온 거고요. 이 사람도 실종됐어요."

"페이지처럼?"

"네."

"도움이 못 되겠네요."

언짢은 표정의 민머리 바이커가 둘 사이에 있는 의자를 끄집어내 자리를 잡고는 바에 기댔다. 셔츠 소매 아래로 까만 철십자훈장과 나치 문양 문신이 보였다. 바이커는 사이먼이 눈치 보고 있음을 알아채고는 그를 뚫어지게 보았다. 사이먼도 시선을 피하지 않았다. 얼굴이 벌겋게 달아올랐다.

"뭘 그렇게 보나?" 바이커가 입을 뗐다.

사이먼은 눈을 부릅뜬 채 꼼짝도 하지 않았다.

"내가 묻잖아⋯⋯."

이니드가 끼어들었다. "나랑 같이 온 사람이야."

"아, 이니드. 나는 그냥……."

"사적인 대화인데 조금 방해가 되네."

"나, 나는 그냥. 그런지 모르고."

바이커는 겁을 집어먹은 것 같았다.

"그냥 술 한잔하려던 것뿐이야."

"그거 잘됐네. 글래디스가 가져다줄 거야. 저기 당구대 옆에서 기다리면 되겠네."

그 말에 바이커가 사라졌다.

"혹시." 사이먼이 말했다.

"네?"

"여기는 뭐 하는 곳인가요?"

"프라이빗 클럽이죠."

"당신이 운영하는?"

"여기 온 이유가 당신 딸 때문인가요, 나 때문인가요?"

"상황을 파악하려는 것뿐이에요."

"무슨 상황요?"

"에런에 관해 말씀 좀 해주시면 안 될까요?"

"걔에 대해서 뭘요?"

"글쎄요. 아무거나 좋습니다. 뭐든지요."

"이러시는 목적을 모르겠군요."

"여기에 실마리가 있습니다." 사이먼 입에서 나오는 소리는 자신에게도 이상하게 들렸다. "연결되어 있어요. 그게 뭔지는 모르지만 뭔가 놓치고 있다는 느낌이 듭니다. 그래서 여기저기 캐고 다니는 겁니다. 뭔가 나오길 바라면서요."

이니드는 인상을 찌푸렸다. "그럼 지금 하시는 것보다는 더 잘해야 할 텐데."

"어제 아내가 총에 맞았어요." 사이먼이 말했다.

이니드 얼굴에 물음표가 떠올랐다.

"살긴 했지만…… 우리는 페이지를 찾으러 갔습니다. 아이들이 살던 데로요. 에런이 죽은 곳이기도 하고."

사이먼은 이니드에게 상황을 설명하며 팹스트를 벌컥벌컥 들이켰다. 이토록 이른 시간에 맥주를 마신 적이 언제인지 기억조차 할 수 없었지만, 이곳에서는 그렇게 하는 게 맞는 것 같았다. 그는 말하는 도중에도 바를 둘러보았다. 백인우월주의 문신을 한 사람은 방금 전 바이커 한 명만이 아니었다. 많은 수가 나치 문양 문신을 했고 사이먼은 그 수에 압도되었다. 지금 시점의 그의 조국, 미국의 실태를 보여주는 듯했다. 다른 중요한 할 일이 있었지만, 이런 말도 안 되는 행동이 공공연히 받아들여진다니 피가 끓어올랐다.

"당신도 에런이 자란 곳을 봤잖아요." 이니드가 말했다.

"그 농장요."

"농장까지는 아니에요. 그냥 관광객이나 오는 데지. 그래도 좋지 않나요?"

"좋아 보이더군요."

"그래 보이죠." 이니드는 사이먼을 따라 고개를 끄덕였다. "어렸을 때는 그 숙소 건물에서 살았어요. 그때는 그 집안사람들이 방을 여섯 개 정도만 빌려줬어요. 나머지 공간에서는 자기네가 살고요. 그러다가 일이 커졌죠. 방 열 개를 전부 빌려주기 시작한 거예요. 오륙 년 전에 증축해서 이제는 방이 스물네 개예요. 레스토랑도 나쁘지 않아요.

와일리는 꼭 비스트로라고 하지만. 그게 더 멋있게 들리나 봐. 양초같이 쓸데없는 걸 팔긴 하지만 기념품 가게도 수입이 나쁘지 않아요. 너무 벗어난 얘기를 하고 있죠?"

"아닙니다."

"당신이 알고 싶은 건 에런에 관한 거겠죠."

사이먼은 대답하지 않았다.

"글쎄. 에런은 어렸을 때 좀 어두웠어요. 무슨 말인지 알죠?"

문신한 남자 한 명이 뒷문 쪽에서 이니드를 바라보았다. 그녀가 고개를 끄덕이자 남자는 밖으로 나갔다.

"이런 얘기가 당신에게 어떤 도움이 될지 모르겠군요." 그녀가 말했다.

"그 집안사람들."

"뭐라고요?"

"그 집안사람들이라고 하셨죠. 그때는 그 집안사람들이 방을 여섯 개만 빌려줬다고."

"그래서요?"

"'우리'라는 말 대신 '그 집안사람들'이라고 하신 것 같은데요."

"그때는 '우리'가 아니었죠." 이니드가 말했다. "그땐 결혼한 상태가 아니었으니까."

"그때라면?"

"와일리가 숙소 건물에 살던 때요."

"에런도 거기 살았다고 하셨잖아요."

"맞아요. 와일리랑요. 나는 새엄마예요. 에런이 아홉 살이 될 때까지 나는 이 이야기에 등장하지 않아요. 솔직히 말하자면 딱히 모성애가 있는 사람도 아니라. 놀랐죠? 에런하고 나는, 우리는 가까웠던 적이 없어요."

"그럼 친엄마는요? 친엄마는 어디 있나요?"

이니드가 뒷문을 힐끗거렸다. 문신한 남자가 돌아와 이니드가 자기를 보았는지 확인했다. 그녀의 술잔이 비자, 아무 말도 하지 않았지만 건초 머리 글래디스가 와서 잔을 채웠다.

"코벌 부인?" 사이먼이 재촉했다.

"그냥 이니드라고 불러요."

"이니드, 에런의 친엄마에게 무슨 일이 있던 거죠?"

"그건 이 일과 아무 상관 없어요."

"있을 수도 있습니다."

"어떻게?" 이제 이니드는 몸을 돌려, 한쪽 팔을 바에 걸치고 사이먼을 정면으로 마주했다. "여기 온 첫날부터 에런에게 얘기했어요. 술 마시지 마라. 절대로. 한 모금도. 그 아이는 저치들이 당신한테 한 것처럼 시비 거는 모습을 매일 보면서 자랐어요. 결국 마약쟁이 소굴에서 살해당했고요. 그러니까 말씀해보시죠, 그린 씨. 에런의 친엄마가 에런이 그렇게 된 것과 어떤 상관이 있는지? 당신이 아무리 애써봤자, 그 아이의 친엄마가 바람과 함께 사라져버린 당신 딸과 도대체 무슨 상관이 있는지?"

"모르겠습니다." 사이먼이 대답했다.

"더 큰 잘못을 한 사람이 있다면 바로 나겠죠. 안 그래요?"

사이먼은 아무 말도 하지 않았다.

"나는 그 아이의 아빠와 결혼했어요. 에런이 십대가 되니, 이곳에 와서 사람들과 어울리고 싶어하더군요. 그게 바로 조용한 곳에서 자란 아이들의 문제죠. 사람들은 그걸 뭔가 대단한 것으로 치겠지만, 아름다움은 쉽게 질려요. 덫이 되죠. 에런 같은 사람은 안에 날이 서 있어요. 원래 그래요. 나도 마찬가지고. 우리는 피 한 방울 섞이지 않았지만."

사이먼은 이곳이 어떤 곳인지 정확히 묻고 싶었지만, 그러면 잘못된 길로 들어서는 것 같았다. 그는 기어를 바꾸고 물었다. "에런의 친엄마가 오늘 미사에 왔나요?"

이니드는 계속 고개를 숙이고 있었다.

"적어도 그것만이라도……."

"아니요." 이니드가 답했다. "안 왔어요."

"아직 살아 있나요? 아들과 연락하며 지냈나요?"

"당신 속을 모르겠네요, 그린 씨."

"아니요. 아시잖아요. 충분히요. 저는 당신이 여기서 무얼 하든 상관하지 않습니다. 농장이나 그 외 어떤 것도요. 당신을 곤란하게 하려는 게 아니에요. 계속 같은 소릴 하는 것 같지만, 딸아이가 실종됐습니다."

"그러니까, 그게 도대체 무슨 상관인지 모르겠으니까……."

"상관없을지도 모르죠." 사이먼이 끼어들었다. "상관이 있을 것 같다는 느낌만 빼면요, 안 그렇습니까? 경찰은 페이지가 정당방위로 에런을 죽였다고 생각할 겁니다. 저나 제 아내가 그랬다고 생각할 수도 있죠. 아이를 지키기 위해서. 아니면 마약 거래가 잘못돼서 그런 거라고 생각할 수도 있고요. 전부 그럴듯한 가설이지만, 저는 그저 도움을 청하려고 왔습니다."

이니드는 술 표면을 응시한 채 술잔을 돌리기 시작했다.

"에런의 친엄마는 살아 있나요, 죽었나요?"

"사실은요." 이니드가 고개를 들어 아주 오랫동안 사이먼을 들여다보았다. "나도 잘 몰라요."

"친엄마가 살았는지 죽었는지 모른다고요?"

"그래요." 이니드는 글래디스 쪽으로 몸을 돌렸다. "여기 내 친구한테 맥주 한 잔 더. 코너 부스 쪽으로 갖다줘. 이 남자랑 얘기 좀 해야 할 것 같으니까."

16

타투 전문점 입구는 A 자 모양의 구식 바리케이드로 막혀 있었다. 비스듬하게 기울어진 오렌지색과 하얀색 줄무늬가 교차하며 가로로 빛 반사를 하는 종류였다.

경고등을 켠 경찰차 두 대와 아무 표식 없는 차 두 대가 엘레나 라미레스의 눈에 포착되었다. 그녀는 과한 체리 향이 나는 포드 퓨전 렌터카를 몰고 고속도로와 바리케이드 사이에 있는 타투 전문점 입구 쪽으로 갔다.

경찰이 인상을 찌푸리며 그녀에게 다가왔다.

"여기 오시면 안 됩니다."

"무슨 일인 거죠?"

"현장에서 차를 빼주시죠."

엘레나는 신분증을 제시할 수도 있지만 그래 봤자 달라질 건 없었다. 게다가 무슨 일이 일어났는지, 왜 경찰이 출동했는지 알 수 없었기 때문에 무턱대고 뛰어드는 것은 좋은 생각이 아니었다.

주변을 둘러봐야 할 타이밍이었다.

엘레나는 경찰에게 인사하고 후진으로 차를 빼서 고속도로로 들어섰다. 소닉 드라이브인에서 고속도로를 빠져나와 길을 따라 몇백 미터를 내려갔다. 그녀는 휴대전화를 꺼내 통화를 몇 통 했다. 전날 일어난 살인사건에 관한 자세한 정보는 삼십 분 정도면 들어올 것이다.

피해자 두 명 중 한 명은 가게 주인인 스물아홉 살의 데미언 고스였고, 다른 한 명은 그곳에서 파트타임으로 일하던 열여덟 살의 고등학생, 라이언 베일리다. 최초 수사보고서에는 두 사람이 잘못된 강도사건에 연루되어 죽은 것으로 되어 있었다.

엘레나는 '잘못된'이라는 단어가 중요한 의미를 갖는다는 사실을 곱씹었다.

그녀는 몇 차례 더 통화하고 연락을 기다렸다. 승인이 나왔다. 그녀는 고속도로를 역행해서 아까 그 바리케이드 옆에 차를 댔다. 앞서 만난 경찰관이 차를 빼줘서 쉽게 지나갈 수 있었다. 그는 왼편에 있는 공원을 손가락으로 가리켰다. 엘레나는 고개를 끄덕여 인사하고 그쪽으로 갔다.

엘레나는 백미러를 보며 최대한 감정을 끌어모아서 '우리는 같은 배를 탄 사람들이잖아요' 미소를 연습했다. 웩. 정말 성가신 부분이다. 경찰과 자존심이란 쉽지 않은 조합이다. 거기에 약간의 영역 다툼과 남자들의 관행이 더해지고, 피해자가 하나도 모자라 두 명인 살인사건까지 연루된 희한한 상황이니, 어마어마한 개판을 기대해도 좋을 것 같았다.

삼십대 중반, 아마도 사십 정도 되어 보이는 남자가 타투 가게 정문에서 나와서 현장 검시용 장갑을 벗으며 이쪽으로 걸어왔다. 자신만 만한 걸음걸이지만 건방져 보이지는 않았다. 깜짝 놀랄 정도로 잘생긴 남자였다. 곱상하다기보다는 벌목꾼 스타일이어서 사람들이 인상이 거칠다고 평할 것 같았다. 아직도 이상형이라는 것을 가지고 있다면(조엘이 죽은 뒤 엘레나는 이 방면에 있어서 완전히 문외한이 되었다) 아마 이 남자가 그녀의 이상형일 것이다.

남자는 긴장 어린 웃음을 지으며 간단히 묵례했다. 지금 상황에 적합한 인사였다.

"특별 수사관 맞으시죠?" 남자가 말을 건넸다.

"은퇴했어요."

엘레나는 남자와 악수했다. 그는 조엘처럼 손이 매우 컸다. 그녀는 다시 통증이 올라오는 것을 느꼈다.

"듀머스 형사라고 합니다. 다들 냅Nap이라고 부르죠."

"냅……." 엘레나가 되뇌었다. "이라면?"

"맞아요, 낮잠이란 뜻이죠."

"엘레나입니다. 지금은 사설로 일하고 있어요."

"그렇군요. 보스한테 들었습니다."

"로렌 뮤즈 검사가 상사인가요?"

"네."

"뛰어난 분이시라고 들었어요."

"네." 냅이 대답했다. "멋진 분이십니다."

남자의 말투에서는 여자를 상사로 모시는 것에 대한 분개가 조금도 느껴지지 않았다. 억지로 그런 반응을 지어내는 것 같지도 않았다. 좋은 징조였다.

일이 돌아가는 구조는 이랬다. 엘레나의 회사인 VMB는 미국에서 가장 권위 있는 사설탐정 업체 중 하나로 시카고, 뉴욕, 로스앤젤레스, 휴스턴에 지사가 있다. VMB 같은 곳에서 일하는 수사관들은 연줄이 필요해서, 선거판에 큰돈을 기부하거나 다양한 경찰 단체를 후원했다. 엘레나의 상사인 매니 앤드루스 역시 현 주지사의 뒷배 중 한 명이다. 그 주지사가 바로 로렌 뮤즈 검사를 언급한 사람이다. 그래서 매니 앤드루스가 주지사에게, 주지사가 뮤즈 검사에게, 검사가 사건 담당 형사인 냅 듀머스에게 전화를 건 것이다.

메시지는 간단하다. 협력하라.

딱히 불법은 아니다. 대책 없이 순진한 사람이나 이 정도의 호의를 주고받는 데 질겁할 것이다. 세상은 상부상조의 장이다. 좋건 싫건, 그 원칙이 무너지면 사회도 무너진다.

그러나 형사들도 가끔 이러한 상부상조에 신경을 곤두세운다. 그것은 엘레나가 마음의 준비를 하던 영역 다툼과 남성적 관행으로 이어진다. 냅 듀머스는 괜찮은 것처럼 보였다. 일단은.

"저를 따라오시죠." 그가 말했다.

그는 건물 왼편으로 걸어갔다. 오래전 입은 총상으로 다리를 저는 엘레나가 그 뒤를 따랐다.

"저도 사건을 맡은 지 한 시간밖에 안 됐습니다." 냅이 설명했다. "그래서 아직 파악할 게 많습니다."

"현장에 들여보내줘서 고마워요."

냅은 아주 작게, 다 안다는 듯한 미소를 지었다. "별말씀을요."

엘레나는 더는 신경 쓰지 않으려 했다.

"사건에 어떤 관심이 있는지 말씀해주실 수 있나요?"

"사건을 하나 맡고 있어요." 엘레나가 말했다. "겹치는 부분이 있는 것 같아서."

"잠시만요." 냅이 끼어들었다. "자세한 이야기는 잠시 넣어두죠."

엘레나는 그 말에 미소 지었다. 앞쪽에 나무를 덧댄 포드 플렉스가 눈에 들어왔다. 하얀 옷으로 무장한 현장 감식반 두 명이 작업을 하고 있었다.

"어떤 종류의 사건인지부터 말씀해주실 수 있나요?" 냅이 질문을 건넸다.

엘레나는 강경 태세를 취할까 잠시 고민했다. 그의 상사가 협력을 지시했고, 수사 결과 알게 된 사항은 공유 불가라는 사실을 따끔하게 상기시켜줄 수도 있었다. 하지만 지금은 그럴 상황이 아닌 것 같았다. 냅이라는 남자는 괜찮아 보였다. 사실 그 이상이었다. 엘레나의 어머니가 항상 말하던 좋은 기운을 가지고 있었다. 엘레나는 첫인상, 직감 같은 것에 줄곧 회의적이었다. 사람은 누구나 완전히 사이코일 수도, 상대를 속일 수도 있기 때문이다. 하지만 엘레나를 속일 수 있는 사람은 많지 않았다. 나이를 먹을수록 그녀는 자신의 직감이 상상 이상으로 잘 작동한다는 사실을 깨달았다. 보자마자 소름 돋는 남자들? 그런 사람들은 항상 찝찝하게 끝을 맺었다. 아주 드물지만 긍정적 기운을 내뿜는 남자들은? 항상 믿을 만한 사람으로 남았다.

게다가 냅을 보면 조엘이 떠올랐다. 엘레나의 조엘. 가여운 엘레나. 통증이 심장으로 옮겨가 그곳에 자리를 잡았다.

"냅?"

그는 잠자코 기다렸다.

"조금만 기다려줘요." 엘레나가 말했다.

"네?"

"당신한테 정보를 숨기진 않을 거예요." 엘레나가 말을 이었다. "지금은 선입견 없는 상태에서 당신 이야기를 먼저 들어보고 싶군요."

"선입견이라."

"네."

"정황과 사실 정도만 얘기하라는 건가요?"

"꽤 직설적인 편인가 봐요."

"그쪽도요."

"그럼 일단은 제 방식대로 가도 되겠죠?"

머뭇거림은 그리 길지 않았다. 그는 포드 플렉스로 접근하는 동안 알았다는 듯 끄덕인 뒤 바로 설명을 시작했다. "첫 번째 발포가 여기서 일어났다고 보고 있습니다. 피해자가 차에 타려던 순간에요."

"고스가 먼저 총에 맞았다?"

"네, 거의 확실하다고 봅니다." 냅은 고개를 갸우뚱했다. "그게 중요한가요?"

엘레나는 대꾸하지 않았다.

냅은 한숨을 내쉬었다. "좋습니다. 선입견이 될 수도 있으니."

"범인의 수는?" 엘레나가 물었다.

"아직 모릅니다. 처음 이뤄진 사격 분석에 따르면 피해자 둘은 같은 총에 맞아 사망했습니다."

"그렇다면 범인이 한 명일 수도 있겠네요."

"단정할 순 없지만 그렇게 보이죠."

엘레나는 현장으로 들어갔다. 건물 뒤편을 훑고 하늘을 올려다보았다. "주차장에는 감시 카메라가 없나요?"

"없습니다."

"안에는요?"

"없습니다. 비상벨과 동작 감지 센서를 제공하는 일반적인 ADT 감시망만 있습니다."

"이런 사업은 현찰을 꽤나 많이 벌 것 같은데 말이죠."

"네."

"그 돈을 어떻게 보관했죠?"

"업주 두 명 중 하나가 매일 밤 집으로 현찰을 들고 가서 자기들 금고에 보관했답니다. 피해자가 그중 한 명이었고요."

"자기들 금고?"

"네?"

"자기들 금고라고 했잖아요. 사장들이 금고를 공유했다?"

"같이 살았답니다. 물어보실 것 같아서 먼저 말씀드리자면, 피해자의 소지품이 전부 사라졌습니다. 현찰과 지갑, 보석까지 싹 다."

"그래서 강도로 가닥을 잡고 있다?"

냅은 한쪽 입꼬리만 올리며 미소를 지었다. 그 모습에서 다시 조엘이 떠올랐다. 망할. "네, 그렇게 생각하고 있었습니다."

그 뜻은 명확했다. 그렇게 생각하고 있었습니다, 당신이 나타나기 전까지는.

"동업자는 어디 있나요?" 엘레나가 물었다.

"공항에서 오는 길입니다. 몇 분 내로 도착할 거예요."

"공항요?"

"이름은 닐 래프. 마이애미에서 휴가중이었습니다."

"그 사람도 용의자인가요?"

"사건 발생 시점에 휴가를 떠난 동업자가요?"

"물론." 엘레나가 말했다. "당연하죠."

"용의자를 특정하기에는 시기상조입니다."

"고스가 얼마를 소지하고 있었는지 파악됐나요?"

"아직요. 들은 바로는 어떤 날에는 수천 달러까지 벌지만, 어떤 날에는 한 푼도 못 벌었다네요. 그날 장사가 어땠는지와 얼마나 많은 사람이 신용카드를 썼느냐에 따라 다른 것 같습니다."

시신을 본뜬 분필 자국 같은 것은 보이지 않았다. 냅이 현장 사진을 가지고 있었다. 엘레나는 잠시 그것을 들여다보았다.

"범인이 금품을 갈취한 뒤 고스를 쐈다고 생각하나요?" 엘레나가 입을 열었다. "아니면 쏘고 나서 갈취했다고 생각하나요?"

"먼저 쐈다고 생각합니다." 냅이 답했다.

"확신하는 것처럼 보이는군요."

"피해자의 주머니를 보십시오."

엘레나는 고개를 끄덕이며 사진을 보았다. "뒤집혀 있군요."

"셔츠도 다 빠져나와 있고, 반지 하나는 빼기 힘들어서 남겨둔 것 같습니다. 아니면 누군가 끼어들었거나요."

엘레나는 이제야 뭔가 보이기 시작했다. "어디서 총을 쐈다고요?"

냅이 직접 상황을 재연했다. "현장을 첫 번째로 살펴본 경찰은 범인이 차를 몰고 와서 그 상태로 총을 쐈거나, 주차를 한 다음 차 안에서 기다렸을 거라고 합니다."

"그런데 당신은 그렇게 생각하지 않는다?"

"그럴 수도 있겠죠." 냅이 대답했다. "하지만 저는 범인이 수풀에서 나왔을 거라고 봅니다. 각도를 보세요."

엘레나는 고개를 끄덕였다.

"가능한 얘기죠." 냅은 주장을 이어갔다. "일찍 도착해서 주차하고 수풀에 숨어 있었을 수도 있어요. 저는 그렇게 생각하지 않지만."

"왜죠?"

"총이 발사되던 순간, 여기 있던 사람은 두 번째 피해자인 라이언 베일리 단 한 명입니다. 베일리는 차가 없어요. 버스를 타거나 걸어 다녔죠."

엘레나는 주변을 둘러보며 경찰차와 다른 차 두 대를 없애고 생각해보았다. "처음 출동한 팀이 도착했을 때, 고스의 차 말고 주차장에 다른 차가 없었다고요?"

"그렇습니다." 냅이 대답했다. "주차장은 비어 있었습니다."

엘레나는 한 발 물러섰다. "그렇다면 누군가가, 범인이라고 해보죠, 차를 몰고 와서 주차장에 세웠다면 고스가 나왔을 때 눈치챘겠네요."

"동의합니다." 냅이 말을 이어갔다. "데이미언 고스는 사장이었습니다. 가게 문을 닫을 시간이었고요. 주차장으로 모르는 차가 들어왔다면 분명 나가서 확인했을 겁니다. 도주 차량이 발견되지 않는 한 그렇습니다."

엘레나가 인상을 찌푸렸다. "도주 차량?"

"경찰 용어는 다 나오는군요. 어쨌든, 관계 있는 인근 CCTV는 전부 확인할 계획입니다."

"피해자 중 한 명이 911에 전화한 것으로 아는데."

"라이언 베일리죠. 두 번째 피해자."

"전화해서 뭐라고 했나요?"

"아무 말도 없었습니다."

"아무 말도?"

냅은 자신의 가설을 설명했다. 범인이 데이미언 고스를 포드 퓨전 옆에서 죽인 다음, 주머니를 털었다. 돈과 지갑, 시계를 챙기고 고스의 반지를 빼는 와중에 문이 열리면서 라이언 베일리가 나왔다. 베일리는 현장을 목격하고, 가게로 도망쳐서 비상벨을 누른 뒤 옷장에 숨었다.

엘레나는 인상을 찌푸렸다.

"뭐죠?" 냅이 물었다.

"베일리가 가게 비상벨을 울렸다고요?"

냅이 고개를 끄덕였다. "뒷문 바로 옆에 있습니다."

"소리가 안 나는 비상벨인가요?" 엘레나가 물었다.

"납니다."

"크게?"

"비상벨이요? 네. 엄청나게 크게 나죠."

엘레나는 다시 얼굴을 구겼다.

"왜 그러시죠?"

"보여주세요." 엘레나가 말했다.

"뭐를요?"

"라이언 베일리가 숨었다는 옷장 말이에요."

냅은 잠시 엘레나를 바라보았다. 그는 현장 감식 장갑을 내밀었다. 엘레나는 장갑을 착용했다. 냅도 똑같이 했다. 두 사람은 가게 뒷문으로 향했다.

"꽉 찬 쓰레기봉투입니다." 냅이 터진 채 바닥에 버려진 쓰레기봉투를 가리켰다. "베일리가 저걸 버리러 나왔다고 생각했습니다."

"그때 범행을 방해하게 된다?"

"저희 가설은 그렇습니다."

말이 안 된다는 것만 빼면 그랬다.

다른 경찰관이 두 사람에게 발싸개가 달린 하얀 감식복을 주었다. 엘레나는 입고 있던 정장 위로 감식복을 덧입었다. 온몸을 하얗게 두른 두 사람은 거대한 정자처럼 보였다. 가게 안쪽에 흰옷을 뒤집어쓴 감식반원이 몇 명 더 있었다. 옷장은 뒷문 바로 옆이었다.

엘레나는 다시 인상을 찌푸렸다.

"뭐죠?"

"앞뒤가 안 맞아요."

"안 맞다니요?"

"라이언 베일리가 쓰레기를 버리러 나왔다고 하셨죠."

"맞습니다."

"범인이 고스의 시신을 뒤지는 걸 목격했고."

"그렇죠."

"그렇다면 범인은 꼬맹이가 안에 있었다는 사실을 몰랐을 가능성이 크죠."

"알 수 없지만, 아마도요. 그게 왜요?"

"그런데 라이언 베일리가 밖으로 나와서 범인을 목격하고, 안으로 도망가서 알람을 누른 다음 옷장에 숨었다."

"그렇죠."

"그리고 범인이 그 뒤를 쫓았다, 그 말이시죠?"

"그렇습니다."

"범인이 따라 들어왔고. 꼬맹이를 찾으려고 안을 뒤졌겠죠. 알람이 울리는 동안."

"네, 그래서요?"

"왜 그랬을까요?" 엘레나가 물었다.

"무슨 말씀이세요, 왜 그랬냐니요? 피해자가 범인을 목격했으니까요. 범인을 알아볼 수 있을 테니까."

"입단속시키려던 것이다?"

"그렇죠."

"그건 전문적인 강도 수법에서 벗어나요." 엘레나가 말했다.

"어떻게요?"

"스키 마스크를 쓰지 않거나 위장하지 않은 강도 본 적 있어요? 전문 강도였다면 알람 소리에 바로 자리를 떴겠죠. 왜냐? 꼬맹이가 경찰한테 뭐라고 얘기할까요? 스키 마스크를 쓴 남자가 사장님을 죽였다고? 그게 다겠죠. 범인이 따라 들어와서 꼬맹이를 죽인 이유는 라이언 베일리가 범인을 특정할 수 있었기 때문이에요."

냅은 고개를 끄덕였다. "아니면 피해자들이 아는 사람이었거나."

"어느 쪽이든간에." 엘레나가 말했다. "제 사건과는 관련이 없어 보이는군요. 그놈은 프로예요. 마스크를 썼을 거고요."

"대체 무슨 사건을 맡으셨는데요?"

엘레나는 계산대에 있는 컴퓨터를 발견했다. 그녀는 헨리 소프가 정확히 누구와 연락을 주고받았는지 알지 못했다. 이 건물에 등록된 IP 주소와 와이파이를 통해 연락을 주고받았다는 것 외에는.

그녀는 냅을 향해 돌아섰다. "컴퓨터 좀 봐도 되죠?"

17

이니드 코벌과 사이먼은 '프라이빗 클럽'의 코너 부스에 있는 찢어진 소파에 편안히 자리를 잡았다.

사이먼은 대충 상황을 파악했지만, 에런의 어머니에 관해서는 아니었다. 그녀에 대해서는 갈피를 잡을 수 없었다. 다만 이 클럽에 관해 그가 파악한 바로는 무언가를 되파는 곳인 듯했다. 아마 마약일 터였다. 이곳은 술집이나 바가 아니었다. 프라이빗 클럽이었다. 법적 규정이 다르다. 숙박업은 합법적 위장술일 뿐이고, 여기서 나오는 막대한 돈을 세탁하고 있을 것이다.

물론 완전 헛다리를 짚었을 수도 있었다. 사이먼의 이론은, 만약 그 생각을 굳이 그렇게 부르고 싶다면, 얄팍한 억측 수준에서 벗어나지 못하는 것이었다. 어느 쪽이든 꼭 필요한 상황이 아니라면 사이먼은 굳이 이 문제를 끄집어내지 않을 작정이었다.

그러나 그는 자신의 이론이 맞을 거라고 생각했다.

"와일리와 나는, 우리 결혼은 한물갔죠." 이니드는 말을 멈추고 고개를 저었다. "이런 얘기를 왜 당신한테 하는지 모르겠군요. 나도 나이가 드나 봐요. 에런은 죽었고, 당신 말이 맞을지도 모르죠, 그린 씨."

"사이먼이라고 하세요."

"그린 씨가 편해요."

"제 말의 어떤 부분이 맞는다는 거죠?"

이니드는 손바닥을 펼쳐 보였다. "연결되어 있다는 거요. 과거의 일들. 그리고 지금. 그렇지만 내가 누구라고 이런 말을 하겠어요?"

사이먼은 잠자코 기다렸다. 그리 오랜 시간은 아니었다. 이니드가 이야기를 시작했다.

"난 여기 출신이 아니에요. 몬태나 주에 있는 빌링스에서 자랐죠. 내가 어쩌다가 코네티컷 주까지 왔는지는 설명하지 않을게요. 늘 그렇듯 바람은 부는 거니까. 그게 인생이죠. 와일리를 처음 만났을 때, 에런이라는 아홉 살짜리 아들이 있었어요. 혼자 아이를 키우는 아빠란 많은 여자가 매력을 느끼는 대상이죠. 게다가 아름다운 집과 농장까지. 누가 에런이나 아이의 친엄마에 관해 물으면, 와일리는 아주 예의 바르게 화제를 돌리곤 했어요. 그에 관해 얘기하기를 싫어했죠. 늘 눈물이 맺혔거든요. 나랑 만나고 나서도 그랬으니까."

"하지만 결국에는 얘기해주셨나요?"

"아, 그 사람이 말해주기 전에 들었죠. 이 동네 사람이라면 대충 알고는 있으니까. 와일리가 농장 일을 하지 않던 시절에 아이 엄마를 만났대요. 여기서 자란 여느 사람들처럼 와일리도 이곳을 벗어나고 싶어했어요. 그래서 유럽으로 배낭여행을 떠났고, 이탈리아에서 여자를 만났죠. 브루나라는 여자였어요. 토스카나 출신. 와일리 말에 따르면 그래요. 한동안 같이 포도 농장에서 일했대요. 여기 농장 일과 비슷해

서 여차 저차 이곳이 떠올랐다고. 집이 조금 그리웠나 봐요." 이니드
는 턱으로 맥주 캔을 가리켰다. "안 마시는군요."

"운전을 해야 해서."

"맥주 두 캔 가지고요? 저기요, 이거 덩치만 크시군."

맞는 말이었다. 잉그리드는 몇 시간 동안 독주를 마셔도 멀쩡했다.
사이먼은 맥주 두 캔이면 전구 소켓에 프렌치 키스를 해댔다.

"그리고 무슨 일이 있었죠?"

"와일리와 브루나가 사랑에 빠졌죠. 로맨틱하죠? 그리고 아이를 낳
았어요. 에런요. 사랑스러운 이야기죠. 브루나가 죽기 전까지는."

"여자가 죽었나요?"

이니드는 미동도 없었다. 아주 조금도.

"어떻게요?" 사이먼이 물었다.

"자동차 사고. A11 고속도로에서 정면충돌했어요. 와일리는 항상
그런 디테일을 덧붙이죠. A11 고속도로. 왜 그랬는지는 나도 모르지
만, 한번 찾아보기까지 했어요. 피사와 피렌체를 잇는 도로더군요. 친
정에 가는 길이었대요. 와일리는 가지 않았고. 출발하기 전에 크게 싸
웠다고 해요. 아시겠죠, 와일리도 그때 같이 있었을 수 있다는 얘기예
요. 와일리가 직접 한 말이에요. 그래서 자책하고, 그 얘길 하는 걸 힘
들어해요. 할 때마다 목이 메죠."

이니드는 술잔 너머로 사이먼을 바라보았다.

"꽤 냉소적으로 들리네요." 사이먼이 말했다.

"내가요?"

"네."

"남편은 이 얘길 할 때마다 아주 열심이거든요. 원래 사람이 좀 과

장되기도 하고. 들으면 다 믿게 되죠."

"당신은 믿지 않았나요?"

"아, 나도 믿었어요. 그런데 생각해보세요. 친정에 가는데 갓난아기를 두고 간 이유가 뭘까. 데려갈 것 같지 않나요? 젊은 엄마가…….." 이니드는 손가락으로 따옴표를 만들어 보였다. "'고속도로'를 타고 친정에 간다. 그럼 아이를 데려가겠죠."

"그 부분을 남편에게 물어보셨나요?"

"아뇨. 굳이? 그런 이야기에 의문을 제기할 사람이 있을까요?"

김빠진 맥주 같은 분위기에 냉랭함이 감돌았다. 사이먼은 뒷이야기를 묻고 싶은 마음이 굴뚝같았지만, 이니드가 얘기해주기를 기다리며 침묵을 지켰다.

"남편은 사고 이후 고향으로 돌아왔어요. 이곳 농장으로요. 브루나 가족이 양육권으로 소송을 걸거나 출국을 금지시킬까 봐 겁을 먹은 거죠. 두 사람은 법적 부부가 아니었으니까. 그래서 아이를 데리고 미국으로 들어왔어요. 농장으로……."

이니드는 말끝을 흐리며 어깨를 으쓱했다.

그게 이야기의 끝이었다.

"그럼……." 사이먼이 말했다. "에런의 친엄마는 죽은 거군요."

"와일리 말로는요."

"그런데 제가 살아 있냐고 여쭤봤을 때 모른다고 하셨잖아요."

"머리가 잘 돌아가시네요, 그린 씨." 이니드는 잔을 들어 올리며 웃음을 지었다. "그나저나 이런 얘길 왜 당신한테 하는 걸까요?"

그녀는 사이먼을 응시한 채 대답을 기다렸다.

"제가 정직해 보여서?"

"당신은 내 전남편이랑 닮았어요."

"정직한 사람이었나요?"

"그럴 리가." 이니드가 덧붙였다. "뭐, 잠자리에서는 끝내줬죠."

"그렇다면 공통점이 있네요."

이니드는 코웃음을 쳤다. "당신이 마음에 들어요, 그린 씨. 아, 정말 끔찍하군요. 이런 말이 당신한테 어떤 도움이 될지 아직도 모르겠지만…… 아주 이상한 걸 봤어요. 나쁜 건 꼭 남아 있죠. 나쁜 기억은 사라지지 않아요. 묻어봤자 다시 고개를 들고. 바다 한가운데에 버려도 조류를 타고 다시 돌아와요."

사이먼은 잠자코 기다렸다.

"오래된 여권을 가지고 있나요?" 이니드가 물었다. "만료된 후에도?"

"네."

실은 어디를 갔는지 증명해야 할 상황에 대비해, 사이먼은 고객들에게도 그렇게 하라고 조언했다. 사람 일은 알 수 없기에 공식적인 문서를 모아 두어야 한다고 생각했다.

"와일리도 그랬어요. 찾기 힘든 곳에 보관했죠. 지하실 창고에 넣어뒀으니까. 그걸 내가 찾았어요. 그런데 말이에요."

"뭐죠?"

이니드는 입가로 손을 가져가 속삭였다. "와일리는 이탈리아에 간 적이 없더라고요."

＊

타투 가게의 사무실은 유리 벽으로 되어 있어서 안에서 의자와 시술자, 대기실을 내다볼 수 있었다. 반대쪽에서도 마찬가지였다. 그러나 컴퓨터 모니터는 벽 쪽을 향해 있어서, 화면 앞에 앉은 사람이 뭘 하는지 다른 사람이 볼 수 없었다.

책상은 두 사람이 마주 보는 구조로 놓여 있었다. 그 위는 스크랩한 종이와 약국에서 산 독서 안경 세 개, 열댓 개 되는 펜과 마커로 어지러웠다. 왼편에는 체리 맛 목 캔디 한 봉지가 있었고, 책 몇 권과 이유 없이 흩뿌려져 있는 영수증, 시술 시 주의 사항이 적힌 종이들이 놓여 있었다.

유리창과 마주한 책상 중앙에는 살짝 빛바랜 사진이 놓여 있었다. 활짝 웃는 여섯 남자 사진이었다. 앞줄에 있는 두 명은 어깨동무를 한 채 몸을 살짝 낮추었고, 뒷줄의 네 명은 팔짱을 끼고 있었다. 가게 앞에서 촬영했는데, 리본과 커다란 가위, 그들의 옷차림과 수염, 자세로 보아 개업식 날인 것 같았다. 전반적인 분위기가 두비 브라더스 앨범 커버 느낌이었다.

엘레나는 사진을 들어 냅에게 보여줬다. 냅은 고개를 끄덕이며 앞줄 오른쪽을 가리켰다.

"이 사람이 피해자예요. 데이미언 고스."

그는 손가락을 움직여 그 옆 사람을 짚었다. 희끗희끗한 콧수염이 난 건장한 남자가 가죽으로 된 바이커 옷을 온몸에 휘감고 있었다.

"이 사람이 동업자입니다. 닐 래프."

엘레나는 모니터 앞 회전의자에 앉았다. 마우스가 빨간색 하트 모양이었다. 엘레나는 잠깐 그 물건을 노려보았다. 하트라니. 데이미언 고스의 컴퓨터 마우스는 하트 모양이었다. 수사관들은 보통 그냥 나 죽었소 하고 분석적으로 생각하는 편이다. 그게 최선이니까. 현재 목표에만 집중해야 한다. 지금 상황에서도 그것이 헨리 소프를 찾는 길일 터였다. 그러나 조엘은 엘레나에게 그 참담함을, 잃어버리고 부서진 삶과 영원히 찢겨나간 부분을 잊으면 안 된다고 강조했다. 데이미언 고스는 이 의자에 앉아 하트 모양 마우스를 사용했다. 마우스는 선물받았으리라. 틀림없다. 이런 물건을 자기 돈을 주고 살 리 없기 때문이다. 선물을 준 사람은 자기가 사랑받고 있음을 데이미언이 알길 바랐을 것이다.

"그렇다고 감정에 휩싸이지는 마." 조엘은 그렇게 말하곤 했다. "그게 동력이 돼야지."

마우스를 건드리자 화면이 켜졌다. 데이미언 고스와 닐 래프, 그 사이에 조금 더 나이 든 여자를 찍은 사진이 떴다. 세 사람은 해변가에서 활짝 웃고 있었다.

화면 가운데에 비밀번호 입력 창이 나타났다. 엘레나는 냅이 비밀번호를 알기라도 하는 것처럼 그를 올려다보았다. 그는 어깨를 으쓱할 뿐이었다. 컴퓨터에는 포스트잇이 덕지덕지 붙어 있었다. 엘레나는 혹시라도 비밀번호가 적혀 있을까 봐 메모를 훑어보았지만, 딱히 눈에 띄는 것은 없었다. 첫 번째 서랍에도 별게 없었다.

"이걸 열 수 있는 사람 알아요?" 엘레나가 물었다.

"네, 그런데 아직 도착하지 않았습니다."

앞문이 열리고 남자 하나가 타투 가게로 불쑥 들어왔다. 사진에서 본 닐 래프였다. 지금은 가죽이 아닌 데님 옷을 걸치고 있었다. 사진보다 훨씬 세련돼 보였다. 희끗했던 콧수염은 이제 완전히 하얬다. 하지만 누가 봐도 틀림없는 닐 래프였다. 망연자실한 닐 래프는 울어서 벌겋게 부어오른 눈으로 이곳에 처음 온 사람처럼 자기 가게를 둘러보았다.

냅은 서둘러 남자에게 다가갔다. 엘레나는 가만히 지켜보았다. 냅은 남자 어깨에 손을 올리고 고개를 숙인 채 부드러운 어조로 얘기했다. 훌륭했다. 또 한 번, 냅의 행동 방식에 깔린 무언가가 메아리처럼 조엘을 불러왔다. 그것은 엘레나를 휘젓고 있었다. 세상에, 그녀는 조엘이 그리웠다. 그의 모든 것이. 그와의 대화, 그와의 만남, 그의 심장 소리, 지금은 무엇보다 그와의 섹스가 얼마나 그리운지 생각하지 않을 수 없었다. 누군가에게는 이상하게 들릴 수도 있지만, 조엘과의 섹스는 엘레나가 한 일 중 가장 멋진 일이었다. 몸 위에서 느껴지던 그의 무게가 그리웠다. 사랑을 나누며, 신이 지구상에 유일하게 만든 여자처럼 자신을 바라보던 그의 눈빛이 그리웠다. 그녀를 안심시키던 그의 출중한 능력이(물론 이 부분에서 엘레나는 충분히 독립적이지 못했다) 그리웠다.

이런 생각이 든 까닭은 갑자기 모든 것이 선명해졌기 때문이다. 고스와 래프의 사진을 보는 동안, 두 사장이 '자기들' 금고에 현찰을 함께 보관했다는 냅의 말을 곱씹는 동안, 닐 래프의 얼굴에 드러난 절망을 지켜보는 동안 모든 것은 선명해졌다. 엘레나는 그 특별한 슬픔을 알아챌 수 있었다. 그것은 친구 혹은 사업 파트너를 잃었다기보다는 반려자를 잃은 슬픔에 가까웠다. 장이 뒤틀리고 모든 것이 소진되는 절망이었다.

엘레나의 심리가 투영된 것일 수도 있지만, 그녀는 그것 때문이 아니라고 생각했다.

냅은 래프를 대기실에 있는 가죽 소파에 앉혔다. 그는 의자를 끌고와 비탄에 잠긴 사내 앞에 자리를 잡았다. 노트를 들고 있었지만, 제대로 집중하지 않거나 교감하지 않는 것처럼 보일 위험을 피하려고 굳이 받아 적지는 않았다. 엘레나는 기다렸다. 딱히 할 일도 없었다.

삼십 분 뒤, 충분한 애도를 표한 엘레나는 다시 한번 하트 모양의 마우스를 움직여 화면을 깨웠다. 사진이 다시 등장했다.

"세상에나." 래프가 말했다. 그는 냅을 돌아보았다. "캐리한테 연락한 사람 있나요?"

"캐리라니요?"

"데이미언의 어머니요. 세상에나. 슬픔이 크실 텐데."

"어떻게 연락하면 되죠?"

"제가 전화할게요."

냅은 그 말에 답하지 않았다.

래프가 말했다. "지금은 스코츠데일에서 혼자 사세요. 데이미언이 전부인 사람인데."

'전부인 사람이라.' 엘레나는 생각했다. '전부인 사람'. 여전히 현재형이다. 흔한 일이었다.

"고스 씨에게 형제자매가 있나요?" 냅이 물었다.

"없어요. 캐리는 아이를 낳을 수 없어요. 데이미언을 입양했죠."

"그럼 아버지는?"

"기억에는 없죠. 데이미언이 세 살 때 끔찍하게 헤어졌다고 하더군요. 양부는 그 이후로 데이미언의 인생에서 완전히 사라졌고요."

엘레나는 화면에 뜬 하얀 창을 가리켰다. "비밀번호를 아시나요?"

래프는 눈을 깜빡이다 다른 곳으로 시선을 돌렸다. "물론이죠."

"알려주실 수 있나요?"

그는 눈을 몇 번 더 깜빡였다. 눈물이 흘러내렸다. "과나카스테."

래프는 엘레나에게 철자를 적어주었다.

"코스타리카에 있는 곳이에요." 래프가 말했다.

"오." 엘레나는 무슨 말을 해야 할지 몰라 그렇게만 말했다.

"우리는…… 우리는 그곳에 신혼여행을 갔었죠. 우리가 가장 좋아한 장소예요."

엘레나는 엔터 키를 누르고 화면에 아이콘이 나타나길 기다렸다.

"뭘 찾으시는 거죠?" 래프가 물었다.

"이게 고스 씨가 쓰던 컴퓨터죠?"

"네, 우리 컴퓨터예요."

또 현재형을 썼다.

"이 네트워크에 연결된 다른 컴퓨터가 있나요?" 엘레나가 물었다.

"아니요."

"손님들은요? 손님들도 같은 네트워크를 쓰나요?"

"아니요. 비밀번호가 걸려 있어요."

"그럼 이 컴퓨터가 유일한 거네요?"

"맞아요. 데이미언과 제가 함께 썼죠. 그런데 저는 컴퓨터랑 친한 편이 아니라서. 가끔 제가 쓸 때는 데이미언이 반대편 책상에 앉았지만, 대부분 데이미언이 썼어요."

엘레나도 컴퓨터랑 그리 친한 편은 아니었다. 회사에 루가 필요한 이유기도 했다. 하지만 그녀도 기본은 알았다. 브라우저를 열고 히스토리를 확인했다. 닐 래프는 지난 오 일 동안 마이애미에 있었다. 그러므로 최근 검색 기록은 데이미언 고스가 남긴 것이다.

"뭘 찾고 계신지 아직도 모르겠습니다만." 래프가 말했다.

검색 기록은 이미지 검색이 주였다. 엘레나는 무작위로 몇 개를 클릭했다. 예상대로 문신 도안이었다. 종류는 다양했다. 장미와 가시철사가 얽힌 문양, 해골, 온갖 빛깔과 크기의 하트가 있었다. 스티븐 킹의 소설《그것》에 나오는 광대 페니와이즈를 본뜬 도안 하나와 여러 명, 그러니까, 도합 네 명이 뒤엉킨 절정의 성행위 장면들(이런 걸 새기는 사람이 있다고?), 엄마라는 단어가 쓰인 도안과 먼저 떠난 친구의 비석을 그린 도안, 팔 전체를 뒤덮는 도안과 한때 '창녀 문신(아직도 그렇게 부르려나?)'이라고 부르던 등허리용 날개 도안이 있었다.

"이미지를 보고 아이디어를 얻어요." 래프가 설명했다. "손님들에게 이전에 했던 도안을 보여주고 더 나은 작품을 만들죠."

나머지 검색 기록은 평범했다. 데이미언 고스는 로튼 토마토를 방문하고 영화표를 예매했다. 아마존에서 양말과 커피 캡슐을 구매했다. 자기 선조가 누구인지 알려주는 DNA 분석 사이트도 방문했다. 엘레나 역시 받아보고 싶던 검사였다. 엘레나의 어머니는 멕시코인이고, 그녀의 아버지 역시 멕시코인이라고 어머니는 장담했지만, 아버지는 엘레나가 태어나기도 전에 세상을 떠났다. 엘레나가 그에 관해 물을 때마다 어머니는 당황했다. 그러니 누가 장담할 수 있을까?

"제가 도와드릴까요?" 래프가 물었다. 질문이라기보다는 간청에 가까웠다.

엘레나는 화면에서 눈을 떼지 않았다. "래프 씨는 혹시, 아니 고스 씨라고 묻는 쪽이 맞겠네요. 고스 씨께서 헨리 소프라는 남자를 알았나요?"

래프는 곰곰이 생각했다. "제가 알기로는 아니에요."

"스물네 살이에요. 시카고 출신."

"시카고요?" 래프는 조금 더 고민했다. "그런 사람은 몰라요. 데이미언이 언급하는 걸 들어본 적도 없고요. 왜 그러시죠?"

엘레나는 서둘러 래프의 질문을 피했다. "최근 들어 두 분이 시카고에 다녀온 적이 있나요?"

"고등학교 졸업반 때 갔었어요. 데이미언은 간 적 없는 것 같고요."

"에런 코벌이라는 이름은요? 뭐 떠오르는 거 없나요?"

래프는 오른손으로 콧수염을 매만졌다. "아니요. 없습니다. 그 사람도 시카고 출신인가요?"

"코네티컷이요. 지금은 브롱크스에 살아요."

"죄송해요. 모르겠네요. 왜 이런 질문을 하는지 여쭤봐도 될까요?"

"지금은 제가 묻는 말에만 대답하시는 편이 좋겠네요."

"음, 어쨌든 둘 다 처음 들어보는 이름이에요. 원하신다면 손님 목록을 훑어보죠."

"그렇게 해주시면 감사하겠습니다."

래프는 엘레나의 어깨 너머로 키보드를 두드렸다.

냅이 끼어들었다. "손님 목록 전체를 인쇄해주실 수 있겠습니까?"

"경찰 측에선 손님이 이런 일을 저질렀다고 생각하는 건가요?"

"일단은 자료 수집 차원입니다." 냅이 대답했다.

"소프 철자가 어떻게 되나요?" 래프가 물었다.

그녀는 마지막에 e가 있는 경우와 없는 경우 모두 검색해달라고 부탁했다. 아무것도 나오지 않았다. 에런 코벌 역시 마찬가지였다.

"이 사람들은 누구죠?" 래프가 물었다. 말투에서 날카로움이 느껴졌다. "이 사람들이 데이미언과 무슨 관계인데요?"

"여기 IP와 와이파이는 당신과 고스 씨만 사용했다고 하셨죠?"

"네, 그런데요?"

"제가 기술적인 설명은 드릴 수는 없을 것 같습니다." 엘레나가 말했다. "헨리 소프라는 사람이 이곳 IP 주소를 쓰는 사람과 연락한 것으로 보입니다."

냅은 잠자코 듣기만 했다.

"그게 무슨 뜻이죠?" 래프가 물었다. 말투가 점점 더 날카로워졌다.

"거기까지입니다. 이 컴퓨터를 사용한 누군가가 헨리 소프와 연락을 취하고 있었다."

"그래서요? 헨리 소프라는 남자가 잉크 판매원일 수도 있잖아요."

"아닙니다."

엘레나는 래프를 뚫어져라 보았다.

"데이미언은 저한테 숨기는 게 없었다고요." 래프가 말했다.

'없었다'. 마침내 과거 시제가 되었다.

"컴퓨터가 해킹당했거나 그랬나 보죠."

"그런 일은 없었어요."

"그럼 무슨 말씀을 하시려는 거예요?"

"무슨 말을 하려는 게 아닙니다. 그냥 물어보는 것뿐이에요."

"데이미언이 저를 두고 바람피웠을 리 없다고요."

엘레나는 거기까지 가려던 것은 아니었지만, 그것도 염두에 두어야할 것이다. 어쩌면 모종의 애정 문제가 있을 수도 있다. 헨리 소프는 동성애자일까? 엘레나는 굳이 묻지 않았었다. 그렇다고 한들 요즘 같은 세상에 상관할 사람이 있을까?

만약 그런 문제라면, 데이미언과 헨리가 연인 관계였다면 에런 코벌은 여기서 무슨 역할이었을까? 페이지 그린이 여자친구 아니었나? 그렇게 연결될 수도 있다고? 엘레나가 아직 계산하지 못한 애정 관계가 있는 것은 아닐까?

엘레나는 어떻게 된 일인지 감을 잡을 수 없었다.

냅이 그녀 어깨를 톡톡 두드렸다. "잠시 얘기 좀 하시죠."

엘레나는 자리에서 일어서며 래프 어깨에 손을 올렸다. "래프 씨?"

그는 엘레나를 바라보았다.

"무언가를 암시하려던 게 아닙니다. 정말로요. 그저 누가 이런 일을 벌였는지 찾으려는 것뿐이죠."

래프는 시선을 떨군 채 고개를 끄덕였다.

냅은 뒷문으로 향했다. 엘레나가 그 뒤를 따랐다.

"무슨 일이죠?" 그녀가 물었다.

"에런 코벌이요."

"그 사람이 왜요?"

"구글 검색은 어려운 일이 아니죠." 냅이 말을 이어갔다. "며칠 전 살해당했더군요."

"맞습니다."

"그럼 이제 저한테 하실 말씀이 있으실 것 같은데요?"

18

맨해튼으로 돌아가려면 코벌 농장 앞을 지나는 경로를 타야 했다.

사이먼은 그곳을 지나칠 뻔했다. 무슨 상관이겠는가, 그는 그저 병원으로 돌아가고 싶을 뿐이었다. 그러나 호랑이를 잡으려면 호랑이굴로 들어가야 하는 법. 그는 주차장으로 들어가 오전과 같은 자리에 차를 댔다.

숙소 건물은 고요했다. 이니드가 혼자 클럽에 간 때에 조문객들이 추모 연회를 하러 갔다면, 연회는 이미 끝났을 것이다. 사이먼은 냇가에서 치른 추모 미사에 참석한 사람이 있는지 찾아보았다. 얼굴이 익숙한 사람은 체크무늬 블라우스를 입은 안내 데스크의 여자가 유일했다. 그녀는 다른 지도를 꺼내놓고 옷을 맞춰 입은 젊은 커플에게 '이곳에서 가장 험난한 하이킹 코스'를 설명하고 있었다. 사이먼은 그런 커플을 '여피'라는 시대착오적 단어로 지칭했다.

직원은 곁눈질로 사이먼의 존재를 분명히 알아챘다. 달갑지 않아하는 것 또한 분명해 보였다. 사이먼은 만반의 준비를 한 채 서성이며 주변을 둘러보았다. 오른편으로 계단이 있었다. 올라가볼까 고민했지만, 그래 봤자 도움될 만한 일이 있을까? 그가 서 있는 곳 뒤편으로 레이스가 드리워진 유리문이 있었다. 문은 다른 방으로 이어졌다.

아마도 추모 연회는 그곳에서 열렸을 것이다.

사이먼이 그쪽으로 향하는 순간, 안내 데스크에 있던 직원이 "죄송합니다만 그 방은 외부인 출입 금지 구역입니다"라고 말하는 것이 들렸다.

사이먼은 멈추지 않았다. 문으로 가서 손잡이를 돌리고 밀고 들어갔다.

실제로 이곳에서 일종의 연회가 열린 듯 보였다. 펑거 샌드위치와 샐러드의 잔해가 방 중앙의 얼룩진 하얀 식탁보에 남아 있었다. 사이먼의 오른편으로는 우편물 보관함과 작은 서류 서랍이 달린 앤티크 책상이 있었다. 그 책상에 앉아 있던 와일리 코벌이 몸을 돌려 자리에서 일어났다.

"여기서 뭐 하는 거요?"

직원이 사이먼을 쫓아 들어왔다. "죄송해요, 와일리."

"괜찮아, 버너뎃. 내가 처리하지."

"괜찮으시겠어요? 전화해서……"

"내가 알아서 하지. 문 닫고 손님들한테 가보도록 해."

그녀는 로비로 나가기 전 사이먼을 노려보더니, 필요 이상으로 문을 세게 닫고 나갔다. 유리가 흔들렸다.

"뭐 때문에 이러는 거요?" 와일리 코벌은 책상 서랍을 딸각하고 닫았다.

그는 백랍 단추가 달린 갈색 헤링본 트위드 조끼를 입고 있었다. 가운데 단추에 달린 금색 체인은 주머니 속 회중시계에 연결된 것이 틀림없었다. 잘 다려진 하얀 셔츠는 어깨 부분에서 한껏 부풀어 올랐다가 소매로 갈수록 가늘어지는 형태였다.

여관 주인 역할극을 하려고 차려입은 것 같군, 사이먼은 생각했다.

"딸이 실종됐습니다."

"그건 이미 말했잖소. 나는 그 아이가 어디 있는지 모르오. 그러니 가주시오, 제발."

"질문이 몇 가지 있습니다."

"답할 의무는 없는 것 같소만." 와일리 코벌은 몸을 한껏 더 곧추세우며 어깨를 뒤로 젖혔다. "나는 오늘 아들을 묻었소."

굳이 돌아갈 필요가 없었다. "당신이?" 사이먼이 물었다.

와일리는 놀란 표정을 지었다. 사이먼이 기대한 바였다. 하지만 그 표정에는 무언가가 더 있었다.

두려움이었다.

"내가 뭐요?"

"당신이 에런의 아버지인가요?"

"무슨 소리를 하는 거요?"

"에런과 전혀 닮지 않아서요."

와일리는 놀라 입을 떡 벌렸다. "진심으로 하는 소리요?"

"에런의 친어머니에 관해 얘기해주시죠."

와일리는 무언가 할 말이 있는 것처럼 보였지만, 하려던 말을 갑자기 멈췄다. 그의 얼굴에 미소가 스쳤다. 오싹한 미소였다. 아주 오싹한. 사이먼은 거의 뒷걸음질 칠 뻔했다.

"아내와 얘기를 나눈 모양이군."

바로 그 순간 어떤 생각이 사이먼에게 떠올랐다. 아마도 이니드가 넌지시 알려주려던 것이 이것일 수도 있다. 어쩌면 역할극을 하듯 차려입은 와일리 코벌을 보자 떠올랐을 수도 있고, 숲속에서 처음 만났을 때 그의 얼굴에 비친 표정에서 드러났을 수도 있었다.

와일리 코벌에게서는 슬픔이 느껴지지 않았다.

물론 이 생각에는 온갖 클리셰가 들어가 있다. 사람들은 나름의 방식으로 슬픔을 느낀다. 누군가가 비통해 보이지 않는다고 해서 그가 비통하지 않은 것은 아니다. 그저 담담한 얼굴을 하고 있을 수도 있다. 하지만 이 경우는 무언가 달랐다. 이니드는 남편을 연극적인 사람이라고 했다. 사이먼은 이제야 그 뜻을 알았다. 그의 행동은 연극의 일부인 셈이다. 심지어 감정마저도.

작은 아이. 자기가 아버지라고 주장하는 남자와 살던 소년.

사이먼은 잠시 상상의 나래를 접어두려 노력했다. 하지만 그것은 날뛰는 말처럼 제멋대로 가장 안 좋은 생각, 가장 끔찍하고 사악한 시나리오까지 질주했다.

그럴 리 없어, 사이먼은 되뇌었다.

아직까지는.

"법원 명령이 나올 겁니다."

"무슨 일로?" 와일리는 완전무결한 그림을 보여주듯 양손을 펼쳐 보였다.

"부자 관계 입증을 위해서요."

"진심으로 하는 소리요?" 저 오싹한 미소. "에런을 화장했소."

"DNA를 찾을 길이야 많죠."

"글쎄요. 아이의 DNA를 손에 넣는다고 해도, 내가 아버지라는 걸

235

보여주는 증거밖에 안 될 텐데."

"거짓말을 하시는군요."

"내가?"

상황을 즐기고 있군, 사이먼은 생각했다.

"재미 삼아 머리 좀 굴려볼까. 만약 당신이 테스트를 진행해서 내가 에런의 생물학적 아버지가 아니라는 결론이 났다고 가정해봅시다. 그게 무슨 뜻이겠소?"

사이먼은 아무 말도 하지 않았다.

"그래 봤자 걔 엄마가 바람을 피웠다는 거겠지. 세월이 이렇게나 흘렀는데 그렇다고 달라질 일이 뭐요, 도대체? 물론 결과가 그렇게 나오지 않겠지만. 이 모든 건 가정이오. 내가 에런의 아빠니까. 도대체 뭘 증명할 수 있다고 생각하는 거요?" 와일리는 사이먼을 향해 두 걸음 다가섰다. "내 아들은 마약쟁이 여자친구인 당신 딸과 브롱크스에서 살던 마약 딜러였소. 거기서 살해당했고. 이니드가 무슨 말을 떠벌렸는지 모르겠지만, 살인사건과 아이의 어린 시절은 아무 관계가 없다는 걸 좀 알았으면 좋겠소."

당연하고도 맞는 말이었다. 표면적으로는 반박할 길이 없었다. 농장에서 어린아이에게 일어난 모종의 잠재적 가해와 수십 년 뒤 브롱크스에서 일어난 끔찍한 살인사건을 연결할 증거는 티끌만큼도 없다.

아직까지는.

사이먼은 태도를 바꿨다.

"에런이 마약을 시작한 게 언제죠?"

느끼한 미소가 다시 돌아왔다. "그건 이니드한테 물어봤어야지."

"이곳을 떠난 게 언제입니까?"

"누가 떠났다는 거요?"

"누구겠어요? 에런이죠."

다시 번지는 미소. 빌어먹을, 그는 정말 이 놀음을 즐기고 있었다.

"이니드가 말하지 않던가?"

"뭘요?"

"에런은 여길 떠나지 않았소."

"무슨 얘길 하시는 겁니까?"

"이니드가 운영하는 데가 있소. 일종의 클럽이지."

"그게 왜요?"

"그 뒤에 아파트가 있고." 와일리가 말했다. "에런은 거기 살았소."

"언제까지요?"

"나도 잘은 모르오. 에런과 나는…… 소원한 사이였으니."

사이먼은 이야기를 이어가려고 노력했다. "그럼 언제 랜포드 대학교 근처로 이사한 거죠?"

"무슨 말이오?"

"에런이 그곳으로 거처를 옮기지 않았습니까. 클럽에서 일하다 페이지를 만난 것으로 알고 있습니다만."

와일리는 크게 소리를 내며 웃었다. "누가 그랬지?"

다시 오싹한 기운이 감돌았다.

"두 아이가 랜포드에서 만났다고 생각하오?"

"아닌가요?"

"아니오."

"그럼 어디에서?"

"여기서 만났소." 그는 사이먼 얼굴에 드러난 놀라움을 보고 고개를 끄덕였다. "페이지가 여기로 왔지."

"농장으로요?"

"그렇소."

"그 아이를 보셨나요?"

"봤소." 웃음기도 미소도 사라졌다. 와일리의 말투가 심상치 않았다. "그리고 봤지. 그다음도……."

"그다음 뭐를요?"

"에런과 몇 달을 지내고 난 다음 모습 말이오. 그 차이를. 에런이 그 아이에게 한 짓을……." 와일리 코벌은 거기서 멈추고 고개를 흔들었다. "당신이 내 아들을 살해했다 해도, 난 뭐라고 할 수 없을 거요. 그냥 미안하다는 말밖에 할 말이 없군."

제길. 그는 미안하지 않았다. 이것 역시도 연기였다.

"페이지가 여기 온 이유가." 사이먼이 물었다. "뭘 원해서였나요?"

"뭐라고 생각하시오?"

"저는 모르죠."

"에런을 만나러 왔소."

✳

앞뒤가 맞지 않았다.

행복해 보이던 대학 신입생이 왜 에런 같은 쓰레기를 만나러 왔을까? 에런을 어떻게 알고? 전에도 만난 적이 있었을까? 와일리 코벌에 의하면 그렇지 않았다. 페이지는 에런을 만나려고 일부러 이곳에 왔다. 마약을 얻으려고 왔을까? 그 생각 역시 너무 나간 것 같았다. 랜포드에서 몇 시간이나 걸리는 곳이다. 마약 때문에 이렇게 먼 거리를 운전해서 오다니 말도 안 되는 소리였다.

어떤 방식으로든 온라인에서 먼저 만나지 않았을까?

이 생각이 가장 가능성 있어 보였다. 온라인에서 처음 만났고, 직접 만나려고 페이지가 이곳으로 왔다.

그런데 어떻게? 왜? 두 사람은 어떤 길목에서 어떻게 마주친 걸까? 페이지는 온라인 데이트나 틴더 같은 앱을 사용하는 부류가 아니었다. 설사 그랬다 쳐도, 사이먼이 자기 딸에 관해 아무것도 모르는 순진한 아버지였다 쳐도, 누군가를 만난다면 학교에서 더 가까운 곳에서 보지 않았을까?

앞뒤가 맞지 않았다.

와일리가 거짓말을 했을 수도 있지 않을까? 에런의 출생에 관해 이니드가 한 말에서 주의를 분산시키려던 게 아닐까?

사이먼은 그렇게 생각하지 않았다.

와일리 코벌은 저속하고 믿을 수 없고, 아닐 수도 있지만, 아마도 그보다 더한 놈일 것이다. 하지만 페이지가 에런을 만나러 이곳으로 왔다는 말을 할 때는 이상하게도 부정할 수 없는 진실의 냄새가 풍겼다.

사이먼은 이니드의 클럽으로 다시 가보았지만, 그녀는 떠나고 없었다. 바로 이본에게 전화를 걸었다.

이본은 벨 소리 한 번만에 전화를 받았다. "차도가 있으면 전화한다니까."

"전혀 차도가 없어?"

"전혀."

"의사는 뭐래?"

"새로운 게 없대."

사이먼은 두 눈을 감았다.

"온종일 전화 돌렸어." 이본이 말했다.

"누구한테?"

"연줄 있는 친구들. 최고의 의료진이 붙었는지 확인하려고."

"그랬더니?" 사이먼이 물었다.

"최고래. 농장에 간 건 어떻게 됐는지나 말해봐."

사이먼이 이야기를 마치자, 이본이 간단히 내뱉었다. "이런, 씨."

"그러니까."

"그럼 이젠 뭘 할 건데?"

"잘 모르겠어."

"아니야, 이미 정해뒀잖아." 이본이 말했다.

그녀는 사이먼을 너무 잘 알았다.

"학교에서 있었던 일 때문에 페이지가 변했어." 사이먼이 말했다.

"나도 그렇게 생각해. 사이먼?"

"응."

"세 시간 내로 다시 전화줘. 랜포드에 안전하게 도착했는지 확인해
야겠으니까."

19

"그 주말이었어요." 아일린 본이 사이먼에게 말했다. "페이지가 차를 빌려 갔어요."

두 사람은 4인용 기숙사 방에 앉아 있었다. 성당처럼 천장이 높았다. 커다란 기숙사 퇴창으로 랜포드 대학교의 푸른 안뜰이 내다보였다. 너무 푸르러서 아직 마르지 않은, 갓 그린 그림 같았다. 아일린 본은 신입생 시절 페이지의 룸메이트였다. 사이먼과 잉그리드, 샘과 애니아가 희망에 부푼 채 페이지와 함께 이 캠퍼스에 처음 온 날, 가족과 첫인사를 나눈 사람이 바로 아일린 본이다. 적어도 겉으로 보기에는 똑똑하고 친절한 학생이었다. 룸메이트로 완벽해 보였다. 사이먼은 "혹시 모르니까"라며 아일린의 전화번호를 받아두었다. 비상용이었다. 사이먼이 아직 그 번호를 가지고 있는 이유였다.

그날 사이먼과 잉그리드는 아주 기분 좋게 랜포드 대학교를 나섰다. 눈을 가늘게 뜨고 캠퍼스에 내리쬐는 햇살을 맞으며, 차로 돌아가는 내내 두 사람은 손을 꼭 마주 잡고 있었다. 샘조차도 두 사람의 '총

PDA Public Display of Affection*ˈ 과잉에 관해 투덜댔다. 애니아도 "아유, 그만 좀 하면 안 돼요?"라며 두 사람을 놀렸다. 차로 돌아온 사이먼은 자신의 대학 생활을 떠올렸다. 이곳과 같은 4인용 기숙사(물론 완전히 똑같지는 않았다)에서 어떻게 살았는지를. 사이먼의 방에는 다 먹은 피자 박스와 맥주 캔이 곳곳에 널브러져 있었다. 술집 순례를 하는 꼴로 지냈다. 반면 아일린 본의 방은 이케아 카탈로그에서 튀어나온 것 같았다. 밝은 색상의 우드 인테리어, 제대로 된 가구와 갓 청소기를 돌린 듯한 카펫으로 꾸민 방이었다. 마약을 피울 수 있는 물 담배가 없었다. 벽은 대학생들이 붙일 법한 종이나 말도 안 되는 포스터 하나 없이 깨끗했다. 그 흔한 체 게바라 포스터조차, 아니, 그 어떤 포스터도 없었다. 대신 간단한 불교식 문양과 기하학적 무늬가 들어간 수공예 태피스트리가 걸려 있었다. 그래서인지 실제 학생 방이라기보다는, 모델하우스 쇼룸 혹은 홍보 기간에 촉망받는 학생(혹은 부모)의 마음을 흔들기 위해 열어놓는 기숙사 방처럼 보였다.

"전에도 그런 일이 있었니?" 사이먼이 아일린에게 물었다.

"차 빌려 가는 거요? 아니요. 운전을 안 좋아한다고 했어요."

안 좋아하는 것 이상이지, 사이먼은 생각했다. 페이지는 운전하는 법을 몰랐다. 정말 그랬다. 포트리에 있는 운전면허 학원에서 주행 수업을 받고 겨우겨우 면허를 땄지만, 그들은 맨해튼에 살았고 운전할 일이 없었다.

"페이지가 어땠는지 아시잖아요." 아일린은 '어떤지' 대신에 쓴 '어땠는지'라는 말이 사이먼의 가슴을 얼마나 후벼 팠는지 알지 못한 채

---

* 공공장소에서 하는 애정 행위.

대화를 이어갔다. 물론 당연한 일이다. 페이지는 학교에서도, 아일린의 삶에서도 과거의 존재다. 하지만 사랑스럽고 건강해 보이는 이 아이(아이가 아닌 어엿한 성인이지만 지금 당장 사이먼 눈에 아일린은 자기 딸처럼 아이로 보일 뿐이었다)를 바라보고 있자니 가슴 깊이 커다란 못이 박히는 것 같았다. 페이지도 이곳에 있어야 했다. 이 방에 있는 침대 네 개 중 하나는, 목 긴 전등이 놓인 책상은 아이 것이어야 했다.

아일린이 말했다. "슈퍼마켓이나 편의점에 뭘 사러 갈 때조차도 저한테 데려다달라고 했으니까요."

"페이지가 차를 빌려달라고 했을 때 놀랐겠네."

아일린은 청바지와 어두운 회색 터틀넥 니트 차림이었다. 앞가르마를 탄 기다란 빨간 머리는 어깨 뒤로 넘어가 있었다. 크고 푸른 눈동자는 젊음과 배움과 수많은 가능성을 뿜어대며 사이먼을 고통스럽게 했다.

아일린이 머뭇거렸다. "그랬죠."

"자신이 없어 보이는구나."

"뭐 좀 여쭤봐도 될까요, 그린 씨?"

그는 사이먼이라 부르라고 정정해주려 했지만, 지금 상황에서는 격식을 차리는 쪽이 맞는 것 같았다. 아일린은 아이의 친구다. 그는 딸에 관해 묻고 있었다.

"물론이지."

"왜 이제 와서죠?"

"뭐라고?"

"오래전 일이잖아요. 페이지에게 일어난 일은…… 물론 제가 만나겠다고 했지만, 저한테도 쉬운 결정은 아니었어요."

"뭐가 쉽지 않았니?"

"페이지 일요. 제 말은, 여기에서 있던 일요. 저희는 작은 방을 같이 썼어요. 왜인지는 잘 모르겠지만, 저희는 연결되어 있었어요. 바로 가장 친한 사이가 됐죠. 저는 외동이거든요. 이렇게 말해도 될지 모르겠지만, 페이지는 저한테 자매 같았어요. 그런데 그런 일이……."

아일린 역시 상처를 입었고 겨우 회복했다. 그런데 이제 와서 사이먼이 그 상처를 헤집은 것이다. 사이먼은 미안한 마음이 들었다. 그러나 아일린은 젊다. 사이먼이 문을 걸어 나가고 삼십 분 후면, 수업에 들어가거나 친구 초대로 쿠시먼 카페테리아에서 저녁 식사를 하거나, 엘더스 도서관에서 공부를 할 것이다. 기숙사 파티에 들를 수도 있다. 그러면 그 '상처'는 다시금 단단히 맞붙을 터였다.

"도대체 무슨 일이 있었니?" 사이먼이 물었다.

"페이지가 변했어요."

망설임 없는 대답.

"왜?"

"저도 몰라요."

사이먼은 어떻게 접근해야 할지 고민했다. "그게 언제쯤이었니?"

"첫 학기가 끝날 무렵요."

"너한테 차를 빌린 다음일까?"

"네. 음, 어쩌면 아닐 수도 있어요. 전부터 뭔가 잘못되고 있었는지도 모르죠."

사이먼은 아일린과 일정 거리를 유지한 채, 몸을 앞으로 살짝 기울였다. "얼마나 오래전부터?"

"확실하지는 않아요. 기억이 잘 안 나서. 그러니까 그게……."

사이먼은 아일린이 이야기를 계속할 수 있도록 고개를 끄덕였다.

"페이지가 차를 빌려달라고 했을 때, 이상하다고 생각한 기억이 나요. 단지 평상시와 달라서 그런 건 아니에요. 그때도 좀 거리를 둔다는 느낌이 있었거든요."

"왜 그랬는지 아니?"

"아니요. 그래서 속상했어요. 화가 나기도 했고요." 아일린이 고개를 들었다. "제가 먼저 손을 내밀어야 했어요. 상처받고 혼자 끙끙대지 말고. 제가 좋은 친구였다면……."

"어떤 일도 네 책임이 아니야, 아일린."

아일린은 확신이 없어 보였다.

"페이지가 마약을 하던 것은 아닐까?" 사이먼이 물었다.

"에런을 만나기 전에요?"

"그랬을 수 있지. 에런이 이전부터 대줬을 수도."

아일린은 그 말을 생각해보았다. "그건 아닌 것 같아요. 여기가 대학교이다 보니 마약이 널려 있을 거라 생각하시겠지만, 딱히 그렇진 않아요. 대마초보다 센 걸 어디서 살 수 있는지도 모르거든요."

"아마 그거일지도." 사이먼이 말했다.

"네?"

"아마 페이지는 더 센 걸 사려고 했을 거야."

"그래서 에런한테 갔다고요?"

"그럴 수도 있다는 거야."

아일린은 수긍하는 것 같지 않았다. "페이지는 대마초도 안 했어요. 소심한 애로 몰아가려는 게 아니라요. 술은 마셨지만 마약에 취한 걸 본 적은 없어요. 그런 모습은 에런을 만난 다음 처음 봤죠."

"그럼 다시 처음으로 돌아가야겠구나." 사이먼이 물었다. "페이지가 왜 차를 빌려 갔을까? 아무 일 없는 코네티컷 구석까지 왜 차를 몰고 갔지?"

"모르겠어요. 죄송해요."

"페이지가 달라졌다고 그랬지?"

"네."

"다른 친구들은 혹시 어땠니?"

"그게……." 아일린의 눈동자가 이리저리 움직였다. "다시 돌아보면, 페이지는 거리를 둔 것 같아요. 저희 모두한테서요. 주디 지스킨드라는 친구가 있는데, 혹시 아세요?"

"아니."

"주디는 지금 방을 같이 쓰는 친구인데요. 보든 대학교에서 열리는 라크로스 경기에 갔어요. 필요하시면 제가 물어볼게요. 저는 아닌 것 같은데, 주디는 예전에 동아리 파티에서 페이지한테 무슨 일이 있던 것 아니냐고 생각하더라고요."

사이먼은 가슴이 철렁했다. "어떤 의미니, 페이지한테 무슨 일이 있었다는 게?"

"캠퍼스에서 벌어지는 성폭력에 관해서 정말 많이 얘기하거든요. 정말, 많이요. 과하다는 건 아니에요. 논의를 할 필요는 있으니까. 하지만 주디 머릿속에는 그것밖에 없었어요. 누군가가 거리를 두면, 저희 눈에는 혹시나 싶은 거죠. 주디는 페이지와 그 문제로 싸우기도 했어요. 어떤 남자가 페이지를 괴롭혔다고 생각했거든요."

"어떤 남자?"

"저는 몰라요. 이름을 언급하진 않았어요."

"에런을 만나기 전의 일이니?"

"네."

"페이지는 어떻게 대꾸했어?"

"그거랑 상관없는 일이라고 했어요."

"그럼 뭐랑 상관있는 일이라고 했니?"

아일린은 머뭇거리더니 몸을 살짝 돌려 앉았다.

"아일린? 페이지가 다른 얘기 한 건 없니?"

"했어요."

"뭐라고?"

"페이지가 일부러 엇나가게 군 것 같아요. 저희를 떼어내려고."

"뭐라고 그랬는데?"

"페이지가……." 아일린은 다시 돌아앉아 사이먼과 눈을 맞췄다. "집에 문제가 있다고 했어요."

사이먼은 눈을 깜빡이며 몸을 앞으로 기울였다. 심호흡을 했다. 예상치 못한 얘기였다. "무슨 문제가 있다고 했니?"

"자세하게 말하진 않았어요."

"감이 잡히는 건 없니?"

"저는 그냥 그렇게 생각했어요. 그다음에 일어난 일도 그렇고, 에런이나 마약 문제도 그렇고, 아저씨랑 박사님 사이에 문제가 있구나…… 하고."

"우린 아무 문제도 없단다."

"아."

사이먼의 마음이 소용돌이쳤다.

집에 문제가 있다고?

그는 조각을 맞춰보려 노력했다. 부부 문제는 아니다. 그와 잉그리드는 사이가 좋았다. 실은 그 어느 때보다 좋았다. 경제적인 문제 역시 아니다. 두 사람 다 잘나가고 있었고 경제력도 충분했다. 형제자매들은? 이상한 점은 없었다. 적어도 사이먼이 기억하는 한에서는. 샘의 과학 선생과 사소한 문제가 있었지만, 몇 년도 더 된 얘기다. 그리고 그건 '집 문제'가 아니다.

사이먼이 모르는 문제가 있던 게 아니라면.

그렇다 해도, 설사 페이지가 집에 문제가 있다고 생각했거나 실제로 문제를 목격했다고 해도, 왜 코네티컷까지 차를 몰고 가서 에런을 만났을까?

사이먼은 아일린에게 그 점에 관해 물어보았다.

"죄송해요, 그린 씨. 저도 잘 모르겠네요."

아일린 본은 나이 든 사람이 시계를 들여다보듯 휴대전화를 들여다보았다. 그러고는 자리를 고쳐 앉았다. 무언가가 잘못 돌아가고 있음이 그 몸짓에서 드러났다. 사이먼은 아일린이 여기서 벗어나려 한다는 사실을 깨달았다.

"곧 수업이 있어요." 아일린이 말했다.

"아일린?"

"네?"

"에런이 살해당했어."

아일린의 눈이 휘둥그레졌다.

"페이지는 빠져나갔고."

"빠져나가다니요?"

"실종됐어. 누가 에런을 죽였든 페이지를 쫓고 있을 거야."

"무슨 말씀이세요, 왜요?"

"나도 몰라. 하지만 내 생각에는 두 사람이 만난 이유, 페이지가 에런을 찾아간 이유가 원인이 되었을 것 같구나. 그래서 네 도움이 필요해. 캠퍼스에서 페이지에게 일어난 일, 차를 빌려 에런에게 가야만 했던 이유를 알아내야 해."

"모르겠어요."

"그래. 이제 일어서야겠구나. 그래도 아직 네 도움이 필요하단다."

"어떻게 돕죠?"

"시작점에서 출발하자. 일어난 일을 전부 얘기해주렴. 아무리 사소해 보일지라도."

"페이지는 노력파였어요." 아일린 본이 말했다.

"뭐라고?"

"노력파요." 아일린이 다시 말했다. "오리엔테이션 주간 동안 말이에요. 너는 무엇이든 될 수 있다, 지금이야말로 새롭게 시작할 수 있는 기회다, 주어지는 모든 기회를 잡아라 같은 말들 있잖아요."

사이먼은 고개를 끄덕였다.

"페이지는 그 말을 진심으로 받아들였어요."

"그럼 좋은 거 아니니?"

"너무 과하다고 생각했어요. 연극 동아리에 들고 싶어했고, 아카펠라 동아리도 두 군데나 지원했어요. 학교에 로봇 만드는 괴짜 동아리가 있는데 거기에도 들어갔다니까요. 학생사법위원회 신입생 판사 자리에도 지원해서 임명됐죠. 유전학 수업과 연계된 패밀리 트리 클럽이라고, 자기가 어디서 왔는지 혈통 같은 것을 찾아주는 활동에도 완전히 사로잡혀 있었어요. 연극 대본을 쓰고 싶어도 했고요. 돌아보니 너무 과한 거예요. 자신을 너무 몰아붙인 거죠."

"남자친구는 있었니?"

"진지하게 만나는 애는 없었어요."

"라크로스를 보러 갔다는 룸메이트가 말한 남자는 그럼……."

"전 그 얘기는 전혀 몰라요. 원하신다면 주디한테 연락해볼게요."

"그렇게 해주렴."

아일린은 휴대전화를 꺼냈다. 손가락이 화면에서 춤을 추는 것 같았다. 문자를 보내고 나서 그녀는 고개를 끄덕였다.

"공부는 어땠어?" 사이먼이 물었다. "어떤 수업을 들었니?"

아버지라면 당연히 알고 있어야 했다. 이 모든 일이 일어나기 전에. 사이먼은 자신이 모든 것을 통제하는 부모가 아니라는 사실에 자부심이 있었다. 페이지가 고등학교에 다니던 시절에조차 아이의 시간표를 몰랐다. 어떤 부모는 스카이워드라는 온라인 프로그램을 매일 확인하면서 아이가 숙제는 잘하고 있는지, 성적은 어떤지 확인한다고 했다. 사이먼은 그곳에 로그인하는 방법도 몰랐다. 그쪽이 더 좋은 아빠가 되는 길이라고 굳게 믿었다.

한발 물러나라. 아이를 믿어라.

게다가 페이지는 키우기 쉬운 아이였다. 모든 일에 자기 주도적이었고 뛰어났다. 파티에서 집에 텔레비전이 없다고 너스레를 떠는 멍청이들처럼, 스카이워드 비밀번호조차 모른다고 자랑을 해대며 사이먼이 느낀 만족감이란. 과잉보호하는 부모를 상대로 느낀 멍청한 우월감이란.

바닥에 떨어지기 전에 느낀 오만함이란.

아일린은 페이지가 들은 수업명과 지도교수 이름을 적은 종이를 내밀었다. "이제 정말 가야 해요."

"같이 걸어도 될까?"

아일린은 그래도 된다고 했지만, 마지못해 하는 소리 같았다.

사이먼은 문으로 향하면서 수업 목록을 파악했다. "뭐 또 생각나는 거 있니?"

"딱히요. 수업은 대부분 규모가 꽤 크거든요. 교수님이 아직도 페이지를 기억하실지 모르겠어요. 밴더비크 교수님은 예외겠지만."

두 사람은 밝고 푸른 교정을 가로질렀다.

"밴더비크 교수님은 뭘 가르치시니?"

"아까 말씀드린 유전학이요."

"어디 가면 뵐 수 있을까?"

아일린은 걸으면서 휴대전화로 검색했다. "여기요, 이분이에요."

그녀는 사이먼에게 휴대전화를 건넸다.

루이스 밴더비크 교수는 서른 살도 안 되어 보이는 젊은 사람이었다. 아버지의 눈으로 보지 않아도, 젊은 학생들이 좋아할 것 같았다. 검다 못해 푸른 머리카락을 길게 길렀고, 피부는 지나칠 정도로 매끈했다. 고른 치열과 멋진 미소를 가진 남자였다. 사진에서는 달라붙는 검정 티셔츠를 입고, 탄탄한 팔을 드러내며 팔짱을 끼고 있었다.

트위드 재킷이나 입고 다니던 교수들은 다 어디로 간 거지?

사진 밑에는 '생물학 교수'라고 쓰여 있었다. 그 밑으로 클라크 하우스에 있는 연구실 주소와 이메일 주소, 웹사이트 그리고 그가 가르치는 과목이 나열되어 있었다. 유전학과 혈통 연구 개론.

"이 교수님은 예외일 거라고 했지?"

"네."

"왜지?" 사이먼이 물었다.

"일단 수업 규모가 작아요." 아일린이 말했다. "그러면 교수님과 친해지거든요. 그런데 페이지에게 교수님은 그 이상이었어요."

"어떻게?"

"밴더비크 교수님은 아까 말한 패밀리 트리 클럽을 운영하세요. 페이지가 거기에 정말 미쳐 있었는데, 교수님 연구실을 자주 찾아간 걸로 알아요. 아주 많이요."

사이먼은 인상을 찌푸렸다. 아일린이 그 표정을 읽어냈다.

"아, 그런 건 아니에요."

"그래."

"입학했을 때 페이지는 뭘 전공할지 결정하지 못한 상태였어요. 우리도 다 그랬지만. 아시죠?"

사이먼은 고개를 끄덕였다. 잉그리드와 사이먼은 용기를 북돋아주었다. 자신을 가두지 말라고 조언했다. 탐험해라. 시도해라. 열정을 불태워라.

"페이지는 엄마와 엄마가 하는 일에 관해 많이 얘기했어요." 아일린은 재빨리 덧붙였다. "아빠 얘기를 안 한 건 아니에요. 그러니까 제 말은, 아빠가 하는 일도 재미있다고 생각했다는 거예요."

"괜찮아, 아일린."

"어쨌든 페이지는 엄마를 영웅이라고 생각한 것 같아요. 밴더비크 교수님은 의대에 지원할 신입생을 지도하시거든요."

사이먼은 침을 꿀꺽 삼켰다. "페이지가 의대에 가고 싶어했다고?"

"네, 제 생각에는요."

뜻밖의 사실이었다. 페이지가 의사가 되고 싶어했다니. 엄마처럼.

"어쨌든." 아일린이 말을 이어갔다. "제 생각에 이런 건 페이지가 에런을 어떻게 만나게 됐는지와는 아무 상관이 없을 것 같아요. 하지만 밴더비크 교수님이라면 다르죠. 페이지한테 중요한 사람이었거든요."

두 사람은 래트너 기숙사 앞을 지났다. 페이지와 아일린이 신입생 때 살던 곳이다. 두 사람은 아주 오래전, 사이먼이 딸을 안아주며 안녕을 고한 바로 그 자리를 지나는 중이었다.

고통이 끊이지 않고 밀려왔다.

이셔우드 건물 앞에서 친구들을 발견한 아일린은 저기서 수업이 있다며 짧은 인사를 건넸다. 사이먼은 아일린에게 손을 흔들고는 클라크 하우스로 향했다. 입구로 들어서자, 아이젠하워 행정부 시절부터 이런 꼴을 무수히 봐왔다는 얼굴을 한 나이 든 여자가 책상 뒤에서 사이먼을 언짢게 바라보았다.

작은 명찰에 미세스 딘즈모어라고 이름 없이 성만 적혀 있었다.

"무슨 일이시죠?" 마지못해 묻는다는 목소리였다.

"밴더비크 교수님을 찾는데요."

"못 찾으실 겁니다."

"뭐라고요?"

"밴더비크 교수님은 안식년 중이세요."

"언제까지요?"

"추가적인 사항은 함부로 말씀드릴 수 없습니다."

"여기 계시긴 한 건가요, 아니면 여행을 가셨나요?"

딘즈모어의 목에 걸린 체인 끝에는 안경이 달려 있었다. 그녀는 안경을 걸치고 더욱 강경하게 인상을 구겼다. "함부로 말씀드릴 수 없다고 안내드렸는데, 이해가 안 가시나요?"

사이먼은 웹사이트에서 확인한 교수의 이메일 주소를 가지고 있었다. 그쪽이 더 빠를 것 같았다. "아주 친절하시네요, 고맙습니다."

"별말씀을요." 딘즈모어는 답하기가 무섭게 고개를 숙이고 하던 일을 계속했다.

사이먼은 차로 향했다. 이본에게 전화를 걸어, 잉그리드의 상태가 얼마나 변하지 않았는가에 관한 얘기를 또다시 들었다. 백만 가지 질문이 있었지만 이상한 기억이 떠올랐다. 잉그리드와의 연애 초기에 사이먼은 해외시장과 정치적 격변, 다음 분기 수입 보고서 같은 것에 관해 걱정을 늘어놓았다. 고객 포트폴리오에 영향을 미칠 수 있는 사건은 모조리 그의 걱정거리였다. 충분히 자연스러운 걱정이고, 표면적으로 볼 때 일의 일부기도 했지만 그런 걱정은 결국 그의 집중을 방해하고 효율성을 떨어뜨렸다.

"평온 기도문이야." 어느 날 밤 잉그리드가 말했다. 그녀는 사이먼의 셔츠를 입고 그를 등지고 앉은 채 컴퓨터를 하고 있었다.

"뭐라고?"

사이먼은 잉그리드 뒤로 다가가서 아름다운 어깨에 손을 올렸다. 프린터에서 윙윙거리는 소리가 났다. 잉그리드는 인쇄한 종이를 사이먼에게 내밀었다.

"책상에 붙여놔." 그녀가 말했다.

유명한 기도문이니만큼 익숙해야 했지만, 사이먼은 그런 쪽이 아니었다. 사이먼은 글을 읽어보았다. 이상하게 들릴지 모르지만, 기도문은 그의 인생을 그 자리에서 바꾸어버렸다.

하나님, 제게 바꿀 수 없는 것을 받아들이는 평온함을 주시고
바꿀 수 있는 것을 바꾸는 용기를 주시고
이를 구별하는 지혜를 주소서

사이먼은 그다지 종교적인 사람이 아니었다. 기도문은 짧고 명확했다. 하지만 울림을 주었다. 그리고 무엇보다, 기도문은 잉그리드로 가득했다. 사이먼은 잉그리드의 상태를 바꿀 수 없었다. 그녀는 혼수상태로 병원에 누워 끊임없는 고통에 찢겨나가고 있었다. 그러나 사이먼은 받아들여야 했다. 자신이 그 사실을 변화시킬 수 있다는 생각은 무모한 것이었다.

그는 바꿀 수 없다.

그러므로 받아들여야 한다. 그냥 지켜보아야 한다. 그리고 할 수 있는 일을 해야 한다.

딸을 찾는 일 같은 것을.

차로 돌아온 사이먼은 엘레나 라미레스에게 전화를 걸었다.

"뭐라도 찾으셨나요?" 사이먼이 물었다.

"그쪽부터 말씀해보시죠."

"페이지가 에런을 찾아갔대요. 그 반대가 아니라. 두 사람이 랜포드 대학교 근처에서 만났다고 생각했거든요. 그런데 페이지가 찾아간 거였어요."

"그렇다면 전부터 둘이 알고 지냈다는 겁니까?"

"어쩌면요."

"아마 온라인에서 만났을 겁니다. 데이팅 앱 같은 걸로요."

"그런 데이팅 앱에는 왜 들어갔을까요?"

"사람들이 왜 들어갈까요?"

"대학교 신입생이, 공부하고 친구들 사귀기도 바빴는데. 아빠 렌즈를 끼고 말하는 게 아니라요."

"아빠 렌즈요?"

"편견 말이죠. 아빠의 시선으로 자기 아이를 보는."

"아, 네."

"방금 페이지 얘기는 제가 아니라 페이지의 룸메이트가 한 말이에요. 타투 가게 사장과는 얘기 좀 해보셨나요?"

"데이미언 고스요. 사이먼, 일단 하던 얘기부터 끝내죠. 제가 알아야 할 만한 정보가 더 있나요?"

"에런의 성장 과정에 이상한 점이 있어요. 혈통이라고 해야 하나."

"말씀해보세요."

사이먼은 이니드가 들려준 에런 이야기와, 죽은 이탈리아인 친어머니에 관해 와일리가 꾸며낸 소설을 들려주었다. 사이먼이 이야기를 마쳤을 때 휴대전화 너머에서는 침묵이 이어졌다. 키보드 두드리는 소리만 들려왔다.

"엘레나?"

"에런과 그의 아버지 사진을 검색하고 있어요."

"왜요?"

대화가 잠시 멈췄다.

"못 찾겠네요. 농장에 있는 아버지 사진은 좀 보이는데. 와일리 코벌의 사진요."

"왜, 무슨 일이시죠?"

"이상하게 들릴지 모르지만." 엘레나가 입을 열었다.

"말씀하세요."

"에런과 와일리 둘 다 직접 보셨잖아요."

"그랬죠."

"두 사람이 부자지간이라고 생각하시나요? 생물학적으로?"

"아니요." 사이먼은 생각해보지도 않고 빠르게 대답했다. "제 말은 그러니까, 잘 모르겠네요. 뭔가 이상해요. 왜 그러세요?"

"별것 아닐 수도 있습니다."

"그래도 얘길 해보자면요?"

"헨리 소프는 입양됐어요." 엘레나가 말했다. "데이미언 고스도 마찬가지고요."

사이먼은 한기를 느꼈다. 그래도 대화를 이어갔다. "너무 성급한 결론 아닌가요?"

"압니다."

"페이지는 입양한 아이가 아니에요."

"알아요."

"엘레나?"

"네?"

"데이미언 고스가 뭐라고 하던가요?"

"아무 말도요. 사이먼, 데이미언 고스는 죽었어요. 누군가가 이 사람도 죽인 겁니다."

20

애시는 늘 만반의 준비를 해두었다.

차에는 두 사람이 입을 수 있는 새 옷이 준비되어 있었다. 이동하는 사이 새 옷으로 갈아입은 두 사람은 입었던 옷을 뉴욕 주 경계에 있는 홀푸드 매장 뒤편 헌 옷 수거함에 버렸다. 야구 모자를 눌러쓴 디디는 라이트에이드에 들러 물건을 열 가지 정도 구매했다. 그중 정말 필요한 물건은 염색약과 가위, 단 두 가지뿐이었다.

애시는 함께 들어가지 않았다.

카메라가 사방에 깔려 있다. 여자 하나 혹은 남자 하나로 눈속임을 해야 한다. 혼선을 줘야 한다. 한곳에 너무 오래 머물러도 안 된다.

디디는 라이트에이드의 화장실에서 염색을 해도 된다고 생각했다. 애시는 그런 행동은 오점을 남긴다고 만류했다.

계속 움직여야 한다. 실마리를 줘서는 안 된다.

두 사람은 16킬로미터가량 더 움직인 후 오래된 주유소를 찾아냈다. 애시는 그곳 CCTV 성능이 더 떨어질 것이라 생각했다. 디디는 야구 모자를 쓴 채 화장실로 향했다. 길게 땋아 내린 금발을 새로 산 가위로 바짝 잘라냈다. 자른 머리카락은 변기에 넣고 물을 내렸다. 눈에 띄지 않는 옅은 고동색으로 머리를 염색한 뒤, 다시 야구 모자를 썼다.

애시는 디디에게 항상 고개를 숙이고 걸으라고 일러두었다. CCTV 카메라는 언제나 위에 있다. 그러니 챙 있는 모자를 쓰고 시선은 땅에 고정해야 한다. 날씨에 따라 다르지만 가끔은 선글라스도 도움이 된다. 날씨가 따라주지 않으면 오히려 주의를 끌지만.

"불필요한 죽음이었어."

"그럴지도."

디디는 굳이 따지지 않았다. 애시의 대응에 문제가 있었다면 따져 물었을 것이다.

도로로 들어서자 디디는 모자를 벗고 손으로 머리카락을 헝클어뜨렸다. "어때?"

애시는 위험을 무릅쓰고 힐끗 곁눈질했다. 심장이 쿵쾅거렸다.

디디는 무릎을 껴안은 채 옆자리에서 잠이 들었다. 애시는 끊임없이 옆을 훔쳐보았다. 신호에 걸리자, 뒷자리에 있던 셔츠를 돌돌 말아 디디가 편안하고 다치지 않도록 머리를 받쳐주었다.

세 시간 후 깨어난 디디가 말했다. "오줌 마려워."

애시는 다음 휴게소로 들어갔다. 두 사람 다 야구 모자를 썼다. 애시는 치킨 핑거와 감자튀김을 샀다. 고속도로로 들어서자 디디가 물었다. "어디로 가는 거야?"

"경찰이 너에 관해 어디까지 아는지 몰라."

"그건 질문에 대한 답이 아니잖아, 애시."

"어디로 가는지는 너도 알잖아." 애시가 대답했다.

디디는 대꾸하지 않았다.

"버몬트 주 경계에 있는 건 아는데." 애시가 말했다. "정확한 위치는 몰라. 네가 가르쳐줘야 해."

"너는 못 들어갈 거야. 외부인 출입 금지거든."

"알아."

"특히 남자는."

애시는 눈동자를 좌우로 굴렸다. "전형적이네."

"그게 규칙이야. 진리의 안식처에 외부인 남자는 출입 금지야."

"나는 들어갈 필요 없지, 디디. 너만 내려주면 돼."

"왜?"

"이유는 네가 알겠지."

"이제 더는 나한테 안전한 곳이 못 된다고 생각하면서."

"맞아."

"뭐가 안전한지 네가 결정할 수 있는 건 아니야." 디디가 말했다. "내가 결정할 수 있는 것도 아니고."

"신의 뜻에 달렸다는 말은 하지 말아줘." 애시가 덧붙였다.

디디는 애시를 향해 미소 지었다. 이상한 색으로 염색하고 다른 머리 스타일을 해도, 늘 그랬듯 디디의 미소는 천상의 것이었다. 애시의 심장이 조심스럽게 쿵쾅거렸다.

"단지 신의 뜻이 아니야. 진리 그 자체지."

"그 진리는 누가 말해주는데?"

"이해하지 못하는 사람에게는 신이라고 설명하는 편이 가장 쉬운 방법이겠지."

"그래서, 그 사람이 말해줬어?"

"이 땅에 내려온 현신을 통해서."

애시는 디디가 빠진 사이비 종교에 관해 미리 알아두었다. "캐스퍼 바티지가 현신이겠네?"

"신이 선택한 거야."

"바티지는 사기꾼이야."

"악마는 진리가 뻗어나가는 상황을 경계하지. 진리의 빛 아래서 악은 생명력을 잃으니까."

"그럼 바티지가 감옥에 간 건?"

"그곳에서 진리의 부름을 받았지. 고독 속에서 두들겨 맞고 고문당한 다음에. 지금 언론이랑 외부에서 그를 헐뜯는 건 다 진리를 침묵시키기 위해서야."

애시는 고개를 절레절레 흔들었다. 얘기할 가치가 없었다.

"버몬트 경계를 지나서 두 번째 출구로 나가면 돼." 디디가 말했다.

애시는 라디오를 틀었다. 플래시 앤드 더 팬이 부른 1970년대 히트송 '헤이, 세인트 피터Hey, St. Peter'가 때마침 흘러나왔다. 애시는 웃음을 참을 수 없었다. 노래 가사 속 남자는 천국의 문 앞에 도착한다. 세인트 피터에게 들여보내달라고 애원한다. 뉴욕에서 사는 것으로 지옥에서 치러야 할 죗값은 이미 다 치른 것이나 다름없으므로.

"수용소에서 음악은 들을 수 있니?"

"우리는 그곳을 진리의 안식처라고 불러."

"말 돌리지 말고."

"응. 들을 수 있어. 식구 중에 음악적으로 재능 있는 사람이 많아. 노래도 쓰고."

"외부 음악은 못 듣는 거야?"

"그런 노래는 진리와 거리가 멀어, 애시."

"그것도 바티지의 규칙인가?"

"예전 이름으로 부르지 말아줘."

"예전 이름?"

"응. 금지 사항이야."

"예전 이름이라." 애시가 되뇌었다. "네가 이제 홀리인 것처럼?"

"응."

"이름을 지어준 게 그 사람이야?"

"진리 위원회에서 지어줬어."

"진리 위원회에는 누가 들어 있는데?"

"진리와 행위자와 방문자."

"세 명이야?"

"응."

"전부 남자고?"

"응."

"삼위일체네."

디디는 애시 쪽으로 돌아앉았다. "삼위일체와는 달라."

애시는 깊이 들어갈 필요는 없다고 생각했다. "진리는 캐스퍼 바티지겠군."

"맞아."

"그럼 나머지 두 사람은?"

"진리의 자손이지. 안식처에서 나고 자란."

"아들이라는 소리야?"

"그런 건 아닌데, 네 기준으로 보면 그렇다고 할 수 있지."

"내 기준?"

"넌 이해 못 해, 애시."

"모든 사이비 종교에서 하는 말이군." 애시는 디디가 뭐라고 하기 전에 손을 들었다. "진리에 의문을 가지면 어떻게 돼?"

"진리는 진리야. 그 자체로. 다른 것은 전부 거짓이고."

"와. 너희 우두머리가 하는 소리는 전부 복음이겠네."

"사자가 사자가 아닐 수 있니? 그가 곧 진리야. 그가 말한 것이 어떻게 진리가 아닐 수 있겠어?"

애시는 버몬트 경계를 넘으며 고개를 저었다. 그는 옆자리에 앉은 디디를 계속 힐끗거렸다.

"디디?"

그녀는 두 눈을 감았다.

"내가 너를 홀리라고 부르는 게 좋아?"

"아니." 디디가 대답했다. "상관없어. 여기는 진리의 안식처가 아니니까, 나도 지금은 홀리가 아니야."

"오호."

디디가 덧붙였다. "디디는 홀리가 할 수 없는 것들을 할 수 있지."

"엄청난 양심 선언이네."

"그렇지?"

애시는 웃지 않으려고 노력했다. "나는 디디가 더 좋아."

"응, 그럴 것 같아. 하지만 홀리가 더 완전한 존재야. 홀리는 행복하고 진리를 알거든."

"디디?" 그렇게 부르자 대화가 잠시 중단되었다. 애시는 한숨을 쉬었다. "홀리라고 불러야 대답할 거야?"

"이번 출구에서 나가야 해." 애시는 그 길로 들어섰다. "왜 불러?"

"솔직하게 말해도 돼?"

"응."

"어떻게 이따위 이야기를 믿을 수 있어?"

애시는 디디의 눈치를 살폈다. 그녀는 책상다리를 하고 앉았다. "나는 너를 정말로 사랑해, 애시."

"나도 널 사랑해."

"검색해본 거지, 애시? 빛나는 진리에 대해서?"

그랬다. 사이비의 지도자인 캐스퍼 바티지는 1944년에 출생했다. 생일은 불명이었다. 그의 어머니는 어느 날 일어나 보니 임신 칠 개월 차가 되어 있었다고 주장했다. 바로 그 순간, 남편은 노르망디 해전의 선두에서 전사했다. 물론 주장을 뒷받침할 증거는 전무했다. 그저 이야기일 따름이었다. 네브래스카 주에서 어린 시절을 보낸 바티지는 인근에서 '곡물 치유자'라 불렸고, 가뭄이 들면 농부들이 그를 찾아왔다고 한다. 이 역시 증거 없는 주장이었다. 바티지는 자기 힘을 부정했고 강력한 진리의 힘에 맞서 싸웠다. 그로 인해 1970년도쯤에 사기죄로 감옥에 들어갔다. 사기와 관련해서는 증거가 있었다. 아주 많이.

감옥에서 싸움으로 한쪽 눈을 잃고 '찜통'이라 불리는 곳에 감금됐을 때, 천사의 방문을 받는다. 바티지가 날조한 내용인지, 햇빛 때문에 환영을 봤는지는 알 수 없다. 어쨌든, 그를 방문한 천사는 사이비 신화 속에서 방문자라 일컬어진다. 방문자는 진리에 관해 말해주며, 풀려나면 애리조나 사막에 있는 돌 뒤에 새겨진 상징을 찾으라고 명령한다. 아마도 그는 그렇게 했을 것이다.

이런 개소리를 비롯한 전형적인 무논리 신화가 한두 가지가 아니었다. '빛나는 진리'는 대부분 여자로 구성된, 신봉자 세뇌 목적의 수용소까지 만들어 폭행과 약물 투약과 강간을 일삼았다.

"네가 진리에 눈을 뜰 거라는 기대는 없어." 디디가 말했다.

"난 단지 이게 말도 안 되는 사이비라는 사실을 어떻게 모를 수가 있냐는 거야."

디디는 애시 쪽으로 몸을 숙였다. "켄싱턴 부인 기억해?"

켄싱턴 부인은 두 사람의 양모였다. 그 집에 있을 때 두 사람은 일주일에 두 번 교회에 다녔다. 화요일 오후에는 성경 공부를 하기 위해, 일요일 오전에는 미사를 보러 갔다. 부인은 절대 교회 가는 걸 거르지 않았다.

"물론 기억하겠지."

"좋은 분이셨어." 애시가 말했다.

"맞아. 좋은 분이셨지. 너는 아직도 교회에 나가, 애시?"

"거의 안 가지." 애시가 대답했다.

"좋아했잖아. 어렸을 때는."

"조용했거든. 나는 조용한 걸 좋아한 거고."

"그때 들은 이야기들 기억해?"

"그럼."

"켄싱턴 부인은 그 이야기를 다 믿었어."

"그랬지."

"다시 떠올려볼까? 노아가 몇 살 때 방주를 지었지?"

"디디."

"내 기억에 따르면 아마 오백 살 정도였을 거야. 노아가 정말 모든 동물을 한 쌍씩 방주에 태웠을까? 곤충 종류만 수백만 종이야. 전부

배에 태우려고 낑낑대는 모습을 상상해보라고. 그 모든 이야기가 너와 켄싱턴 부인을 비롯한 많은 사람에게 말이 된다는 거지, 진리는 그렇지 않고."

"같은 게 아니니까."

"똑같아. 구원에 대해 설교할 때, 우리는 거기 앉아 있었고, 켄싱턴 부인은 눈물을 흘리며 고개를 끄덕였어. 그 이야기들 기억해?"

애시는 인상을 찌푸렸다.

"다시 한번 읊어볼까? 성부이자 성자인 남자아이가 동정녀 마리아에게서 태어나. 예수 자신이기도 한, 아이의 아버지는 아이를 고문하다가 죽이지. 하지만 좀비처럼 곧바로 부활해. 실제로는 그냥 빵에 불과한 그의 살과 포도주로 된 피를 마시고 그 똥구멍에 키스하겠다고 맹세하면, 그게 누구든 죄를 사하여주지……."

"디디……."

"잠깐만. 아직 중요한 이야기가 남았어. 세상에 악이 존재하는 이유가 뭔지 기억해?"

기억하고 있었지만 애시는 입을 열지 않았다.

"기억 안 나? 이런. 너도 좋아할 거야. 악은 머리가 텅텅 빈 년 때문에 생긴 거래. 남자 갈비뼈로 생명을 부여받았다는 여자 말이야. 말하는 뱀의 꾐에 넘어가서 선악과를 먹었다지." 디디는 손뼉을 치며 의자에 파묻혀 웃어댔다. "다른 것도 말해줄까? 바다가 갈라지는 이야기, 동물을 하늘로 보내는 선지자들, 아브라함은 자기 부인을 파라오한테 팔아넘기지 않았나? 지금까지도 어때? '신성한' 남자들이 로마 수용소에 모여서 동성애적 예술을 즐기고 드래그 퀸도 울고 갈 코스튬을 입고 살아가잖아?"

애시는 그냥 운전에만 몰두했다.

"애시?"

"뭘?"

"내가 이 믿음을 조롱하는 것처럼 들리겠지." 디디가 말을 이어갔다. "아니면 켄싱턴 부인을 비웃거나."

"그렇게 들리네."

"아니야. 내가 말하려는 건, 다른 사람의 믿음을 미쳤다고 묵살하기 전에 더 가까이 들여다볼 필요가 있다는 거야." 디디는 허공에 손으로 따옴표를 만들어댔다. "'정상적인' 사람들이 신뢰하는 이야기 먼저. 사람들은 모든 종교가 미쳤다고 생각하지. 자신의 종교를 제외하고."

인정하기 싫지만 일리 있는 말이었다. 그러나 디디의 목소리에서 느껴지는 무언가는······.

"진리는 종교 이상이야. 살아 있고 숨을 쉬는 실체지. 진리는 항상 존재했어. 앞으로도 그럴 거고. 대부분의 사람이 믿는 신은 과거에 살지. 수천 년 전에, 낡은 책 속에 갇힌 채. 왜지? 신이 그들을 단념했다고 생각하나? 내가 믿는 신은 여기 존재해. 오늘 이 세상에. 진리가 죽으면 그의 자손들이 대를 이어가. 진리는 영원히 살아 있기 때문이야. 애시, 네가 만약 편견이 없다면, 태어난 이후 거대한 종교에 세뇌당하지 않았다면, 진리는 말하는 뱀이나 코끼리 신보다 훨씬 이해하기 쉬워. 안 그래?"

애시는 아무 말도 하지 않았다.

"애시?"

"뭐?"

"말 좀 해봐."

"뭐라고 해야 할지 모르겠어."

"아마 네가 진리에 귀를 기울이게 되었기 때문이겠지."

"그건 아니야."

"다음번에서 우회전." 디디가 말했다. "거의 다 왔어."

이제 길은 일차선이었다. 양옆으로 숲이 우거져 있었다.

"돌아가지 않아도 돼." 애시가 말했다.

디디는 몸을 돌려 창밖을 응시했다.

"모아둔 돈이 있어." 애시가 말했다. "어디론가 가자. 너랑 나 둘이서만. 집도 사고. 나랑 홀리로 살아도 돼."

디디는 대답하지 않았다.

"디디?"

"응."

"듣고 있어?"

"응."

"돌아가지 않아도 된다고."

"쉿. 이제 다 왔어."

21

사이먼은 밴더비크 교수 소개란에 적힌 번호로 전화를 걸었다. 벨이 두 번 울린 뒤 음성 사서함으로 넘어갔다. 딸아이인 페이지 그린에 관해 물어볼 것이 있으니 전화 달라는 메시지를 남겼다. 사이먼은 같은 내용의 이메일을 보내고 몸을 웅크렸다.

샘과 애니아에게도 전화했다. 벨이 울리지도 않고 음성 사서함으로 넘어갔다. 놀랄 일은 아니었다. 요즘 아이들은 절대 통화를 하지 않는다. 문자만 주고받는다. 그 사실을 한번 더 유념했어야 했다. 그는 두 아이에게 같은 내용의 문자를 보냈다.

괜찮니? 통화 가능?

샘에게서 바로 답이 왔다.

괜찮아요. 딱히 통화까지는.

이번에도 놀랄 필요는 없었다.

그는 뉴욕 시 방향으로 출발했다. 잉그리드와 사이먼은 클라우드나 스트리밍 사이트를 공유해서 서로의 사진과 문서를 확인할 수 있었다. 음악도 마찬가지였다. 사이먼은 시리에게 잉그리드의 최근 플레이리스트를 재생해달라고 한 뒤, 느긋이 앉아 귀를 기울였다.

플레이리스트의 맨 첫 곡 덕분에 미소가 번졌다. 1964년 아스트루드 지우베르투가 부른 '더 걸 프롬 이파네마The Girl from Ipanema'였다.

절묘했다.

사이먼은 고개를 저었다. 그는 아직도 다른 선택지를 제쳐두고 자신을 선택한 이 여인에게 경외심을 가지고 있었다. 삶이 아무리 모질게 굴어도, 그가 어떤 방향으로 길을 틀고 그 길에서 이상한 작자를 만나도, 잉그리드가 자신을 선택했다는 사실은 사이먼으로 하여금 삶의 균형을 잡고, 감사한 마음을 지닌 채 집으로 돌아올 수 있게 하는 원동력이 되어주었다.

전화가 울렸다. 발신자가 자동차 내비게이션 화면에 떴다.

이본이었다.

재빨리 전화를 받았다.

"잉그리드 때문에 전화한 거 아니야." 이본은 본론만 말했다. "아직 상태는 그대로야."

"그럼 뭔데?"

"나쁜 일로 전화한 것도 아니야."

"다행이네."

"오늘이 둘째 주 화요일이라 그래." 이본이 말했다.

사이먼은 세이디 로언스타인을 까맣게 잊고 있었다.

"신경 쓰지 않아도 된다고." 이본이 말을 계속했다. "내가 세이디한 테 전화해서 약속을 미루든지, 직접 가서……."

"아니야. 내가 가."

"사이먼……."

"그러고 싶어서 그래. 같은 방향이기도 하고."

"괜찮겠어?"

"그럼. 만약 잉그리드 상태가 달라지면……."

"바로 전화할게. 아니면 로버트가 할 거야. 조금 있다가 나랑 교대 하기로 했거든."

"애들은?"

"애니아는 이웃분이랑 있어. 샘은 휴대전화만 붙잡고 있고. 여자친 구 사귄 지 이 주 정도 됐나 봐. 알고 있었어?"

또 충격. 하지만 이번 건 그리 크지 않았다. "아니."

"여자친구가 애머스트에서 여기까지 오고 싶어하나 봐. 같이 있어 주고 싶다나. 그것 때문인지 자기도 모르게 싱글벙글이야. 물론 아직 은 때가 아니라고 오지 말라고는 했대."

"금방 갈게."

"애들이 보고 싶어해. 그런데 아빠가 꼭 필요한 건 아니야. 무슨 말 인지 알지? 애들도 아빠가 뭘 하러 다니는지 알고 있어."

세이디 로언스타인은 뉴욕 주 용커스에 있는 콜로니얼 양식의 벽 돌집에 살았다. 브롱크스에서 북쪽으로 조금 올라간 곳이었다. 노동자 계급이 사는, 꼭 필요한 것만 있는 동네였다. 세이디는 이곳에서 팔십삼 년 인생 중 오십칠 년을 살았다. 더 좋은 집으로 이사할 수도 있었다. 그녀의 재정 관리사인 사이먼은 누구보다 그 사실을 잘 알았다. 매서운 겨울을 피해 콘도를 얻어 플로리다 주로 내려갈 수도 있었지만, 그녀는 매번 코웃음을 쳤다. 그런 것에 흥미가 없었다. 일 년에 두 번 떠나는 라스베이거스 여행이 다였다. 그 외에는 자신의 오래된 집에서 지내는 걸 좋아했다.

세이디는 여전히 담배를 피웠고, 갈라지는 목소리로 그 사실을 알 수 있었다. 그녀는 전형적인 홈드레스인 무무*를 입고 있었다. 두 사람은 부엌에 있는 둥근 포마이카 탁자에 앉았다. 한때 남편 프랭크, 쌍둥이 아들 배리와 그레그 녀석들이 함께한 곳이다. 지금은 모두 떠나고 없었다. 배리는 1992년 에이즈로 사망했다. 프랭크는 2004년 암으로 쓰러졌다. 그레그만이 지금까지 살아 있는 유일한 혈족인데, 피닉스로 독립해서 이제는 거의 발길을 끊었다.

바닥에는 미끈한 리놀륨 타일이 깔려 있었다. 싱크대에는 빨간색 주사위로 숫자가 표시된 시계가 놓여 있었다. 이십 년쯤 전 프랭크와 간 라스베이거스 여행에서 사 온 기념품이었다.

"앉아요." 세이디가 말했다. "당신이 좋아하는 차 좀 내올게요."

사이먼이 좋아한다는 차는 레몬과 꿀을 넣어 캐모마일을 강하게 우린 것이었다. 그는 차를 좋아하지 않았다. 사이먼에게 차는 별맛 없는, '커피가 되고 싶어하는' 무언가였다. 특별한 맛과 향을 기대해도 차는 항상 노르스름한 물보다 조금 나은 정도에 그쳤다.

---

* 하와이식 롱드레스.

십 년 전(훨씬 더 됐을지도 모르지만 기억나지 않았다) 세이디가 사이먼에게 한 브랜드에서 나온 차를 우려 주며 어떠냐고 물었다. 그는 "아주 좋다"라고 대답했고, 그 후 그녀는 지금껏 사이먼이 방문할 때마다 똑같은 차를 준비해두었다.

"뜨거워요, 조심하세요."

평범한 풍경 사진이 실린 달력이 누렇게 바랜 냉장고에 걸려 있었다. 한때 은행에서 이런 달력을 공짜로 나눠 주던 때가 있었다. 지금도 그러는 모양이다. 세이디 역시 어딘가에서 달력을 받아 왔을 테니까.

사이먼은 스케줄러와 체크리스트 용도로 쓰이고 있는 단순한 구닥다리 달력을 바라보았다.

그는 올 때마다 같은 일을 반복했다. 서른 혹은 서른한 개의 칸(물론, 2월에는 스물여덟 칸, 윤달일 경우에는 스물아홉 칸이지만)을 바라보았다. 거의 모든 칸에 아무것도 쓰여 있지 않았다. 그저 하얄 뿐이었다. 이번 달은 여섯 번째 칸에 파란색 볼펜으로 '치과, 2시'라고 쓰여 있었다. 격주 월요일마다 있는 재활용품 수거일에 동그라미가 그려져 있었다. 매달 두 번째 화요일에는 보라색 마커로 아주 큰 대문자 한 단어가 쓰여 있었다.

사이먼!

느낌표가 들어간 그의 이름이다. 느낌표는 세이디 로언스타인답지 않은 것이었다.

그리고 그게 다였다.

그는 팔 년 전, 같은 냉장고에 붙어 있는 달력에서 끝에 느낌표가

273

달린 자기 이름을 처음 보았다. 당시 세이디의 투자와 지출은 고정 상태였으므로 다달이 방문할 필요가 없었다. 그래서 방문 횟수를 줄이자고 논쟁을 했다. 전화를 하거나, 아래 직원을 보내거나, 분기별로 한 번씩만 와도 일 처리는 가능했다.

그때 사이먼은 냉장고 달력에 쓰인 자기 이름을 발견했다.

그는 잉그리드에게 자신이 본 것을 이야기했다. 이본에게도 전했다. 세이디는 이제 가깝게 지내는 가족이 없었다. 친구들도 이사를 하거나 세상을 떠났다. 그리하여 사이먼이 찾아와, 한때 가족과 함께하던 부엌 탁자에 앉아 차를 홀짝이며 포트폴리오에 관해 얘기하는 시간이 의미 있는 일이 된 것이다.

이제 사이먼에게도 이 시간은 의미 있는 일이 되었다.

사이먼은 세이디와의 약속을 어긴 적이 없다. 단 한 번도.

만약 오늘 약속을 취소했다면 잉그리드는 매우 화를 냈을 것이다. 그래서 온 것이다.

사이먼은 자기 노트북에서 세이디의 포트폴리오에 접속했다. 몇 가지 예금을 둘러보았지만, 사실 그것이 중요하지는 않았다.

"사이먼, 우리가 했던 가게를 기억하나요?"

세이디와 프랭크는 시내에서 작은 사무 용품 가게를 운영했다. 펜과 종이를 판매하면서 복사나 명함 제작을 해주는 곳이었다.

"그럼요." 사이먼이 대답했다.

"최근에 근처를 지나가보셨나요?"

"아니요. 지금은 옷 가게죠, 아마?"

"한때는요. 꽉 끼는 십대 옷을 파는 가게였죠. 내가 그 가게를 '우리가 바로 암캐다'라고 불렀잖아요. 기억해요?"

"기억나요."

"그렇게 부르다니, 잘한 짓은 아니죠. 내가 젊었을 적을 봤어야 해요. 나도 볼 만했어요, 사이먼."

"지금도 똑같으세요."

그녀는 손사래를 쳤다. "빈말은 그만해요. 그래도 한때는 나도 몸매 자랑 좀 했죠. 아버지는 내가 입은 옷을 보고 가끔 졸도했다니까." 회한이 담긴 미소가 세이디의 입술을 스쳐갔다. "덕분에 프랭크의 관심을 끌었지. 확실해요. 불쌍한 남자 같으니. 로커웨이 해변에서 비키니 입은 내 모습을 본 거야. 가능성은 요만큼도 없었는데 말이죠."

세이디는 웃으며 사이먼을 바라보았다. 사이먼도 미소로 화답했다.

"어쨌든." 미소와 기억이 희미해진 세이디는 그대로 이야기를 이어갔다. "손바닥만 한 옷을 팔던 가게는 문을 닫았대요. 지금은 식당이라나. 무슨 음식을 팔 것 같아요?"

"어디 음식인데요?"

세이디는 담배를 한 개비 꺼내 피우며 강아지가 부엌 바닥에 똥을 싼 듯한 표정을 지었다. "아시안 퓨전이래요." 그녀가 내뱉듯이 말했다.

"아."

"도대체 무슨 뜻일까요? 퓨전이 이젠 나라라는 뜻인가 봐요."

"그러게요."

"아시안 퓨전이라니. 거기다 가게 이름이 메슈가스*라네요."

"네? 가게 이름을 그렇게 지었다고요?"

"그런 이름이었어요. 우리 종족한테 어필하려는 거지, 안 그래요?"

---

* '메슈가meshuga'는 미국으로 이주한 유대인들이 쓰는 이디시어로 '광기'라는 뜻이다.

세이디는 고개를 저었다. "아시안 퓨전이라니. 이상하잖아요, 사이 먼." 그녀는 한숨을 내쉬며 담배를 가지고 손장난을 했다. "이제 무슨 일인지 말해봐요."

"무슨 말씀이세요?"

"당신 말이에요. 무슨 일이 있죠?"

"아무 일도 없어요."

"나를 메슈가로 생각하는 건가요?"

"지금 퓨전어로 말씀하시는 거예요?"

"농담도 참. 당신이 들어올 때 알았죠. 뭔가 잘못됐죠?"

"너무 긴 얘기예요."

세이디는 등을 기댄 채 양쪽을 두리번거리더니, 다시 사이먼을 보았다. "내가 할 일이 많아 보이나요?"

사이먼은 세이디에게 이야기를 털어놓을 뻔했다. 세이디는 지혜와 안타까움이 가득한 눈으로 그를 바라보았다. 그녀는 이야기를 기꺼이 들어줄 준비가 되어 있었다. 적당한 표현인지는 모르겠지만, 어쩌면 능숙하게 이야기에 귀를 기울이며 약간의 도덕적 지지를 해주는 기분을 즐기고 싶었는지도 모른다.

사이먼은 결국 아무 말도 하지 않았다.

사생활의 문제가 아니었다. 선을 넘느냐의 문제였다. 사이먼은 세이디의 재정 관리사다. 좋은 일이라면 가족에 관해 이야기 나누겠지만, 이런 부류는 아니었다. 사이먼의 문제는 사이먼의 것이지 고객의 것이 아니다.

"아이들 문제인가 봐요." 세이디가 넘겨짚었다.

"어째서 그렇게 생각하시죠?"

"아이를 잃으면……." 세이디는 말을 꺼내다 어깨를 으쓱거리며 중단했다. "아이를 잃으면 생기는 부작용 중 하나가 바로 이런 종류의 육감이죠. 게다가 그것 말고 뭐가 있겠어요? 그래, 누구 때문인가요?"

그냥 말하는 편이 나을 것 같았다. "큰아이요."

"페이지로군. 더 캐묻지 않을게요."

"안 그러셨는 걸요."

"조언 하나만 해도 될까요, 사이먼?"

"물론이죠."

"물론 조언을 하는 건 보통 당신의 일이지만요. 당신은 집에 와서 나에게 재정 조언을 해주죠. 당신이 돈에 관해서는 전문가이기 때문이에요. 내 전문 분야는…… 차치하고, 나는 배리가 게이임을 진작부터 알았어요. 이상한 일이죠. 두 아이는 일란성 쌍둥인데, 같은 집에서 컸고요. 배리는 늘 당신이 앉은 자리에 앉곤 했어요. 거기가 그 아이 자리였죠. 그레그 자리는 그 옆이었고. 내가 기억하는 한, 두 아이는 아주 달랐어요. 그런데 사람들은 화를 냈어요. 내가 배리는 처음부터, 뭐랄까, 이채로웠다고 하면 몹시 화를 냈죠. 그렇다고 그 아이가 게이라고 단정 지을 수 있는 게 아니라고 하더군요. 하지만 난 알았어요. 내가 낳은 아이들이 똑같으면서도 동시에 아주 다르다는걸. 당신이 만약 두 아이를 봤다면, 그게 아주 어렸을 때였어도 어느 쪽이 게이인지 알 수 있었을 거예요. 내 고정관념일 뿐이라고 해도 좋아요. 배리는 패션과 공연에 골몰했죠. 그레그는 야구와 자동차를 좋아했고. 나는 말 그대로 전형적인 클리셰를 양육한 셈이에요."

세이디는 사이먼을 보며 미소를 지으려 애썼다. 사이먼은 팔짱을 낀 채 몸을 숙여 탁자에 기댔다. 전에도 들은 이야기지만 여기까지 말한 적은 없었다.

바로 그때 모든 것이 분명해졌다.

쌍둥이. 유전학.

배리와 그레그 이야기를 처음 들었을 때부터, 사이먼은 그 이야기에 사로잡혔다. 동일한 DNA에, 동일한 환경에서 양육한 일란성 쌍둥이가 다른 성적 선호를 가지게 된 이유가 궁금했기 때문이다.

"배리가 병을 얻었을 때." 세이디는 이야기를 이어나갔다. "우리는 그레그가 어떤 영향을 받을지 몰랐어요. 그 아이는 안중에 없었죠. 당장 닥친 두려움을 이겨내야 했으니까. 그러는 사이 그레그는 자기와 모든 면에서 동일한 사람이 사그라드는 모습을 지켜보았죠. 당시 상황을 자세히 말씀드리긴 어렵지만, 그레그는 배리의 고통을 목격한 뒤 회복하지 못했어요. 아이는 겁을 먹었고, 그대로 도망쳤죠. 그걸 제때 알아차리지도 못했어요."

그레그는 세이디 재산의 유일한 상속자였기에 사이먼은 그와 간간이 연락을 하며 지냈다. 그레그는 세 번 이혼했고, 현재는 리노에서 만난 스물여덟 살짜리 댄서와 결혼을 약속한 상태다.

"나는 그 아이를 잃어버렸어요. 내가 제때 관심을 두지 못한 탓이죠. 하지만……."

세이디는 말을 멈췄다.

"하지만요?"

"그건 내가 배리를 구해내지 못했기 때문이기도 해요. 정말이에요, 사이먼. 모든 문제가, 혹시 자기도 게이가 아닐까 의심한 그레그의 두려움까지, 그 모두가 연결되어 있었어요. 만약 내가 배리를 구했다면 그레그도 괜찮았겠죠." 세이디는 고개를 들지 못했다. "당신은 지금이라도 페이지를 구할 수 있나요?"

"모르겠어요."

"가능성이 남아 있나요?"

"네, 그럼요."

유전학. 페이지는 유전학을 공부하고 있었다.

"그럼 가서 아이를 구해요, 사이먼."

22

'진리의 안식처'를 가리키는 표지판은 어디에도 없었다. 딱히 놀랄 일도 아니었다.

"왼쪽으로." 디디가 길을 알려주었다. "오래된 우체통을 끼고."

오래됐다는 단어로는 모자라 보였다. 우체통은 카터 대통령 재임 기간부터 내내 지나가는 십대들에게 하루가 멀다 하고 야구 방망이로 두들겨 맞은 모양새였다.

디디가 애시 얼굴을 바라보았다.

"할 말 있어?"

"내가 뭘 좀 읽었는데." 애시가 입을 열었다.

"뭘?"

"놈들하고 섹스도 해야 해?"

"놈들이라니?"

"알아들었잖아. 네가 말하는 진리라든가, 방문자라든가, 웃대가리들이 자기를 뭐라고 부르든지 간에, 그놈들이랑 해야 해?"

디디는 대답하지 않았다.

"놈들이 강요한다는 이야기를 어디선가 읽었어."

디디의 목소리는 부드러웠다. "진리는 강요할 수 있는 게 아니야."

"그렇다는 얘기로 들리네."

"창세기 19장 32절." 디디가 말했다.

"뭐라고?"

"성경에 나오는 롯 얘기 기억나?"

"그런 말이 나와?"

"그 이야기 기억나, 안 나?"

논점을 피하려는 소리 같았지만 애시는 대답했다. "희미하게."

"창세기 19장에서 신은 롯과 그의 아내와 두 딸이 멸망하는 소돔과 고모라에서 도망칠 수 있도록 해주지."

애시는 고개를 끄덕였다. "그런데 롯의 아내가 뒤돌아보지 말라는 경고를 무시하고 돌아봤잖아."

"맞아. 신은 그녀를 소금 기둥으로 만들었어. 아주 엉망진창이었다고. 그런데 내가 하려는 말은 그게 아니야. 롯의 두 딸에 대해서지."

"딸들이 뭘 어쨌는데?"

"소알에 도착하자 롯의 딸들은 남자가 없다고 불평했어. 그리고 계획을 하나 세우지. 그게 뭔지 기억해?"

"아니."

"큰딸이 작은딸에게 말해. 창세기 19장 32절에 나오는 내용이야. '우리가 우리 아버지에게 술을 마시게 하고 동침하여 우리 아버지로 말미암아 후손을 이어가자'라고."

애시는 아무 말도 하지 않았다.

"두 딸은 그렇게 하지. 맞아, 근친상간이야. 창세기에 그렇게 나와. 두 딸이 아버지에게 술을 먹이고 동침해서 아이를 가졌다고."

"진리는 구약이나 신약과는 상관없는 거라고 생각했는데."

"상관없어."

"그럼 왜 롯을 변명거리로 삼는 거야?"

"나는 변명할 필요가 없어, 애시. 네 허락이 필요한 것도 아니고. 나한테 필요한 건 진리야."

애시는 앞 유리에서 눈을 떼지 않았다.

"어쨌든 놈들과 잔다는 말로 들리네."

"너는 섹스가 좋아, 애시?"

"어."

"그렇다면 네가 여러 명의 여자와 섹스를 할 수 있게 된다고 해봐. 그게 문제가 돼?"

애시는 대답하지 않았다.

숲길로 들어서자 자동차 타이어가 지면에서 흙먼지를 일으켰다. 다양한 색깔과 크기와 글씨체의 진입금지 팻말이 나무에 걸려 있었다. 입구에 가까워지자 디디는 창문을 내리고 복잡한 수신호를 보냈다. 2루로 도루하라고 신호를 보내는 3루 코치 같았다.

정문 앞 정지선에 차를 세웠다. 디디는 차 문을 열었다. 애시도 내리려는데, 디디가 애시 어깨를 잡으며 고개를 저었다.

"여기 있어. 운전대에서 손 떼지 말고. 코가 가려워도 절대로 손을 떼면 안 돼."

남북전쟁을 재현한 듯한 회색 유니폼을 입은 남자 두 명이 작은 경비실에서 모습을 드러냈다. 둘 다 AR-15로 무장하고 있었다. 턱수염을 기른 경비원들이 애시를 노려보았다. 애시는 공격 의사가 없음을 밝혔다. 손이 닿는 거리에 총이 있고 두 사람보다야 솜씨가 좋겠지만, 제아무리 명사수라도 AR-15 두 정을 상대하긴 힘들었다.

사람들이 잘 모르는 사실이다.

재능이나 기술 문제가 아니다. 제아무리 르브론 제임스 같은 농구 선수라 할지라도, 바람 빠진 농구공으로는 빵빵한 농구공을 가진 사람만큼 드리블을 할 수 없다.

디디는 경비원들에게 다가가서 오른손으로 어떤 행동을 해 보였다. 성호를 긋는 것과 비슷했다. 그러나 조금 더 삼각형에 가까운 모양이었다. 경비원들도 똑같은 행동을 하고 경례했다.

애시는 모든 종교가 하나씩 가진 의식인가 하고 생각했다.

디디는 경비원들과 조금 더 얘기를 나눴다. 두 사람은 애시에게서 눈을 떼지 않았는데, 디디의 생김새를 고려할 때 엄청난 자기 통제를 수반한 행동이었다. 애시였다면 디디를 힐끔거렸을 것이다.

종교 생활이 애시에게 와닿지 않은 까닭에는 이런 이유도 있었다.

진리. 다 개소리다.

디디가 차로 돌아왔다. "오른쪽에 차를 대면 돼."

"그냥 돌려서 가면 안 돼?"

"여기서 나를 꺼내준다고 할 땐 언제고?"

그 말을 듣자 심장이 목구멍 밖으로 튀어나올 것 같았다. 그러나 농담이라는 디디의 미소에 심장은 다시 제자리를 찾아갔다. 애시는 실망한 기색을 드러내지 않으려고 노력했다.

"넌 돌아온 거잖아." 애시가 말했다. "이제 안전하잖아. 내가 있을 필요가 없지."

"좀 기다려봐. 위원회에 확인할 게 있어."

"뭘 확인해야 하는데?"

"제발 좀. 기다려봐."

경비원 하나가 디디에게 잘 접어둔 옷가지를 건넸다. 그들과 똑같은 회색 옷이었다. 디디는 입은 옷에 받은 옷가지를 덧입었다. 다른 경비원이 수녀원에서나 볼 법한 쓰개를 내밀었다. 역시 회색이었다. 디디는 그걸 머리에 쓰고 턱 아래에서 끈으로 조였다.

디디의 걸음걸이는 항상 자신에 차 있었다. 머리를 곧추세우고 어깨를 뒤로 젖히고 걸었다. 그런데 지금은 몸을 구부리고 눈을 내리깔고 자신을 낮추었다. 그 변화는 애시를 경악하게 하고 화나게 했다.

"디디는 없어." 그는 되뇌었다. "여기는 홀리뿐이야."

애시는 디디가 문으로 들어가는 모습을 지켜보았다. 그는 오른쪽으로 몸을 기울여 안으로 이어지는 길을 따라 올라가는 디디를 눈으로 좇았다. 똑같이 회색 옷을 입은 여자들이 안에서 돌아다니고 있었다. 남자는 없었다. 아마 다른 구역에 있을 것이다.

경비원 두 명이 수용소를 지켜보는 애시를 주시했다. 그들은 달갑지 않아 보였다. 경비원들은 애시의 시야를 방해하려고 차 바로 앞으로 자리를 옮겼다. 애시는 주행 기어를 넣고 액셀을 밟아 망할 것들을 쓸어버릴까 잠깐 고민했다. 애시는 그러는 대신 시동을 끄고 차에서 내렸다. 경비원들은 이 행동도 달가워하지 않았다. 사실 애시가 하는 모든 행동을 달가워하지 않았다.

차에서 내렸을 때 처음 느낀 것은 고요함이었다. 완전하고 무겁고 숨이 막힐 정도의 고요였지만, 좋은 뜻으로 그랬다. 어디서나, 심지어는 숲에서조차 소리가 나기 마련인데 이곳은 조용할 뿐이었다. 잠깐이지만 애시는 움직이지 않았다. 차 문을 닫아서 이 고요를 깨고 싶지 않았다. 그는 가만히 서서 두 눈을 감고 고요가 자신을 잠식하도록 내 버려두었다. 아주 잠시 동안 애시는 사람을 잡아끄는 힘을 느꼈다. 혹 은 느꼈다고 생각했다. 이 고요와 평안에 빠질 것 같았다. 주도권과 이성과 생각을 빼앗기는 일은 너무나도 쉽다. 정신 차려.

항복.

그것이 적합한 단어였다. 누군가로 하여금 고된 정신노동을 하도록 한다. 몸을 피곤하게 만들어 현재만을 살게 한다. 고요 속에 잠식시킨 다. 가슴에서 뛰는 심장 소리를 듣게 한다.

하지만 그것은 진짜로 사는 게 아니다.

그것은 방학이거나 휴식이거나 보호막이다. 〈매트릭스〉 속 세상이 거나 가상현실이거나 그와 비슷한 무언가다. 애시처럼 그리고 디디처 럼 자란 사람에게 이런 달콤한 환상은 가혹한 현실을 잊게 해준다.

그러나 환상은 그리 오래가지 못할 것이다.

애시는 담배를 한 개비 꺼냈다.

"흡연은 금지되어 있습니다." 경비원이 말했다.

애시는 담배에 불을 붙였다.

"말씀드리길⋯⋯."

"쉿. 고요를 깨뜨리지 마."

경비원이 애시 쪽으로 한 걸음 다가섰지만, 두 번째 경비원이 동료 를 붙잡았다. 애시는 차에 기대 깊은숨을 들이쉬었다가 담배 연기를 내뿜었다. 첫 번째 경비원은 좋아하지 않는 눈치였다. 무전기에서 지 직거리는 소리가 들렸다. 두 번째 경비원이 고개를 숙여 무전기에 대 고 속삭였다.

애시는 오만상을 지었다. 요새도 무전기를 쓰나? 휴대전화 없어?

몇 초 후, 두 번째 경비원이 첫 번째에게 무언가를 속삭였다. 첫 번째 경비원이 이를 악물었다.

"어이, 이봐." 첫 번째 경비원이 말했다.

애시는 담배 연기를 또 내뿜었다.

"안식처에서 부름이 있다."

애시는 경비원들을 향해 걸어갔다.

"안식처 안은 금연 구역이야."

애시는 한 소리 하고 싶었지만, 무엇을 위해서 그러겠는가? 그는 길에 담배를 버리고 발로 비벼 껐다. 두 번째 경비원이 리모컨으로 문을 열었다. 애시는 배치를 확인했다. 울타리와 보안 카메라는 원격조종되는 꽤 최첨단이었다.

애시는 입구를 향해 발을 뗐다. 첫 번째 경비원이 AR-15로 그의 앞을 막아섰다.

"무기 가지고 있나?"

"그렇다면."

"그럼 넘겨."

"이런, 내 총도 못 가지고 가는 건가?"

경비원들은 애시를 향해 소총을 겨눴다.

"오른쪽에 권총집." 애시가 말했다.

첫 번째 경비원이 손을 뻗었지만 아무것도 없었다.

애시는 한숨을 쉬었다. "당신 오른쪽, 내 쪽이 아니라."

경비원은 38구경 권총을 압수했다.

"좋은 물건이로군." 경비원이 말했다.

"차 글로브박스에 넣어둬." 애시가 덧붙였다.

"뭐라고?"

"안에 가지고 가진 않겠지만, 갈 땐 가지고 갈 거야. 내 차에 넣어둬. 문 열려 있으니까."

첫 번째 경비원은 달갑잖은 기색을 내비쳤지만 두 번째 경비원이 그렇게 하라고 고개를 끄덕였다. 첫 번째 경비원은 시키는 대로 하고는 문을 쾅 닫아 불만을 표출했다.

"다른 무기는?" 첫 번째 경비원이 물었다.

"없어."

두 번째 경비원이 겉핥기식으로 애시 몸을 수색했다. 다 끝나자, 첫 번째 경비원이 문으로 가면 된다는 고갯짓을 했다. 첫 번째 경비원은 애시의 오른쪽에, 두 번째는 왼쪽에 서서 정문을 통과했다.

애시는 크게 걱정하지 않았다. 디디가 진리 혹은 행위자 혹은 누구에게든 얘기했고, 그 사람이 자기를 보고 싶어한다고 생각했다. 디디가 자세히 말한 적은 없지만, 조직 내 누군가가 이번 살인사건에 돈을 대고 있음이 분명했다. 디디는 돈이나 이름은 언급하지 않았다.

이 안의 누군가는 그들이 죽길 바랐다.

세 사람은 동산을 올랐다. 진리의 안식처에서 무엇을 찾을지 확신할 수 없었지만, 수용소를 보고 처음 떠오른 단어는 '무색무취'였다. 가운데 빈터에 서자, 회색 옷과 같은 색으로 칠해진 건물이 보였다. 3층 정도 되는 것 같았다. 건물은 사각형의 기능적인 형태로, 길가에 있는 체인 모텔의 특성을 전부 가지고 있었다. 군용 막사처럼 보이기도 했다. 더 정확하게 말하자면, 감옥처럼 보였다.

이곳의 회색에는 틈이 없었다. 한 방울의 색깔도, 일말의 감촉과 온

기도 없었다.

그것이 목표였겠지. 주의를 흩뜨리는 요소가 없는 상태.

한편으로 밀려나 있긴 하지만, 이곳에는 자연이 주는 아름다움이 있었다. 그리고 잔잔함과 고요, 고독이 있었다. 만약 누군가가 어려움에 처해 사회에서 소외당한 느낌이 든다면, 현대성과 소음과 자극에서 간절히 도망치고 싶다면, 이보다 나은 곳이 존재할까? 이것이 바로 사이비가 작동하는 원리다. 환멸을 느끼는 버려진 자들을 찾아낸다. 그들에게 쉬운 답을 알려준다. 고립시킨다. 의존하도록 유도한다. 통제한다. 의심할 수도, 의문을 가질 수도 없는 하나의 목소리만을 허락한다.

굴복시킨다.

둥글게 늘어선 회색 건물이 안뜰을 만들었다. 경비원들은 애시를 데리고 뜰을 가로질렀다. 건물의 모든 창과 문은 뜰 방향으로 나 있다. 방에서는 나무 한 그루도 보이지 않을 것 같았다. 뜰에는 잔디가 깔렸고, 역시 회색으로 칠한 벤치가 놓여 있었다. 벤치들은 창문과 마찬가지로 뜰 가운데 높게 솟은 커다란 석상을 향했다. 4, 5미터 정도 되는, 근엄한 모습의 캐스퍼 바티지 석상이었다. 받침대에는 '진리'라는 단어가 사면에 쓰여 있었다. 양손을 들어 올린 모습은 신을 찬양하는 것 같기도 하고, 신도들을 안아주는 것 같기도 했다. 그들이 창문을 통해 보는 풍경이 바로 이 모습이리라. 자신을 정면으로 응시하고 있는 '진리'의 얼굴.

안뜰에 여성 신도가 몇몇 더 있었다. 모두 회색 유니폼에 같은 쓰개를 착용했다. 아무도 말하지 않고, 어떤 소리도 내지 않았다. 누구도 이 무리에 끼어든 이방인을 힐끗거릴 엄두조차 내지 못했다.

애시에게는 유쾌하지 않은 경험이었다.

첫 번째 경비원이 문을 열며 들어가라는 신호를 보냈다. 윤이 나는 원목 바닥재가 깔린 방이었다. 벽에는 세 남자의 초상화가 걸려 있었다. 그림은 삼각형을 이루었다. 캐스퍼 바티지로 알려진, 진리가 맨 위였다. 두 아들(보자마자 닮은 걸 알 수 있었다)이 그 밑에 자리했다. 행위자와 방문자일 것이다. 구석에는 접이식 의자가 겹쳐져 있었다. 실내장식은 그게 전부였다. 한쪽 벽면에 거울만 달면 운동 스튜디오로 착각할 정도였다.

경비원 둘 역시 안으로 들어와 문간을 지켰다.

좋지 않은 예감이 들었다.

"뭐 하자는 거야?"

경비원들은 대답하지 않았다. 두 번째 경비원이 자리를 떴다. 애시는 중무장한 첫 번째 경비원과 함께 남겨졌다. 놈이 그를 보며 이를 갈았다.

점점 더 좋지 않은 예감이 들었다.

애시는 마음의 준비를 했다. 그를 고용한 사람이 사이비 놈들일 거라고는 짐작했다. 아마 애시가 죽인 사람은 전부 이곳 출신일 것이다. 표면상으로는 앞뒤가 맞지 않게 보일 수 있다. 예를 들어 고스는 뉴저지 주에서 타투 가게를 운영하는 게이였고, 가노는 보스턴 외곽에서 아이를 키우는 유부남이었다. 그럼에도 애시의 예상이 맞을 가능성이 있었다. 아마도 진리의 신봉자이던 그들이 모종의 이유로 침묵해야 할 필요가 생긴 것이다.

다른 동기가 존재할 가능성도 있다. 이유는 중요하지 않았다.

중요한 것은 일을 처리한 사람이 애시라는 사실이다. 돈은 이미 들어왔다. 애시는 큰돈을 세탁하는 법을 알았다. 지급은 끝난 상태다. 반은 일을 착수하면서, 나머지는 일이 끝났을 때 입금되었다.

이제 사이비들은 애시와 볼일이 없었다. 아마도. 왜 기다리라고 했는지 디디도 모를 것이다. 애시를 고용한 사람이 누구든, 놈은 디디를 통해 소통했다. 그래서 이곳에 도착했을 때 디디가 위원회로 간 것이다. 바티지나 옆의 고문들은 이렇게 말했을 것이다. "이제 되었다."

놈들이 일을 깔끔하게 마무리하고 싶어한다고 가정해보자.

애시는 프로다. 절대 떠벌리지 않는다. 돈의 일정 부분은 그것 때문에 받았다고 할 수도 있다.

그러나 사이비 두목들은 애시를 잘 알지 못한다.

일반적인 상황이라면 애시와 디디가 아는 사이라는 점에서 더 신뢰하겠지만, 바티지는 자신이 더 노출됐다고 느낄 수도 있다.

그렇다면 가장 쉬운 해결책은? 바티지와 아들들이 할 수 있는 가장 훌륭한 선택지는?

애시를 죽여라. 시신은 숲에 묻어라. 차는 치워라.

애시가 교주라면 아마 그렇게 할 것이다.

방으로 들어오는 다른 쪽 문이 열렸다. 오십대쯤 되어 보이는 여자가 안으로 들어서자 첫 번째 경비원이 눈을 내리깔았다. 이곳에서 본 다른 사람들과 달리, 키가 크고 인상적인 사람이었다. 그녀는 고개를 꼿꼿이 세우고 어깨를 활짝 펴고 있었다. 같은 회색 옷을 입었지만 소매에 군대 계급장 같은 빨간색 줄무늬가 있었다. 회색 일색인 공간에서 줄무늬는 어둠 속 네온사인처럼 도드라졌다.

"여긴 왜 왔죠?" 그녀가 애시에게 물었다.

"친구를 바래다주려고요."

그녀는 경비원을 흘끗 보았다. 눈빛을 읽기라도 한 듯 경비원은 살짝 움찔하며 고개를 세웠다. 여성은 진리나 사이비 삼위일체는 아니지만, 정체가 뭐든 경비원보다 신분이 높아 보였다.

첫 번째 경비원이 차렷 자세로 말했다. "말씀드린 대로입니다. 성모 아디오나님."

"아디오나?"

그녀는 애시를 돌아보았다. "들어본 적 있나요?"

그는 고개를 끄덕였다. "로마신화에 나오는 여성 신이죠."

"맞아요."

애시는 어릴 때 신화를 많이 읽었다. 거기 나오는 사소한 것들을 외우려고 노력했다. "아디오나는 아이들을 무사히 집으로 돌려보내주는 신이죠. 그리고 늘 붙어 다니는 여성 신이 있어요."

"아베오나 말이군요." 그녀가 말했다. "이걸 알다니 놀랍군요."

"네. 저도 놀랍네요. 신화에서 이름을 따오셨다고요?"

"그래요." 여자가 활짝 웃었다. "이유를 알겠어요?"

"말씀해주시리라 믿고 있습니다."

"모든 신은 신화예요. 노르웨이, 로마, 그리스, 인도, 이스라엘, 이교의 신까지. 수세기 동안 사람들은 신을 향해 절하고, 자신을 바치고, 그들을 추종하는 데 자기 삶을 낭비했어요. 그런데 그게 다 거짓말이었죠. 슬프지 않아요? 불쌍하잖아요. 망상에 사로잡혀 일생을 허비하다니."

"어쩌면요." 애시가 맞장구를 쳤다.

"어쩌면?"

"그게 최선이라면 상관없죠."

"그런 것들을 믿지 않죠, 그렇죠?"

애시는 대답하지 않았다.

"신은 거짓이에요. 오직 진리만이 승리하죠. 왜 모든 종교가 무너지고 불타는 결말을 맞는다고 생각하나요? 진리가 아니기 때문이에요. 그런 신화들과 달리 진리는 항상 존재하죠."

애시는 의심하는 표정을 짓지 않으려고 안간힘을 썼다.

"이름이 뭔가요?" 여자가 물었다.

"애시."

"성은요?"

"그냥 애시입니다."

"홀리와는 어떻게 아는 사이인가요?"

애시는 대답하지 않았다.

"당신은 아마 디디로 알고 있겠죠."

애시는 여전히 입을 떼지 않았다.

"당신이 그 아이를 데려다주었죠?"

"네."

"두 사람은 어디에 갔었나요?"

"개한테 물어보시지 않고요?"

"물어봤어요. 그 아이가 진실을 말하는지 보려는 것일 뿐."

애시는 가만히 서 있었다. 성모 아디오나가 가까이 다가왔다. 그녀는 얄궂은 미소를 지었다. "지금 디디가 뭘 하고 있을까요?"

"몰라요."

"옷을 벗고 네발로 기어 다니고 있어요. 뒤에 남자 한 명, 앞에 또 한 명이 있고."

여자는 활짝 웃으며 애시가 반응을 보이길 기다렸다. 그는 꼼짝도 하지 않았다.

"어때요? 이 상황을 어떻게 생각하죠, 애시?"

"세 번째 남자가 궁금하군요."

"뭐라고요?"

"그렇잖아요. 진리, 행위자, 방문자. 삼위일체. 한 명은 앞에서, 한 명은 뒤에서 하면, 세 번째는 어디 있죠?"

여자는 여전히 웃고 있었다. "여태까지 바보처럼 놀아난 거라고요, 애시."

"뭐, 처음 있는 일도 아니라."

"그 아이는 여러 남자에게 은혜를 베풀죠. 당신만 빼고요."

애시는 인상을 찌푸렸다. "지금 그걸 '은혜'라고 했나요?"

"아주 괴롭죠, 당신은 그 아이를 사랑하니까."

"통찰력이 대단하시네요. 이제 그만 가도 될까요?"

"두 사람은 어디 갔었죠?"

"당신한테 그 얘길 하는 일은 없을 겁니다."

여자는 거의 보이지 않을 만큼 고개를 살짝 끄덕였다. 하지만 그것으로 충분했다. 첫 번째 경비원이 앞으로 나왔다. 그의 손에는 몽둥이가 들려 있었다. 두 가지 일이 동시다발적으로 일어났다. 하나, 몽둥이가 양치기 막대 혹은 일종의 전기충격기라는 것을 애시가 눈치챘다. 둘, 그것이 그의 등을 내리쳤다.

몰려드는 고통 속에서 모든 생각이 중단되었다.

애시는 갑판 위 생선처럼 펄떡거리며 마룻바닥으로 고꾸라졌다. 전기가 몸 곳곳을 관통했다. 뇌의 전기회로를 마비시키고 말초신경을 자극했다. 근육이 수축했다.

애시는 입에 거품을 물었다.

몸을 움직일 수 없었다. 생각조차 할 수 없었다.

여자는 놀란 목소리였다. "몇 단계로 한 거죠?"

"가장 센 단계입니다."

"뭐라고요? 죽을 수도 있어요."

"그럼 빨리 끝장내는 편이 낫겠네요."

애시는 몽둥이가 다시 다가오는 것을 보았다. 움직이고 싶었지만, 움직여야 했지만, 몸을 관통한 전기 탓에 근육을 포함해 어떤 부분도 통제가 불가능했다.

이번에는 몽둥이가 가슴을 가격했다. 심장이 폭발할 것 같았다.

어둠이 내려앉았다.

23

차도 없음.

사이먼은 같은 말을 듣는 것에 이골이 났다. 그는 잉그리드의 침상
옆으로 의자를 끌고 왔다. 아내 손을 잡고, 숨을 들이쉬고 내쉬는 얼
굴을 가만히 들여다보았다. 잉그리드는 똑바로 누워 자는 편이었다.
그래서 혼수상태인 그녀의 모습은 잠을 잘 때와 놀랍도록 비슷했다.
당연한 얘기일 수 있지만 반드시 그렇지만은 않다. 보통 혼수상태라
면 조금은 달라 보이지 않을까 생각하니까. 물론 이곳에는 튜브와 소
음이 공존하고, 평소 잉그리드는 가느다란 끈이 달린 실크 잠옷을 좋
아한다는 차이가 있다. 사이먼은 아내 몸에 난 잔털과 넓고 각진 어
깨, 두드러진 쇄골을 사랑했다.

차도 없음.

이곳은 지옥도 천국도 아닌 연옥이다. 누군가는 연옥이야말로 최
악이라고 목소리를 높일 것이다. 모든 것이 유예된, 한 치 앞도 내다
볼 수 없는 곳. 끝없는 기다림으로 닳아 없어질 것 같은 곳. 이해할 수

있는 감상이지만, 사이먼은 연옥도 괜찮았다. 잉그리드의 상태가 조금이라도 나빠진다면 견딜 수 없을 것이다. 사이먼도 자신이 해진 동아줄에 매달려 있다는 사실을 잘 알았다. 만약 나쁜 소식을 듣는다면, 여기서 무언가가 더 잘못된다면…….

차도 없음.

그럼 됐어.

그랬다. 잠들어 있는 것으로 여기면 된다. 사이먼은 잉그리드 얼굴을 들여다보았다. 이곳 의사들에게 메스 대신 쥐여줘도 될 만큼 날카로운 광대뼈를 들여다보았다. 자리에 앉기 전, 그는 자신이 입 맞추던 입술을 들여다보았다. 아무리 깊게 잠들더라도 그의 입맞춤에 본능적으로, 아주 미약하게나마 반응하던 그녀 입술이 혹여 어떤 반응을 보이지 않을까 기대하며 아내에게 입을 맞추었다.

그러나 아무 반응도 없었다.

사이먼은 잠든 아내 모습을 지켜본 순간을 회상했다. 공식적으로 결혼식을 올린 다음 날, 과테말라의 안티과로 허니문을 떠난 때였다. 사이먼은 해 뜨기 전 자리에서 일어났고 잉그리드는 늘 그러던 것처럼, 꼭 지금처럼 그 옆에서 자고 있었다. 꼭 감긴 눈과 고른 호흡을 가만히 지켜보았다. 이제 그의 반려자가 된 경이로운 여인 옆에서 매일 이렇게 아침을 맞을 거라는 사실에 경탄했다.

그렇게 바라본 시간은 십 초, 십오 초 정도에 그쳤다. 눈을 감고 움직이지 않은 채로 잉그리드가 이렇게 말했기 때문이다. "그만해, 좀. 소름 끼친다고."

사이먼은 기억을 떠올리며 미소 지었다. 그는 여전히 잉그리드의 병상 옆에 앉아, 움직이지 않지만 따뜻한 아내 손을 놓지 않고 있었다. 그랬다. 손은 따뜻했다. 살아 있었다. 피가 흐르고 있었다. 잉그리드는 늙어 쪼그라들거나 아프거나 죽어가는 것처럼 보이지 않았다. 그녀는 그저 잠들었을 뿐이고, 조만간 일어날 것이다.

잉그리드가 일어나면 가장 먼저 페이지의 안부를 물을 것이다.

사이먼도 그게 궁금했으니까.

사이먼은 세이디의 집을 나서며 엘레나에게 전화를 걸어, 페이지가 유전학과 혈통 연구에 관심을 가졌다는 사실을 알려주었다. 엘레나는 항상 속내를 드러내지 않고 그의 얘기를 들었다. 하지만 그것은 무언가가 있다는 뜻이었다. 그녀는 곧 질문을 퍼부었고, 사이먼은 그중 일부에만 답할 수 있었다.

질문이 바닥나자 엘레나는 아일린 본의 번호를 물었다. 사이먼은 번호를 알려주었다.

"어떻게 된 일일까요?" 사이먼이 물었다.

"아마 별일 아닐 겁니다. 그런데 데이미언 고스 역시 살해당하기 얼마 전 DNA 사이트를 방문했더군요."

"그게 뭘 의미하는 걸까요?"

"그쪽을 파기 전에 몇 가지만 확인하고 넘어가겠습니다. 병원으로 가실 건가요?"

"네."

엘레나와는 병원에서 만나기로 하고 전화를 끊었다.

아이들은 괜찮아 보였다. 애니아는 이웃인 수지 피스크의 집에 있었는데, 사이먼 생각에 지금은 그게 최선인 듯했다. 샘은 잉그리드의 병실이 있는 층에 근무하는 수련의 몇 명을 친구로 사귀었다. 샘은 그런 데 능했다. 항상 빠르게 친구를 사귀는 아이였다. 다가오는 물리학 시험 공부를 하려고 지금은 수련의 라운지에 가 있었다. 똑똑할 뿐 아니라 성실한 아들이었다. 그럭저럭 때우고 마는 학생이던 사이먼은 아들이 가진 직업 정신, 그러니까 매일 일찍 일어나 식사 전 운동을 하고, 마감 며칠 전에 과제를 끝마치는 습관에 항상 놀라곤 했다. 다른 아버지들과 달랐던 사이먼은 속도를 늦추고 꽃향기 맡는 법을 아들에게 가르쳐야 하지 않을까 종종 고민했다. 샘은 지나치게 몰입하는 스타일이었다.

물론 바로 가르치겠다는 뜻은 아니다. 오히려 지금은 바쁘게 주의를 돌리는 편이 나았다.

차도 없음.

그럼 됐어. 당장은 잉그리드의 상태 외에도 해결할 일이 많았다.

사이먼은 자신이 상상력이 과한 편이라고 생각하지 않았건만, 지금은 무슨 상상을 하든 이내 급물살을 탔다. DNA 테스트에 관한 이야기를 듣고 나서 그의 상상은 철조망과 지뢰가 심긴 어둡고 험한 길로 접어들었다. 그곳에는 절대 발을 들여놓고 싶지 않았지만, 지금은 다른 선택지가 없어 보였다.

아일린의 말이 계속 메아리쳤다. "집에 문제가 있다고 했어요."

이본이 병실로 들어왔다. "저기."

"페이지가 내 자식이 아닐 가능성이 있어?"

그냥 그렇게 돌진.

"뭐라고?"

"들었잖아."

사이먼은 이본 쪽으로 몸을 돌렸다. 이본은 안색이 창백해지더니 몸을 떨었다.

"내가 페이지의 생물학적 아빠가 아닐 가능성이 있는 거야?"

"맙소사, 그럴 리가."

"진실을 알아야 해."

"무슨 소리야, 사이먼?"

"다른 사람이랑 잤을 가능성이 있어?"

"잉그리드가?"

"그럼 누구겠어?"

"나야 모르지. 갑자기 그런 소리는 왜 하는데?"

"가능성이 아예 없다는 거지?"

"0퍼센트."

그는 다시 아내를 향해 돌아앉았다.

"사이먼, 도대체 무슨 일이야?"

"그런데 너도 확신할 수 없잖아." 사이먼이 말했다.

"사이먼."

"확신할 수 있는 사람은 없겠지."

"그렇지. 확신할 수 있는 사람이 누가 있겠어." 이본의 목소리에서 조바심이 새어 나왔다. "네가 다른 아이의 아빠가 아니라는 것도 확신할 수 없잖아."

"내가 잉그리드를 얼마나 사랑하는지 알면서."

"알지. 잉그리드가 너를 똑같이 사랑한다는 것도."

"그래도 난 잉그리드를 다 알진 못하잖아, 안 그래?"

"무슨 소릴 하는지 모르겠네."

"아니, 알잖아. 잉그리드가 항상 감추는 이야기가 있다는 거. 심지어 나한테도."

"누구에게나 감추고 싶은 부분이 있어."

"그런 말이 아니야."

"그럼 무슨 소린지 전혀 모르겠다고."

"아니, 이본. 너는 알아."

"도대체 어디서 무슨 얘길 들은 거야?"

"페이지를 찾다가."

"페이지를 찾다가 네가 페이지의 아빠가 아닐 수도 있다는 생각이 들었다고?"

사이먼은 완전히 몸을 돌려 이본을 정면으로 마주 보았다. "너에 관해서는 모르는 게 없어, 이본."

"정말 그렇게 생각해?"

"응."

이본은 아무 말도 하지 않았다. 사이먼은 침대에 누워 있는 잉그리드를 돌아보았다.

"난 잉그리드를 사랑해. 진심으로. 하지만 내가 모르는 부분이 있다는 건 확실해."

이본은 여전히 입을 다물고 있었다.

"이본?"

"내가 무슨 말을 하길 바라? 잉그리드에게 신비로운 무언가가 있긴 하지. 나도 그 점에는 동의해. 그게 남자들이 열광하는 부분이기도 했고. 솔직해져보자. 너도 그런 비밀스러운 분위기에 끌린 거 아냐?"

사이먼은 고개를 끄덕였다. "처음에는."

"잉그리드를 많이 사랑하잖아."

"그래."

"그런데 최악의 방법으로 너를 배신했다고 의심하는 중이고."

"배신했어?"

"아니."

"뭔가 있어."

"그건 페이지와는 상관없는 일이야…….."

"그럼 뭐랑 상관있지?"

"총에 맞은 것과도 상관없고."

"하지만 비밀은 있다?"

"당연히 과거가 있지." 이본은 손을 들어 올렸다. 이제는 혼란스러움보다는 짜증이 올라오는 것 같았다. "모두에게 과거는 있어."

"나는 없어. 너도 없고."

"그만해."

"무슨 과거가 있다는 거야?"

"지난 일이야, 사이먼." 이본은 인내심을 잃어갔다. "거기까지라고. 너를 만나기 전의 인생도 있는 거잖아. 학교 다니고, 여행 가고, 연애하고, 일하고."

"그런 말을 하려는 게 아니야. 일반적이지 않은 무언가가 있다고."

이본은 고개를 저으며 인상을 찡그렸다. "내가 말할 수 있는 입장이 아니야."

"그렇게 말하기엔 이미 늦었어, 이본."

"아니. 나를 믿어."

"믿고 있어."

"좋아. 어차피 아주 먼 옛날의 일일 뿐이야."

사이먼은 고개를 저었다. "여기서 일어나는 일들, 페이지를 바꿔놓고 이 사달을 만든 원인이 아주 오래전에 시작됐지."

"왜 그렇게 생각하는데?"

"아직은 잘 모르겠어."

이본은 침상으로 더 가까이 다가왔다. "한 가지만 물을게, 사이먼."

"물어봐."

"최상의 시나리오는 이래. 잉그리드가 멀쩡하게 일어나. 페이지를 찾아. 애도 무사해. 마약도 끊어. 내 말은, 완전히 끊어. 그리고 끔찍한 이번 일은 묻어두기로 해."

"그래."

"페이지가 한 걸음 더 나아가기로 결심해. 새 출발 하기로. 남자친구도 만나. 아주 훌륭한 녀석으로. 항상 페이지를 우러러보고, 상상 이상으로 사랑하는 그런 남자야. 두 사람은 아주 멋진 삶을 꾸려가. 그런데 페이지는 한때 자신이 마약 소굴에서 살던 중독자였다는 걸, 작대기를 얻기 위해서라면 신만이 아는 사람과 신만이 아는 일을 하며 살았다는 사실을 이 멋진 남자가 모르길 바라."

"진심으로 하는 소리야?"

"응, 진심이야. 페이지는 그 남자를 사랑해. 그의 눈빛이 흐려지길 바라지 않지. 이해할 수 있어?"

이본이 하는 말 뜻을 깨달은 사이먼의 목소리는 여느 속삭임보다 작았다. "세상에, 잉그리드가 숨기는 게 대체 뭐야?"

"그건 상관없어……."

"퍽이나."

"페이지의 과거가 상관없는 것처럼."

"이본?"

"왜?"

"이 비밀 때문에 잉그리드를 향한 내 마음이 변할 거라고 생각해? 정말로?"

이본은 대답하지 않았다.

"만약 그렇다면 우리 사랑도 별거 없다는 거네."

"그런 게 아니야."

"그럼 뭐야?"

"잉그리드를 바라보는 눈빛이 바뀔 거라는 소리야."

"사랑이 흐려진다?"

"그렇겠지."

"틀렸어. 나는 잉그리드를 똑같이 사랑할 거야."

이본은 천천히 고개를 끄덕였다. "나도 그럴 거라고 생각해."

"그래?"

"그래서 잉그리드의 오랜 과거가 지금 상황과 상관이 없다는 거야." 이본은 양손을 들어 사이먼의 반박을 저지했다. "네가 무슨 말을 하든, 나는 비밀을 지키기로 약속했어. 그러니까 그냥 받아들여."

사이먼은 그러지 않을 작정이었다. 알 필요가 있었다. 그런데 바로 그때, 잉그리드가 사이먼의 손을 고정쇠처럼 움켜쥐었다. 사이먼의 심장이 요동쳤다. 아내가 눈을 뜨거나 희미한 미소를 짓고 있길 간절히 바라며 고개를 돌렸다. 그러나 잉그리드는 발작을 일으키고 있었다. 전신이 경직되고 수축하기 시작했다. 눈꺼풀이 감긴 채 통제 불가능한 방식으로 움직여 흰자밖에 보이지 않았다.

의료 장비들이 삑삑거렸다. 경고음이 울렸다.

의료진이 병실로 달려 들어왔다. 누군가 또 들어왔다. 세 번째로 들어온 사람이 사이먼을 밀어냈다. 더 많은 사람이 밀려 들어와 잉그리드의 병상을 에워쌌다. 발작이 진행중이었다. 의료진들은 알 수 없는 의학 용어를 써가며 응급조치를 지시했다. 공황발작에 가까운 말투였다. 누군가, 아마도 여섯 번째로 들어온 사람이 이본과 사이먼을 병실 밖으로 조심스럽지만 단호하게 밀어냈다.

잉그리드는 긴급수술에 들어갔다.

누구도 사이먼에게 현재 상황을 이야기해주지 않았다. 간호사가 "편안히 앉아 계세요"라는 말을 하긴 했다. 이윽고 진부한 위로가 이어졌다. "담당 선생님께서 나오는 대로 설명해주실 겁니다."

사이먼은 더 묻고 싶었지만 동시에 누구도 방해하고 싶지 않았다. '잉그리드에게만 집중해주세요.' 사이먼은 그렇게 생각했다. '제발 낫게 해주세요. 얘기는 그다음에.'

그는 북적이는 대기실을 서성거리며 손톱을 잘근잘근 씹어댔다. 어릴 때 버릇으로, 대학교 4학년이 되어서야 그만둘 수 있었다. 혹은 그만두었다고 생각한 것뿐인지도. 사이먼은 대기실 한쪽 구석에서 다른 쪽 구석으로 옮겨 다니며 구석마다 잠시 멈춰 몇 초간 벽에 등을 기댔다. 당장에라도 바닥에 주저앉아 웅크리고 싶은 마음뿐이었다.

그는 이본을 찾았다. 아내의 과거에 대한 대답을 받아내고 싶었지만, 어디에도 보이지 않았다. 왜? 사이먼을 피하려고? 아니면 볼일이 있어서? 아마 파트너인 사이먼이 빠져서 일이 더 바쁠 것이다. 안 그래도 이본이 그 지점에 관해 얘기한 적이 있다. 회사도 신경 써야 하고, 상황이 장기적으로 이어질지도 모르니 두 사람이 동시에 병원에 있기는 힘들다는 이야기였다.

사이먼은 짜증과 분노 사이의 감정을 느꼈지만, 잉그리드와의 약속을 지키고자 언성을 높인 이본의 행동이 훌륭하고 심지어 고결했다는 사실을 깨달았다. 사이먼은 잉그리드와 이십사 년을 함께했다. 두 사람은 페이지가 태어나기 삼 년 전에 만났다. 제아무리 이상하고 천박하고 끔찍한 일이라 할지라도, 페이지가 태어나기도 전, 사이먼과 잉그리드가 만나기 전의 일이 현재에 영향을 미칠 수 있을까?

말도 안 되는 소리다.

"사이먼?"

엘레나 라미레스가 갑자기 모습을 드러냈다. 그녀는 잉그리드의 상태가 달라졌는지 물었다. 사이먼은 긴급수술에 들어간 사실을 전하며 덧붙였다. "이제 자초지종을 설명해주시죠."

두 사람은 사이먼이 기대고 있던 자리에서 다른 곳으로 이동했다. 입구에 있는 사람들에게서 가장 먼 자리였다.

"저도 아직 정보를 다 취합하진 못했어요." 엘레나가 낮은 목소리로 말했다.

"하지만?"

엘레나는 말을 주저했다.

"뭔가 찾았군요, 그렇죠?"

"네. 그게 당신이나 페이지와 어떻게 연결되는지는 아직 몰라요."

"일단 들어볼게요."

"페이지와 패밀리 트리 클럽부터 들여다보죠."

"좋습니다."

"데이미언 고스는 'DNA유어스토리 닷컴'이라는 유전자분석 사이트를 방문했어요." 엘레나는 누가 들을까 두려운 사람처럼 주변을 살폈다. "그래서 의뢰인에게 헨리 소프의 카드 내역을 확인해달라고 부탁했습니다."

"그리고요?"

"같은 사이트에서 결제한 내역이 있어요. 게다가 헨리 소프는 이 사이트 외에도 여러 유전자분석 사이트에 접속했어요."

"세상에."

"그렇습니다."

"그렇다면 페이지의 신용카드 내역도 확인해봐야겠군요." 사이먼이 말했다. "같은 사이트에 접속했는지 보려면요."

"네."

"에런은요? 에런도 그 사이트에 들어갔나요?"

"카드 내역을 보지 않는 이상 알아낼 방법이 없어요. 그쪽 어머니한테 부탁해볼 수 있겠어요?"

"해볼 수 있죠. 도와줄지는 모르겠습니다."

"시도는 해보죠." 엘레나가 말했다. "일단 이렇게 가정해봅시다. 그들 모두 자신의 샘플을 같은 검사 사이트에 보내서 확인했다고요. 테스트가 어떻게 진행되는지 아시나요?"

"전혀요."

"시험관에 침을 뱉어서 보내면 그쪽에서 DNA를 분석해줍니다. 사이트별로 분석해주는 항목이 달라요. 어떤 사이트는 유전적 질환에 대해 선제적 진단을 해준다고 합니다. 알츠하이머병이나 파킨슨병에 걸릴 확률이 높은 유전자를 가지고 있는지 따위를 알려주죠."

"정확도가 높을까요?"

"미심쩍어 보입니다만, 지금 그게 중요한 게 아닙니다. 적어도 저는 그렇게 생각해요. 기본적으로 제공하는 결과는 사이트에 들어가보면 아실 겁니다. 일단 혈통이 어떻게 구성되어 있는지 알려줘요. 당신은 15퍼센트의 이탈리아인, 22퍼센트의 스페인인이라는 식이죠. 지도로 선조들의 이동 경로도 보여줍니다. 어느 지역에서 출발해서 긴 시간에 걸쳐 어디에 정착했는지 말이죠. 꽤 대단해 보이죠."

"그러네요. 재미있겠어요. 그런데 그게 지금 상황과 어떻게 연결되는 건가요?"

"연결이 되는지도 확실치 않습니다."

"테스트를 하면 부모에 관한 정보도 알려주나요?" 사이먼이 말했다.

"그럼요. 친척까지도요. 헨리 소프와 데이미언 고스도 그 이유 때문에 검사를 받았을 거예요."

"입양됐으니까." 사이먼이 말했다.

"그리고 친부모에 관해서 아는 게 없었어요. 그게 바로 열쇠입니다. 입양아들이 서비스를 이용하는 경우가 많다더군요. 부모나 형제가 누구인지 알 수 있고, 진짜 혈족을 찾을 수 있으니까."

사이먼은 얼굴을 비볐다. "에런 코벌도 했을 수 있겠네요. 친어머니가 누구인지 알아보려고."

"맞아요. 아니면 아버지가 친아버지가 아님을 증명하고 싶었거나."

"에런도 입양되었다고 보시는 겁니까?"

"그럴 수도 있죠. 아직 모르지만. 문제는 이 사이트들이 논란이 많다는 겁니다. 수백만, 어쩌면 수천만 명의 사람이 검사를 하다 보니까요. 작년에만 천이백만 명 이상이 했다더군요."

사이먼은 고개를 끄덕였다. "저도 샘플 보낸 사람을 꽤 알아요."

"저도 마찬가지입니다. 사람들은 인터넷 회사에 자기 유전자를 보내는 걸 꺼림칙하다고 생각해요. 자연스러운 현상이죠. 그래서 알아본 바에 의하면 사이트들은 보안과 프라이버시 문제에 엄격합니다. 제가 아는 모든 선을 동원했지만 DNA유어스토리는 영장 없이는 아무것도 말해줄 수 없다더군요. 게다가 영장 문제가 불거지면 대법원까지 불사하겠다고."

"그래도 당신이 발견한 것이라면……."

"아직 빈약하죠. 전혀 상관없어 보이는 살인사건 두 건. 범행 의도도 지역도 도구도 다르죠. 인터넷 메시지를 통해 시카고에 있는 누군가와 가까스로 연결 지을 수 있을 뿐이에요. 법정에서 그런 정보는 전혀 유효하지 않아요."

사이먼은 엘레나가 하는 말들을 흡수하려고 노력했다. "그렇다면 당신은 에런과 당신 의뢰인의 아들 그리고 고스라는 남자까지, 셋 모두 연관이 있다고 생각하는 겁니까?"

"모릅니다. 하지만 가능성은 있죠."

"그중 두 사람은 살해당했어요." 사이먼이 말했다. "세 번째 남자인 당신 의뢰인의 아들은 실종됐고요."

"맞습니다."

"그렇다면 의문이 하나 생기는군요."

엘레나는 고개를 끄덕였다. "페이지죠."

"그래요. 당신 가설에 따르자면 페이지는 어디에 들어가야 하죠?"

"그 부분을 많이 고민했습니다." 엘레나가 말했다.

"어땠나요?"

"간혹 법 집행 과정에서 수사를 위해 이런 유전자 검사를 활용할 때가 있습니다. 아마도 페이지가, 어떻게 된 건지는 모르지만 범죄에 연루되지 않았을까 합니다."

"무슨 범죄요?"

엘레나는 어깨를 으쓱했다. "저도 모릅니다."

"그럼 굳이 에런 코벌을 찾아간 이유는 뭘까요?"

"페이지가 굳이 찾아갔는지는 모르죠. 페이지가 코네티컷으로 에런을 만나러 갔다는 사실 외에는요."

사이먼은 고개를 끄덕였다. "에런 코벌이 먼저 연락해왔을 수도 있겠네요."

"아마도요. 사실관계를 파악하기가 어렵네요. 기술담당자인 루가 최선을 다하고 있지만, 헨리가 와츠앱이나 바이버처럼 암호화된 메시지 앱을 써서 전체 대화 내용은 확인할 수 없다는군요. 하지만 헨리가 유전자 검사 사이트에서 제공하는 메시지 기능을 사용했을 것으로 보고 있기도 합니다. 사이트에 메시지 보내는 기능이 있어요. 그건 일반적인 메시지 앱으로 보이고요."

사이먼은 아무것도 모르겠다는 표정을 지었다.

"저도 무슨 말인지 정확히는 모릅니다." 엘레나가 손사래를 쳤다. "중요한 건 루가 계속 찾고 있다는 겁니다. 사무실에서도 출생증명서든 뭐든 에런 코벌의 인적 사항을 수사중이고요. 곧 파악할 수 있을 겁니다. 그럼 큰 가닥을 잡을 수 있겠죠."

엘레나는 말을 멈추고 깊은숨을 내쉬었다.

"무슨 방향으로요?" 사이먼이 물었다.

"다른 연결 고리를 찾긴 했거든요."

엘레나 목소리에서 이상한 점이 감지되었다. "전부 연결되나요?"

"그건 아닙니다. 헨리 소프와 데이미언 고스 사이의 고리입니다."

"어떤 거죠?"

"두 사람 다 입양되었는데."

"그건 아는 사실이잖아요."

"같은 기관을 통해서 입양되었습니다."

쾅.

"호프 페이스라는 기관입니다."

"어디에 있죠?"

"메인 주. 윈덤이라는 작은 마을입니다."

"잘 이해가 안 되네요. 당신 의뢰인은 시카고에 살잖아요. 데이미언 고스는 뉴저지 주에 살고. 그런데 둘 다 메인 주에서 입양되었다고요?"

"그렇습니다."

사이먼은 놀라움에 고개를 저었다. "그럼 이제 뭘 해야 할까요?"

"아내분 옆에 계세요." 엘레나가 말했다. "제가 메인 주에 가보죠."

24

메인 주에 있는 포틀랜드 국제 제트기 비행장에 마지막으로 온 것
은 조엘과 함께한 여행 때였다. 아이들을 위한 시골의 한적한 야영장
에서 조엘의 조카이자 대녀가 '테마가 있는 주말 결혼식'을 올렸다.
아메리카 원주민 이름(캠프 마누였나?)을 딴 곳이었는데, 지금은 기억
도 나지 않았다. 엘레나에게는 여러모로 기대되지 않는 결혼식이었다.

매력적이고 우아한 조엘의 전처, 말린이 참석한다는 것이 첫 번째
이유였다. 엘레나는 가족들이 보낼지 모르는 이상한 눈초리를 감수해
야 했다. 거의 190센티미터에 달하는 잘생기고 카리스마 있는 조엘
이, 150센티미터가 될까 말까 한 다부진 체격에 특별한 매력 없는 엘
레나에게서 무엇을 보았는지 그들은 이해하지 못할 것이다.

엘레나 역시도 이해가 안 가는 부분이었으니까.

"재미있을 거야." 조엘이 장담했다.

"끔찍하겠지."

"물가에 있는 독채를 준다잖아."

"그래?"

"사실, 완전히 독채는 아니고." 조엘이 바로 꼬리를 내렸다. "물가가 아닐 수도 있어. 어쨌든 2층 침대는 준대."

"와. 그거참 신나네."

상황이 아무리 잘 받쳐줘봤자 악몽일 뿐인 여행이었다. 엘레나는 캠핑, 자연, 곤충, 활쏘기, 카약 타기를 비롯하여 '잭과 낸시의 결혼 여행 안내서'에 적힌 그 어떤 활동도 좋아하지 않았다. 6월 초였다. 메인 주에 있는 야영장은 여름방학이 시작되고 아이들이 본격적으로 들이닥치기 전, 공간을 대여해주며 부가 수입을 올리고 있었다.

그런데 놀랍게도 엘레나는 그 주말 동안 아주 즐겁게 지냈다. 엘레나가 속한 팀이 색깔 전쟁이라는 게임에서 우승했고, 종일 진행한 깃발 잡기 게임에서도 엘레나의 수사 경력이 도움이 되었다. 밤에는 조엘이 와인 한 병과 잔 두 개를 어디선가 가져왔다. 무슨 파티가 벌어지든 두 사람은 상관없었다. 그날의 기억은 아직도 엘레나를 붙잡고 있으며 앞으로도 영원히 그녀를 사로잡을 것이다. 조엘은 잔과 와인을 커다란 침낭으로 둘둘 말았다. 진짜 캠프처럼 누군가가 트럼펫을 불고 소등을 하자, 조엘은 침대 2층에서 내려와 엘레나와 손을 잡고 축구장으로 나갔다. 두 사람은 별빛이 부서지는 푸른 밤하늘 아래서 사랑을 나눴다.

조엘과의 섹스가 왜 그렇게 좋았을까?

다른 사람은 근접조차 못 한 엘레나의 몸과 마음 깊숙한 곳까지 그가 가닿을 수 있던 이유는 무엇일까? 엘레나는 수천 번 그 이유를 생각했다. 그녀는 훌륭한 섹스는 신뢰와 약점에 관한 것이라는 사실을 깨달았다. 엘레나는 조엘을 전적으로 신뢰했다. 마음을 열고, 조엘에게만큼은 약점을 숨김없이 보여주었다. 평가하거나 주저하거나 의심하지 않았다. 엘레나는 조엘에게, 조엘은 엘레나에게 맞추려 했고, 두 사람은 서로가 이기적이길 바랐다. 그 외에 바라는 것은 없었다.

인생에서 그런 관계를 맺는 일은 드물다. 기껏해야 한두 번. 대부분의 경우는 단 한 번도 가지지 못한다.

엘레나는 알고 있었다. 친구들이 아무리 좋은 말로 위로해도 그런 관계를 다시는 맺지 못할 것이다. 시도해볼 이유조차 없는 일이다. 엘레나는 새로운 사람을 만나지 않았다. 어차피 주선해주는 사람도 많지 않았다. 다른 관계에는 흥미가 없었다. 절개를 지키거나 자기 연민에 빠지려는 것이 아니었다. 조엘이 죽었을 때 자신의 일부도 죽었다는 사실을 인지할 뿐이었다. 그녀에게 믿음을 주고, 약한 모습을 보여줄 수 있는 사람은 세상에 존재하지 않았다. 아주 슬픈 현실이었다. 그러나 한심한 세상에서 계속 들어온 말처럼, 현실은 감정을 염려하지 않는다. 엘레나는 멋진 연애를 했고, 그들의 관계는 감탄을 자아냈으나, 지금은 사라지고 없었다.

공항 근처, 하워드 존슨 호텔에 잡은 방에서는 무려 하나도 아닌 두 개의 주유소와 세븐일레븐이 보였다. 상대적으로 더 호화로운(이 부분에 따옴표를 해야 한다) 엠버시 스위트나 컴포트 호텔에 방을 잡지 않은 이유는 순전히 어린 시절에 대한 향수 때문이다. 텍사스 주에서 보낸 어린 시절, 엘레나의 가족은 하워드 존슨 호텔로 나들이를 가곤 했다. 가족들은 그곳에서 저녁 식사를 하고 아이스크림을 먹었다. 지붕은 선명한 오렌지색이었고, 지붕 위 작은 돔 끝에 풍향계가 달려 있었다. 엘레나와 아버지는 늘 조개 튀김을 시켰다. 평소보다 울적한 오늘 같은 날에는 추억 어린 튀김 한 입이 그리웠다.

호텔 프런트에서 식당에 관해 물어보니, 안내원은 엘레나가 스와힐리어라도 내뱉은 것처럼 바라보았다. "식당은 없는데요."

"식당이 없는 하워드 존슨 호텔이라고요?"

"그렇습니다. 포틀랜드 파이 컴퍼니가 여기서 멀지 않아요. 독스 시푸드는 2킬로미터 정도 더 내려가야 하고요."

엘레나는 로비에서 빠르게 검색해보았다. 최근 들어 하워드 존슨의 레스토랑이 하나씩 빠지고 있다는 걸 왜 몰랐을까? 2005년쯤에는 지점 여덟 개 정도에만 식당이 있었고, 지금은 뉴욕에 있는 조지 호수 지점에만 하나가 남아 있었다. 엘레나는 조지 호수까지 얼마나 걸리는지 확인해보았다. 다섯 시간 정도였다.

너무 멀었다. 게다가 평점도 형편없었다.

그녀는 양조장 스타일의 술집에 들어가서 스포츠 경기를 보며 술을 과하게 들이켰다. 엘레나는 자기 인생에서 가장 중요한 두 남자인 아버지와 조엘, 그리고 그들이 어떻게 그렇게나 빨리 떠나버렸는지에 대해 생각했다. 그녀는 차를 얻어 타고 하워드 존슨 호텔로 돌아왔다. 오렌지색 지붕과 풍향계가 없어진 것을 보고 시대가 변했음을 알아챘어야 했다. 그녀는 그대로 잠이 들었다.

날이 밝자, 엘레나는 파란 재킷과 청바지를 입고 윈덤에 있는 호프 페이스로 가는 경로를 확인했다. 삼십 분, 정체 구간 없음. 살인사건의 피해자인 데이미언 고스뿐만 아니라, 헨리 소프의 가족을 대리할 수 있도록 사무실에서 대리인 자격을 신청해두었다.

모든 것은 가능성이 엄청나게 희박한 시도였다.

호프 페이스 입양 센터는 루스벨트 트레일을 따라가다 보면 나오는 애플비스 레스토랑 뒤편의 작은 사무실 건물에 있었다. 센터장인 메이시 아이작슨은 야성적인 반백의 머리 스타일을 한 남자였다. 그는 불안한 미소를 지으며 엘레나에게 맥 빠지는 악수를 건넸다. 정돈하지 않은 턱수염을 기르고 멋진 거북 무늬 안경을 쓰고 있었다.

"제가 도움이 될지 모르겠네요." 아이작슨은 벌써 세 번째 그렇게 말했다.

이마에는 땀방울이 맺혀 있었다. 엘레나는 자리에 앉으며 대리인 증명서를 보여주었다. 그는 문서를 신중하게 훑어보고 질문을 던졌다. "입양된 게 얼마나 오래전이죠?"

"헨리 소프는 이십사 년 전일 거고, 데이미언 고스는 삼십 년쯤 됐을 겁니다."

"그렇다면 정말 제가 도움이 될지 모르겠습니다."

"이 입양 건들에 관한 어떤 자료라도 좀 봤으면 좋겠는데요."

"이렇게 오래된 걸요?"

"네."

아이작슨은 두 손을 맞잡았다. "라미레스 씨, 아시다시피, 혹은 모르실 수도 있겠지만 해당 입양 건은 모두 폐쇄 입양입니다."

"압니다."

"그렇다면 관련 정보를 가지고 있다 해도 법적으로 입양 기록을 공개할 수 없다는 사실을 아시지 않습니까."

남자는 깔끔하게 정돈된 손끝을 핥더니 캐비닛에서 종이를 한 장 꺼내 건넸다. 엘레나는 마저 이야기를 들었다. "요즘은 입양아 권리니 뭐니 해서 어느 때보다 법이 느슨해지긴 했지만, 양식을 따라주시긴 해야 합니다."

엘레나는 서류를 내려다보았다.

"방법은 알려드리죠. 일단 지방 서기에게 가세요. 가서 지방법원에 청원서를 제출하세요. 접수가 되면, 그쪽에서 판사를 만날 날짜를 잡아줄 겁니다……."

"그럴 시간이 없는데요."

"규정상 어쩔 수 없습니다."

"가족 관련 서류는 이 사무실에 있잖아요. 의뢰인들은 여기서 입양되었고, 제가 모든 서류를 볼 수 있도록 허락해주었습니다."

센터장은 머리를 긁적이며 시선을 떨궜다. "외람된 말씀이지만 가족들은 발언권이 없어요. 입양된 두 사람 모두 성인이 되어서, 법원에 청원을 넣든 여기 오든 본인들에게 달린 겁니다. 고스 씨는 최근에 돌아가셨죠. 저도 들었습니다. 그런가요?"

"살해당했습니다."

"세상에. 끔찍한 일이군요."

"그래서 제가 여기 온 겁니다. 여담이지만."

"비극적인 소식을 듣게 되어 유감입니다만, 법적으로 말씀드리자면 몇 가지 서류를 더 작성하셔야 할 겁니다. 입양된 분이 돌아가신 경우는 저도 잘 몰라서……."

"살해당한 겁니다."

"그리고 서류를 보면, 부모 중 한 명…… 어머니가 친부모에 대한 정보를 요청하셨는데요. 아직 그분에게 권리가 남아 있을지 모르겠습니다. 헨리 소프 씨는 살아 있는 거 맞죠?"

"의심스러운 정황이 있는 상태에서 실종되었습니다."

"그런 경우에도." 아이작슨이 말했다. "부모든 후견인이든 누구든, 대신해서 정보를 신청할 수 있는지는 모르겠습니다."

"두 사람은 여기서 입양됐어요, 아이작슨 씨."

"알고 있습니다."

"이 기관을 통해 입양된 두 아이, 아니 두 남자가 최근에 서로 연락을 취했습니다. 이것도 아시나요?"

아이작슨은 아무 말도 하지 않았다.

"한 명은 죽고, 한 명은 의심스러운 상황에서 실종되었죠."

"이제 그만 일어나주시길 부탁드려야겠네요."

"부탁은 자유죠." 엘레나가 받아쳤다.

그녀는 팔짱을 끼고 꼼짝하지 않은 채 가만히 남자를 노려보았다.

"규정상 어쩔 수 없습니다." 센터장이 설득하려고 했다. "저도 돕고 싶습니다."

"입양 절차를 직접 처리하셨나요?"

"저희는 수년간 많은 입양을 진행했습니다."

"에런 코벌이라는 이름 들어보셨나요? 그의 아버지인 와일리 코벌은 기억하시겠죠. 코네티컷에서 농장을 운영하는 가족입니다."

센터장은 아무 말도 하지 않았다. 그러나 그는 알고 있었다.

"코벌 씨가 입양을 의뢰했습니까?" 엘레나가 물었다.

"모릅니다."

"그 남자도 죽었어요. 에런 코벌요."

남자의 얼굴이 혈색을 잃었다.

"여기서 입양된 게 맞나요?"

"잘 모르겠습니다." 남자는 똑같은 말만 되풀이했다.

"서류를 확인해보시죠."

"이제 그만 떠나주시길 부탁드립니다."

"네, 물론 저는 그렇게 하지 않을 거고요. 당시 여기서 일하셨죠? 이 사람들이 입양된 시기에."

"제가 세운 곳입니다."

"압니다. 당신이 어떻게 친권 문제를 뛰어넘어 아이들을 좋은 가족과 연결해주어야겠다고 결심했는지, 정말 아름다운 이야기더군요. 다 알고 왔습니다. 그 이야기도, 당신에 대해서도. 항상 최선을 다하는 좋은 사람처럼 보이지만, 혹시라도 입양 서류에서 잘못된 점이 발견된다면……."

"그런 건 없습니다."

"만약 있다면 제가 찾아낼 겁니다. 당신이 한 모든 일을 파고들어서 실수를 찾아내면, 그게 옳은 일이든 아니든 역으로 이용할 생각입니다. 저 좀 보시죠, 아이작슨 씨."

그는 시선을 들어 엘레나를 보았다.

"당신은 무언가를 알고 있어요."

"아닙니다."

"아니요, 분명히 알고 있어요."

"이곳에서 진행한 입양에는 문제가 없습니다. 만약 직원 중 누군가가 사기를 쳤다면……."

이제 얘기가 조금씩 진척되는 것 같았다. 엘레나는 몸을 앞으로 기울였다. "만약 그렇다면, 아이작슨 씨, 제가 있습니다. 제가 도와드리죠. 파일을 보여주세요. 법적 서류 말고 당신이 가지고 있는 파일요. 제가 보고 문제가 있다면 바로잡겠습니다."

아이작슨은 아무 말도 하지 않았다.

"아이작슨 씨?"

"파일을 보여드릴 수가 없어요."

"왜죠?"

"없어졌어요."

엘레나는 그가 말을 잇길 기다렸다.

"오 년 전에 불이 났어요. 모든 기록이 사라졌죠. 그게 문제가 되진 않습니다. 관련 서류는 말씀드린 대로 지방 서기 사무실에서도 보관하고 있거든요. 법적으로 불가능한 일이지만, 제가 보여드리려 해도 서류는 거기에만 있어요. 그곳에 가보셔야 합니다."

엘레나는 남자를 바라보았다.

"저한테 숨기는 게 있군요, 아이작슨 씨."

"불법적인 일은 절대 없었습니다."

"알겠습니다."

"그게 무슨 일이든, 아이들에게는 최선이었다고 생각합니다. 제 걱정은 아이들뿐이었고요."

"그러시겠죠. 하지만 아이들이 표적이 돼서 죽어나가고 있어요."

"그게 저희와 무슨 상관인지 모르겠군요."

"상관없을 수도 있죠." 엘레나는 지금까지 밝혀진 연결 고리가 여기뿐이라는 사실을 들키지 않으려고 노력했다. "아마도 제가 확실히 해드릴 수 있을 겁니다. 정말 기억나는 게 없으신가요?"

"어떤 점에서는 그렇고, 어떤 점에서는 아닙니다."

"무슨 뜻이죠?"

"이 사례들은 조금 더 비공개적으로 진행하길 요구했어요."

"어떻게요?"

"미혼모들이었습니다."

"그 당시에는 대부분이 미혼모 아니었나요? "

"그랬죠." 아이작슨은 조금 천천히 대답하며 자기 턱수염을 어루만졌다. "하지만 이 여자들은 정통 교파에서 왔습니다."

"어떤 교파죠?"

"모릅니다. 하지만 제 생각에…… 남자를 싫어하는 것 같더군요."

"그게 무슨 말이에요?"

"잘은 모릅니다. 정말입니다. 저는 엄마들 이름도 몰랐습니다."

"당신이 이곳 센터장이잖아요."

"맞습니다."

"그렇다면 당신이 최종 결재를 했겠죠."

"그랬죠. 그때 유일하게 엄마들 이름을 봤을 겁니다. 하지만 기억이 안 나요."

그는 기억하고 있었다. 분명했다.

"친부 이름은 기억하시나요?"

"그 부분은 항상 불명으로 기재되었습니다."

턱수염을 하도 세게 쓰다듬어서, 수염이 몇 가닥 떨어져 나왔다.

"전에 직원이 있었다고 하셨죠?" 엘레나가 말했다.

"뭐라고요?"

"그러셨잖아요. '만약 직원 중 누군가가 사기를 쳤다면……'이라고." 엘레나는 남자의 눈을 들여다보려고 했지만 그는 질색했다. "이 사례를 담당한 직원이 있었나요?"

그는 고개를 움직였다. 확신할 순 없지만 끄덕이는 것 같았다. 엘레나는 그렇다고 생각했다.

"누구죠?"

"앨리슨 메이플라워라는 여자입니다." 센터장이 입을 열었다.

"사회복지사였나요?"

"네." 그는 조금 더 생각하더니 한마디 덧붙였다. "비슷했죠."

"그러니까 앨리슨 메이플라워라는 여자가 이 사례에 관여했다는 말씀이시죠?"

그의 목소리는 낮고 아득했다. "앨리슨이 비밀리에 저를 찾아왔어요. 도움이 필요한 아이들이 있다고 했고, 저는 도움을 주었죠. 조건 부였습니다."

"어떤 조건이죠?"

"일단 저도 앞에 나서면 안 됐어요. 어떤 질문도 할 수 없었고요."

엘레나는 천천히 곱씹었다. FBI에서 일하던 시절, 겉으로는 공명정 대해 보이는 교회와 입양 시설을 급습한 사건이 많았다. 불법 입양 건 때문이었다. 몇몇 사례는 백인 아기를 찾는 높은 수요가 발단이 됐다. 자본주의 사회의 거시경제적 현실은 이러한 수요와 공급을 그대로 받아들여, 아기를 더 비싼 가격으로 주고받기도 했다. 다른 사례는 아이를 입양하고자 하는 양부모가 법적으로 입양이 어려운 과거를 가진 경우였다. 그런 때에도 돈이 작용했다.

어떤 경우에는 액수가 제법 컸다.

조심히 접근해야 했다. 아동 거래나 이삼십 년 전에 한 잘못 때문에 아이작슨을 검거하러 온 것이 아니다. 엘레나는 정보가 절실했다.

그녀 마음을 읽은 듯 아이작슨이 말했다. "도움이 될 만한 내용에 대해서는 정말 아는 바가 없습니다."

"앨리슨 메이플라워라는 여자 말이에요. 그 여자라면 알 수도 있지 않을까요?"

남자는 천천히 고개를 끄덕였다.

"그 여자가 있는 곳을 아시나요?"

"같이 일하지 않은지 이십 년이 넘었습니다. 다른 곳으로 갔어요."

"어디로요?"

아이작슨은 어깨를 으쓱했다. "몇 년간 못 봤었어요. 연락이 끊겼습니다."

"못 봤었다."

"뭐라고요?"

"'못 봤다'가 아니라, '못 봤었다'라고 하셨죠?"

"그러게요." 그는 머리를 쓸어 넘기며 한숨을 내쉬었다. "여기 다시 왔더라고요. 저도 잘은 몰라요. 작년에 포틀랜드에 있는 카페에서 일하는 걸 봤어요. 비건들이 다니는 이상한 곳이었어요. 그런데 저를 보자마자……." 아이작슨은 하던 말을 멈추었다.

엘레나가 재촉했다. "보자마자?"

"뒷문으로 나가더라고요. 그래서 따라갔죠. 그냥 인사나 하려던 건데, 거기 가봤더니……." 아이작슨은 몸서리를 쳤다. "어쩌면 앨리슨이 아닐 수도 있어요. 좀 달라 보였거든요. 예전에는 머리카락이 까맣고 길었어요. 그런데 그 여자는 짧은 백발이었어요. 그래서……." 아이작슨은 당시를 조금 더 떠올리려 노력했다. "아니다, 앨리슨이에요. 확실해요."

"아이작슨 씨?"

그는 고개를 들어 엘레나를 보았다.

"그 카페가 어디죠?"

25

눈을 떴을 때 가장 먼저 본 것은 디디의 아름다운 얼굴이었다.

애시는 자신이 죽었거나 헛것을 보는 것은 아니라고 생각했다. 만약 그렇다면, 디디는 평상시처럼 길게 땋아 내린 금발을 하고 있을 것이다. 어쩔 수 없이 짧게 자르고 고동색으로 염색한 머리가 아니라.

아니면 진짜 죽었을 수도 있다. 죽기 전 떠오르는 모습은 평소 좋아한 모습이 아니라, 마지막 모습일 수도 있는 노릇이다.

"괜찮아." 사람을 진정시키는 디디의 목소리가 천상의 것처럼 느껴져서 혼란을 더했다. "그냥 가만히 있어."

애시는 의식을 완전히 되찾는 동안 주변을 둘러보았다. 여전히 사이비 수용소였다. 방의 내부 장식은 검소하다 못해 거의 아무것도 없는 상태에 가까웠다. 액자 하나, 가구 한 점 걸리지 않았다. 벽면은 다른 모든 것처럼 필연적으로 회색이었다.

방에는 다른 사람도 있었다. 디디는 애시가 일어나 앉지 않도록 다독였지만, 전혀 먹히지 않았다. 멀리 한쪽 구석에서 시선을 떨군 채 두 손을 맞잡고 있는 성모 아디오나가 보였다. 침대 끝 더 가까운 곳에는 남자 두 명이 서 있었다. 다른 방에서 본 초상화에 있던 사람들이었다. 삼각형의 세 꼭짓점 중 두 개. 방문자와 행위자였다.

바티지의 아들 중 한 명(이 사람이 방문자일까?)은 아무 말 없이 밖으로 나가버렸다. 다른 한 명은 성모 아디오나를 돌아보며 화를 냈다. "운이 좋으시군요."

"죄송합니다."

"무슨 생각이었나요?"

"외부인에다 침입자여서." 아디오나는 여전히 바닥만 보며 말을 이어갔다. "진리를 수호하는 일이라고 생각했습니다."

"거짓말." 디디가 끼어들었다.

바티지의 아들은 나이 든 여자에게서 눈을 떼지 않은 채, 손을 휘저어 디디를 조용히 시켰다.

"그건 당신 역할이 아닙니다, 성모님."

여자는 여전히 바닥만 바라보았다.

"문제가 있으면 위원회에 오셨어야죠."

성모 아디오나는 순종적으로 고개를 끄덕였다. "맞는 말씀이십니다, 그래야지요."

바티지의 아들은 휙 하고 돌아섰다. "가보도록 하세요."

"물러나기 전에……." 여자가 애시를 향해 말했다. "진심 어린 사과의 말씀을 전하고 싶습니다."

성모 아디오나는 침대로 와서 애시의 왼손을 두 손으로 감싸 들었다. 그녀가 눈을 맞추었다. "당신을 다치게 하다니요, 비통함을 이루 다 말할 수 없습니다. 빛나는 진리로 영원히 함께하소서."

나머지 두 명도 같은 말을 낮게 읊조렸다. "빛나는 진리로 영원히 함께하소서."

성모 아디오나는 애시 손을 더 세게 움켜쥐었다.

그러면서 애시 손에 작은 종이 한 장을 쥐여주었다.

애시는 아디오나를 올려다보았다. 성모 아디오나는 최대한 살짝 고개를 끄덕이고는 종이를 쥐여준 손을 단단히 여미더니 방에서 나갔다.

"좀 어때?" 디디가 물었다.

"괜찮아."

"그럼 옷 입자. 진리께서 널 만나고 싶어하셔."

그린엔린 비건 카페는 칠판에 전 메뉴를 총천연색 무지개 분필로 고지해놓았다. '비건'이라는 명확한 단어뿐만 아니라, '유기농' '공정 무역' '육류 제외' '템페' '팔라펠' '두부' '생식' '100% 자연식' '친환경' '신선' '글루텐 프리' '지역 재배' '환경친화적' '농장에서 식탁으로' 같은 유행어가 가득했다. '오케일!'이라는 농담도 보였다. 녹색 채소로 모자이크처럼 배치해둔 '고기 말고 콩고기 드세요'라는 문장도 눈에 띄었다. 오른쪽으로는 친환경 무역에 관한 온갖 내용을 꽂아둔 코르크판이 있었다. 저런 걸 위해 종이를 쓰는 건 괜찮을까? 요가 수업과 비건 쿠킹 클래스 공지도 붙어 있었다. 건물 전체를 식물섬유로 마감하고, 온갖 캠페인을 지지하는 러버밴드를 모조리 가져다 장식해주고 싶은 곳이었다.

앨리슨 메이플라워는 카운터에 서 있었다.

그녀는 중년의 건강한 비건 역할로 캐스팅되어 연기자 알선업체에서 곧바로 걸어 나온 사람처럼 보였다. 큰 키에 탄력 있는 몸매였지만 어찌 보면 조금 말라 보였다. 광대뼈가 도드라지고 피부에서 빛이 났으며, 아이작슨의 말대로 짧게 자른 머리카락은 눈이 부시게 하얘서 원래 그런지 의심이 들 정도였다. 치아도 눈이 멀 정도로 하얬다. 반면 그녀의 미소에는 머뭇거림과 동요, 의심이 묻어 있었다. 엘레나가 다가갈수록 그녀는 눈을 아주 많이 깜빡거렸다. 안 좋은 소식 혹은 그 이상을 듣게 될 사람처럼 보였다.

"어떻게 도와드릴까요?"

팁을 넣는 통에 '거스름돈 공포는 여기 두고 가세요*'라는 글귀가 적혀 있었다. 엘레나는 그 글귀가 마음에 들었다. 그녀는 앨리슨에게 개인 번호가 적힌 명함을 내밀었다. 앨리슨은 명함을 받아들고 살펴보았다.

"앨리슨 메이플라워 씨." 엘레나가 입을 뗐다.

앨리슨은 어려 보였지만, 엘레나는 그녀가 육십대 초반일 것이라 생각했다. 앨리슨은 눈을 더 많이 깜빡이며 한 걸음 물러섰다. "모르는 이름이에요."

"아니요. 당신 이름이잖아요. 바꿨을 뿐이지."

"사람을 잘못 보신 것 같은……."

"두 가지 선택지가 있습니다, 앨리슨 씨. 하나는 우리끼리 따로 나가서 이야기를 나누고 제가 사라지는 거고요."

"다른 하나는요?"

---

* '거스름돈'과 '변화'가 같은 단어 change임을 활용한 말장난.

326

"다른 하나는 제가 당신 삶을 사라지게 하는 거지요."

오 분 뒤, 엘레나와 앨리슨은 카페 구석 자리로 향했다. 앨리슨이 라울이라고 부르는 턱수염 난 남자가 올림머리를 한 사내와 함께 카운터를 맡아주었다. 그는 수세미로 커피 잔을 닦으면서도 엘레나를 주시했다. 엘레나는 눈알을 굴리지 않으려고 노력했다.

엘레나는 자리에 앉자마자 이곳에 온 이유를 설명했다. 사탕발림을 하거나 에둘러 말하지 않았다. 직진이었다.

살인사건과 실종, 입양, 모든 전말에 대해.

첫 단계는 부인이었다. "전혀 모르는 일이에요."

"아시잖아요. 당신이 호프 페이스에서 담당한 건이에요. 아이작슨에게 입단속도 부탁했잖아요. 그를 데려 와서 확인시켜드릴 수도……."

"그러실 필요 없어요."

"그럼 모르는 척하며 시간 끌지는 맙시다. 저는 당신이 아기를 팔아먹었든 삶아 먹었든 상관없어요."

실은 상관있었다. 일이 끝나면 이들이 저지른 범죄를 찾아내 경찰에 보고하고, 앨리슨과 아이작슨을 처벌하기 위해 최선을 다해 협력할 생각이었다. 그러나 지금 당장은 헨리 소프를 찾는 일이 우선이었다. 지금 경찰을 운운했다가는 모두 입을 다물 것이다.

그건 나중에 해도 된다.

"말씀드린 이름 중에." 엘레나는 이야기를 계속해나갔다. "기억나는 이름이 있습니까?"

"담당한 입양이 많아요."

앨리슨은 눈을 다시 깜빡거렸다. 그녀는 의자에 쪼그리고 앉아, 한쪽으로 고개를 기울인 채 팔짱을 끼고 있었다. 엘레나는 FBI 시절 보디랭귀지를 공부했다. 앨리슨 메이플라워는 살면서 어딘가에서 육체적인 학대를 당했을 것이다. 학대의 손길은 부모 모습을 하고 있거나, 배우자 혹은 둘 다일 수 있다. 눈을 깜빡이는 행위는 폭행에 대비하는 것이다. 몸을 움츠리는 행위는 자비를 구걸하는 굴복을 의미한다.

라울은 엘레나를 계속 노려보았다. 그는 스물다섯 혹은 서른쯤 되어 보였다. 앨리슨의 학대 가해자로 보기에는 너무 어렸다. 앨리슨의 사연을 알고 있어서 그녀가 고통받는 모습을 두고 볼 수 없는 것인지도 모른다. 아니면 그 모든 것이 라울에게 그냥 느껴졌을 수도 있다. 비언어적 단서를 해독하는 데 있어 꼭 전문가일 필요는 없다.

엘레나는 다시 설득을 시도했다. "아이들을 도와주려고 그 일을 하신 거죠, 안 그래요?"

앨리슨은 고개를 들었다. 눈꺼풀이 여전히 빠르게 떨렸다. 그러나 두 눈에는 희망에 가까운 무언가가 어렸다. "맞아요. 그랬어요."

"무언가에서 아이들을 지키려고 그러신 거잖아요?"

"맞아요."

"그게 뭐였나요?" 엘레나는 가까이 다가갔다. "무엇에서 아이들을 지키고자 했나요, 앨리슨?"

"저는 단지 아이들에게 좋은 가족이 생기길 바랐을 뿐이에요. 그게 다예요."

"그런데 이 입양 건에는 특별한 점이 있잖아요, 그렇죠?" 엘레나는 압박 수위를 높였다. "당신은 일을 조용히 처리해야 했어요. 그래서 메인 주에 있는 작은 입양 기관을 통했죠. 돈이 오갔을 테고요. 뭐, 그게 중요한 건 아닙니다만."

"제가 한 일은." 앨리슨이 눈을 깜빡이며 대답했다. "사내아이들을 도와주기 위한 일이었어요."

엘레나는 고개를 끄덕였다. 앨리슨을 달래 더 털어놓게 하고 싶었지만, 한 단어 때문에 그러지 못했다.

사내아이라.

앨리슨은 '사내아이들'을 도와주기 위해 한 일이었다고 말했다. 그냥 아이들이나, 아가들, 어린아이들이 아니었다.

"그 아이들이 전부 사내아이였나요?" 엘레나가 물었다.

앨리슨은 대답하지 않았다.

"혹시 페이지라는 이름을⋯⋯."

"전부 사내아이였어요." 앨리슨은 고개를 흔들며 속삭였다. "모르시겠어요? 저는 정말 그 아이들을 도우려던 것뿐이에요."

"하지만 그 아이들이 지금 죽어나가고 있습니다."

눈물이 앨리슨의 뺨을 타고 흘러내렸다.

엘레나는 다시 압박했다. "가만히 앉아서 그런 일을 두고 보실 건가요?"

"세상에, 내가 무슨 짓을 한 거지?"

"말씀해주세요, 앨리슨."

"말할 수 없어요. 이제 가봐야 해요."

앨리슨은 자리에서 일어서려 했다. 엘레나는 그녀의 손목을 붙잡았다. 아주 단단히. "제가 돕겠습니다."

앨리슨 메이플라워는 눈을 질끈 감았다. "그냥 우연일 뿐이에요."

"아니요, 그렇지 않습니다."

"맞아요. 그냥 우연이에요. 입양 일을 많이 하다 보면, 몇몇 아이는 비극적인 결말을 맞기도 한다고요."

"그 아이들은 어디서 왔죠? 친부모가 누굽니까?"

"당신은 이해 못 해요." 앨리슨이 말했다.

"그러니까 설명을 해주셔야죠."

앨리슨은 엘레나의 손을 뿌리치고는 손목을 문질렀다. 그녀의 표정이 달라졌다. 여전히 눈을 깜빡이고 겁먹었지만, 저항하고 있었다.

"저는 아이들을 구한 거예요." 앨리슨이 말했다.

"아니요. 당신은 아이들을 구한 게 아닙니다. 당신이 한 일들, 당신이 수년간 지켜온 비밀들? 전부 수포가 됐어요."

"그럴 리 없어요."

"다 묻어두고 넘어간 일이라고 생각했겠죠······."

"묻었다기보다, 전부 다 태웠어요. 모든 증거를 없애버렸다고요. 더는 그 이름들이 기억나지 않아요." 탁자 너머로 몸을 기울인 앨리슨의 눈빛은 이제 활활 불타고 있었다. "잘 들어요. 아무도 아이들을 해칠 수 없어요. 제가 그렇게 해놨다고요."

"무슨 일을 하셨죠, 앨리슨 씨?"

그녀는 아무 말도 하지 않았다.

"앨리슨 씨?"

"이분이 귀찮게 하는 거야, 앨리?"

엘레나는 라울을 올려다보며 한숨을 쉬지 않으려고 애썼다. 그는 힙스터 슈퍼맨처럼 주먹을 엉덩이에 얹고 엘레나를 노려보았다.

"사적인 대화입니다." 엘레나가 쏘아붙였다. "당신과 올림머리 남자분께서 카운터로 돌아가주신다면······."

"그쪽한테 하는 얘기가 아니잖아요, 손님. 저는······."

예고도 없이, 앨리슨 메이플라워가 자리에서 일어섰다.

허를 찔렀다. 엘레나 반대편에 잠자코 앉아 있던 앨리슨은 바로 다음 순간, 새총에서 발사된 것처럼 움직였다. 그녀는 복도를 통해 가게 뒤로 뛰쳐나갔다.

제기랄.

엘레나는 잘하는 게 많았지만 다리를 절게 된 후부터는 특히 속도에 취약했다. 앨리슨을 따라가려 했지만, 늘 그렇듯 투덜거리며 자리에서 일어섰을 때 호리호리한 채식주의자는 저 멀리 앞서가고 있었다.

엘레나가 가까스로 따라가려는데 올림머리와 라울이 길을 막았다. 엘레나는 속도를 늦추지 않았다. 라울이 손으로 그녀를 저지했다. 그의 손이 엘레나를 치려는 순간, 그녀가 그의 어깨를 붙들고 힘을 모아 가랑이 사이를 걷어찼다.

라울은 그 자리에서 무릎을 꿇었다. 다음은 올림머리 차례였다. 그는 잘려나간 나무처럼 바닥에 고꾸라졌다. 엘레나는 이렇게 소리칠 뻔했다. '나무 넘어가요!'

물론 실제로 그러지는 않았다. 그녀는 가게 뒤편으로 움직였다. 문 대신 히피풍의 구슬 커튼을 달아놓은 화장실을 지나, 뒷문을 향해 몸을 내던졌다. 뒷골목으로 이어진 문이 벌컥 하고 열렸다. 엘레나는 좌우를 살폈다.

앨리슨 메이플라워는 이미 사라진 뒤였다.

26

의사가 새로운 소식을 전해주길 기다리는 동안, 사이먼은 엘레나 라미레스와 논의한 내용에 대한 후속 조처를 고민하며 대기실을 서성거렸다. 에런의 새어머니인 이니드 전화번호가 없어서 코벌 농장으로 전화를 걸었다. 안면이 있는 직원인 것 같은 목소리가 메시지를 받았다.

메시지는 전달되지 않을 것이다.

다음으로는 페이지의 카드 내역을 확인했다. 사이먼은 페이지가 랜 포드 대학교에서 사용하던 비자 카드에 자동결제 신청을 해두었다. 페이지가 에런과 자신이 할 마약을 쟁이려고 카드를 남용하자 어쩔 수 없이 자동결제를 해지했지만, 예전 기록에는 접근할 수 있었다. 사이먼은 내역을 다운로드해서 꼼꼼히 훑었다.

상당한 고역이었다. 초반 지출은 보통의 대학생이 쓸 법한 내용이었다. 근처 식당에서 간단한 식사, 학교 매점에서 학용품과 학교 로고가 새겨진 스웨트셔츠 구매, 편의점에서 세면도구 구매. 포킵시에 있는 리타스 이탈리안 아이스크림 가게에서 두 번 결제한 내역이 있고, 엘리자베스 부티크라는 곳에서 여름옷을 샀다.

DNA유어스토리에서 결제한 내역은 없었다.

대신 사이먼은 '앤세스토리'라는 곳에서 79달러를 결제한 내역을 발견했다. 회사를 검색해보니 역시나 'DNA 검사로 가계도 완성하기'에 주력하는 계보학 사이트였다. 피곤한 여자 목소리가 그의 이름을 불렀을 때, 사이먼은 사이트를 살살이 훑는 중이었다.

"사이먼 그린 씨?"

헤더 그루이 박사는 전형적인 파란색 외과 수술복을 입고 있었다. 전형적인 파란색. 사이먼은 그 색깔을 좋아했다. 적당하게 칙칙해서 안정감을 주었다. 꽤 많은 간호사와 스태프들이 파격적이고 재미있는 수술복을 입는다. 밝은 분홍색 혹은 꽃무늬 아니면 스펀지밥이나 쿠키 몬스터가 그려진 옷 말이다. 사이먼도 이해 못 하는 건 아니었다. 이런 곳에서 온종일 일하다 보면, 암울한 환경과 대조되는 밝은 옷을 입고 싶은 마음이 너무나도 당연하게 들 것이다. 하지만 사이먼은 소아청소년과 병동에서 일하는 사람들이 아니라면 칙칙하고 진지한 수술복을 입길 바랐다. 그래서 잉그리드를 집도한 의사가 그런 수술복을 입고 있다는 사실이 반가웠다.

"부인분 수술은 끝났습니다. 지금 안정을 취하고 있어요."

"아직도 혼수상태인가요?"

"안타깝게도 그렇습니다. 그래도 당장 문제가 되는 것은 해결했습니다."

그루이 박사는 자세한 설명을 시작했다. 그러나 의학적 설명에 집중하기란 쉬운 일이 아니었다. 큰 그림은(이게 중요했다) 똑같았다.

차도 없음.

그루이 박사가 설명을 끝내자, 사이먼은 감사 인사를 하고 질문을 던졌다. "아내를 보러 가도 될까요?"

"물론이죠."

그녀는 사이먼을 회복실로 데리고 갔다. 그는 혼수상태에 있는 사람이 어떻게 전보다 더 지쳐 보이는지 알 수 없었지만, 수술의 원흉이 된 고통과의 사투가 잉그리드를 녹초로 만들었음이 분명했다. 그녀는 미동도 하지 않은 채 전과 다름없이 누워만 있었다. 어째서인지 미동 없는 상태조차 전보다 더 안 좋아 보였다. 더 퀭하고 쇠약해진 느낌이었다. 잉그리드의 손을 잡기도 겁이 났다. 잡으면 왠지 부서져버릴 것만 같았다.

그래도 사이먼은 그 손을 잡았다.

건강하고 아름답고 활기 가득한 잉그리드를 그려보려 애썼다. 막 태어난 아기를 안은 모습 같은, 이 병원에서 보낸 행복했던 시간을 떠올리려 노력했다. 하지만 회상은 오래가지 않았다. 당장 사이먼 눈에 보이는 것은 약하고 창백하고 핼쑥해진, 더 소진된 지금의 잉그리드였다. 사이먼은 잉그리드를 들여다보며 이본이 얘기한 과거와 비밀에 대해 생각했다.

"상관없어."

사이먼은 혼수상태에 빠진 아내를 향해 큰 소리로 말했다.

과거에 무슨 일을 저질렀든 용서할 수 있었다. 사이먼은 최악도 상상해보았다. 범죄, 마약, 매춘, 심지어 살인까지. 중요치 않았다. 아무것도 묻지 않을 것이다.

사이먼은 자리에 서서 아내 귀에 입술을 가져다 댔다.

"그냥 돌아와주기만 해, 제발."

진심이었다. 하지만 그렇지 않기도 했다. 사이먼에게 잉그리드의 과거는 중요하지 않았다. 그러나 질문은 여전히 남아 있었다. 오전 6시, 사이먼은 당직 간호사를 확인하고 그들이 자신의 휴대전화 번호를 가지고 있는지 체크한 뒤, 신물 나는 병원 공기를 뒤로하고 거리로 나섰다. 평상시였다면 집에 가려고 지하철을 탔겠지만, 연락이 올 경우를 대비해 지상에 있어야겠다고 생각했다. 이 시간대라면 어퍼 웨스트사이드에 있는 집에서 병원까지 오래 걸려도 차로 십오 분이면 갈 수 있다. 휴대전화를 가지고 있는 한, 어떤 변화가 생기더라도 바로 돌아갈 수 있었다.

잉그리드 곁을 떠나기 싫었지만 사이먼에게는 할 일이 있었다.

그는 앱으로 합승 가능한 차를 부르면서, 75번가 근처의 콜럼버스 거리에 있는 이십사 시간 약국 앞으로 탑승 위치를 지정했다. 사이먼은 약국에서 여섯 개짜리 칫솔 한 팩을 사서 차에 올라탔다. 집에 들어섰을 때(세상에, 이게 얼마 만인가?) 내부는 적막했다. 그는 까치발을 하고 복도를 따라 들어가 오른쪽에 있는 침실을 들여다보았다.

샘이 다리를 바짝 끌어 올린 채, 태아 자세로 옆으로 누워 자고 있었다. 샘은 항상 그 자세로 잤다. 사이먼은 아들을 더 자게 두고 싶었다. 부엌으로 가서 지퍼 백이 있는 서랍을 열었다. 지퍼 백을 몇 장 뽑아 식구들끼리 '여학생 화장실'이라고 부르던 곳으로 조용히 움직였다. 페이지가 애니아와 함께 쓰던 곳이다.

아이들은 칫솔모가 해져 거의 사라지다시피 할 때까지 칫솔을 바꾸지 않았다. 그것은 이 집에서 농담처럼 굳어진 놀림거리였다. 그래서 몇 년 전 사이먼은 두 달에 한 번은 아이들 칫솔을 새것으로 바꿔

놓자고 결심했다. 오늘도 그렇게 할 계획이었다. 그러므로 아무도 사이먼이 무슨 일을 벌이는지 눈치채지 못할 것이다. 설사 그렇다 해도, 글쎄⋯⋯ 누가 정말 눈치챌까?

페이지의 칫솔은 페이지가 집에 마지막으로 왔던 때 모습 그대로 있었다. 세상에, 얼마나 오래전이었더라?

사이먼은 손잡이 부분을 잡고 칫솔을 조심스럽게 꺼내 지퍼 백에 담았다. 샘플을 얻을 만큼 DNA가 충분하길 빌었다. 그는 화장실을 나서려다 잠깐 멈춰 섰다.

그는 잉그리드를 신뢰했다. 정말로.

그러나 미안한 것보다 안전한 편이 낫다는 철학을 가진 사이먼은 애니아의 칫솔을 두 번째 지퍼 백에 넣었다. 다른 화장실로 가서 샘의 칫솔도 봉지에 넣었다.

모든 행동이 역겹고 끔찍한 배신처럼 여겨졌다.

하던 일을 마무리하고는 방으로 가서 출근용 백팩에 지퍼 백을 넣었다. 휴대전화를 확인했다. 아무 연락도 없었다. 아직 이른 시간이지만 수지 피스크에게 문자를 보냈다.

안녕하세요. 집에 잠깐 들렀어요.
혹시 일어나셨으면 애니아 깨워서 아침 먹으라고 집에 보내주시겠어요?

사이먼은 대답을 얼마나 기다려야 하는지 가늠할 수 없었다. 그런데 수지가 답장을 작성하고 있음을 나타내는 점들이 점멸하는 게 보였다.

지금 깨워볼게요.

잉그리드는 차도가 있나요?

　사이먼은 차도가 없다고 대답한 뒤 애니아를 돌봐준 것에 대한 하염없는 감사 인사를 전했다. 수지는 괜찮다고, 애니아가 있어 오히려 더 편하다는 문자를 보내왔다. 예의상 한 대답이라는 것을 알면서도, 거기에 진실이 섞여 있다는 사실 또한 알았다. 수지네는 딸이 둘이고, 그 나이대 대부분의 자매처럼 싸움이 일상이었다. 그런 조합에 제3요소를 넣으면 화학구조가 바뀌면서 모든 것이 조금씩 상냥해진다.

　사이먼은 답장을 보냈다. 그래도 정말 고마워요.

　그는 부엌으로 갔다. 뉴욕에 사는 모든 남성 친구들이 갑자기 요리를 좋아하기 시작했다. 혹은 좋아한다고 주장했다. 그들은 최근에 만든 복잡한 리소토나 〈뉴욕타임스〉 주간 메일에 실린 레시피 같은 것에 관해 열성적으로 강변했다. 사이먼은 요리가 언제부터 아마추어 소믈리에 자리를 대신해, 젠체하는 사람들의 관심거리가 되었는지 궁금했다. 대개 요리는 하기 싫은 일 아니었던가? 역사책이나 오래된 영화를 보면 누군가의 요리사가 된다는 것은 최악의 직책을 맡는 일이었는데. 다음에는 어떤 집안일이 위대한 예술로 변모할까? 아마도 청소? 사이먼의 친구들은 후버 청소기를 능가하는 다이슨의 경이로움을 두고 논쟁하게 될까?

　스트레스를 받는 상황에서 의식은 산만해지는 법이다.

　사이먼도 한 가지 요리, 말하자면 특별 메뉴 한 가지를 할 수 있었다. 온 가족이 모인 기분 좋은 주말 아침에 심기일전하여 이 요리를 만들곤 했다. 초콜릿 칩이 들어간 팬케이크였다.

사랑하는 가족을 위한 아침 식사 레시피에 그만의 비밀이 있다면?
초콜릿 칩을 아끼지 마라.

"팬케이크 칩이 들어간 초콜릿 같아." 잉그리드는 그렇게 사이먼을 놀렸다.

초콜릿 칩은 위쪽 선반에 있었다. 사이먼이 특제 요리를 만든 게 아주 오래전일지라도, 잉그리드는 만약을 대비해 초콜릿 칩이 떨어지지 않았는지 항상 확인했다. 그 생각을 하니 우울했다. 사이먼은 아이들이 있던 집이 그리웠다. 페이지의 비극적인 전락을 잠시 접어두고 보자면(그게 가능하기라도 한 것처럼), 첫째 딸이 대학에 가면서 집을 비운 일은 사이먼의 생각 이상으로 큰 외상을 남겼다. 샘이 떠났을 때 트라우마는 두 배가 되었다. 아이들이 떠나고 있었다. 아이들은 더는 자라지 않을 것이다. 다 자랐으니까. 아이들은 사이먼에게서 벗어나고 있었다. 물론 자연스럽고 지당한 일이다. 만약 그러지 않으면 문제가 될 것이다. 하지만 그 사실은 어쨌든 사이먼을 괴롭혔다. 집이 너무나 조용했다. 그게 싫었다.

샘이 고등학교를 졸업하던 날, 그 반 반장이 좋은 의도로 학교 소셜 미디어에 어떤 이미지를 하나 올렸다. 자기 계발을 독려하는 고전적인 그림이었다. 아름다운 해변으로 해가 지고 잔잔한 파도가 쳤다. 그리고 이런 글귀가 쓰여 있었다.

부모님을 사랑하라
우리는 자라느라 바빠서 그들이 늙어간다는 사실을
망각하곤 한다

사이먼과 잉그리드는 부엌에서 글귀를 함께 보았다. 잉그리드는 이렇게 말했다. "이거 출력해서 보관했다가 잘난 척할 때마다 보여주자."

세상에, 사이먼은 잉그리드를 사랑했다.

그날 사이먼은 앉아 있었고, 잉그리드는 그의 어깨에 기대어 있었다. 잉그리드가 팔로 사이먼의 목을 감아 가까이 끌어당기자 귓가에 그녀의 호흡이 느껴졌다. 이윽고 잉그리드가 속삭였다. "아이들이 독립하고 나면 여행을 더 자주 다닐 수 있겠다."

"집에서 벗고 돌아다니고." 사이먼이 덧붙였다.

"그래."

"섹스도 더 많이 하고."

"청춘이 영원하길 빌어야겠군."

사이먼은 입술을 삐죽 내밀었다.

"섹스를 더 많이 하면 행복할 것 같아?" 잉그리드가 물었다.

"나? 아니. 당신 생각해서 그러지."

"희생정신이 아주 투철하구나."

샘이 "우아, 아빠가 만든 팬케이크네요"라고 말할 때까지, 사이먼은 옛 추억을 떠올리며 미소 짓고 있었다.

"맞아."

표정이 밝아진 샘이 말했다. "엄마가 좋아졌다는 뜻인가요?"

"아니, 딱히."

제기랄. 이걸 생각했어야 했다. 아빠가 팬케이크 만드는 모습을 보면 아들이 어떤 생각을 할지 염두에 뒀어야 했다.

"이건." 사이먼은 말을 이어갔다. "엄마는 아마 우리가 축 처져 있지 말고 평소처럼 지내길 바랄 거라는 뜻이야."

사이먼 귀에도 '듬직한 아빠의 목소리'가 의도에 훨씬 못 미치게 들렸다.

"아빠가 팬케이크를 만든 것부터 이미 평소처럼이 아닌데." 샘이 지적했다. "이건 특별한 경우죠."

맞는 소리였다. 하지만 반은 맞고 반은 틀렸다. 아침 식사는 평범하게 끝났지만 특별한 순간도 있었다. 애니아가 피스크의 집에서 돌아와, 마치 자기 목숨을 구해주기라도 한 것처럼 두 팔 벌려 사이먼을 안아주었다. 사이먼도 아이를 끌어안고 두 눈을 감은 채 아이가 원하는 만큼 다독여주었다.

세 사람은 둥근 식탁에 둘러앉았다. 부엌에는 네모난 식탁이 더 어울렸지만, 대화를 증진시킨다는 이유로 잉그리드가 둥근 모양을 고집했다. 빈 의자 두 개가 눈에 띄었다. 어째서인지 그것조차 평범하면서 특별하게 느껴졌다. 애니아 얼굴은 금세 초콜릿 범벅이 되었고 샘은 동생을 놀려댔다. 그러다 애니아는 아빠가 만든 아침 식사를 엄마가 뭐라고 불렀는지 기억해냈다. "팬케이크 칩이 들어간 초콜릿."

순간, 샘은 감정을 주체 못 하고 눈물을 흘렸다. 이런 상황 역시 평범하면서 특별하게 여겨졌다. 애니아는 자리에서 일어나 오빠 어깨를 팔로 감쌌다. 샘은 가만히 동생이 해주는 위로를 받았다. 사이먼은 가슴 깊숙한 곳에서 통증을 느꼈다. 잉그리드는 아이들의 이런 모습을 보지 못한다. 그러나 사이먼이 기억할 것이다. 잉그리드가 깨어나면, 이 순간을 그대로 이야기해줄 것이다. 샘이 동생에게(애니아는 만인의 동생인데!) 위로를 구했을 때, 애니아가 위로해줬다고. 언젠가 사이먼과 잉그리드가 늙거나 세상에 없어도 아이들은 서로의 곁을 지켜줄 거라고.

잉그리드는 그 얘기에 행복해할 것이다.

샘과 애니아가 설거지하는 동안('식사를 준비한 사람은 뒷정리를 하지 않는다'가 가족 규칙이었다) 사이먼은 침실로 가서 문을 걸어 잠갔다. 침실 문에는 잠금장치가 있었다. 아주 허접했지만 아이들이 안 좋은 타이밍에 들어오는 일을 막아주기는 했다. 사이먼은 문을 잠그고 잉그리드의 옷장을 열었다. 뒤쪽에는 각종 드레스를 넣은 의류 보관 가방 여섯 개가 걸려 있었다. 사이먼은 수수한 파란색 드레스가 들어 있는 네 번째 가방을 열고 손으로 가방 내부를 훑어 내려갔다.

사이먼과 잉그리드가 현금을 숨겨놓는 곳이다.

꽁꽁 싸둔 1,000달러 돈다발을 칫솔이 든 백팩에 쑤셔 넣었다. 중요한 내용이 없는지 휴대전화를 확인한 후 부엌으로 돌아갔다. 애니아는 등교하려고 옷을 갈아입었다. 아이는 아빠에게 작별 포옹을 해주고 수지 피스크와 떠났다. 두 사람을 보내고 문을 닫으며, 사이먼은 잉그리드와 가상의 대화를 주고받았다. 사이먼은 일이 끝나면 수지에게 무슨 선물을 줘야 할지 물었다. 만두 가게 외식상품권? 만다린 오리엔탈 호텔 스파권? 직접 하고 다닐 수 있는 보석?

잉그리드는 답을 알고 있을 것이다.

사이먼은 이제까지 자신이 잉그리드와 가상의 대화를 나누고 있었다는 사실을 깨달았다. 잉그리드에게 배운 것들을 해내고 반응을 지켜보면서, 그녀에게 하고 싶은 질문을 참아가면서 대화를 이어가고 있었다. 엘레나와 사이먼이 빙빙 돌려 얘기하는 질문, 계보학이라는 추악한 가능성이 고개를 든 이후 사이먼을 좀먹는 그 질문은 유보한 채.

사이먼은 한쪽 어깨에 백팩을 멨다. "샘, 준비됐니?"

두 사람은 엘리베이터를 타고 내려가 택시를 잡아탔다. 운전기사는 뉴욕의 여느 운전기사처럼 이어폰에 대고 나지막하게 사이먼이 알아들을 수 없는 외국어를 구사하는 중이었다. 케케묵은 얘기고 모두가 익숙한 상황이지만, 사이먼은 이 사람들의 터무니없이 강한 가족 간의 유대에 궁금증을 가지고 있었다. 사이먼은 잉그리드를 사랑하지만 (가상의 대화를 할 정도지만), 전화통을 붙들고 몇 시간씩 통화하는 상황은 상상하기 힘들었다. 택시 기사들은 종일 누구와 얘기하는 것일까? 그렇게나 많은 이야기를 나누고 싶은 사람 혹은 사람들이 있다니, 얼마나 사랑받는 이들인가?

"고비가 있었는데." 사이먼이 샘에게 말했다. "잘 넘겼어."

사이먼은 상황을 설명해주었다. 샘은 입술을 잘근잘근 씹으며 귀를 기울였다. 병원에 도착하자 사이먼이 말했다. "올라가서 엄마랑 있어. 금방 갈게."

"어디 가는데요?"

"심부름 좀 해야 해서."

샘은 사이먼을 빤히 보았다.

"왜 그러니?"

"아빠는 엄마가 총에 맞게 내버려뒀어요."

사이먼은 변명해보려고 입을 열었지만, 그냥 그만두었다.

"아빠가 지켜줬어야죠."

"알아." 사이먼이 말했다. "미안해."

샘을 자리에 남겨둔 채 사이먼은 걸음을 옮겼다. 그는 그 순간으로 돌아가 있었다. 총을 겨누는 루서가 보였다. 총알을 피하는 자신의 모습, 총알이 그 대신 잉그리드를 관통하는 모습이 보였다.

겁쟁이 같으니라고.

그런데 정말 그랬을까?

사이먼은 정말 총알을 피했을까? 사이먼도 답을 알지 못했다. 그는 '기억'이 실제라고 믿지 않았다. 그러나 한 걸음 물러서서 객관적으로 생각해보니, 자신이 아무것도 보지 못했다는 사실을 깨달았다. 죄책감과 시간이 실제 기억을 대체하고 영원히 남을 상처를 주었다.

무언가 더 할 수 있지 않았을까? 앞으로 나서서 대신 총을 맞을 수 있지 않았을까?

그랬을 수도 있다.

불공평한 생각이라는 것을 마음 한구석으로는 알고 있었다. 모든 일이 너무 빨리 벌어졌다. 반응할 시간이 없었다. 그렇다고 해서 현실이 바뀌지는 않는다. 무언가 더 했어야 했다. 잉그리드를 밀쳐냈어야 했다. 그 앞에 뛰어들었어야 했다.

"아빠가 지켜줬어야죠."

사이먼은 쇼블린 파빌리온으로 들어서서 엘리베이터를 타고 11층으로 갔다. 접수원이 복도 끝 연구실로 안내해주었다. 랜디 스프랫이라는 실험실 연구원이 라텍스 장갑을 낀 채 악수를 청했다.

"합법적으로 일을 처리할 수 없는 이유를 모르겠네요." 스프랫이 신경을 곤두세웠다.

사이먼은 백팩을 열고 칫솔이 든 지퍼 백 세 개를 건넸다. 처음에는 페이지의 칫솔만 가져올 생각이었지만, 길을 따라가다 보니 이왕 어두운 길목으로 들어섰으니 끝까지 가보자는 결심이 섰다.

"제가 아버지가 맞는지 확인하고 싶습니다." 사이먼은 페이지가 쓰던 노란색 칫솔을 가리켰다. "이걸 제일 먼저 확인해주세요."

사이먼도 이러는 게 싫었다. '이건 신뢰의 문제가 아니야.' 사이먼

은 그렇게 되뇌었다. '안심하려고 그러는 거지.'

사이먼은 이것 역시 치사한 합리화에 불과하다는 사실을 깨달았다.

상관없었다.

"결과를 빠르게 알 수 있다던데." 사이먼이 말했다.

스프랫은 고개를 끄덕였다. "삼 일이면 됩니다."

"안 됩니다."

"뭐라고요?"

사이먼은 가방에서 돈다발을 꺼냈다.

"무슨 말씀이신지 모르겠습니다."

"현찰로 1,000달러입니다. 오늘 내로 결과가 나오면 1,000달러 더 드리죠."

27

진리는 죽어가고 있었다.

침대 먼발치에서 보는 애시의 눈에도 그렇게 보였다.

캐스퍼 바티지의 아들들이 침대 양편을 지키고 있었다. 절망에 빠진 아들들은 아버지의 마지막을 지키는 두 명의 파수꾼이었다. 그들에게서 슬픔이 뿜어져 나왔다. 비통함이 느껴졌다. 애시는 형제의 진짜 이름을 알지 못할 뿐 아니라(애초에 아는 사람이 있을지도 확신할 수 없었다) 누가 방문자고 누가 행위자인지 기억나지도, 신경 쓰지도 않았다.

디디는 애시 옆에 서서 양손을 마주 잡은 채 기도하는 사람처럼 두 눈을 내리깔고 있었다. 형제들도 똑같은 자세였다. 회색 옷을 입은 여자 두 명이 구석에서 조용히 울고 있었다. 이 장면을 위해 배경음악을 연주하라고 명령을 들은 사람들처럼 합창하듯 흐느꼈다.

오직 진리만이 눈을 뜬 채 위를 보고 있었다. 그는 하얀색 튜닉을 입고 침대 중앙에 누워 있었다. 희끗한 턱수염이 길게 자랐고, 머리카락도 마찬가지였다. 르네상스 시대의 그림에 묘사된 신과 비슷한 모습이었다. 학교 도서관에서 처음 본 시스티나 성당의 천지창조 천장화와 흡사했다. 그 작품은 애시를 항상 매료시켰다. 신이 아담의 손가락을 건드려서 인간에게 생명을 불어넣는다는 발상 역시 대단히 흥미로웠다.

그림 속 신은 근육질이고 강인해 보였다. 진리는 그런 모습이 아니었다. 그는 실시간으로 붕괴하고 있었다. 그러나 미소만은 여전히 밝았고, 애시와 눈이 마주치던 순간 그의 눈빛에서 초월적인 무언가가 느껴졌다. 아주 잠깐, 어쩌면 조금 더 긴 시간, 애시는 이곳에서 무슨 일이 벌어지는지 이해했다. 진리는 눈빛만으로 애시를 흔들었다. 비록 침대에 누워만 있지만 그에게서는 거의 초자연적인 카리스마가 느껴졌다.

진리는 손을 들어 애시에게 가까이 오라고 손짓했다. 애시는 디디를 보았다. 그녀는 앞으로 가라고 고갯짓했다. 진리는 머리는 움직이지 않은 채 시선만으로 애시를 쫓았다. 이 역시 르네상스 시대의 그림 같은 느낌이었다. 그는 애시 손을 잡았다. 손힘이 놀랄 만큼 강했다.

"고맙소, 애시."

애시는 자석 같은 남자의 매력을 느낄 수 있었다. 물론 애시가 그 힘에 끌려가는 일은 없을 것이다. 그렇다고 해서 어떤 일이 일어나고 있는지, 그 힘에 의해 벌어지는 일이 무엇인지 모른다는 뜻은 아니다. 사람은 저마다 재능이 있다. 어떤 이는 다른 사람보다 빠르고, 어떤 이는 힘이 세고, 또 누군가는 수학에 능하다. 우리가 스포츠를 보는 이유는 선수들이 공이나 하키 퍽 같은 것을 가지고 하는 행위가 우리를 놀라게 하기 때문이다. 이 남자, 캐스퍼 바티지도 그와 비슷한 재주가 있다. 무서운 재주였다. 이 재주를 보면 누구나 길을 잃고 매료될 수 있었다. 특히 마음을 잘 빼앗기거나, 특정한 사고방식을 가진 사람이라면 더욱 그럴 것 같았다.

애시는 그런 유형이 아니었다.

애시는 정신을 차렸다. 호기심과 불안감이 최고조에 달했다. 그는 익명으로 일했다. 보안이 되는 웹사이트와 앱을 통해 제공되는 암호와 익명 채팅이 있었다. 애시는 한 번도 그를 고용한 사람과 대면한 적이 없다. 단 한 번도.

디디 역시 그 사실을 알고 있다. 그녀도 지금이 위험한 상황임을 알았다.

애시는 늙은 남자의 손을 내려놓고 디디를 노려보았다. 눈빛으로 왜 자기를 불러들였는지 물었다. 디디는 잔잔한 미소를 지어 보였다. 참을성을 가지고 기다려보라는 뜻 같았다.

흐느끼던 여자 두 명이 방에서 나가고, 애시를 몽둥이로 내려친 망할 자식을 포함해 경비원 두 명이 들어왔다. 다시 한번, 애시는 이 상황이 마음에 들지 않았다. 특히나 첫 번째 경비원 얼굴에 가득한 독선이 싫었다.

늙은 남자는 말을 하려고 안간힘을 썼다. 결국 뱉은 것은 이 말뿐이었다. "빛나는 진리로 영원히 함께하소서."

방에 있는 사람들이 그를 따라 읊조렸다. "빛나는 진리로 영원히 함께하소서."

의식. 애시는 진심이 담기지 않은 의식을 혐오했다.

"가보십시오." 늙은 남자가 애시를 향해 말을 덧붙였다. "진리는 항상 승리합니다."

사람들이 따라 읊조렸다. "진리는 항상 승리합니다."

경비원이 애시를 향해 짓궂게 웃었다. 눈으로 디디 몸을 훑더니, 다시 애시를 향해 눈썹을 꿈틀댔다. 애시는 반응하지 않았다. 애시는 디디를 힐끗 보았다. 디디도 알고 있었다.

이제 조금 앞뒤가 맞기 시작했다.

형제 한 명이 애시에게 열쇠 꾸러미를 건넸다. "새 차를 마련해두었습니다. 추적 불가능한 것으로요."

애시는 열쇠를 받았다. 기회가 있다면, 그는 신중히 처리하기 위해 차를 멈추고 비슷한 차의 번호판으로 바꿔 달 것이다. 주 경계를 넘으면 다시 원래 번호판으로 바꿔 달 생각이었다.

"잘 처리해주시리라 믿습니다." 다른 형제가 말했다.

애시는 아무 말 없이 문으로 향했다. 경비원은 그를 향해 실실댔다. 애시가 코앞에 와서 마주 볼 때까지 계속 실실거렸다. 애시가 숨겨둔 칼을 꺼내 그의 목을 가를 때도 히죽거리고 있었다.

애시는 물러서지 않았다. 경동맥에서 뿜어져 나오는 피가 얼굴을 뒤덮었다. 애시는 움찔하지도 않았다. 놈이 놀라서 헐떡거릴 때까지 기다렸다. 그리 오래 걸리지 않았다.

애시는 충격으로 얼이 빠진 다른 경비원에게 다가가 무기를 빼앗았다.

경동맥이 잘린 첫 번째 경비원이 쏟아지는 피를 막아보려는 헛된 시도를 하며 바닥으로 고꾸라졌다. 스스로 목을 죄는 꼴이었다. 경비원의 목에서 원초적인 소리가 흘러나왔다.

아무도 움직이지 않았다. 입을 열지도 않았다. 모두가 경련이 잦아들고 끝내 멈출 때까지 몸을 뒤틀고 버둥대는 경비원만 지켜보았다.

바티지 형제는 충격받은 듯했다. 살아남은 경비원도 그랬다. 디디
만 여전히 미소를 머금고 있었다. 애시는 이 사실에 놀라지 않았다.
애시를 놀라게 한 것은 다 안다는 듯한 진리의 표정이었다.

그는 애시가 무엇을 할지 알았을까?

진리는 애시를 향해 고개를 반쯤 끄덕였다. 마치 '무슨 말인지 알아
들었다'라고 얘기하는 듯했다.

애시에게는 단순한 일이었다. 경비원이 그를 공격했다. 따라서 대
가를 치른다. 나를 때리면 더 세게 맞받아친다. 대량 보복. 대량 억제.
이 행동은 방에 있는 다른 사람들에게도 충분한 메시지를 주었다.
나를 괴롭히면, 나는 너를 더 괴롭게 할 것이다. 애시는 의뢰받은 일
을 수행했다. 그에 대한 돈을 받으면 그걸로 끝이었다. 그를 화나게
하는 것은 이득 없는 짓이다.

실은, 그를 화나게 하는 것은 큰 실수였다.

애시는 형제들을 돌아보았다. "청소할 사람이 있겠지요?"

두 사람은 고개를 끄덕였다.

디디는 얼굴에 튄 피를 닦을 수 있게 수건을 건넸다. 애시는 재빨리
얼굴을 훔쳤다.

"배웅은 생략하죠." 애시가 말했다.

애시와 디디는 뒷길을 통해 정문으로 향했다. 어큐라 RDX가 서 있
었다. 애시는 디디를 위해 조수석 문을 열었다. 그는 그사이에도 먼
곳을 올려다보았다. 언덕 위에 있는 성모 아디오나가 보였다. 애시를
내려다보고 있었다. 먼 거리에서도 그녀의 눈에 깃든 애원을 읽을 수
있었다.

그녀는 불길하다는 듯 고개를 저었다.

애시는 아무 반응도 하지 않았다.

그는 차체를 돌아 운전석에 앉았다. 진리의 안식처로 들어가는 문이 점점 작아지는 모습을 백미러로 확인하며, 숲으로 난 길을 따라 내려갔다. 다시 큰길로 진입해 첫 번째 신호등에서 멈췄을 때, 성모 아디오나가 쥐여준 종이를 처음으로 꺼내서 확인했다.

그 사람을 죽이지 마세요. 제발.

대문자로 또박또박 쓴 글자. 그 밑에는 필기체로 다음과 같이 쓰여 있었다.

이 종이를 아무에게도 보여주지 마세요. 그 아이에게도요. 당신은 무슨 일이 벌어지고 있는지 모릅니다.

"뭐야?" 디디가 물었다.

애시는 종이를 건넸다. "성모 아디오나가 방에서 나가기 전에 나한테 주더라."

디디는 종이에 적힌 글을 읽었다.

"'당신은 무슨 일이 벌어지고 있는지 모릅니다.' 이게 무슨 뜻일까?" 애시가 물었다.

"모르지." 디디가 대답했다. "그래도 날 믿어주다니 고맙네."

"그 여자를 믿으니 널 믿지."

"칼을 슬쩍해다 준 게 효과가 있었나 보네."

"안 아팠어." 애시가 말했다. "놈을 죽일 걸 알았어?"

"대량 보복, 대량 억제."

"교주들이 어떻게 반응할지 걱정했지?"

"진리는 항상 앞서서 아신다."

"경비원을 죽인 것도 진리의 뜻이라는 거야?"

디디는 창밖을 내다보았다. "그분은 죽어가고 있어. 너도 눈치챘지?"

"진리 말이야?"

디디는 미소를 지었다. "진리는 죽을 수 없어. 현신 말이야."

"그 사람의 죽음이 나를 고용한 이유와 관련이 있는 거야?"

"그게 중요해?"

애시는 질문에 대해 생각해보았다. "아니, 딱히."

디디는 물러앉아 다리를 가슴까지 올려 끌어안았다.

"성모 아디오나가 준 쪽지 말이야, 어떻게 생각해?" 애시가 물었다.

디디는 화장실에서 미처 잘라내지 못한 긴 머리카락 몇 가닥을 만지작거렸다. "잘 모르겠어."

"진리와 독대할 생각이야?"

애시는 말하면서도, 그 말이 웃기게 들렸다. 사람 이름 가지고 하는 말장난이란. "내 말은, 진리에게 말할 것인……."

"응. 무슨 뜻인지 알아."

"그래? 말할 거야?"

디디는 곰곰이 생각했다. "지금 말고. 지금은 해야 할 일에 집중하고 싶어."

28

중환자실로 돌아왔을 때, 사이먼은 아이작 패그벤레이 형사가 그를 기다리는 것을 보고 깜짝 놀랐다. 아주 잠시 희망이 가슴에 차올랐다. 페이지를 찾은 걸까? 그러나 형사의 표정은 좋은 소식이 아님을 암시하고 있었다. 희망은 부풀었던 속도보다 빠르게 꺼져버렸다. 그 자리는 희망과 반대되는 감정으로 대체됐다.

절망? 혹은 걱정?

"페이지 때문에 온 건 아닙니다." 패그벤레이가 말했다.

"그럼 왜?"

사이먼은 형사 어깨 너머로 잉그리드와 샘이 있는 곳을 확인했다. 새로운 소식은 없는 듯했다. 그는 다시 패그벤레이에게 집중했다.

"루서 리츠에 관한 일입니다."

아내를 쏜 남자였다. "그 사람이 왜요?"

"풀려났습니다."

"뭐라고요?"

"보석으로요. 로코가 보석금을 내줬더군요."

"재판까지 구금되지 않는다고요?"

"무죄추정원칙, 8차 개정안요. 아시잖아요. 여기는 미국이라는 거."

"그 사람이 자유다?" 사이먼은 한숨을 내쉬었다. "잉그리드가 위험해질 거라고 생각하시나요?"

"그렇지는 않습니다. 병원은 보안이 꽤 철저한 곳입니다."

간호사가 두 사람을 밀치고 지나가며 짜증 섞인 눈초리로 노려보았다. 둘이 입구를 막고 있는 모양새였기 때문이다. 그들은 옆으로 자리를 옮겼다.

"문제는." 패그벤레이가 말했다. "루서의 유죄를 입증할 증거가 시원치 않다는 겁니다."

"어째서죠?"

"루서는 당신이 먼저 총을 쐈다고 주장하고 있어요."

"제가요?"

"당신이나 당신 아내, 둘 중 하나가요."

"총기 잔여물 검사를 하셨잖아요?"

"했죠. 루서가 두 가지를 주장하고 있습니다. 하나는 당신들과 무관하게 사격 연습을 했다는 거고요. 두 번째는 그걸 못 믿겠다면 당신들이 먼저 쏴서 방어 사격을 했다는 겁니다."

사이먼은 코웃음을 쳤다. "그걸 누가 믿나요?"

"놀라시겠지만 한번 보시죠. 저는 모든 정황을 알지 못합니다. 루서리츠는 정당방위를 주장하고요. 그렇다면 상황이 얄궂은 질문으로 이어집니다."

"무슨 질문요?"

"당신과 잉그리드가 애초에 거길 왜 갔는가 같은."

"딸을 찾으려요."

"맞아요. 매우 격앙되고 또 걱정되었겠죠. 그렇죠? 딸이 자주 가는 마약 소굴까지 갔는데, 아무도 딸아이가 어디 있는지 말해주지 않았어요. 그래서 당신은 더욱더 불안정해졌습니다. 아마 절박했겠죠. 당신 아니면 당신 아내가 총을 뽑아 들 만큼 절박했고……."

"농담하시는 거죠?"

"루서가 총에 맞았죠. 그래서 놈이 반격한 거고요."

사이먼 얼굴이 일그러졌다.

"루서는 집으로 돌아갔어요. 심각한 부상에서 회복해서……."

"제 아내는 여기에서 10미터도 안 되는 곳에서 혼수상태로 누워 있고요." 사이먼은 얼굴을 붉혔다.

"압니다. 하지만 아시다시피 누군가가 루서를 쐈습니다."

패그벤레이가 가까이 다가왔다. 사이먼은 이제야 눈치를 챘다. 상황이 어떻게 돌아가는지 이해가 갔다.

"누가 그를 쐈는지 밝히지 못하는 이상, 정당방위라는 루서의 주장은 합리적 의심이 됩니다. 목격자가 나선다면, 루서의 주장을 뒷받침하지 당신의 진술을 뒷받침해주지 않을 겁니다." 패그벤레이는 옅게 미소를 지었다. "마약 소굴에는 당신 친구가 한 명도 없었잖습니까."

"없었죠." 사이먼이 대답했다. 빠르고 쉽게 거짓말이 나왔다. 코닐리어스가 루서를 쏘고 두 사람을 구했다. 사이먼이 그 사실을 인정하는 일은 없을 것이다. "있었을 리가요."

"그렇죠. 그럼 다른 용의자는 없겠네요. 루서의 변호인인 에르고는 루서를 쏜 책임이 당신에게 있다고 주장할 겁니다. 모두가 흩어지고

354

나서도 당신에게는 범행을 할 충분한 시간이 있었다고요. 당신이 총을 숨겼다고, 장갑을 끼고 있었다면 그것마저 없앴을 거라고, 뭐든 주장할 거예요."

"형사님?"

"왜 그러시죠?"

"저를 체포하시려는 건가요?"

"아닙니다."

"그럼 이 문제는 나중에 처리해도 되겠죠?"

"그럼요. 저도 루서 말을 믿지 않아요. 그 점에 있어서는 명확하죠. 그런데 이상한 점을 찾긴 했습니다."

"뭔데요?"

"신원확인을 하려고 루서의 병실에 간 날 기억하시나요?"

"네."

"루서는 말이죠, 글쎄요. 그냥 빠져나가려던 길이 막혔다 정도로 얘기해두죠. 제 말이 무슨 뜻인지 아시겠죠. 놈은 현장에서 총에 맞은 것을 인정할 정도로 멍청합니다. 기억하세요?"

"네."

"발 빠르게 대응할 놈도 못 되죠."

"그렇죠."

"루서에게 왜 쐈냐고 물었을 때, 녀석이 처음 한 말 기억하시나요?"

사이먼은 아무 말도 하지 않았다.

"당신 쪽을 가리키며 이렇게 말했습니다. '저 남자한테 왜 그랬는지 묻지 그래요?'"

기억났다. 사이먼은 잉그리드의 생명을 끝내려 한 인간 말종인 루서를 보며 당시에 느낀 분노를 기억해냈다. 무엇보다 화가 난 것은 그렇게 허접한 인간이 그런 힘을 가질 수 있다는 사실이었다.

"지푸라기라도 잡으려던 거겠죠, 형사님."

"그랬을까요?"

"네."

"그 정도로 똑똑한 놈은 아니라고 생각합니다. 사이먼, 저는 루서가 아직 진술하지 않은 무언가를 안다고 생각합니다."

사이먼은 그 말을 잠시 생각해보았다. "예를 들면 어떤?"

"직접 말씀해주시죠." 패그벤레이가 말했다. 질문이 이어졌다. "누가 루서를 쐈나요, 사이먼? 당신들을 구해준 사람이 누굽니까?"

"모릅니다."

"거짓말이군요."

사이먼은 아무 말도 하지 않았다.

"그것이 문제입니다." 패그벤레이가 말했다. "일단 거짓말을 하면 말이죠, 아무리 좋은 의도였다 할지라도 다른 거짓말이 줄줄이 등에 올라탑니다. 그러면 거짓말이 떼를 지어 다니며 진실을 도살하죠. 자, 한 번 더 묻겠습니다. 루서를 쏜 사람이 누구죠?"

두 사람은 몇 센티미터를 사이에 두고 마주 보았다.

"말씀드린 대로입니다." 사이먼이 이를 악물었다. "모른다고요. 다른 질문 없으신가요?"

"네, 없습니다."

"그렇다면 이만 아내에게 가봐야겠군요."

패그벤레이가 사이먼 어깨를 툭 한 대 쳤다. 친밀함과 협박을 동시에 전하는 행동이었다. "연락드리죠."

패그밴레이가 복도를 따라 내려가는 동안, 사이먼의 휴대전화가 울렸다. 모르는 번호여서 음성 사서함으로 넘길까 잠시 고민했다. 요즘에는 휴대전화로도 광고 전화가 수없이 온다. 그런데 지역번호가 랜포드 대학교와 같았다. 그는 한쪽으로 가서 전화를 받았다.

"여보세요?"

"그린 씨 맞으신가요?"

"말씀하세요."

"당신이 보낸 이메일과 메시지를 받았습니다. 그래서 전화드립니다. 루이스 밴더비크라고 합니다. 랜포드 대학교 교수입니다."

사이먼은 메시지를 남긴 사실을 까맣게 잊고 있었다. "전화 주셔서 고맙습니다."

"별말씀을요."

"제 딸, 페이지 때문에 연락드렸습니다."

반대편은 조용했다.

"기억하시나요? 페이지 그린이라고."

"네." 그의 목소리가 아주 멀게 들렸다. "물론이죠."

"아이에게 무슨 일이 있는지 아시나요?"

"학교를 그만둔 것으로 알고 있습니다."

"페이지가 실종됐습니다, 교수님."

"유감입니다."

"학교에서 무슨 일이 있었다는 생각이 듭니다. 랜포드에서 있었던 일이 다른 모든 일의 시작점 같아요."

"그린 씨?"

"네?"

"제 기억이 맞는다면, 가족분들이 맨해튼에 거주하시죠?"

"맞습니다."

"아직도 거기 계시나요?"

"뉴욕에요? 네."

"제가 이번 학기에 컬럼비아 대학교에서 강의하고 있는데요."

사이먼의 모교다.

"아무래도." 밴더비크가 말했다. "만나서 이야기해야 할 것 같네요."

"이십 분 내로 갈 수 있습니다."

"저는 조금 더 걸릴 것 같습니다. 캠퍼스를 아시나요?"

"네."

"본관 앞 계단에 큰 동상이 있습니다."

본관은 로 메모리얼 라이브러리라고 불렸다. 이상하게도 앨마 마터라고 불리는 그 동상은 그리스 신화에 나오는 아테나를 본뜬 형태였다.

"압니다."

"거기서 한 시간 후에 보시죠."

경찰이 그린엔린 비건 카페에 모습을 드러냈다. 라울과 올림머리가 엘레나의 무릎에 맞고 쓰러지자 누군가가 911에 신고한 모양이었다. 처음부터 라울은 고소하겠다는 입장이었다. 그는 여전히 상처 입은 자신의 소중한 고환을 감싸 쥐고 있었다.

"저 여자가 제 고환을 걷어찼다고요!" 라울은 같은 말을 반복했다.

경찰은 어이없다는 듯 눈알을 굴렸다. 하지만 그들도 진술을 받아야 하는 입장이었다. 엘레나는 라울과 올림머리를 구석으로 끌고 가서 단도직입적으로 말했다. "만약 고소하시면, 저도 고소할 거예요."

"하지만 당신이……"

"그래요. 저한테 맞으셨죠. 저도 알아요."

라울은 상처 입은 작은 새를 발견하기라도 한 것처럼 가랑이 사이를 계속 다독였다.

"그런데 당신이 먼저 절 공격하셨잖아요." 엘레나가 말했다.

"뭐라고요? 어떻게 하면 그렇게 생각할 수 있죠?"

"라울. 이쪽으로는 하나도 모르시는 것 같은데, 저는 좀 알거든요. 감시 카메라를 보면 당신이 먼저 손을 뻗어서 저를 친 장면이 나오겠죠."

"당신이 제 친구를 잡으려고 따라갔잖아요!"

"그래서 당신이 저를 붙잡으려고 공격했죠. 저는 그저 방어를 한 거예요. 일이 이렇게 흘러가는 겁니다. 여기서 더 안 좋아질 수도 있어요. 저를 좀 보세요." 엘레나는 두 팔을 펼쳐 보였다. "키도 작고 살집도 있죠. 당신도 페미니즘 이슈를 많이 접해서 잘 알 것 같은데요. 작고 뚱뚱한 중년 여성이 당신 고환을 걷어차는 영상이 엄청난 입소문을 탈 거라는 사실."

라울 눈이 동그래졌다. 거기까지는 미처 생각 못 한 듯했다. 어쩌면 올림머리는 예상했을 수도 있겠지만.

"그래도 주사위를 던져보시겠어요, 라울?"

그는 팔짱을 끼고 생각했다.

"라울?"

"좋아요." 그는 할 수 있는 한 가장 언짢은 말투로 말했다. "고소는 안 하겠어요."

"그래요. 이제 제가 생각해볼 차례네요. 고민 좀 해볼게요."

"뭐라고요?"

엘레나는 협상을 제안했다. 앨리슨 메이플라워의 진짜 이름(앨리 메이슨이었다)과 현재 주소를 받고, 지나간 일은 지나간 대로 묻기로. 앨리슨은 벅스턴 외곽의 농장에 살았다. 엘레나는 그곳으로 차를 몰았다. 집에 아무도 없었다. 집 앞에 앉아 있을까 고민했지만, 아주 오랫동안 아무도 찾지 않은 곳 같았다.

하워드 존슨 호텔로 돌아온 엘레나는 그보다 더 모텔다울 수 없는 객실에 앉아, 다음 수를 위한 계획을 짰다. 사무실에서 작업하던 루가 앨리슨이 스테퍼니 마스라는 여자와 함께 그 농장에서 살고 있다는 정보를 알아냈다.

스테퍼니 마스는 친구일까? 가족? 아니면 여자친구? 그게 중요하기나 할까?

벅스턴으로 삼십 분을 운전하고 가서 다시 확인해볼까?

다시 만난다고 해서 앨리슨 메이플라워가 순순히 협조하리라는 보장은 없지만, 집요하게 파고드는 성질 덕에 엘레나는 지금의 자리까지 올 수 있었다. 글자 그대로였다. 게다가 첫 번째 만남에서 성과가 전혀 없지는 않았다. 입양 건과 관련해서 분명 가려진 무언가가 있다. 전에는 강력한 의심이 드는 정도였다면, 앨리슨 메이플라워를 만난 뒤로는 모든 것이 확실해졌다. 적어도 앨리슨 메이플라워만큼은 그 아이들이 도움이 필요한 상태였다고 생각했다. 아직 어떻게 맞춰야 할지 모르는 커다란 퍼즐 조각 역시 발견했다.

입양된 아이들은 전부 사내아이였다.

왜? 왜 여자아이들은 제외되었나?

엘레나는 메모장과 펜을 꺼내 나이를 분석했다. 데이미언 고스가 가장 나이가 많고, 헨리 소프가 제일 어리다. 두 사람 나이 차는 거의 열 살이다. 십 년. 앨리슨 메이플라워가 이 모든 사건과 연관성을 갖기에는 꽤 긴 시간이다.

그것은 그녀가 매우 깊이 연관되어 있음을 의미한다. 아주 깊숙이.

휴대전화가 울렸다. 루였다. 그는 엘레나의 휴대전화에 깔아둔 특별한 앱을 통해 연락했다. 그 앱만 있으면 모든 통화가 추적 불가능해진다. "백악관 기밀을 빼돌리는 사람들이 쓰는 앱이죠. 그래서 절대 못 잡아요." 루가 그렇게 설명했다.

루는 이 앱을 자주 사용하는 편은 아니었다.

"혼자 있어요?" 엘레나가 전화를 받자 루가 물었다.

"폰 섹스 하려고 전화했나?"

"에이, 아니요. 노트북이나 열어봐요, 선생님."

루의 목소리에서 흥분이 느껴졌다. "알겠어."

"이메일로 링크를 하나 보내놨어요. 클릭해봐요."

엘레나는 브라우저를 열어 이메일 계정에 접속했다.

"아직이에요?"

"잠깐만 기다려줄래? 지금 비밀번호 치는 중이거든."

"장난해요? 저장 안 해놨어요?"

"어떻게 하는 건데?"

"와, 그냥 넘어가죠. 들어가면 말해줘요."

엘레나는 루가 보낸 이메일을 찾아 링크를 클릭했다. 앤세스토리라는 웹사이트가 떴다.

"빙고." 엘레나가 말했다.

"뭐가요? 왜요?"

"더블 체크 좀 하고."

엘레나는 휴대전화 문자를 확인했다. 사이먼 그린에게서 받은 문자였다. 딸의 카드 내역을 확인한 결과, DNA유어스토리에서 결제한 적은 없지만 다른 데서 79달러를 결제한 내역을 찾았다는 내용이었다.

앤세스토리.

엘레나는 루에게 사이먼의 문자 내용을 알려주었다. "좋아요." 루가 말했다. "생각보다 판이 커지겠네요."

엘레나는 홈페이지를 훑어 내려갔다. 의심할 여지가 없었다. 틀림없는 유전자 계보학 사이트였다. 사람들이 포옹하고 있는 사진, '당신이 진짜 누구인지 확인하세요' 혹은 '유일무이한 당신의 특별한 인종적 기원을 확인하세요' 같은 귀여운 캐치프레이즈가 올라와 있었다. 잠재 고객에게 도움이 될 만한 다른 링크도 보였다. '새로운 친척을 만나보세요.' 사진 속 사람들은 감격에 겨워 서로 포옹하고 있었다.

그 밑으로 잠재 고객이 선택할 수 있는 구매 패키지가 보였다. 79달러짜리 첫 번째 옵션에는 혈통 분석과 유전자를 공유하는 사람들과 만날 수 있는 기회가 포함되어 있었다. 두 번째 옵션에는 '당신의 건강을 위해'라는 부제가 달려 있었다. 첫 번째 옵션에 80달러를 추가하면 '당신의 건강을 지켜줄 건강 진단서'까지 받을 수 있었다.

더 비싼 패키지 위에 '추천'이라는 글자가 반짝거렸다. 놀라웠다. 자기네 상품에 더 많은 돈을 쓰라고 대놓고 제안하다니.

"홈페이지 보고 있어요?" 루가 물었다.

"응."

"로그인 클릭해봐요."

"알겠어."

"칸이 두 개 보이죠? 사용자 이름과 비밀번호."

"그래."

"좋아요. 이 부분에서 법적으로 걸릴 것 같아서 전화했어요. 헨리 소프의 계정에 들어가는 방법을 찾았거든요."

"어떻게 찾았는데?"

"정말 알고 싶어요?"

"아니."

"아버지한테 허락을 받으면 되겠지만……."

"아버지한테는 그럴 권리가 없어. 오늘 확인했어."

"그럼 우리가 로그인하는 건 완전히 합법이라고 할 순 없겠네요. 기술적으로도 이건 해킹으로 봐야 하거든요. 미리 알고 계셔야 할 것 같아서."

"루?"

"네?"

"사용자 이름이랑 비밀번호 줘."

루는 시키는 대로 했다. 엘레나가 로그인 창에 정보를 입력하자 다음과 같은 페이지가 떴다. '반가워요, 헨리. 당신의 혈통 분석 결과가 나왔습니다.'

헨리는 98퍼센트 유럽인이었다. 더 구체적으로, 58퍼센트 영국인, 20퍼센트 아일랜드인, 14퍼센트 아슈케나지 유대인*, 5퍼센트 스칸디나비아인이었다. 그 밑으로는 미미했다.

---

* 중동부 유럽 유대인의 후손.

"페이지 맨 밑으로 내려가봐요." 루가 말했다.

엘레나는 '당신의 염색체 지도' 부분을 지나 밑으로 내려갔다.

"'당신의 DNA 친족은?'이라는 링크 보여요?"

엘레나는 그렇다고 대답했다.

"클릭해봐요."

새로운 페이지가 떴다. 맨 위에는 이렇게 적혀 있었다. '정돈된 관계의 힘.' 그 옆에는 이렇게 적혀 있었다. '당신은 898명의 친족이 있습니다.'

"팔백구십팔?" 엘레나가 말했다.

"추수감사절용 탁자를 더 큰 것으로 사야겠네, 안 그래요? 그런데 평범해요. 오히려 적은 편이죠. 엄청나게 많은 사람이 특유의 DNA를 공유하는 먼 사촌지간이죠. 1페이지를 클릭해보세요."

루의 목소리에서 흥분이 느껴졌다.

엘레나는 1페이지를 클릭했다. 로딩되는 데 시간이 걸렸다.

"보고 있어요?"

"진정 좀 해. 호텔 와이파이를 쓰고 있다고."

얼마 지나지 않아 엘레나 눈앞에 창이 떴다. 모든 사건이 맞아떨어지기 시작했다. 정말 그런 느낌이었다. 거대한 퍼즐 조각이 한순간에 맞춰지기 시작하는 것 같았다.

'헨리의 이복형제, 이복 남매'로 목록에 네 명이 기재되어 있었다.

"세상에." 엘레나가 말했다.

"그러니까요."

뉴저지 주의 메이플우드에 사는 데이미언 고스가 첫 번째였다. 그의 이름이 고스란히 나와 있었다. 살해된 타투 가게 주인은 엘레나의 의뢰인 아들의 이복형제였다.

그 밑에 등록된 이복형제는 이니셜로만 표기되어 있었다.

"AC, 동북부 거주." 엘레나가 말했다. 그게 누구인지 예상하기는 어렵지 않았다. "에런 코벌."

"아마도요."

"확인할 수 있는 방법은?"

"찾고 있어요. 보이시죠, 이 사이트는 익명으로 이용할 수 없어요. 두 가지 방법만 있죠. 이름 혹은 이니셜. 그것도 실명이어야만 해요. 반 정도는 이름을, 반 정도는 이니셜을 선택한 것 같고요."

다음 이복형제로 등록된 사람은 플로리다 주 탤러해시에 거주하는 NB라는 이니셜을 가진 남자였다.

"NB라는 남자를 찾을 방법은?"

"합법적으로는 없죠."

"불법으로는?"

"글쎄요. 헨리 소프 계정으로 메시지를 보내서, 자기 이름을 말하는지 두고 보는 수밖에."

"그렇게 해." 엘레나가 말했다.

"그럼 불법이⋯⋯."

"우리를 역추적하는 것도 가능해?"

"저를 뭐로 보고요."

"그럼 해." 엘레나가 말했다.

"규칙을 어기실 때마다 흥분되더라고요."

"참 달가운 소리네. 경찰에도 연락해봐야겠어. 그쪽에서 우리가 알아낸 정보는 소환 면제를 해줄 수도 있어. 잘은 모르겠지만."

"그쪽에 넘길 순 없어요, 몰라요?"

"그렇긴 하네. 알겠어. 그래도 NB라는 남자의 신원을 알아내면 그에게 알려줘야 해. 다음 타깃이 될 수도 있잖아."

"더 있을 수 있어요."

"더 있을 수 있다니, 뭐가?"

"형제들이요."

"어떻게 알아?" 엘레나가 물었다.

"헨리 소프는 적어도 비슷한 사이트 세 군데에 자기 DNA를 보냈어요."

"왜 그랬을까?"

"많이들 그래요. 여러 곳에 데이터를 입력할수록 혈족을 찾을 가능성이 높아지니까. 제 말은 앤세스토리에서만 네 명을 찾았으니 다른 데서 더 찾았을 수도 있다는 거예요."

"전부 이복형제들이지?"

"맞아요. 아빠 쪽으로."

엘레나는 읽던 페이지를 다시 들여다보았다. "여기 마지막 남자는 어때, 네 번째 형제?"

"어떠냐니요?"

"보스턴에 사는 케빈 가노. 이 사람도 확인해봤어?"

"네. 이번 건 좀 커요. 들을 준비됐어요?"

"뭔데."

"가노는 죽었어요."

예상한 대답이지만 꽤 묵직하게 와서 꽂혔다. "살해당한 거야?"

"자살이요. 지역 경찰에 전화해봤어요. 그 사건에는 의심할 만한 점

이 없던데요. 회사에서 잘리고 우울했던 것 같아요. 자기 집 차고에서
머리에 총을 쐈어요."

"그쪽에서는 혐의점을 찾으려고 하지 않았겠지." 엘레나가 말했다.
"그 사람도 혹시……."

엘레나는 하던 말을 멈췄다. 심장이 내려앉는 것 같았다.

"엘레나?"

소리 내서 말하진 않았지만 갑자기 너무나 명확해졌다. 자살 한 건.
살인사건 두 건.

그리고 실종.

헨리 소프는 아마도 죽었을 것이다. 만약 범인이 다른 사건과 연결
되지 않기를 원한다면, 경찰이 DNA 사이트에서 살인사건 피해자들
간의 연결 고리를 발견하는 것이 못마땅하다면, 피해자 한 명 정도는
현실에서 도피한 것으로 위장했을 테다.

제기랄.

엘레나는 죽은 남자를 찾고 있는 걸까?

"엘레나?"

"안 끊었어. 확인할 게 있어."

"뭔데요?"

"페이지 그린도 앤세스토리에 접속했잖아."

"그렇죠. 그런데 그 여자는 이복 남매는 아니잖아요. 거기 나온 리
스트가 다예요. 전부 남자."

"아마 다른 방식으로 찾아야 할 거야."

"검색창 있잖아요. 그걸로 찾아봐요."

엘레나는 '페이지 그린'이라고 입력했다. 아무것도 나오지 않았다.

다시 '그린', 페이지의 이니셜 PG, 그리고 루가 말해준 다른 몇 가지 방법으로 찾아보았다. 아무것도 나오지 않았다. 엘레나는 목록을 다시 확인했다. 남자 사촌 한 명이 더 있었다. 그리고 여러 명의 팔촌이 나왔다.

페이지는 없었다. PG도.

"페이지 그린은 그쪽 핏줄이 아니에요."

"그럼 그 아이는 사건에 어떻게 연결되는 거지?"

29

출퇴근 앱으로 확인해보니 지하철 1호선 하행선을 타면 컬럼비아 대학교까지 십일 분이 걸렸다. 택시나 자가용으로 이동하는 것보다 빨랐다. 워싱턴 하이츠 역 내부로 내려가는 엘리베이터를 기다리는 사이, 사이먼의 휴대전화가 울렸다.

발신자표시제한 번호였다.

"여보세요?"

"유전자감식 결과가 두 시간 내로 나올 것 같아요."

실험실에서 만난 랜디 스프랫이었다.

"좋습니다." 사이먼이 말했다.

"소아청소년과 병동 뒤편 안뜰에서 보시죠."

"알겠습니다."

"그린 씨, '만나서 결제'라는 말 아시나요?"

세상에, 인간이 자잘한 부정부패에 얼마나 쉽게 빠질 수 있는지 실로 놀라웠다. "현금으로 가져가죠."

스프랫은 전화를 끊었다. 사이먼은 뒤로 한 걸음 물러서서 이본에게 전화를 걸었다.

이본은 머뭇거리며 전화를 받았다. "어."

"걱정하지 마." 사이먼이 말했다. "잉그리드의 엄청난 비밀을 물어보려고 전화한 건 아니니까. 도움이 필요해."

"무슨 일인데?"

"병원 근처 우리 거래 은행에서 9,900달러를 인출해야 해."

인출 금액이 1만 달러 미만이어야 했다. 금액이 그 이상이면, 재무부 금융범죄단속반에 제출할 고액 현금거래 보고서를 작성해야 한다. 간단히 말해 국세청과 사법기관에 보고된다는 소리다. 지금은 그런 일을 처리하고 싶지 않았다.

"대신 좀 해줄래?"

"해줄게." 잠시 후 이본이 덧붙였다. "돈은 어디다 쓰게?"

"비밀이 있는 사람이 너랑 잉그리드만은 아니야."

전화를 끊자마자 엘리베이터 문이 열리면서 더럽고 어두침침한 내부가 모습을 드러냈다. 정원이 다 찼다는 알람이 울릴 때까지 사람이 밀려들었다. 지구핵까지 내려갈 기세인 지하철 엘리베이터를 타는 일은, 도시 거주자가 할 수 있는 경험 중 석탄 광산 인부가 겪는 일에 가장 근접할 것이다. 물론 두 가지는 전혀 다른 일이다.

지하철 1호선은 정어리 통조림만큼은 아니지만 수용 가능한 인원을 꽉 채운 채 운행중이었다. 사이먼은 서 있는 편을 택했다. 기둥에 몸을 의지했다. 예전에는 낯선 사람들과 함께 갇혀 있다는 폐소공포증적 상황을 모면하려고 휴대전화를 확인하거나 신문을 보곤 했다. 최근 들어서는 주변 탑승객의 얼굴을 둘러보는 것이 좋았다. 지하철

객차는 세상의 축소판이다. 온갖 국적과 종파, 성정체성, 계급을 가진 사람을 볼 수 있다. 공공연하게 드러나는 애정 표현과 다툼도 볼 수 있다. 음악과 사람들 목소리, 웃음소리와 울음소리도 들린다. 비즈니스 양복을 입은 돈 많은 사람(종종 사이먼도 이런 사람 중 하나였다)도, 구걸하는 거지도 있다. 지하철에서는 모두가 평등하다. 모두 같은 요금을 내고 같은 자리에 앉을 수 있는 같은 권리를 부여받는다.

어떤 이유에서인지 최근 일이 년 사이 지하철은 사이먼에게 더는 기피의 대상이 아니었다. 공사중이거나 지연이 발생하지만 않는다면 그곳은 일종의 도피처가 되어주었다.

사이먼은 브로드웨이 116번가에 있는 컬럼비아 대학교 정문으로 들어섰다. 고등학생 시절, 아버지와 함께 예비 투어를 하려고 처음 발을 디딘 그 입구였다. 사이먼이 아는 가장 위대한 사람인 아버지는 국제전기공조합 102번 지부 소속 전기기술자였다. 자식이 언젠간 아이비리그에 갈 수도 있다는 생각에 아버지는 놀라고 불안해했다.

그러나 아버지는 언제나 사이먼에게 안정감을 주었다.

바로 그게 문제였다. 사이먼이 졸업하기 이 주 전, 아버지는 뉴저지주의 밀번으로 출근하던 중 심근경색으로 세상을 떠났다. 그 사건은 사이먼의 가족에게 절망적인 충격을 안겨주었다. 여러 가지로 그것은 끝을 의미했다. 사이먼에게 자식이 생기자, 그는 장인을 따라 연구하는 수습공처럼 아버지가 그 일을 어떻게 해냈는지 떠올리려 노력했다. 그러나 항상 자신이 부족하다고만 느꼈다.

사이먼이 아버지를 사랑하는 만큼, 아이들도 사이먼을 사랑할까?

사이먼을 그렇게 존경할까?

사이먼은 아이들에게 그런 안정감을 주었을까?

가장 많이 되뇌었던 질문은 바로 이것이다. 아버지였다면, 딸이 마약쟁이가 되도록 한눈을 팔았을까? 아내가 총에 맞는 동안 아무것도 하지 않고 옆에 가만히 서 있었을까?

사 년간 지낸 캠퍼스에 발을 내디디며 사이먼은 그런 생각에 사로잡혀 있었다.

학생들이 빠르게 스쳐 지나갔다. 대부분 고개를 숙인 채였다. 사이먼은 요즘 젊은 아이들이 어떻게 그럴 수 있는지 불평불만을 늘어놓을 수 있었다. 작은 화면만 들여다보거나 헤드폰으로 귀를 꽉 틀어막고 다니는 것에 대해, 사람들에게 둘러싸여 있으면서도 완벽하게 혼자가 되기 위해 바깥세상을 차단하는 것에 대해 한마디 할 수 있었다. 그러나 사이먼 세대 역시 형편없기는 마찬가지였다. 그러니 말해봐야 소용없는 일 아닐까?

왕좌에 앉아 있는 지혜의 신, 아테나의 동상이 보였다. 동상을 가까이서 보면, 왼쪽 다리 옆 망토 안쪽에 작은 올빼미가 숨어 있다는 사실을 사이먼은 알고 있었다. 신입생 중 그 올빼미를 처음 발견하는 사람이 졸업생 대표가 된다는 전설이 있다. 아테나는 왼팔을 길게 내밀고 있는데, 알려진 바로는 찾아오는 이들을 환영하는 손짓이라고 했다. 사이먼 눈에는 가끔 자기 할머니가 "네가 뭘 할 수 있겠니, 어?"라고 말할 때 으쓱하던 몸짓과 더 비슷해 보였다.

휴대전화가 울렸다. 엘레나 라미레스였다.

"새로운 정보를 찾았나요?" 사이먼이 물었다.

"네, 아주 많이요."

엘레나는 자신이 메인 주에 온 이유에 대해서는 '입양 건에 수상한 점이 눈에 띄어서'라고 간단히 정리하고 넘어갔다. 대신 회사 기술담당자의 도움으로 DNA 계보학에 관해 알아낸 사실들에 더 집중했다. 엘레나가 정보를 전하는 동안, 로 라이브러리의 계단을 오르던 사이먼은 차가운 대리석 바닥에 반쯤 주저앉았다. 입양과 DNA 사이트에서 발견한 이복형제들, 갑작스러운 죽음들.

"누군가가 그 사람들을 차례차례 죽이고 있군요." 사이먼이 요점을 짚었다.

"맞아요, 그렇게 보입니다."

페이지가 같은 사이트에서 유전자 검사를 받았고, 나머지 관련자들과 혈연관계가 아니라는 얘기를 듣는 동안, 사이먼은 자신의 감정이 무엇인지 종잡을 수 없었다. 안도감이 들어야 했지만 문득 이런 생각이 떠올랐다. '그렇다고 해서 내가 친아빠라는 소리는 아니잖아?'

"아직 확실하진 않군요." 사이먼이 말했다.

"뭐가 확실하지 않다는 말씀이시죠?"

"페이지가 이복 남매가 아니라는 사실요."

"왜 그렇게 생각하시는지?"

"페이지는 실명을 사용하지 않았을 겁니다. 다른 사람의 유전자를 보내거나 가명을 쓰는 사례가 있다고 읽은 적이 있거든요. 이니셜로 명시된 이복형제가 혹시 페이지가 아닐까 해서요."

"NB요?"

"네."

"아니에요, 사이먼. 그건 불가능해요."

"왜죠?"

"그 이름은 남자라고 나와 있습니다. 만약 페이지가 자기 DNA를 보낸 게 맞는다면, 가명을 썼더라도 그쪽에서 검사 샘플로 남녀는 구분했을 겁니다. 남자 유전자예요. NB가 페이지일 리는 없습니다."

"아니면 아예 다른 가명을 썼을 수도 있지 않나요?"

"그랬을 수도 있죠. 그런데 어찌 되었든 저희가 지금 헨리 소프의 계정을 살펴봤잖아요. 거기에 헨리의 모든 혈연관계가 나와 있어요. 팔촌 이내에 여성 혈족은 존재하지 않아요."

"그렇다면 더 이해가 안 가네요. 페이지는 이 일과 어떤 관련이 있을까요?"

"에런이 연결 고리 같습니다. 아직은 모르지만요. 어쩌면 우리가 헛다리를 짚은 것일 수도 있고요."

"어떤 점에서요?"

"따님이 자기 유전자 샘플이 아닌 다른 사람의 것을 보냈을 수도 있잖아요."

"저도 그 생각은 했습니다. 하지만 왜요?"

"모르죠. 페이지의 행적을 따라가봐야죠. 페이지가 무언가 발견했을 수도 있어요. 범죄나, 이해할 수 없는 무언가를요. 그것 때문에 에런을 찾아갔겠죠."

사이먼은 그 말을 생각해보았다. "잠깐 물러서서 우리가 확실히 아는 것들을 정리해보죠."

"아, 좋습니다."

"일단 이 일과 관련된 남자들은 같은 생물학적 아버지에게서 태어났어요."

"그렇죠."

"모두 메인 주에 있는 같은 입양 센터를 통해 입양된 것으로 보이고요."

"네."

"그런데 모종의 은폐가 있었고, 아버지의 이름이 입양 서류에서 빠지게 되었죠."

"네, 우리가 아는 선에서는 그렇습니다."

사이먼은 오른손에서 왼손으로 휴대전화를 바꿔 들었다. "불임 치료 의사가 자기 정액으로 환자들을 임신시킨 사례에 관해 읽어보셨나요? 인디애나 주에서 그런 사건이 있었죠. 한 여자가 DNA 사이트에서 형제자매가 여덟 명이나 되는 걸 발견했어요. 당신이 말한 사이트와 비슷한 곳이죠. 그렇게 모인 형제자매들이 불임 치료 의사가 정자은행이나 다른 곳에서 받아온 척하고 자기 정자를 이용해왔다는 사실을 밝혀낸 겁니다."

"네, 기억나네요." 엘레나가 말했다. "그런 사건은 많아요. 캐나다나 유타 주에서도 큰 사건이 있었죠."

"좀 회의적으로 말씀하시네요."

"그 사건들과 무슨 관련이 있는지 알 수 없어서 그래요. 해당 사건의 어머니들은 아이를 포기하고 입양 보내지 않았어요. 그 무엇보다 아이를 원했죠."

맞는 말이었다.

"아직 무언가가 빠져 있어요."

"동의합니다. 그래서 앨리슨 메이플라워 쪽을 다시 한번 파보려고요. 어쨌든 입양을 주관한 사람이니까. 감옥에 보내겠다고 협박이라도 해야죠. FBI의 관심도 끌어보고요. 모든 일은 물밑으로 진행해야겠지만요."

"왜요?"

"당신에게 준 정보요. 절대 누구한테 얘기해선 안 돼요. 불법으로 획득한 정보라고 할 거예요. 악행의 결실이라고 하거나, 그런 부류라고 치부해버릴 겁니다. 우리가 당장 FBI와 줄이 닿는다고 해도 이 사건이 우선순위가 되진 못해요. 누군가에게 사건이 할당되기까지 며칠 혹은 몇 주가 걸릴지 몰라요. 우리에게는……." 엘레나는 잠시 말을 멈췄다. "사이먼, 잠시만요. 다른 전화가 들어와서요."

사이먼은 캠퍼스를 훑고 있었다. 예비 투어 때 아버지를 놀라게 한 사실 하나가 떠올랐다. 조금 전 들어온 칼리지 워크를 통과해 사우스 필즈를 지나면 사이먼이 앉아 있는 본 캠퍼스가 나온다. 캠퍼스는 로 라이브러리에서 시작해 버틀러 라이브러리에서 끝이 난다.

"도서관이 두 곳이네, 사이먼." 아버지는 고개를 저으며 말했다. "배움의 상징으로 이보다 더 좋은 것이 있을까?"

지금 끄집어내기에는 이상한 기억이지만, 그 기억은 사이먼을 파고드는 크고 흉측한 생각에서 그를 지켜주었다. 이복형제들과 입양에 관한 비밀을 밝혀내는 게 페이지를 찾는 데 도움이 될까?

엘레나가 다시 전화를 받았다. "사이먼?"

한 남자가 계단에 앉아 있는 사이먼을 지나쳐 걸음을 재촉했다. 의심할 여지 없이 앨마 마터 동상으로 향하고 있었다. 사이먼은 온라인 프로필에서 본 얼굴을 알아보았다. 루이스 밴더비크 교수였다. 휴대 전화를 귀에 댄 채, 사이먼은 그를 따라가려고 자리에서 일어섰다.

"네, 무슨 일인가요?" 사이먼이 물었다.

"이만 끊어야겠어요. 앨리슨 메이플라워가 만나자고 하네요."

30

애시는 집 뒤편에 차를 댔다. 길에서 보이지 않는 위치지만, 혹시라도 차를 돌리려고 누군가가 진입로로 들어올 경우에 대비해 디디가 보초를 섰다. 애시는 뒷자리를 확인했다. 가방들이 있었다. 그는 지퍼를 열고 무기를 꺼내 뒷좌석에 죽 늘어놓았다.

사격 준비 끝, 이상 무.

필요한 무기만 챙기고 나머지는 가방에 집어넣은 다음, 두 손가락으로 휘파람을 불었다. 디디가 차로 돌아오자 애시는 FN 파이브세븐을 건넸다.

"생각해봤어?" 애시가 입을 뗐다.

"무슨 생각?"

"성모 아디오나가 준 쪽지 말이야. 일단 그 여자는 대체 누구야?"

"그 방에서 시중을 들어. 거기가 여자가 올라갈 수 있는 가장 높은 자리야."

"그 여자는 사이비에 진심이야?"

"사이비라고 하지 마." 디디가 말했다. "대답은 '그렇다'야. 다른 성모는 아베오나라고 딱 한 명 더 있어. 둘 다 순수한 진리 자체에 가까운 사람이라 선택받은 거야. 방문자와 행위자를 잉태하기 위해."

"바티지의 아들들이 맞네." 애시가 말했다. "둘은 이복형제인 건가?"

"응."

"그럼 누가 아디오나의 아들이야?"

"행위자."

"아디오나가 행위자의 엄마, 아베오나가 방문자의 엄마인 거네."

"맞아." 두 사람은 집을 향해 걸었다. "애시, 그걸 왜 신경 써?"

"신경 안 써. 다만 내부에 적이 있다는 사실이 꺼림칙해서 그래."

"난 그렇게 생각해보지는 않았는데."

"아디오나가 사람을 시켜서 날 고문했어. 우리가 하는 일이 뭔지 알아내려고. 그러더니 나한테 그 일을 하지 말라는 쪽지를 건넸고. 그런데도 걱정이 안 된단 말이야?"

"듣고 보니 걱정되네." 디디가 대답했다.

애시는 주변을 확인했다. "디디?"

"응."

"왜 네가 나한테 솔직하지 않은 것처럼 느껴질까?"

디디는 미소를 지으며 애시를 똑바로 보았다. 애시의 심장박동이 빨라졌다. "너 느꼈구나, 그렇지? 그분을 만났을 때 말이야."

"바티지는 카리스마가 있는 사람이긴 하더라. 그건 인정."

"그럼 진리의 안식처는?"

"평화롭고 조용한 곳이었어." 애시가 동의했다.

"그 이상이지. 거룩한 곳이야."

"그래서?"

"내가 전에 어땠는지 기억해?"

애시는 기억했다. 엉망진창. 디디의 잘못이 아니었다. 너무나도 많은 양아버지와 학교 선생, 지도교사, 심리상담사, 특히나 그중 가장 성인군자인 척하던 것들이 디디에게서 더러운 손과 불결한 생각을 거두지 못했다.

"기억해." 애시가 대답했다.

"지금이 더 좋아 보이지 않아?"

"그래 보여." 햇살이 눈으로 들어왔다. 애시는 디디 얼굴을 계속 바라보고 싶어서 손을 이마에 가져다 댔다. 햇빛 가리개 겸, 디디에 대한 경례 겸. "하지만 꼭 모 아니면 도일 필요는 없잖아."

"나한테는 그래."

"우리 같이 도망가자." 애시 목소리에는 평상시와 다른 무언가가 있었다. 절박함. 갈망. "집을 구할 수 있을 거야. 안식처 같은 평화로운 곳으로. 조용하고 거룩한 곳으로."

"그래도 되겠지." 디디가 말했다. "하지만 오래가지 못할 거야."

애시가 말하려 했지만, 디디는 그의 입술에 손가락을 대며 침묵시켰다. "현실에는 유혹이 너무 많아. 지금 이렇게 나와 있는 것만 해도 집중력이 필요해. 엄청난 절제력을 발휘해야 한다고. 그렇지 않으면 또 낚이고 말 거야. 추락하겠지. 그리고 나는 그 이상이 필요해."

"그 이상?"

"그래."

"진리를 맹신하는 게 너에게 그 이상의 무언가를 주나 보지?"

"이런, 나는 진리를 믿지 않아."

"잠깐만, 뭐라고?"

"대부분의 종교인은 교리를 안 믿어, 애시. 그저 본인들이 원하는 것을 취하고, 원하지 않는 것은 버릴 뿐이지. 각자 원하는 서사를 창조해내는 거야. 친절한 신, 복수심에 불타는 신, 활동적인 신, 방관하는 신 등등. 그것에서 뭘 얻을 수 있는가만 확실히 하면 돼. 원수들이 영원히 불타는 동안 영생을 얻는다든지, 돈이나 직장, 친구처럼 실재하는 무언가를 얻는다든지. 각자의 서사만 그렇게 바뀌는 거야."

"이런 얘기를 듣다니 놀랍네." 애시가 말했다.

"그래?"

애시는 양손을 오므려 뒤쪽 창문에다 댔다. 부엌을 들여다보기 위해서였다. 비어 있음. 전기 나갔음. 주방 탁자는 휴가철을 마감할 때 덮어두는 기다란 흰 천으로 덮여 있기까지 했다.

디디가 말했다. "진리가 사막에 숨겨진 징표를 찾는다고 애리조나 주에 갔거든. 그 징표가 우리 믿음의 근간이나 다름없는 건데, 그때 무슨 예언을 들었는지 알아?"

애시는 창문에서 돌아섰다.

"진리의 현신이 죽고 두 번째 단계로 올라가면, 그 자리는 인류를 대표하는 두 사람에게 계승되어 하나로 통합되고 강화된다. 남자 한 명. 그리고 그와 함께하는 특별한 여자 한 명."

디디는 피식하고 웃었다.

애시가 그녀를 바라보았다. "그게 너구나."

그녀는 그 말이 맞는다는 의미로 양팔을 펼쳐 보였다.

"그 징표가 정말 그런 예언을 했대? 남자 한 명 그리고 여자 한 명에 관한 예언을?"

"아니. 그럴 리가 있겠니, 애시."

애시는 무슨 말인지 못 알아듣겠다는 표정을 지었다.

"그건 현세의 '해석'일 뿐이지." 디디는 손으로 따옴표를 만들었다.

"그렇다면 알고 있는 거네?" 애시가 말했다.

"뭘 알아?"

"다 개소리라는 걸."

"아니야, 애시. 너 아직도 무슨 말인지 못 알아듣는구나. 그냥 다른 사람들처럼, 나 역시도 내가 필요한 걸 얻는 거라고. 그게 날 풍요롭게 해. 그게 말도 안 된다는 사실을 알아도 내 믿음이 약해지지는 않아. 오히려 강해지지. 그게 날 제어해주거든."

"다른 말로 하자면 네가 거기 교주가 될 각이 보였다는 거구나." 애시가 말했다.

"네 관점에선 그렇지. 너는 그렇게 생각해도 돼." 디디는 시각을 확인했다. "가자. 시간 다 됐어."

디디는 언덕을 오르기 시작했다. 애시가 뒤따랐다.

"지금 우리가 하는 일 말이야." 애시가 말했다. "이것 때문에 진리가 너에게 유리한 쪽으로 새롭게 해석될 수 있는 거지?"

디디는 걸음을 멈추지 않았다. "조화가 신비로운 것은 신뿐만이 아니지."

사이먼이 말을 건넸다. "밴더비크 교수님?"

"그냥 루이스라고 해주세요."

밴더비크는 프로필에서 본 그대로였다. 젊고 이쁘장하고 잘 정돈된 모습이었다. 온라인에서 본 사진처럼 딱 붙는 검정 티셔츠를 입고 있었다. 악수를 하는 동안 그는 휙 하고 주변부터 살피는 눈치였지만, 분명 미소는 띠고 있었다. 사이먼으로서는 매정하게 평가할 수밖에 없는 저 미소로 어린 학생들을 꾀어냈겠지. 그의 딸도 마찬가지였을 것이다. 아니면 그저 성차별주의자적 발상인가?

"페이지 일은 유감입니다." 밴더비크가 말했다.

"어떤 점에서요?"

"네?"

"유감이라고 하셨잖아요. 뭐가 유감이라는 거죠?"

"전화로 아이가 실종됐다고 말씀하시지 않으셨나요?"

"그 점이 유감이라는 건가요?"

교수는 사이먼의 말투에 움츠러들었다. 사이먼은 지나치게 공격적으로 군 자신을 저주했다.

"죄송합니다." 사이먼이 침착한 목소리로 말했다. "그게…… 아내가 총에 맞았습니다. 페이지의 엄마가요."

"뭐라고요? 그런 끔찍한 일이. 지금은……?"

"혼수상태입니다."

루이스의 얼굴이 창백해졌다.

"안녕하세요, 루이스!"

학생 두 명이(공식적으로는 둘 다 남자다) 로 라이브러리 계단을 오르다 그를 알아보았다. 두 사람은 아는 체하려고 멈춰 섰지만 밴더비크는 아무 반응도 하지 않았다.

같이 있던 다른 학생이 말을 걸었다. "루이스?"

사이먼은 학생들이 교수 이름을 부르는 걸 싫어했다.

멍하니 있던 밴더비크가 정신을 차리고 인사를 건넸다. "오, 안녕, 제러미. 안녕, 대릴."

그는 학생들을 향해 미소 지었지만, 그 표정 뒤에 숨은 전구가 심하게 깜빡이는 듯 보였다. 학생들은 쭈뼛거리며 가던 길을 재촉했다.

"할 말이 있다고 하셨죠?" 사이먼이 대화를 이어갔다.

"네? 아뇨, 저한테 먼저 메시지를 남기셨기에."

"맞아요. 그런데 전화 주셨을 때, 분명 하고 싶은 말이 있는 것처럼 들렸습니다."

밴더비크는 아랫입술을 잘근잘근 깨물었다.

사이먼이 덧붙였다. "당신은 페이지가 가장 좋아한 교수예요. 아이는 당신을 신뢰했어요."

기껏해야 제삼자에게 들은 말이지만 맞는 말일 수도 있었다. 적어도 지금 상황에서 도움은 되었다.

"페이지는 훌륭한 학생이었어요. 우리 교수들이 어렸을 때 상상하던, 가르치고 싶은 그런 학생요." 그가 말했다.

밴더비크는 예전에도 같은 말을 수천 번은 한 것 같았지만, 진심처럼 들리기도 했다.

"무슨 일이 있었죠?" 사이먼이 물었다.

"잘 모르겠습니다."

"저는 당신들한테 밝고 학구적인 아이를 보냈습니다. 집과 가족을 떠나 아이 혼자 지내는 건 그때가 처음이었죠." 사이먼은 형용할 수 없는 무언가가 가슴속에서 차오르는 기분을 느꼈다. 분노와 슬픔, 후회와 부성애가 뒤섞인 감정이었다. "아이를 잘 지켜줄 거라고 믿었습니다.”

“저희도 최선을 다했습니다, 그린 씨.”

“그리고 실패했죠.”

“그건 아직 모르죠. 비난하려고 오신 거라면……”

“아니요. 여기 온 건 딸을 찾기 위해서입니다. 부탁합니다.”

“페이지가 어디 있는지는 모릅니다.”

“기억하고 계신 걸 말씀해주세요.”

벤더비크는 아래쪽 광장을 내려다보았다.

“좀 걸으시죠. 계단에 이렇게 서 있으니 너무 이상해 보이네요.” 밴더비크가 말했다.

그가 계단을 내려갔다. 사이먼도 따라 내려갔다.

“말씀드렸다시피 페이지는 착한 학생이었습니다.” 그가 말을 시작했다. “아주 적극적이었어요. 물론 많은 아이가 그렇습니다. 과하다 싶을 정도로 열띤 느낌이죠. 모든 기회를 잡고 싶어서 초 양 끝에 불을 붙이고 태우는 거예요. 학부 시절에 본인이 어땠는지 기억하시나요?”

사이먼은 고개를 끄덕였다. “기억합니다.”

“실례가 안 된다면, 어떤 학교를 나오셨는지 여쭤봐도 될까요?”

“여기요.”

“컬럼비아요?” 두 사람은 칼리지 워크를 건너 버틀러 라이브러리로 향했다. “입학했을 때 뭐가 되고 싶었는지 기억하시나요?”

“전혀요. 공학 전공으로 들어왔거든요.”

“사람들은 대학이 새로운 세상을 열어준다고 하죠. 어떤 면에서는 맞는 말입니다. 하지만 대개는 그 반대죠. 이곳에 들어올 때는 무엇이든 할 수 있으리라 생각하죠. 선택지가 끝이 없을 거라고. 실은, 이곳에 있는 동안 선택지는 매일매일 줄어들어요. 졸업할 때가 되면 현실이 혹 하고 덮치죠."

"이 얘기가 페이지와 무슨 관련이 있나요?" 사이먼이 물었다.

벤더비크는 입가에 미소를 띤 채 시선을 돌렸다. "페이지는 그 모든 과정을 빠르게 경험했어요. 좋은 쪽으로요. 자기 천직을 찾았죠. 유전학이요. 엄마처럼 사람들을 치료하고 싶다며 의사가 되고 싶어했습니다. 페이지는 그걸 몇 주 만에 깨달았어요. 제가 시간이 될 때마다 제 연구실로 찾아왔죠. 제 조교가 되려면 어떤 과정을 밟아야 하는지 궁금해했어요. 저는 페이지가 아주 잘해내고 있다고 생각했고요. 그런데 상황이 바뀌었습니다."

"어떻게요?"

그는 계속 걸었다. "학교에는 규칙이 있습니다, 그린 씨. 이해해주셨으면 좋겠습니다. 학생 일을 부모님께 어디까지 말씀드릴 수 있는가에 대해서요. 학생이 비밀보장을 원하면 학교는 최대한 의견을 따라야 합니다. 타이틀 나인*과 관련한 학칙을 알고 계신가요?"

사이먼은 심장이 멎는 것 같았다. 아일린 본을 만나러 랜포드 대학교에 갔을 때 들은 말이 있다. 두 아이와 친했다는 친구 주디가 파티에서 페이지가 성폭행 피해자가 된 건 아닌지 의심했다던 이야기가 분명했다. 사이먼은 그 이야기는 아예 생각하지 않고 있었다. 첫 번째 이유는 일단 떠올리기조차 끔찍해서였고, 두 번째는 좀 더 중요한데, 주디가 추궁했을 때 페이지가 논의를 거부했다는 점 때문이다. 그 사실이 사이먼을 계속 괴롭혔다. 주디가 페이지를 추궁했고, 아일린 말

---

* 1972년 시행된 미국 교육 개정안의 일부로, 연방 정부의 지원을 받는 학교 등에 적용되는 성차별 금지 조항.

에 따르면 페이지는 부정했을 뿐 아니라 대화를 아예 차단해버렸다고 했다.

"집에 문제가 있다고 했어요."

그들은 방향을 바꾸어 러너 홀이라는 유리 구조물 쪽으로 이동했다. 맨 아래층에 카페가 있었다. 밴더비크가 문을 열려고 손을 뻗는데, 사이먼이 그의 팔꿈치를 움켜잡았다.

"제 딸이 성폭행을 당했나요?" 사이먼이 물었다.

"그렇다고 생각합니다."

"그렇다고 생각하다니요?"

"페이지가 조용히 저를 찾아왔어요. 몹시 혼란스러워했죠. 학교 파티에서 사건이 있었어요."

사이먼은 두 주먹을 불끈 쥐었다. "페이지가 다 이야기했습니까?"

"시작은요."

"'시작은요'라니, 무슨 말씀이시죠?"

"페이지가 자세한 이야기를 하기 전에, 타이틀 나인의 가이드라인을 준수해야 한다는 사실을 알려주었습니다."

"무슨 가이드라인요?"

"의무 신고 규정이요." 밴더비크가 대답했다.

"그게 뭐죠?"

"학생이 성폭행 관련 사건에 관해 이야기할 경우, 본인 의사와 상관없이 타이틀 나인 담당자에게 보고해야 합니다."

"피해자가 원치 않더라도요?"

"설사 그렇다고 해도, 맞습니다. 솔직히 저도 이 규정을 좋아하지 않아요. 취지는 이해해요. 하지만 제 생각에는 이 규정 때문에 학생들이 선생에게 일을 털어놓지 못하는 것 같습니다. 좋든 싫든 교사가 보고해야 한다는 사실을 아니까요. 그렇게 아이들은 입을 다물죠. 그게 지금 여기서 일어나는 일입니다."

"페이지가 말을 안 했나요?"

"거의 뛰쳐나가다시피 했어요. 따라가려 했지만 이미 도망쳤더군요. 전화도 하고 문자도 보냈어요. 이메일도요. 한번은 기숙사 방에도 찾아갔습니다. 그래도 말하려 하지 않더군요."

주먹 쥔 사이먼의 손가락에 힘이 더 들어갔다. "그런데 교수님께서는 부모에게 연락할 생각은 못 하신 거고요?"

"그 생각도 당연히 했습니다. 하지만 그와 관련해서도 규정이 있어요. 담당자와 그 부분도 확인했습니다."

"그 여자가 뭐라던가요?"

"남자입니다."

'정말로?' 사이먼이 말을 정정했다. "그 남자가 뭐라던가요?"

"그분이 페이지와 얘길 나눴습니다. 아무 일 없다고 잡아뗐어요."

"그런데도 부모에게 연락은 안 하신 거고요?"

"그렇습니다, 그린 씨."

"그 대신 제 딸은, 강간당했을 가능성이 있는데도 침묵 속에서 고통받은 거네요."

"규정이 있어요. 저희는 그걸 따라야 하고요."

개소리였다. 일이 다 끝나면, 사이먼은 모든 걸 돌려받기 위해 할 수 있는 모든 방법을 동원할 생각이었다. 지금은 당장 일에 집중해야 했다. 사이먼은 그러고 싶지 않았다. 그대로 주저앉아 목 놓아 울고 싶었다.

"페이지가 엇나간 게 그때부터인가요?"

밴더비크는 질문의 답을 생각해보았다. 그의 대답은 사이먼을 놀라게 했다. "아니요, 그렇지는 않아요. 어떻게 들릴지 잘 압니다만, 제가 다음에 페이지를 보았을 때……."

"그게 언제였나요?"

"며칠 뒤였어요. 페이지가 수업에 나타났어요. 좀 나아 보이더군요. 놀란 나머지 교탁에 서서 아이를 가만 봤던 게 생각나네요. 페이지는 '괜찮아요, 걱정하지 마세요'라는 뜻으로 고개를 끄덕였습니다. 며칠 뒤부터는 다시 연구실로 찾아왔죠. 아이를 다시 보게 돼서 얼마나 기뻤는지 모릅니다. 그 주제를 꺼내보려 했지만, 페이지가 별일 아니라는 식으로 넘겼어요. 자기가 과민 반응을 했다고요. 페이지가 완전히 괜찮았다고 얘기하려는 게 아닙니다. 제 눈에도 페이지가 대화를 차단하려는 듯 보였거든요. 페이지에게 도움을 구하고 누군가와 얘기해보라고 설득했습니다. 가장 힘든 부분이, 여학생들이 가해자로 지목된 남학생과 여전히 같은 캠퍼스에 있어야 한다는 거거든요."

"강간범이죠."

"뭐라고요?"

"가해자로 지목된 남학생이라고 부르지 마세요. 강간범이라고 불러야죠."

"그 남학생이 무슨 짓을 했는지 저는 모릅니다."

"누구인지는 아시죠?"

밴더비크가 자리에 멈춰 섰다.

"아시는 거죠?"

"페이지가 말해주지 않았습니다."

"하지만 아시잖아요."

그는 시선을 피했다. "당시엔 추측만 했죠. 적어도 지금은 압니다."

"그게 무슨 뜻이에요?"

밴더비크는 머리를 쥐어뜯으며 한숨을 내쉬었다. "여기서부터 이야기가 이상해집니다, 그린 씨."

'지금까지는 안 이상했고?' 사이먼은 생각했다.

"순서는 모르겠어요. 뭐가 먼저인지는 모릅니다. 페이지가 엇나간 게 먼저인지, 아니면……." 그가 하던 말을 멈췄다.

"아니면?"

"다른 사건이 있었어요." 밴더비크는 잠시 적당한 단어를 찾으려고 허공을 올려다보았다. "교내에서요."

"사건." 사이먼은 교수 말을 따라 했다.

"네."

"강간이 있었다고요?"

밴더비크는 인상을 찌푸렸다. "페이지는 강간이라는 단어를 사용하지 않았습니다. 절대로요."

사이먼은 기호학적 논쟁을 할 때가 아니라는 걸 알고 있었다. "또 다른 성폭력사건이 있었다고요?"

"네."

"같은 녀석 짓인가요?"

밴더비크는 고개를 저었다. "반대입니다."

"네?"

"페이지에게 성폭력을 가했을 것으로 추정되는 학생이." 밴더비크는 단어 사용에 점점 더 주의를 기울였다. "사건 피해자입니다."

그는 사이먼 눈을 바라보았다. 사이먼은 눈 한 번 깜빡이지 않았다.

"학생 이름은 더그 멀저입니다. 피츠버그 출신의 경제학과 2학년생. 교내 파티가 끝나고 야구 방망이로 폭행당했어요. 다리가 부러졌고, 방망이 손잡이 부분에……." 밴더비크가 주절거리기 시작했다. "그러니까, 그 공격에 관해서는 공적으로 발표된 게 없습니다. 가족이 알려지길 원치 않았어요. 하지만 소문이 교내에 쫙 퍼졌죠. 학생은 피츠버그에서 아직도 회복중입니다."

사이먼은 서늘한 기운이 척추를 타고 올라오는 걸 느꼈다. "교수님은 페이지가 이 일과 관련이 있다고 생각하시나요?"

밴더비크는 입을 열었다가 닫았다가, 다시 말을 이어가려고 했다. 말을 조심하려고 필사의 노력을 하고 있었다. 사이먼 눈에는 그게 보였다. "확실하다고 말씀드릴 수는 없습니다."

"하지만?"

"다음 날 수업에서 페이지는 계속 웃고 있었어요. 모두가 전날 일어난 사건 때문에 심란한 와중에요. 페이지는 저를 보며 이상한 미소를 지었습니다. 페이지가 흐리멍덩한 눈을 하고 있던 게 그때가 처음 같아요. 뭔가 한 것 같았어요. 약 같은 것을."

"그렇다면 교수님의 증거는 페이지가 약에 취해서 웃었다는 것뿐이네요?" 사이먼이 물었다. "고통에 무감각해지려고 약을 했을 수도 있잖아요."

밴더비크는 아무 말도 하지 않았다.

"페이지가 뭘 했든 상관없습니다." 사이먼은 구역질 나는 폭력 장면을 떠올렸다. "페이지는 그런 일을 할 아이가 아닙니다."

"동의합니다." 또 다른 학생이 지나가면서 큰 소리로 인사를 건넸다. "안녕하세요, 루이스 교수님!" 그러자 밴더비크가 건성으로 고개를 끄덕였다. "그런 일을 할 아이가 아니죠. 적어도 혼자서는요."

사이먼은 얼어붙었다.

"그날 페이지가 강의실을 나설 때, 어떤 남자가 기다리고 있는 걸 봤어요. 어린애가 아니었죠. 학생도 아니고. 어림잡아 열 살은 많아 보이는 남자였습니다."

'에런이군.' 사이먼은 생각했다. '그건 에런이야.'

31

"당신에게 준 정보요. 절대 누구한테 얘기해선 안 돼요." 엘레나는 그렇게 말했다. "불법으로 획득한 정보라고 할 거예요. 악행의 결실이라고 하거나, 그런 부류라고 치부해버릴 겁니다. 우리가 당장 FBI와 줄이 닿는다고 해도 이 사건이 우선순위가 되진 못해요. 누군가에게 사건이 할당되기까지 며칠 혹은 몇 주가 걸릴지 몰라요. 우리에게는……."

통화중이던 엘레나는 삑삑거리는 소리를 들었다. 또 다른 전화가 들어오고 있었다. 발신자표시는 제한되어 있었다. 대부분의 사람은 스팸전화라고 생각할 테지만, 루가 그런 전화를 막아주는 무언가를 엘레나의 휴대전화에 설치해두었다. 걸려오는 전화는 용건이 있는 경우가 대부분이었다.

게다가 그녀가 마지막으로 명함을 준 사람은 앨리슨 메이플라워다.

"사이먼, 잠시만요. 다른 전화가 들어와서요."

그녀는 전화를 돌렸다. "여보세요?"

"어, 안녕하세요." 한 여자가 속삭였다. 앨리슨 메이플라워는 아니

392

었다. 목소리가 어렸다. 이십대 혹은 삼십대쯤 되는 것 같았다. "라미레스 씨 되시나요?"

"전데요. 누구시죠?"

"제 이름은 중요하지 않고요."

"좀 크게 말씀해주시겠어요?"

"죄송해요. 좀 불안해서. 친구 때문에 전화드렸어요. 오늘 카페에서 만나셨죠?"

"말씀하시죠."

"친구가 좀 만나자고 해서요. 세상에, 당신을 만나자고 하다니. 그런데 친구가 불안해하고 있어요."

엘레나는 앨리슨 메이플라워가 스테퍼니 마스라는 여자와 산다는 사실을 생각해냈다. 전화를 건 사람은 아마도 그녀일 것이다.

"이해합니다. 그렇다면 앨리슨이 편한 곳에서 만나면 좋겠네요." 엘레나가 부드러운 목소리로 답했다.

"그래요. 앨리슨도 그걸 원해요."

"잠시만 끊지 말고 기다려주실래요?"

"네."

엘레나는 빠르게 움직였다. "사이먼?"

"네, 무슨 일인가요?"

"이만 끊어야겠어요. 앨리슨 메이플라워가 만나자고 하네요."

엘레나는 다시 전화를 돌렸다. "두 분이 사는 데를 압니다. 제가 운전해서……."

"아니요!" 젊은 목소리의 여자가 겁에 질려 소리를 내질렀다. "그 사람들이 쫓아올 거예요! 모르시겠어요?"

엘레나는 실제로 진정하라는 손짓을 했다. 전화상으로는 당연히 쓸모없는 행동이었다. "알았어요, 알았다고요."

"그들이 당신을 지켜보고 있어요. 우리를요."

약간 과대망상에 사로잡힌 것처럼 들렸지만, 돌이켜보면 적어도 세 명이 이 일로 목숨을 잃었다.

"걱정하지 마세요." 엘레나는 침착하고 편안한 말투를 유지하며 말을 이어갔다. "계획을 짜보죠. 두 분이 편안한 쪽으로."

여자를 진정시킬 만한 계획을 떠올리는 데 십여 분이 걸렸다. 엘레나는 우버를 타고 주간고속도로 95호선 근처에 있는 식당에 가기로 했다. 남부 요리 체인점인 크래커배럴 앞에 서 있으면, 스테퍼니가(여자는 결국 자기 이름을 말했다) 차를 타고 오다가 라이트를 두 번 깜빡여 신호를 보낼 것이다.

"어떤 차종을 타고 오실 건가요?" 엘레나가 물었다.

"말하지 않는 편이 낫겠어요. 만약을 대비해서요."

여자가 엘레나를 태우고 '비밀 장소'로 가서 앨리슨과 만나게 해주기로 했다. 그랬다, 스테퍼니는 실제로 '비밀 장소'라고 말했다.

"혼자 오세요." 스테퍼니가 말했다.

"그러죠. 약속합니다."

"누군가가 쫓아오는 게 확인되면 만남은 취소입니다."

두 사람은 스테퍼니가 '전화벨을 한 번 울리고 끊으면' 크래커배럴로 '출발한다'라는 신호로 받아들이기로 했다. 전화를 끊고 엘레나는 침대에 앉아 스테퍼니 마스를 검색해보았다. 아무것도 나오지 않았다. 엘레나는 총을 넣은 권총집을 차도 될 만큼 좀 넉넉한 파란색 블레이저로 갈아입었다. 사이먼에게 전화를 걸까 하다가, 앨리슨 메이플라워를 곧 만날 것 같다고 문자만 보내기로 했다. 휴대전화는 충전 중이었다. 그녀는 루에게 약속이 있어서 나간다는 사실을 전달했다. 루가 휴대전화에 최고 사양의 추적 장치를 달아놓은 덕에 사무실에 서는 엘레나의 위치를 이십사 시간 확인할 수 있었다.

한 시간 후, 발신자표시제한 번호로 전화가 왔다. 엘레나는 기다렸다. 전화벨이 한 번 울리고 끊겼다. 신호였다. 엘레나는 지속적으로 차량 동승 앱을 확인했다. 차 한 대가 팔 분 거리에 있었다. 십오 분 내로 도착이었다.

사우스 포틀랜드에 있는 크래커배럴은 다른 지점과 마찬가지로 억지로 꾸며낸 소박한 외관을 하고 있었다. 입구 쪽 테라스에 흔들의자가 과도하게 많이 비치되어 있었지만 모두 공석이었다. 엘레나는 그곳에 서서 대기했다. 그리 오래 걸리지는 않았다. 차 한 대가 라이트를 비쳤다. 엘레나는 비밀리에 번호판이 잘 보이게 사진을 찍은 뒤 루에게 보냈다.

만약을 대비해서야. 앞일은 모르니까.

차가 정차하자, 엘레나는 조수석 문을 열고 안을 들여다보았다. 운전자는 레드 삭스 야구 모자를 쓴 젊고 매력적인 여성이었다.

"스테퍼니?"

"어서 타요. 빨리."

엘레나는 민첩한 처지가 아니어서 타는 데 시간이 조금 걸렸다. 그녀가 자리에 앉자마자, 차 문이 닫히기도 전에 스테퍼니가 가속페달을 밟았다.

"휴대전화 있죠?" 스테퍼니가 물었다.

"네."

"글로브박스에 넣으세요."

"왜죠?"

"당신과 앨리슨, 두 사람의 만남이에요. 녹음 금지, 전화 금지, 문자 금지입니다."

"휴대전화를 두고 가는 게 딱히 달갑지는 않은데요."

스테퍼니가 급브레이크를 밟았다. "그럼 만남은 취소해야겠네요. 총도 있죠?"

엘레나는 대답하지 않았다.

"총도 넣으세요. 당신이 그들을 위해 일하는지 아닌지 모르니까요."

"그 사람들이 누구인가요?"

"지금 넣어요, 제발."

"입양된 아이 중 한 명이 실종됐어요. 저는 그 아이 아버지가 고용한 사람이고요."

"지금 우리더러 당신 말을 그대로 믿으라는 거예요?" 젊은 여자는 못 믿겠다는 듯 고개를 흔들었다. "총과 휴대전화를 글로브박스에 넣으세요. 앨리슨과 얘기가 끝나면 다시 가져갈 수 있을 테니까."

선택의 여지가 없었다. 엘레나는 휴대전화와 권총을 꺼내 글로브박스에 넣었다. 비상사태가 벌어지더라도 물건을 되찾는 데 그리 오랜 시간이 걸리지는 않을 것이다.

엘레나는 스테퍼니 마스 얼굴을 자세히 들여다보았다. 모자를 써서 확실하진 않지만, 짧게 자른 듯한 머리카락은 붉은 고동색이었다. 높은 광대뼈에 잡티 하나 없는 피부. 한마디로 얘기하자면 그녀는 아름다웠다. 여자는 열 시와 두 시 방향으로 운전대를 잡고, 처음 운전하는 사람처럼 도로에 집중하고 있었다.

"앨리슨과 만나게 해드리기 전에 물어볼 것이 있어요."

"좋아요." 엘레나가 대답했다.

"당신을 고용한 사람이 정확히 누구죠?"

엘레나는 의뢰인의 신원을 밝힐 수 없다고 넘어가려 했지만, 그녀의 의뢰인은 설사 누가 알더라도 상관없다고 얘기한 바 있었다. "서배스천 소프라는 사람입니다. 헨리라는 남자아이를 입양했어요."

"그럼 헨리가 실종된 건가요?"

"맞아요."

"어디 있는지 단서라도?"

"그걸 찾는 중이죠."

"잘 모르겠네요."

"뭘요?"

"헨리 소프가 몇 살이죠?"

"스물네 살입니다."

"입양과 그의 현재 삶이 무슨 상관이 있다는 거죠?"

"없을지도 모르죠."

"만나봐서 아시겠지만 앨리슨은 좋은 사람이에요. 누군가를 해칠 사람이 아니에요."

"저도 앨리슨을 해칠 생각은 없습니다." 엘레나가 말했다. "의뢰인의 아들을 찾고 싶은 것뿐입니다. 하지만 그게 문제죠. 앨리슨이 불법적인 일을 저질렀다면⋯⋯."

"절대로요."

"알아요. 그래도 만약 이 입양 건을 원칙대로 진행하지 않은 경우, 앨리슨이 협조하지 않는다면 그녀에게도 책임을 물을 겁니다. 보호할 명분이 없어요."

"협박으로 들리는군요."

"그럴 의도는 아니었어요. 상황의 엄중함을 알리려던 것일 뿐. 앨리슨이 옳은 일을 할 기회예요. 법적인 문제도 피하고요."

스테퍼니 마스는 떨리는 손으로 운전대를 다시금 부여잡았다. "뭐가 최선인지 모르겠네요."

"저는 누구도 다치지 않기를 바라요."

"이 사실을 누구에게도 말하지 않겠다고 약속할 수 있나요?"

그런 약속은 할 수 없었다. 그건 앨리슨 메이플라워가 하는 말에 달려 있었다. 그러나 지금 상황에서 작은 거짓말은 가장 소소한 걱정거리에 불과했다. "좋아요, 약속하죠."

차는 오른쪽으로 진로를 틀었다.

"그녀는 어디 있나요?" 엘레나가 물었다.

"샐리라는 숙모가 여름 별장용 오두막을 한 채 가지고 있어요." 젊은 여자는 가까스로 미소를 지었다. "앨리슨과 거기서 처음 만났죠. 숙모와 앨리슨이 친구거든요. 숙모는 매년 바비큐 파티를 하는데, 육년 전에 앨리슨과 저를 초대한 거죠. 저보다 나이가 많긴 하지만, 당신도 봤잖아요. 앨리슨은 여러 방면으로 젊음을 유지하고 있어요. 뒷마당에 있는 그릴 옆에서 처음 만났어요. 앨리슨이 안창살을 끝내주게 굽거든요. 거기서 얘기를 시작했는데……." 여자는 미소 지으며 어깨를 으쓱했다. 힐끗 엘레나의 눈치를 살폈다. "그렇게 된 거죠."

"좋네요." 엘레나가 말했다.

"그쪽도 만나는 사람 있나요?"

이 얘기에는 항상 통증이 수반된다.

"아니요." 엘레나가 대답했다. 그리고 이렇게 덧붙였다. "있었죠, 한 때. 죽었어요."

왜 그런 말을 했는지 알 수 없었다. 유대 관계를 형성하기 위한 의식적인 접근이었는지, 그냥 말하고 싶었는지.

"이름은 조엘이었어요."

"유감이네요."

"고마워요."

"거의 다 왔어요."

차가 진입로로 들어섰다. 길 끝에 기다란 오두막이 있었다. 억지로 꾸며낸 크래커배럴 스타일도, 사진 촬영용 건물도 아니었다. 제대로 된 오두막이었다. 엘레나는 건물을 보고 미소 짓지 않을 수 없었다.

"숙모님이 좋은 취향을 가지고 계시나 보군요."

"네, 그렇죠."

"여기 계세요?"

"샐리 숙모요? 아니요. 지금은 필라델피아에 계세요. 몇 달간 안 오실 거예요. 저만 관리인처럼 일주일에 한 번씩 오죠. 여기를 아는 사람도 없고, 1킬로미터 넘게 떨어진 곳에서 들어오는 차도 보여요. 그래서 앨리슨이 여기가 안전하겠다고 생각한 거고요." 그녀는 차를 차고에 넣고 커다란 눈으로 엘레나를 바라보았다.

"당신을 한번 믿어보죠. 이쪽으로 오세요."

차에서 내리자 두 단어가 떠올랐다. '초록' 그리고 '고요'. 엘레나는 맑은 공기를 깊게 들이마셨다. 달콤했다. 다리가 아파왔다. 오래된 상처. 그녀의 오랜 친구다. 스테퍼니 마스는 이곳 바비큐 파티에서 가진 앨리슨과의 첫 만남에 대해 말했다. 인연, 숙명, 엇갈림, 그럼에도 두 영혼은 결국에는 만난다. 조엘은 자신과 엘레나의 만남이 역사상 가장 귀여운 첫 만남이라고 놀리길 좋아했다. 엘레나는 그럴 때마다 손을 내저었지만, 조엘 말이 맞는지도 모른다.

몬태나 주 빌링스에 있는 백인 우월주의 무장단체의 본거지를 급습하던 중 엘레나는 상부 다리 근육에 총을 맞았다. 말이 좋아 그렇지 엉덩이였다. 적어도 당시에는 그렇게 아프지 않았다. 고통스럽기보다는 당황스러웠고, 이 분야에서 드문 히스패닉 여성인 엘레나는 주변 사람과 자신을 실망시켰다고 생각했다.

그녀는 근처 병원으로 이송되어 회복에 들어갔다. 공기 주입식 타이어 같은 기구로 엉덩이를 지지해 상처에 과도한 압력이 가해지지 않게 막고 있는데, 특별 수사관인 조엘 마커스가 그녀의 병실로, 그녀의 인생으로 쿵 하고 찾아왔다.

조엘은 가끔 그런 농담을 던졌다. "그때는 몰랐지. 뒤로 치켜든 그 엉덩이를 보는 걸 내가 얼마나 즐기게 될지 말이야."

스테퍼니가 문을 열고 앨리슨을 부르는 사이, 그녀는 잠시 추억에 잠겨 반쯤 미소 짓고 있었다. "앨리슨? 자기야?"

대답이 없었다.

의도는 아니지만 엘레나는 곧바로 자기 물건을 찾기 시작했다. 하지만 차에 있었다. 스테퍼니 마스는 서둘러 안으로 들어갔다. 엘레나가 뒤를 쫓아 문을 통과했다. 스테퍼니는 왼쪽으로 방향을 틀어 빠르게 움직였다. 엘레나 역시 그쪽으로 고개를 돌리고 막 따라가려던 참이었다.

젊은 여자가 걸음을 멈추더니 엘레나를 향해 서서히 뒤돌았다.

젊은 여자의 아름다운 얼굴에 미소가 흐르고, 엘레나의 뒷덜미에

서늘한 기운이 번졌다.

엘레나의 슬픈 갈색 눈동자와 젊은 여자의 초록색 눈동자가 마주쳤다.

그리고 엘레나는 알았다.

딸깍하는 소리와 함께 그녀는 조엘을 떠올렸다. 총알이 발사되기 직전, 바로 그 순간에 그를 다시 볼 수 있기를 기도했다.

32

애시는 엘레나의 시체를 내려다보았다.

얼굴을 아래로 하고 쓰러진 엘레나의 고개가 부자연스러운 각도로 틀어져 있었다. 눈은 뜬 상태였다. 머리 뒤쪽에서 피가 쏟아져 나왔다. 애시는 청소하기 쉽도록 미리 방수포를 깔아두었다. 디디가 애시의 팔을 잡고 힘을 주었다. 그는 미소 짓는 디디를 바라보았다. 남자들은 사랑하는 사람이 짓는 여러 표정을 잘 알고 있다. 사람들이 지금 디디를 보면 그녀가 행복하거나, 재밌거나, 사랑하는 남자의 눈을 들여다보고 있다고 생각할 것이다.

애시는 그 얼굴의 진짜 의미를 알았다. 디디가 극도의 잔인함을 마주했을 때 짓는 표정이었다. 애시는 그 미소를 좋아하지 않았다.

"여자 죽이는 거랑 남자 죽이는 게 달라?" 디디가 물었다.

애시는 대답할 기분이 아니었다. "휴대전화는?"

"아직 차에 있어."

애시는 글로브박스에 배터리로 작동하는 전파방해장치를 넣어두었다. 만약 누군가가 여자의 행방을 추적중이었더라도(애시는 그럴 것이라 생각했다) 아무 신호도 찾지 못했을 테다. "차는 뒤에다 다시 대고 휴대전화 좀 가져와."

디디는 양손으로 애시의 두 뺨을 감쌌다. "괜찮아, 애시?"

"괜찮아. 서둘러야 할 거야."

디디는 애시 볼에 가볍게 입 맞추고 밖으로 나갔다. 애시는 방수포로 시체를 감싸기 시작했다. 땅은 미리 파두었다. 아무도 그녀를 찾지 못할 것이다. 디디가 엘레나의 휴대전화를 가지고 오면, 그녀를 찾을 만한 몇몇 사람에게 '괜찮다'라는 문자를 보낼 예정이다. 누군가가 엘레나 라미레스의 실종 가능성을 진지하게 생각하고 수사를 시작할 때까지는 며칠이 걸릴 것이다.

그때쯤이면 애시와 디디는 모든 일을 끝마쳤을 테고, 아무 단서도 나오지 않을 것이다.

"아이러니하지?" 애시가 계획을 말하는 중에 디디가 그렇게 말했었다. 애시에게 아이러니라는 단어는 의미가 손에 잡히지 않았다. 얼래니스 모리셋이 '아이러닉Ironic'이라는 노래에서 이 단어를 잘못 사용했다고 사람들이 말하던 기억이 났다. 하지만, 적어도 지금 상황에서는 아이러니라는 표현이 잘 들어맞아 보였다. 엘레나 라미레스는 '실종'된 헨리 소프를 찾기 위해 고용되었다. 이제 그녀 역시 '실종'될 것이다.

디디가 휴대전화와 전파방해장치를 가지고 돌아왔다. "여기."

"방수포 포장부터 끝내자."

디디는 애시를 향해 경례하는 척했다. "기분 안 좋구나."

애시는 몸을 숙여 엘레나의 손을 들어 올렸다. 아직 몸에 전류가 흘러 손가락으로 잠금을 해제할 수 있을 것이다. 그는 휴대전화를 손가락에 가져다 댔다.

역시.

바탕화면은 활짝 웃고 있는 엘레나의 사진이었다. 똑같이 활짝 웃고 있는 키 큰 남자의 어깨에 팔을 두르고 있었다.

디디는 애시 어깨 너머로 휴대전화를 들여다보았다. "저 남자가 조엘일까?"

"맞는 것 같네." 디디가 휴대전화를 켜둔 덕에 애시는 차에서 나눈 대화를 전부 듣고 있었다. "샐리라는 숙모가 있었어?" 애시가 물었다.

"아니."

그는 감탄하며 고개를 저었다. "대단해."

"중학생 때 뮤지컬 공연한 거 기억나? 〈웨스트사이드 스토리〉?"

애시는 무대세트 담당이었다. 디디는 푸에르토리코계 갱단 '샤크파'의 일원으로 출연했다.

"마리아 역할은 내가 했어야 해. 오디션에서 죽여줬는데 말이지. 올로프 선생님은 그 역할을 줄리아 포드한테 맡겼지. 걔네 아빠가 렉서스 대리점을 운영한다는 이유만으로."

디디의 회상에서 분노나 안타까움은 묻어나지 않았다. 그녀는 그저 있던 일을 말하고 있을 뿐이었다. 애시가 그녀에게 매혹되어 있다는 사실을 차치하고서라도, 디디에게는 진정한 스타 자질이 있었다. 누구나 보면 알 수 있었다. 그 강당에서 디디는 코러스를 담당했을 뿐이지만 사람들 모두 디디에게서 눈을 떼지 못했다.

디디는 훌륭한 배우나 큰 스타가 될 수도 있었다. 그럼에도 성인 남성들을 끊임없이 상대해야 했던 아름다운 위탁 아동의 운명이란 대체 무엇일까?

애시는 부드러운 목소리로 말했다. "그 공연에서 너 정말 대단했어, 디디."

디디는 시체를 감싸느라 방수포 위에서 작업중이었다.

"진심으로 하는 말이야."

"고마워, 애시."

애시는 설정 버튼을 누르고, 개인정보 보호 및 보안으로 들어갔다. 거기에서 위치 서비스를 누르고, 맨 아래에 있는 시스템 서비스 항목이 나올 때까지 화면을 내렸다. 그리고 또 스크롤 해서 '특별한 위치' 항목을 찾아냈다. 항목을 보려고 누르자, 또 한 번 지문 인식을 해야 했다. 그는 엘레나의 손가락을 쥐고 잠금을 해제했다. 다음번에는 지문 없이 들어갈 수 있도록 비밀번호를 변경했다.

사람들은 자신이 얼마나 많은 양의 사생활을 손쉽게 나눠주고 있는지 깨닫지 못한다. 휴대전화에서는 누구나 아무 때고 애시가 방금 한 일을 할 수 있다. 휴대전화 주인이 누구든 최근에 방문한 곳을 전부 확인할 수 있는 것이다.

"제기랄." 애시가 말했다.

"왜?"

"타투 전문점에 갔었네."

"그럴 가능성을 생각해야 했어. 빠르게 움직여야 했는데."

다른 위치 목록도 확인했다. 뉴욕 시에서 여러 곳을 방문한 기록이 있었다. 가장 최근에는 168번가 근처의 컬럼비아 메디컬 센터에 들렀다. 애시는 이유가 궁금했다. 그런데 더 곤란한 목록을 발견했다.

"브롱크스에 갔었어."

디디는 밧줄로 방수포 묶는 작업을 끝마쳤다. "같은 데야?"

애시는 화면을 누르더니 고개를 끄덕였다.

"이런, 별로인데." 디디가 말했다.

"서둘러야겠어."

그는 엘레나의 통화 내역과 문자를 확인했다. 가장 최근 연락은 팔 분 전에 온 문자였다.

앨리슨은 만났어요? 가능할 때 연락 주세요.

디디는 애시를 바라보았다. "뭔데, 그래?"

"누군가가 포위망을 좁혀오고 있어."

"누가?"

애시가 휴대전화를 돌렸다. 디디는 화면을 확인했다. "사이먼 그린 이라는 남자와 문제가 좀 생기겠어."

33

사이먼은 지하철 의자로 쓰러졌다. 초점 없는 눈으로 객차 건너편 창밖을 응시했다. 지하철이 흐린 흔적을 남기며 빠르게 스쳐 지나갔다. 그는 방금 들은 내용을 이해해보려 노력했다. 앞뒤가 맞는 것이 없었다. 맞춰야 할 중요한 퍼즐 조각은 더 많아졌다. 어쩌면 그 조각들이 페이지가 마약에 빠진 이유를 설명해줄지도 몰랐다. 그러나 조각이 많아질수록, 그가 맞춰야 할 마지막 그림은 더 흐려지기만 했다. 다시 거리로 나오자 문자 한 통이 들어왔다. 이본이었다.

돈 준비했어. 사인해야 할 거야. 토드 레이시를 찾아가.

은행은 패스트푸드 체인점과 고급 제과점 사이에 있었다. 줄 없이, 창구 직원 한 명뿐이었다. 사이먼은 이름을 대고 토드 레이시를 찾았다. 레이시는 프로였다. 그는 사이먼을 뒤편 접견실로 데리고 갔다.

"100달러짜리도 괜찮으시겠어요?" 레이시가 물었다.

사이먼은 그렇다고 대답했다. 레이시는 지폐를 계수했다.

"봉투 필요하세요?"

사이먼은 잉그리드가 최근에 식료품점에서 받은 비닐봉지를 가지고 왔다. 현찰을 봉지에 담은 뒤 백팩에 쑤셔 넣었다. 레이시에게 인사를 하고 다시 걸음을 재촉했다.

병원으로 가려고 브로드웨이를 따라 걸으면서 유전자 검사실의 랜디 스프랫에게 전화했다. 전화가 연결되자 사이먼이 말했다. "돈은 준비됐습니다."

"십 분 뒤요."

랜디는 전화를 끊었다. 사이먼은 엘레나 라미레스에게서 온 문자가 있는지 확인했다. 아무 연락도 없었다. 너무 이른 감이 있지만 짧은 문자를 남겼다.

앨리슨은 만났어요? 가능할 때 연락 주세요.

답장은 오지 않았다. 답장을 입력할 때 표시되는 깜빡이는 점도 없었다.

사이먼은 휴대전화를 응시하면서 걸었다. 다가오는 만남에서 주의를 돌릴 필요가 있었다. 겁에 질린 나머지 반향을 미처 생각 못 하고 친자확인에 돌입했다. 조금만 지나면 좋든 싫든 결과가 나와서 그를 가격할 것이다. 사이먼은 최악의 이야기를 듣는다면 무엇을 할지 생각해보았다.

만약 그가 페이지의 친아버지가 아니라면?

만약 그가 샘이나 애니아의 아버지도 아니라면?

진정하자, 사이먼은 되뇌었다.

하지만 진정할 수 없었다. 그렇지 않은가? 어떤 것이든, 진실이 그를 향해 화물차처럼 돌진중이었다. 사이먼은 결과를 가늠할 수 없었다. 일단 샘은 사이먼과 정말 똑같이 생겼다. 모두가 그렇게 말했다. 정작 사이먼은 그렇게 생각하지 않았다. 다른 부모들한테는 그게 보일까? 혹시…….

뭐가 혹시라는 건가?

그런 일은 있을 수 없다. 잉그리드가 그런 짓을 할 리 없다. 그러나 작고 치졸한 목소리가 그를 비웃었다. 그는 10퍼센트 정도의 아버지가 다른 남자의 자식인지 모른 채 아이를 기른다는 통계를 기억해냈다. 2퍼센트였나? 아니면 전부 말도 안 되는 통계일까?

사이먼이 소아청소년과 병동 뒤 안뜰에 도착했을 때, 랜디 스프랫이 구석 벤치에서 그를 기다리는 중이었다. 그는 트렌치코트 주머니에 손을 찔러 넣고 똑바로 앉아 있었다. 시선이 겁먹은 설치류처럼 기민하게 움직였다.

사이먼은 옆자리로 가서 앉았다. 두 남자는 정면을 응시했다.

"돈은 가져오셨나요?" 스프랫이 속삭였다.

"이건 몸값 교환이 아니잖아요."

"가져왔습니까, 안 가져왔습니까?"

사이먼은 비닐봉지를 찾으려고 백팩에 손을 넣었다. 그리고 망설였다. 사이먼은 굳이 판도라의 상자를 열 필요가 없었다. 어떤 경우에는 무지가 축복일 때도 있다. 사이먼은 잉그리드의 비밀스러운 과거를 모르고도 행복하게 살아왔다.

맞는 말이다. 하지만 그것이 그들을 어디로 이끌었는지 보라.

사이먼은 현금을 건넸다. 잠깐이지만 스프랫이 자리에서 돈을 세어
보지나 않을지 걱정이 됐다. 그러나 봉지는 그의 트렌치코트 속으로
빠르게 사라졌다.

"어떤가요?" 사이먼이 결과를 물었다.

"먼저 검사해달라고 하신 물품 말입니다. 노란색 칫솔요."

사이먼은 입이 타들어가는 것 같았다. "네."

"그것부터 검사했습니다. 과학적으로 신뢰할 만한 결과를 얻은 케
이스는 그 한 건뿐입니다."

돈을 받기 전에 그 사실을 말하지 않은 점이 흥미로웠지만, 뭐가 됐
든 중요치 않았다.

"결과가 어떻게 나왔죠?" 사이먼이 물었다.

"양성입니다."

"잠깐만요, 양성이라면……."

"당신이 친아버지가 맞습니다."

달콤한 안도감이 사이먼의 폐와 혈관에 가득 찼다.

"그리고 확실한 결괏값이 아니라 도움이 될지 모르겠지만, 모든 지
표가 당신이 세 아이의 친아버지인 것으로 나타났습니다."

이후 아무 말 없이 랜디 스프랫은 자리에서 일어나 걸어가버렸다.
사이먼은 움직일 수 없었다. 환자복을 입은 할머니가 보행기에 기댄
채 화단으로 가는 모습을 지켜보았다. 그녀는 허리를 숙여 꽃 내음을
맡으며 문자 그대로인 동시에 은유적으로, 한숨을 돌렸다. 사이먼은
그 모습을 바라보며 후자의 행위를 했다. 젊은 레지던트 한 무리가 잔
디에 앉아 근처 푸드 트럭에서 산 그리스식 샌드위치를 먹고 있었다.
피곤해 보였지만 동시에 행복해 보였다. 잉그리드 역시 레지던트 생

활을 하는 동안 그랬다. 말도 안 되게 오랜 시간 근무했지만, 자신이 천직을 찾은 몇 안 되는 행운아 중 한 명임을 알았다.

의사가 되는 것이야말로 소명 의식이 있어야 하는 일임을 사이먼은 알고 있었다.

이상한 생각이긴 했지만 그는 그렇게 느꼈다. 어쩌면 그리 이상하지 않을지도 모른다. 페이지가 엄마가 가는 길을 따라가려 했다는 사실을 사이먼은 얼마 전에야 알았다. 평상시였다면 세상과도 맞바꿀 수 있는 기쁜 소식이었을 것이다. 어떤 점에서 그것은 여전히 유효했다.

페이지를 찾아야만 했다.

사이먼은 엘레나 라미레스에게서 온 연락이 없는지 확인했다. 별다른 연락이 없었다. 그는 문자 한 통을 더 보냈다.

DNA 테스트 결과 제가 페이지의 친아버지라고 나왔어요. 에런과 어떻게 엮인 건지는 여전히 알 수 없네요. 아무래도 불법 입양과 관련이 있는 듯합니다. 앨리슨 메이플라워를 만나고 나면 연락 주세요.

이제 잉그리드의 병실로 가볼 시간이었다. 그는 자리에서 일어나 하늘로 고개를 든 채 눈을 감았다. 잠깐의 시간이 필요했다. 사이먼과 잉그리드는 결혼 전 커플 요가 수업을 들은 적이 있다. 당시 강사는 호흡의 중요성을 역설했다. 사이먼은 깊은숨을 들이쉬고, 숨을 참았다가, 천천히 내뱉었다.

도움이 되지 않았다.

휴대전화 진동이 느껴졌다. 엘레나가 답장을 보내왔다.

이번 만남을 위해 국경을 넘어서
캐나다로 가고 있어요.
며칠 동안 연락이
안 될지도 모릅니다.
어디 계실 건가요?

캐나다? 사이먼은 갑작스러운 연락을 어떻게 받아들여야 할지 확신이 서지 않았다. 그는 문자를 입력했다.

지금은 병원이에요. 하지만 이동할 수도 있습니다.

보내기 버튼을 누르고 기다렸다. 점들이 깜빡이며 엘레나가 문자를 입력하고 있음을 알려주었다.

상황이 진척되면 알려주세요.
제 답장이 없어도
꼭 알려주셔야 합니다.

사이먼은 병원 보안을 통과하고 중환자실로 올라가는 엘리베이터를 타면서 그렇게 하겠다고 답장했다. 캐나다에는 왜 가는 것이며, 왜 답장할 수 없는지 묻고 싶었지만, 그가 알아야 한다면 엘레나가 먼저 말해주리라 생각하고 말았다. 엘리베이터 문이 열리자, 밴더비크에게 들은 이야기로 인한 통증이 열 배로 들이닥쳤다.

학교에서 페이지에게 무슨 일이 있었을까?

접어두자. 사이먼은 되뇌었다. 접어둬, 그렇지 않으면 한 발짝도 나아갈 수 없을 테니까.

간호사들이 잉그리드를 씻기고 옷을 갈아입히는 중이었다. 샘이 복도에 나와 서성이고 있었다. 아버지를 발견한 샘은 빠르게 다가와 사이먼을 꽉 끌어안았다.

"미안해요." 샘이 사과했다.

"괜찮아."

"그런 뜻이 아니었어요. 아빠 때문에 엄마가 총에 맞았다는 말."

"알아."

샘은 아버지에게 지친 미소를 지어 보였다. "아빠한테 한 말을 들으면 엄마가 뭐라고 할지 아세요?"

"뭐라고 할까?"

"성차별주의자라고 하겠죠. 아빠가 총에 맞았다면 엄마한테 그런 말은 안 했을 거라면서."

사이먼은 그 대답이 마음에 들었다. "그래, 그렇게 말할 것 같아."

"어디 갔다 오세요?" 샘이 물었다.

사이먼은 아들을 보호하고 싶었다. 자연스러운 현상이었다. 하지만 동시에 아들을 응석받이로 키우고 싶지 않았다. "페이지의 교수님을 만나고 오는 길이야."

샘이 사이먼을 바라보았다.

사이먼은 가능한 한 가장 모호한 단어로 샘에게 성폭력에 관해 알려주었다. 아이를 응석받이로 키우고 싶지 않았지만 그렇다고 아들의 심연을 건드리고 싶지도 않았다. 샘은 사이먼의 말을 끊지 않고 들었다. 참아보려 애썼지만 아랫입술이 떨리는 것을 숨기지 못했다. 사이먼 역시 아이의 불안을 알아보았다.

"그게 정확히 언제예요?" 사이먼이 말을 마치자 샘이 물었다.

"확실치 않아. 첫 번째 학기가 끝날 즈음인 것 같아."

"누나가 난데없이 밤에 저한테 전화한 적이 있어요. 제 말은, 우리는 문자도 많이 하지 않았거든요. 통화는 절대 안 하고요."

"누나가 뭐라고 했어?"

"그냥 통화하고 싶어서 전화했다고요."

"뭐 때문에?"

"몰라요." 샘은 아주 크게 어깨를 으쓱해 보였다. "금요일 밤 아주 늦은 시각이었어요. 마틴네 방에서 파티가 있어서 잘 듣지도 않았어요. 그냥 끊었으면 좋겠다고 생각했어요. 맞아요, 그랬어요."

사이먼은 아들 어깨에 손을 올렸다. "그날이 아니었을 거야, 샘."

"맞아요. 아니었을 거예요." 샘은 세상에서 가장 확신 없는 목소리로 중얼거렸다.

사이먼은 더 자세한 이야기를 듣고 싶었지만, 누군가가 목을 가다듬는 소리가 들렸다. 그는 고개를 돌리다가 잉그리드의 목숨을 구한 남자가 뒤에 서 있는 것을 보고 소스라치게 놀랐다.

"코닐리어스?"

그는 여전히 찢어진 청바지를 입고, 정돈하지 않은 하얀 수염을 기르고 있었다.

"잉그리드는 좀 어떻소?" 코닐리어스가 안부를 물었다.

"여전히 안 좋네요." 사이먼은 샘을 데리고 와 인사시켰다. "샘, 이분은 코닐리어스. 이분이……." 사이먼은 코닐리어스가 루서를 쏘아서 잉그리드뿐 아니라 자신의 생명을 구했다고 말하지 못했다. "페이

지가 살던 브롱크스에 있는 건물 주인이셔. 우리에게 아주 큰 도움을
주고 계시고."

샘이 손을 내밀었다. "안녕하세요."

"안녕, 젊은이." 코닐리어스가 사이먼을 바라보았다. "잠깐 얘기 좀
할 수 있겠소?"

"물론이죠."

"저는 그렇지 않아도 화장실에 가야 해서." 샘은 그렇게 말하고 복
도를 따라 내려갔다.

사이먼은 코닐리어스 쪽으로 돌아섰다. "무슨 일이시죠?"

"같이 좀 가야겠소." 코닐리어스가 말했다.

"어디를요?"

"우리 집으로. 로코가 루서를 데리고 거기로 온다고 하는군. 당신이
들어야 할 말이 있다면서."

34

애시와 디디는 미리 준비를 해둔 덕분에 빠르게 움직일 수 있었다. 두 사람은 엘레나의 시신을 뒷문 옆 손수레에 밀어 넣었다. 애시는 수레를 숲으로 밀고 갔고, 디디는 오두막에서 마무리 청소를 했다.

구덩이를 팔 때는 시간이 꽤 걸렸지만 메우는 건 금방이었다.

두 사람이 차를 몰아 남쪽으로 내려가는 사이, 디디가 엘레나의 휴대전화를 확인했다.

"별다른 건 없어. 이미 알긴 했지만 엘레나 라미레스라는 사람, VMB에서 꽤 중요한 인물이었나 보네. 의뢰인이 헨리 소프의 아버지인 것도 맞아. 그것도 아는 사실이지만." 디디가 고개를 들었다. "그나저나 승인이 났어."

"무슨 승인이 나?"

"사이먼 그린. 다른 건 하고 액수는 같아."

"그 사람 검색 좀 해봐." 애시가 말했다. "뭐가 나오나 보자."

디디가 검색하자 곧 결과가 나왔다. PPG자산운용 사이트가 떴고 사이먼 그린의 신상 정보가 나와 있었다. 증명사진과 단체 사진에서 그의 모습을 찾을 수 있었다.

그들은 주 경계선을 넘었다.

"배터리가 12퍼센트 남았어." 디디가 말했다. "여기에 맞는 충전기 있어?"

"운전석 뒤에 달린 주머니를 확인해봐."

디디가 그쪽으로 손을 뻗은 순간, 엘레나의 휴대전화가 진동했다.

DNA 테스트 결과 제가 페이지의 친아버지라고 나왔어요. 에런과 어떻게 엮인 건지는 여전히 알 수 없네요. 아무래도 불법 입양과 관련이 있는 듯합니다. 앨리슨 메이플라워를 만나고 나면 연락 주세요.

애시는 디디에게 문자를 읽어달라고 부탁했다. 문자 내용을 듣고 나서 그가 말했다. "답장하지 않으면 걱정돼서 전화할 거야."

"그렇다면 이렇게는 어때……?" 디디가 문자를 입력했다.

이번 만남을 위해 국경을 넘어
캐나다로 가고 있어요.
며칠 동안 연락이
안 될지도 모릅니다.
어디 계실 건가요?

애시가 고개를 끄덕였다.

그가 속도를 높이는 동안에도 디디는 화면에 시선을 고정했다. "저쪽에서 답장하고 있어."

"이번 일이 끝나면 메시지 앱을 지워야겠어."

"왜?"

"추적 가능한 방법이 있을 것 같아, 잘 모르지만."

휴대전화가 다시 울렸다.

지금은 병원이에요. 하지만 이동할 수도 있습니다.

"병원이라." 디디가 말했다. "어느 병원인지 물어봐야 하나?"

"아니. 그럼 의심할 거야. 어차피 알고 있잖아. 엘레나의 위치 목록에 최근 어퍼 맨해튼에 있는 병원에 방문했다고 나와 있어."

"훌륭해. 그러면 이건 어때……?"

디디는 내용을 입력한 뒤 큰 소리로 읽었다. "상황이 진척되면 알려주세요. 제 답장이 없어도 꼭 알려주셔야 합니다."

애시는 고개를 끄덕이며 보내기 버튼을 누르라고 말했다. 디디는 그렇게 했다.

"이제 꺼버려."

두 사람은 몇 분간 아무 말도 하지 않았다. 그러다 디디가 입을 열었다. "왜 그래?"

"있잖아."

"뭔데."

"사이먼 그린이 보낸 문자 말이야." 애시가 말했다.

"그게 왜?"

"에런이 그 에런 코벌 맞지?"

"그런 것 같아."

"그렇다면 페이지는 누구야?"

"아마 에런의 여자친구겠지."

"걔네 아빠가 왜 여기 끼어 있어?"

"나야 모르지." 디디는 애시를 볼 수 있도록 자세를 고쳐 앉았다. "넌 이유는 신경 쓰지 않는다고 생각했는데, 애시."

"대개는 그렇지."

"그 여자 죽이기 싫었구나. 남자는 죽여도 괜찮지만, 여자는 아니다?" 디디가 말했다.

"입 좀 다물어줄래? 그런 거 아니니까."

"그럼 뭐야?"

"누군가가 흩어진 점을 연결했어. 동기를 만들고 내가 해야 할 일을 하나하나 지시하고 있다고."

디디는 몸을 돌려 창밖을 바라보았다.

"날 못 믿겠다면 어쩔 수 없지." 애시가 말했다.

"믿는다는 거 알면서. 이 세상 누구보다도 널 믿는다고."

애시는 가슴 한구석이 찡했다. "그렇다면?"

"징표에 그렇게 쓰여 있어. 방문자와 행위자는 진리의 몸에서 난 첫째 아들과 둘째 아들이어야 한다." 디디가 이야기했다. "여기서 아들이어야 한다는 것이 가장 중요해. 진리의 몸에서 난 딸이 족히 스무 명은 될 거야. 그래도 후계에 있어서는 중요하지 않아. 하지만 부계 혈통은 가장 순수한 접합점이 되겠지. 물리적 요소는 그것뿐이니까. 배우자와는 혈통을 공유하지 않잖아. 가장 친한 친구와도 마찬가지고. 그러니까 과학적으로 봤을 때……."

"디디?"

"응?"

"개소리는 넣어둬, 알겠으니까. 바티지의 두 아들이 후계자가 되는 거구나."

"그래, 그들이 모든 것을 이어받아. 그게 중요한 거야. 징표에 쓰여 있으니까. '두 아들이 일어서리니.'"

"그게 이 일과 무슨 상관인데?"

"이런 말도 쓰여 있거든. 진리의 안식처와 진리가 소유한 모든 것은 그의 아들들에게 동등하게 상속된다." 디디가 설명했다.

"그래서?"

"정확히 '나이순으로 첫째와 둘째 아들'이라고 쓰여 있지 않은 거지. 무슨 말인지 알겠어?"

애시는 이제야 알 것 같았다. "아들이 더 있구나?"

"그래."

"다른 아들들은……."

"입양 보냈어." 디디가 말했다. "실제로는 팔려갔다고 해야지. 딸은 쓸모가 많으니까 남겨졌고. 아들은 후계를 이을 수 있는 데다 신탁을 파괴할 수도 있으니까. 오래전 일이야. 내가 들어오기 전."

"바티지가 자기 아들을 팔아치웠다고?"

"윈윈이지, 애시. 두 아들의 신탁도 지키고, 안식처는 돈을 아주 많이 벌었으니까."

"와."

"맞아."

"친엄마들이 다 동의했고?"

"몇몇은. 몇몇은 아니고." 디디가 대답했다.

"그럼 어떻게?"

"진리가 같이 잔 여자만 수백이야. 당연히 그중 몇몇은 아이를 가졌고. 남자아이는 더 나은 삶을 보장받는다고들 했어. 아칸소 주에 있는 큰 안식처로 간다고. 그건 아들에게 가장 큰 축복이 될 거라고."

"안식처가 또 있어?"

"아니지, 애시. 그런 건 없어."

그는 절레절레 고개를 저었다. "엄마들은 왜 그런 말을 믿은 거야?"

"일부는 믿었고 일부는 안 믿었어. 진리의 길과 모성애 사이의 내적 갈등이었지. 대부분의 경우에는 진리가 승리했고."

"모성애가 이기면?"

"그런 엄마에게는 아이가 사산됐다고 얘기해."

애시는 어지간한 일에는 놀라지 않았지만, 지금은 그럴 수 없었다. "장난해?"

"정말이야. 성대한 장례식까지 치렀으니까. 몇몇 엄마는 자기 잘못으로 아이가 사산됐다고 믿었어. 아이를 큰 안식처로 보내겠다고 동의만 했어도……."

"세상에."

디디는 고개를 끄덕였다. "남자아이들은 팔려나갔어. 건강한 백인 남자아이가 얼마나 큰돈을 가져다주는지 상상할 수 있어? 단단히 한몫 챙기는 거야. 앨리슨 메이플라워가 중간 역할을 했지. 아직도 진리에 충성하고 있고."

"팔려나간 아이가 몇 명인데?"

"전부 남자아이야."

"그러니까. 몇 명이야?"

"열네 명."

애시는 운전대를 꽉 잡았다. "지금 진리는 죽어가고 있고."

"맞아."

"그러니까 바티지의 아들놈들이, 방문자건 행위자건 뭐건, 다른 생물학적 아들들이 자기 몫을 주장할까 봐 겁을 집어먹은 거네?"

"수년간 진리와 행위자, 방문자 그리고 우리는 두려울 것이 없었어. 입양된 아이들과 진리의 안식처를 연결할 만한 것이 존재하지 않았으니까. 아이들은 나라 전역으로 흩어졌고 앨리슨 메이플라워는 혹시 모를 상황에 대비해 모든 기록을 없애버렸지. 그래서 진리조차 자기 아들을 찾을 수 없었어. 물론 더 중요한 지점은 아들들도 진리를 찾을 수 없었다는 거지만."

"그런데 뭐가 잘못된 거야?" 애시가 물었다.

"23앤드미 혹은 앤세스토리 같은 DNA 검사 사이트에 관해 들어본 적 있어?"

애시도 들어본 적이 있었다.

"수많은 입양아가 자기 유전자를 입력하고 혹시 모를 기대를 가져." 디디가 말했다.

"그렇다면 진리의 아들들 역시……."

"맞아. 서로를 찾아낸 거야."

"그게 바티지로 연결됐고?"

"응."

"예를 들어, 두 아들이 같은 사이트에 들어간다면 자신들이 이복형제라는 사실을 알게 되겠네?"

"맞아. 그리고 세 번째 형제가 나오겠지. 네 번째도. 전부 꽤 최근에 벌어진 일이야."

"그리고 사이비에 있는 누군가가 문제를 해결하는 최고의 방법은 문제 자체를 제거하는 거라고 생각했구나." 애시가 디디를 바라보았다. 디디 얼굴에 미소가 번졌다. "후계자가 되는 대가로?"

"아마 그런 게 아닐까?"

애시는 충격을 받아 머리를 저어댔다. "진리의 안식처는 값으로 매기면 얼마나 돼?"

"전부 환산하기 힘들지. 아마 4,000만 달러 정도 될 거야." 그녀가 대답했다.

애시는 눈이 동그래졌다. "와."

"그래도 이 일은 돈 문제가 아니야."

"그래, 그렇겠지."

"빈정대지 좀 말아줄래? 상상해봐. 아들 열네 명이 자기 몫을 주장하면서 안식처로 찾아오면, 진리 자체가 파괴되는 거야."

"제발 좀, 디디."

"뭐가?"

"잠깐만 그 망할 진리 얘기 좀 하지 마. 너도 다 개소리라는 걸 알잖아. 너도 그렇다고 말했잖아."

디디는 고개를 저었다. "너는 아무것도 몰라, 애시. 나는 진리를 사랑해."

"네가 원하는 걸 얻으려고 이용할 뿐이지."

"당연하지. 그 두 가지 사이에 모순은 없어. 아무도 성경에 나온 말을 전부 믿진 않는다고. 모두 다 고르고 고르지. 종교로 돈을 벌어먹는 모든 목회자는 자신이 전도하는 바를 믿건 안 믿건, 그것에서 무언가를 얻어내. 그렇게 사는 거야, 애시."

말도 안 되는 합리화였지만, 어떤 부분에서 그것은 절대적 진실에 가까웠다.

차 내부가 더워지고 있었다. 애시는 에어컨을 켰다. "그렇다면 아들 두 명이 더 남았네?"

"맞아. 브롱크스에 하나, 텔러해시에 하나." 디디는 이렇게 덧붙였다. "아, 해치울 사람이 하나 더 있지. 사이먼 그린."

35

사이먼과 코닐리어스는 불과 몇 시간 전 유전자 검사 비용을 인출하려고 사이먼이 다녀간 은행 앞에 서 있었다. 로코는 코닐리어스를 통해 자신이 주려는 정보가 공짜가 아님을 단단히 못 박아 두었다. 그렇게 사이먼은 또 돈을 인출하려고 같은 자리로 돌아왔다.

이미 큰돈을 인출한 탓에 이 이상의 이목을 끌지 않기 위해 이본에게 도움을 청했다. 멀리서 걸어오는 그녀의 모습이 눈에 띄었다.

"별다른 건?" 사이먼이 물었다.

"똑같아." 이본은 올이 풀린 티셔츠를 입고 허연 턱수염을 기른 흑인 남자를 의심스레 바라보았다. 이본이 사이먼 쪽으로 고개를 돌리며 물었다. "이분은 누구셔?"

"코닐리어스야." 사이먼이 대답했다.

이본은 그쪽으로 몸을 돌렸다. "누구시죠, 코닐리어스 씨?"

"그냥 친구요." 코닐리어스가 대답했다.

그녀는 코닐리어스를 위아래로 훑더니 다시 질문했다. "돈은 어디다 쓰려고?"

"이분한테 드릴 게 아니야. 그냥 나를 돕고 계셔." 사이먼이 답했다.

"돕다니, 뭘?"

사이먼은 간단히 로코와 루서에 대해 설명했다. 자연스럽게 코닐리어스가 그와 잉그리드의 목숨을 구한 사실도 말했다. 사이먼은 이야기를 마치며 이본의 반박을 기다렸다. 그러나 아무 말도 되돌아오지 않았다.

"좀 멀리 가 있어." 이본이 말했다. "내 계좌에서 찾아올 테니까."

사이먼은 나중에 갚겠다고 말하고 싶었지만 이본은 잉그리드의 동생이다. 그런 말은 이본의 화만 돋울 뿐이므로 조용히 고개만 끄덕였다. 이본이 안으로 들어가자, 사이먼과 코닐리어스는 은행 앞에서 어슬렁거리는 것처럼 보이지 않도록 살짝 걸어 내려갔다.

"이제 얘기를 좀 나눌 수 있겠소." 코닐리어스가 말했다.

사이먼은 그동안 있던 일을 들려주었다.

"너무 복잡하군." 이야기를 마치자 코닐리어스가 말했다.

"그렇죠." 사이먼이 물었다. "왜 저희를 도와줬죠, 코닐리어스?"

"그러지 말아야 할 이유라도?"

"진지하게 묻는 거예요."

"나도 진지하오. 현실에서 영웅이 될 기회는 흔치 않소. 기회가 왔을 때 올라타야지."

코닐리어스는 생각할 필요도 없는 간단한 문제라는 듯이 어깨를 으쓱거렸다. 사이먼은 그냥 그럴 수도 있겠다고 생각했다.

"고맙습니다."

"잉그리드 때문이기도 했소. 나를 친절하게 대해줬으니."

"잉그리드가 깨어나면 당신이 한 일을 말해줘야겠어요. 그래도 괜찮다면요."

"뭐, 괜찮다오." 코닐리어스가 대답했다. "내가 준 총 아직 가지고 있소?"

"네. 필요할까요?"

"알 수 없소. 그럴 일이 있을 거라고 생각하긴 싫지만, 그래도 대비는 해야 하니까."

"무슨 뜻이죠?"

"수천 달러를 가지고 맨몸으로 들어갈 수는 없다는 뜻이오."

"알겠어요."

"또 한 가지." 코닐리어스가 말했다.

"뭐죠?"

"나를 먼저 죽는 흑인 친구로 만들지 마시오. 영화에서 그렇게 나오는 거 진짜 싫어하니까."

사이먼은 몇 달처럼 느껴진 며칠 사이, 처음으로 소리 내어 웃었.

코닐리어스의 휴대전화가 울렸다. 그는 한쪽으로 물러섰다. 이본이 은행에서 나와 현금을 건네줬다. "9,605달러야."

"금액이 왜 그래?"

"네 돈이랑 같은 액수면 안 되잖아. 컴퓨터가 못 찾게 하려는 의도도 있고. 605, 65. 6월 5일. 그날이 무슨 날인지 알아?"

사이먼은 알고 있었다. 사이먼의 대자이자 이본의 첫째 아들, 드루의 생일이다.

"너에게 행운을 가져다줄 거야." 이본이 말했다.

코닐리어스가 돌아왔다. "로코 전화요."

"무슨 일로?" 사이먼이 물었다.

"두 시간 내로 내 아파트로 온다고. 루서를 찾아야 한다고 하는군."

코닐리어스는 사이먼과 이본이 잉그리드의 병실에 올라간 사이 병원 밖에서 기다렸다. 두 사람은 샘에게 안부를 물었다. 로코가 코닐리어스에게 신호를 줄 때까지, 그렇게 세 사람은 한 시간이 넘도록 침상 곁에서 기다렸다. 병원 교대 시간이 되자 규정에 까다로운 간호사가 들어왔다. "보호자는 한 번에 두 명까지만 허용됩니다. 교대로 들어오시는 게 어때요? 복도 끝에 대기실이 있어요."

샘이 자리에서 일어섰다. "저는 어차피 책 좀 봐야 해서."

"학교로 돌아가는 편이 낫겠어. 엄마도 그걸 원하실 거다." 사이먼이 말했다.

"그럴지도요. 하지만 제가 싫어요. 여기 있고 싶어요." 샘이 말했다.

샘은 돌아서서 병실을 나섰다.

이본이 말했다. "저런 애는 드물 거야."

"그렇지." 사이먼이 화제를 바꿨다. "오늘 페이지를 가르친 교수를 만났어."

"어?"

"페이지가 교내에서 강간을 당했을 수도 있다고 생각하던데."

이본은 아무 말도 하지 않았다. 그녀는 잠자코 병상에 누워 있는 잉그리드를 응시했다.

"내 얘기 들었어?"

"응. 들었어, 사이먼."

그는 무슨 말이라도 하길 기다리며 이본 얼굴을 바라보았다. "잠깐만, 알고 있었어?"

"나는 걔 대모야. 페이지는 나한테 그런 말을 곧잘 했어."

사이먼의 얼굴이 벌겋게 달아올랐다. "그런데 나한테 알리지 않았다고?"

"그러지 말아달라고 했어."

"드루가 심각한 문제로 나한테 와서 엄마한테는 말하지 말아달라고 한다면……."

"약속을 지켜주길 바라." 이본이 말했다. "나는 아이의 대부로 널 선택했고, 나나 로버트에게 말 못 할 일이 생겼을 때도 드루가 이야기할 사람이 있길 바라니까."

지금 이 일로 논쟁할 상황이 아니었다. "그래서 어떻게 했어?" 사이먼이 물었다.

"페이지가 상담받을 수 있게 해줬어."

"아니, 내 말은 강간범은 어떻게 했냐고."

"말하자면 길어."

"농담해, 이본?"

"페이지는 자세한 상황을 기억하지 못했어. 남자가 뭘 건네줬다는 것 같기도 하고, 나도 잘 몰라. 며칠 동안 신고도 하지 않았어. 그래서 성폭행 검사도 크게 도움이 안 됐지. 상담은 도움이 됐다고 생각해. 아주 천천히 기억해내려고 노력했으니까."

"그 개자식한테 책임을 묻는 건?"

"나도 그러자고 했어. 하지만 페이지가 준비가 안 됐어. 기억이 없었으니까. 관계할 때 동의를 했는지조차 확실치 않다고 했어."

이본은 사이먼의 다음 질문을 저지하려고 손을 들었다. "엉망이었어, 사이먼."

그는 고개를 저었다. "나한테 말을 했어야지."

"페이지한테 그러자고 애걸했어, 나도. 나까지 차단한 다음에도. 그런데 어느 순간부터 나한테도 아예 말을 하지 않았어. 이제 괜찮다고만 하더라. 잘 해결됐다고. 무슨 일이 일어난 건지는 모르겠어. 페이지가 내 전화를 받지 않기 시작했고, 에런이라는 남자가 나타나서……."

"그런데도 우리한테 숨긴 거야? 애가 그렇게 엇나가고 있는데 말 한마디 안 하다니."

"너한테는 한마디도 안 했지."

사이먼은 이본이 하는 말을 믿을 수 없었다. "그럼 잉그리드는?"

뒤에서 문 두드리는 소리가 들렸다. 사이먼은 그쪽으로 고개를 돌렸다. 코닐리어스가 문을 열고 얼굴을 내밀었다.

"갑시다." 그가 말했다. "로코가 기다리고 있소."

36

애시는 크로스 브롱크스 고속도로에서 빠져나와 메이저 디건 고속
도로를 탔다.

"이것도 염두에 둬야 하지 않을까?" 애시가 말했다. "열네 명의 아
들 중에 자기 DNA를 유전자 사이트에 보낸 사람이 더 있을 수도 있
잖아."

디디는 문자를 보려고 다시 휴대전화를 꺼내며 고개를 끄덕였다.

"그러면 어떻게 돼?"

"진리는 일주일도 못 버틸 거야. 법이 어떻게 되는지는 잘 모르지
만, 상속 절차가 시작되면 이의를 제기하기 힘들어."

"누군가는 결국 이 사건에 대해서 알게 될 거야." 애시가 말했다.

"어떻게?"

"그의 아들 중 다른 누군가가 시스템에 자기 유전자를 입력한다고
해봐."

"응."

"자기한테 형제가 서너 명이 있다는 사실을 알게 돼. 그런데 전부 죽었어."

"그렇지. 하나는 강도사건으로. 하나는 자살해서. 또 하나는 단순 실종. 자발적인 걸 수도 있고. 다른 하나는 어떻게 해야 하나? 잘 모르겠네. 약에 취한 노숙자한테 칼에 맞아야 하나? 그런데 그것도 자기 형제들을 추적할 수 있을 때나 가능한 얘기지. 쉽지 않을 거야. 일단 죽은 다음에도 계정이 살아 있어야겠지. 새로 나타난 아들이 죽은 이복형제들에게 이메일을 보내야 하고. 그래 봤자 형제들 답장은 없을 거야. 아마 거기서 그만두겠지. 혹시라도 거기서 더 파고들어 연결 고리를 찾아내고, 어찌어찌해서 여러 주의 사법기관들이 이 오래된 사건을 가지고 협력한다 치자. 뭘 찾아낼 수 있을 것 같아?"

디디는 이 가능성도 생각해둔 것이다.

"애시?"

"아무것도 못 찾겠지." 애시가 대답했다.

"맞아. 그러니까…… 잠시만."

"뭔데?"

"사이먼 그린한테 문자가 왔어."

우리가 처음 만난 코닐리어스의 아파트로 가고 있어요. 단서를 찾을 수 있을지도 몰라요. 그쪽은 어떻게 돼가나요?

"코닐리어스에 관해 아는 거 있어?" 애시가 물었다.

"전혀."

"상황이 좋지 않네."

"괜찮을 거야."

"그런데 성모 아디오나는 왜 그랬을까?" 애시가 물었다.

"그건 나도 몰라."

"너를 믿지 말라고 했어."

"그런데 믿잖아."

"그렇지."

디디는 애시를 향해 미소 지었다. "그 여자 생각은 나중에도 할 수 있지 않을까?"

그들은 브롱크스 모트 헤이븐에 있는 콘크리트 벽 앞에 차를 세웠다. 두 사람 다 총을 가지고 있었다. 칼도 챙겼다. 이번 사건은 칼에 찔린 것처럼 보여야 했다. 이런 사건은 길바닥 마약상 간의 패싸움에서 흔하게 일어난다고 애시는 생각했다.

차 문을 열고 밖으로 나가려 하는데 갑자기 디디가 부르는 소리가 들렸다. "애시?"

그 말투가 애시를 멈칫하게 했다. 그는 디디를 보았다. 그녀는 턱으로 앞 유리창 너머를 가리키더니, 휴대전화를 들어 PPG자산운용 사이트에서 캡처한 사진 한 장을 들어 보였다.

"이 남자 맞지, 응?" 디디가 물었다.

애시는 사진을 들여다보았다. 의심할 여지가 없었다. 사이먼 그린이 건물로 들어가고 있었다.

"같이 있는 남자는 누구야?"

"내가 맞춰볼까? 코닐리어스야."

디디는 고개를 끄덕였다. "이번 건은 칼로 가면 안 되겠어, 애시."

"알겠어."

디디는 뒷자리에 있는 무기 가방을 힐끗 보았다. "총기 난사로 가는 게 어떨까?"

＊

로코는 가늠하기 힘들 정도로 체구가 컸다. 그의 거대한 몸은 볼 때마다 온전히 새롭게 사이먼을 압도했다. 코닐리어스의 아파트로 로코가 걸어 들어올 때 사이먼 귀에는 《잭과 콩나무》에서 거인이 부르는 '피 파이 포 펌' 하는 노래가 들리는 것 같았다.

로코는 책장을 둘러보았다. "이걸 다 읽었다고, 코닐리어스?"

"다 읽었지. 자네도 읽어보게. 독서는 공감 능력을 길러주니까."

"정말?" 로코는 책장에서 책을 한 권 뽑아서 휘리릭 하고 넘겼다. "5만 달러는 가지고 왔나, 그린 씨?"

"내 딸은 데리고 왔나?" 사이먼이 받아쳤다.

"아니."

"그럼 5만 달러는 없는 거지."

"루서는 어디 있나?" 코닐리어스가 물었다.

"진정해, 코닐리어스. 근처에 있으니까." 로코가 휴대전화를 들었다. "루서?"

휴대전화의 작은 스피커를 통해 목소리가 흘러나왔다. "나 여기 있어, 로코."

"그대로 대기해." 로코가 말했다. "우리 친구가 돈이 없다네."

"돈 있어." 사이먼이 끼어들었다. "5만은 아니야. 네 말이 딸을 찾는 데 도움이 되면 그때 줄게. 약속해."

"약속?" 로코의 웃음은 커다란 몸집에 걸맞았다. "그렇다면 뭐야, 나는 그냥 당신을 믿어야 하는 거네. 당신네 백인은 믿을 만한 사람이 니까?"

"그런 말이 아니야." 사이먼이 말했다.

"그럼 뭔데?"

"나는 아버지니까."

"어이쿠." 로코가 사이먼을 향해 손가락을 놀렸다. "내가 감동이라도 받을 줄 알았나 보지?"

사이먼은 아무 말도 하지 않았다.

"나를 감동시킬 수 있는 건 현금뿐이야."

사이먼은 커피 탁자에 현금을 내려놓았다. "1만 달러 정도 돼."

"그걸로는 모자라는데."

"짧은 시간 동안 구할 수 있는 건 이게 전부야."

"그럼 어쩔 수 없네."

코닐리어스가 끼어들었다. "이보게, 로코."

"더 줘야겠어."

"더 줄게." 사이먼이 말했다.

로코는 꽤 망설이는 눈치였다. 그러나 커피 탁자 위 현금이 그를 부르고 있었다. "그럼 이렇게 하지. 일단 내가 먼저 얘기해줄게. 꽤 중요한 거야. 하지만 루서는…… 루서, 아직 안 끊었지?"

휴대전화에서 소리가 났다. "어."

"좋아, 넌 거기 있어. 이 사람들이 무슨 수작을 부릴지 모르니까. 보험이라고 치지." 로코는 하얀 이를 드러냈다. "내가 말하고 나면 루서한테 이리로 오라고 할 거야. 녀석은 더 큰 걸 가지고 있거든."

코닐리어스가 말했다. "그리하지."

로코가 현금을 집어 들었다. "페이지를 본 사람이 있어."

사이먼은 심장박동이 빨라졌다. "언제?"

로코는 지폐를 세기 시작했다. "에런이 죽고 나서 이틀 후. 계속 이쪽에 있던 것처럼 보였대. 숨어 있었나, 그건 잘 모르겠어. 6호선을 타고 가더래."

6호선. 가장 가까운 지하철 노선이다.

"꽤 확실하대." 로코는 계속 돈을 셌다. "확실한 건 아니야, 꽤 확실한 거지. 하지만 다른 녀석이 걜 본 건 확실해. 의심할 필요 없어."

"어디서?" 사이먼이 물었다.

로코는 돈을 다 세더니 인상을 구겼다. "1만 달러도 안 되잖아."

"내일 1만 더 줄게. 페이지를 어디서 봤대?"

로코는 코닐리어스를 보았다. 그는 고개를 끄덕였다.

"오소리티."

"버스터미널?"

"그래."

"어디로 갔는지는 모르고?"

로코는 주먹에다 대고 기침했다. "이봐, 그린 씨. 그 질문에 대답해주지. 그리고 나서 루서가 나머지를 얘기해줄 거야. 준비해, 루서. 5만이야. 더는 협상 없어. 왜 그런지 알아?"

코닐리어스가 말했다. "로코, 제발."

로코는 커다란 손을 양옆으로 펼쳤다. "루서 얘기를 듣고 나면 입막음용 돈을 더 얹어주고 싶어질 거야."

사이먼은 로코를 보았다. 둘 다 눈을 깜빡이지 않았다. 사이먼은 알 수 있었다. 로코는 진심이었다. 루서가 하려는 말은 엄청난 이야기인 듯했다.

"하지만 먼저 당신 질문에 대답하지. 믿을 만한 정보원에 따르면 당신 딸은 버펄로행 버스를 탔어."

사이먼은 버펄로에 그와 페이지가 아는 사람이 있는지 머릿속을 뒤져보았다. 아무도 생각나지 않았다. 물론 그 전에 내렸을 수도 있다. 그러나 뉴욕 주 북부에도 떠오르는 사람은 없었다.

"루서?"

"어, 로코."

"올라와, 알겠지?"

로코는 전화를 끊었다. 그는 코닐리어스를 보며 미소 지었다. "당신 맞지, 코닐리어스?"

코닐리어스는 대꾸하지 않았다.

"루서를 쏜 사람은 당신이야."

코닐리어스는 그저 그를 내려다보기만 했다. 로코는 낄낄대며 양손을 들어 올렸다.

"워, 걱정 마. 루서한테는 말 안 할 테니까. 하지만 알아둬야 할 게 있어. 루서는 루서 나름의 이유가 있었다는 걸."

"무슨 이유?" 사이먼이 물었다.

로코가 문을 향해 걸어가면서 말했다. "정당방위."

"무슨 소릴 하는 거야? 나는 쏘려던 게……."

"당신 말고."

사이먼은 멈칫하고 로코를 바라보았다.

"생각해봐. 루서는 당신을 쏜 게 아니야. 당신 마누라를 쐈지."

로코는 미소 지으며 문손잡이를 잡았다.

여러 가지 일이 한꺼번에 벌어졌다.

복도에서 루서가 고함을 질렀다. "로코, 조심해!"

로코는 본능적으로 문을 활짝 열었다.

그때부터 총알이 날아들었다.

37

오 분 전, 애시는 그라피티가 가득 그려진 문을 밀고 들어갔다.

그는 빈약한 조명이 달린 현관으로 들어섰다. 디디가 뒤를 따랐다. 그들은 무기를 꺼내지 않은 상태였다. 아직은 그럴 필요가 없었다. 그러나 만약을 대비해 무기에 손을 대고 있었다.

"사이먼 그린이 여기에 왜 왔을까?" 애시가 속삭였다.

"딸 만나러 온 거 아닐까? 내 생각이지만."

"그럼 엘레나 라미레스한테 보낸 문자에서는 왜 말하지 않은 거야? 왜 코닐리어스라는 사람 얘기만 한 거지?"

디디는 삐걱대는 계단에 발을 디뎠다. "나야 모르지."

"돌아가자. 좀 더 알아봐야겠어." 애시가 말했다.

"너나 돌아가."

"디디."

"아니야, 애시. 내 말 좀 들어봐. 엘레나 라미레스와 사이먼 그린은 암 같은 존재야. 지금 도려내지 않으면 더 퍼질 거라고. 신중하게 하고 싶어? 좋아. 그럼 차로 돌아가. 이 정도 처리할 만큼의 총알은 가지고 있으니까."

"너만 두고 갈 일은 없어." 애시가 말했다. "알면서."

작은 미소가 디디 입가에 번졌다. "또 성차별주의자처럼 구네?"

"너도 나를 두고 가지 않을 거잖아."

"그건 그래."

"여기 말이야." 애시가 말했다. "여길 보고 뭐가 생각났는지 알아?"

디디는 고개를 끄덕였다. "마셜 씨네 양조장. 김빠진 맥주 냄새."

애시는 디디가 그것을 기억한다는 사실에 놀랐다. 조조 마셜은 애시의 양아버지 중 한 명이었지, 디디네 아버지가 아니었다. 그는 애시에게 발효 일을 시켰다. 디디는 애시를 만나러 양조장에 몇 번 왔다. 애시와 마찬가지로 디디도 역한 냄새를 잊지 못했음이 분명했다.

애시가 계단을 오르기 시작했다. 한 번에 세 걸음씩 걸어 디디를 앞질렀다. 디디는 몸으로 가로막으며 안 된다는 눈길을 보냈다. 애시는 한 발 물러섰다. 계단에서는 누구와도 마주치지 않았다. 크게 틀어놓은 텔레비전 소리가 멀리서 희미하게 들려왔다.

그 외에는 아무 소리도 들리지 않았다.

디디가 계단을 올라가는 동안 애시는 2층 복도를 확인했다.

아무도 없었다. 다행이었다.

두 사람이 3층에 도착했을 때 디디는 애시를 돌아보았다. 그는 고개를 끄덕였다. 둘은 총을 꺼냈다. 누군가가 당장에라도 문을 열고 나올 것처럼 총구를 낮춘 채 옆구리에 바짝 갖다 붙였다. 이곳의 형편없는 조명으로는 두 사람이 스무 발 탄창을 낀 FN 파이브세븐을 들고 있다는 사실을 누구도 알아채지 못할 것이다.

그들은 B호로 향했다. 애시가 금속 문을 두드렸다.

두 사람은 준비했다.

대답이 없었다.

애시는 다시 한번 문을 두드렸다. 반응이 없었다.

"누군가는 집에 있을 텐데. 사이먼 그린이 들어가는 걸 봤잖아." 디디가 속삭였다.

애시는 금속 문을 유심히 살펴보았다. 침입 방지를 위해 달아놓았지만 솜씨가 아주 서툴렀다. 문만 금속이고 문틀은 나무였다.

건물의 다른 부분을 보고 미루어 판단하자면 그리 튼튼하지 않은 목재일 것이다.

애시는 총을 꺼내고는 디디를 향해 준비하라고 고개를 끄덕였다. 그는 나사가 박힌 나무 부분을 발로 힘껏 찼다.

나무는 말린 잔가지로 만들어진 것처럼 힘없이 떨어져 나갔다.

문이 열렸다. 애시와 디디는 안으로 돌진했다.

아무도 없었다.

싱글 매트리스 두 개가 바닥 양쪽에 놓여 있었다. 바닥에는 마른 핏자국이 있었다. 애시는 상황을 파악하고 무언가가 심각하게 잘못되었음을 인지했다. 그는 바닥을 내려다보며 허리를 숙였다.

"뭐야?" 디디가 속삭였다.

"노란 테이프."

"뭐라고?"

"범죄 현장이야."

"말이 안 되잖아."

근처에서 문 열리는 소리가 들려왔다.

디디가 빠르게 움직였다. 매트리스에 무기를 내던지고 밖으로 나가서 그나마 붙어 있던 문을 닫았다. 남자 하나가 집을 나서는 중이었다. 그는 이어폰을 끼고 있었다. 음악 소리가 커서 4, 5미터 떨어져 있는 디디에게도 들렸다.

그는 막 층계를 내려가려던 참이었다. 아직 디디를 보지 못했다. 디디는 남자가 이쪽으로 오지 않길 바라며 조용히 숨죽였다.

하지만 그는 디디를 발견했다.

그녀를 보고 이어폰을 뺐다.

디디는 환한 미소를 지어 보였다.

"안녕하세요." 디디가 인사를 건넸다. 간단한 인사였지만 그 인사에는 두 가지 의미가 있었다. "코닐리어스를 찾고 있어요."

"다른 층이에요."

"아?"

"코닐리어스는 2층에 살아요. 2층 B호."

"착각했네요."

"네."

그는 이쪽으로 다가오려는 듯 보였다. 달갑지 않은 일이었다. 디디는 뒷주머니에서 칼을 꺼낼 준비를 했다.

남자의 목을 그어야만 했다. 빠르고 조용하게.

그녀는 손을 내저었다. "고마워요. 그만 일 보세요."

남자는 다가오려다가, 그에게 잠재된 말초적인 무언가가 그냥 가는 편이 낫겠다고 말한 양 주춤했다.

"네." 남자가 자리에 멈춰 섰다. "그쪽도요."

그들은 얼마간 마주 보고 서 있었다. 그러다 남자가 몸을 돌려 황급히 계단을 내려갔다. 디디는 남자가 2층에 들러 코닐리어스에게 주의를 주지나 않을지 걱정하며 잠시 귀를 기울였다. 그러나 곧 1층에서 그라피티 가득한 문을 여는 소리가 들렸다.

남자가 사라지자 애시가 문밖으로 나와 디디에게 총을 건넸다. 그도 모든 것을 듣고 있었다. 두 사람은 조용히 계단으로 이동해 2층 B호로 향했다. 애시는 문에 귀를 갖다 댔다.

목소리가 들렸다. 여러 명이었다.

애시는 신호를 보냈다. 그들은 총을 준비했다. 계획은 단순했다. 급습해서 총기 난사. 안에 있는 사람은 아무나, 누구나 죽인다.

그는 열쇠 구멍 쪽으로 총을 겨눴다. 치밀할 필요가 없었다. 그러나 두 가지 일이 동시에 벌어졌다.

문고리가 돌아가기 시작했다.

복도 끝에서 한 남자가 소리쳤다. "로코, 조심해!"

"로코, 조심해!"

로코가 문을 열었을 때, 첫 번째 총성이 울렸다.

위험한 순간에 봉착하면 시간이 느리게 간다고 한다. 〈매트릭스〉에서 네오가 총알을 보고 피할 수 있던 것과 마찬가지다. 물론 그건 착각이다. 시간은 일정하게 흘러간다. 사이먼은 이러한 시간의 착각이 우리가 기억을 저장하는 방식 때문에 일어난다는 글을 읽은 적이 있다. 예를 들어 공포에 질린 순간처럼, 기억이 선명하고 농도가 짙을수록 사건이 오래 지속되었다고 인지하는 것이다.

나이가 들수록 시간이 빠르게 흐른다고 느끼는 이유 역시 설명할 수 있다. 어릴 때는 모든 경험이 새로워서 기억이 신선하고 깊게 각인된다. 시간이 느리게 가는 것처럼 느껴진다. 나이가 들수록, 특히나 틀에 박힌 일상에 갇힐수록, 새롭고 선명한 기억이 거의 생성되지 않아서 시간이 빠르게 간다고 느낀다. 어린 시절 여름방학 때 시간이 영원히 멈춘 것처럼 느껴지던 이유가 바로 그것이다. 어른들에게는 눈 깜짝할 만큼의 시간이다.

지금, 사이먼이 총알을 뚫고 울려 퍼지는 루서의 외침을 듣는 이 순간, 사이먼에게 시간은 끈적한 시럽처럼 느리게 흘러갔다.

로코가 문을 활짝 열어젖혔다.

사이먼은 로코의 바로 몇 미터 뒤에 서 있었다. 거인의 넓은 등과 어깨가 그의 시야를 가려 사이먼은 아무것도 볼 수 없었다.

하지만 총알 소리는 들을 수 있었다.

로코 몸이 진동했다. 몸이 살짝 들린 채 덜컹거렸다. 마치 죽음의 무도를 추는 것 같았다. 그는 뒷걸음질 치기 시작했다.

더 많은 총알이 와서 박혔다.

거대한 남자가 마침내 뒤로 넘어가자 건물이 흔들렸다. 로코는 눈을 뜬 채 아무것도 없는 천장을 응시했다. 가슴이 피로 물들었다.

이제 사이먼에게도 문간이 보였다.

두 사람이 있었다.

서른 정도로 보이는 남자가 왼쪽으로 돌아서며 복도를 향해 총알을 난사했다. 이제는 조용해진 루서가 있는 방향일 것이다. 남자보다 몇 살 어려 보이는, 짧게 자른 붉은 머리 여자는 로코 머리에 총구를 겨누고 두 발 더 발사했다.

그녀는 코닐리어스를 향해 총구를 들어 올렸다.

사이먼은 소리쳤다. "안 돼!"

코닐리어스가 몸을 움직였지만 충분치 않았다. 여자는 너무 가까이에 있었고, 그녀에게 너무 쉬운 과녁이었다.

그녀는 실수하지 않을 것이다.

사이먼은 여자가 총을 쏘기 전에 막아보려고 그녀를 향해 몸을 날렸다. 집중을 분산시키려고 소리도 질렀다. 코닐리어스에게 십분의 일 초라도 벌어줄 수 있길 바라면서.

여자가 방아쇠를 당기려는 순간, 사이먼이 문을 잡고 힘껏 밀었다. 문 가장자리에 그녀의 팔뚝이 부딪혔다. 여자의 조준이 흐트러졌다.

망설일 시간이 없었다.

중심을 잡은 사이먼은 여자의 손목을 잡으려고 문 옆으로 손을 뻗었다. 여자의 살갗이 손가락에 닿았다. 팔 언저리 어딘가인 것 같았다. 그는 그 부분을 꽉 움켜쥐었다. 여자를 거의 다 잡았는데, 함께 온 남자가 문 반대편으로 몸을 들이받았다.

문짝이 사이먼 얼굴을 가격했다. 그는 빙글빙글 돌기 시작했다.

그는 로코의 시신 위로 곤두박질쳤다.

여자는 집 안으로 들어와 코닐리어스에게 총을 겨눴다. 그는 비상 탈출구를 향해 달리면서 총을 찾아 주머니를 더듬거렸다.

그러나 너무 늦었다.

가망이 없었다.

사이먼은 시간이 느리게 흐르는 것인지 자기 두뇌 회전이 빨라진 것인지 알 수 없었다. 하지만 지금 그에게는 하나의 진실이 보였다.

그와 코닐리어스, 두 사람 모두가 생존할 방법은 없었다.

절대로.

사이먼에게는 선택의 여지가 없었다.

그는 넘어진 자리에서 문을 걷어차며 여자에게 가서 닫히길 바랐다. 여자는 너무나도 쉽게 닫히는 문을 한쪽 발로 잡았다. 사이먼이 할 수 있는 일말의 노력이었다. 여자가 더 들어오는 걸 막아보려는 빈약한 시도였다.

그래도 사이먼은 시간을 벌었다.

대학살을 막기에는 충분치 않은 시간이었다.

그러나 코닐리어스를 향해 몸을 날리기에는 충분했다.

그의 움직임은 여자를 놀라게 했다. 여자는 사이먼이 자기 쪽으로 오리라 예상했다. 하지만 그는 반대 방향으로 향했다. 생존과는 반대되는 선택이었다. 사이먼은 총알이 날아오는 길목에 자신을 내던졌다.

그는 총알과 코닐리어스 사이를 정확히 가로막았다.

그녀는 어찌 됐든 방아쇠를 당겼다.

총알이 왼쪽 허리춤을 파고드는 순간, 찌르는 듯한 통증을 느꼈다.

그는 멈추지 않았다.

또 한 발이 그의 오른쪽 어깨를 가격했다.

사이먼은 블라인드사이드에서 몸을 날리는 최종 수비수처럼 코닐리어스를 향해 몸을 날리며 친구의 허리를 팔로 감쌌다.

그는 코닐리어스를 창문으로 세게 밀어버렸다.

코닐리어스에게도 시간은 느리게 흐르던 게 분명했다. 그는 본능적 움직임을 거부하지 않았다. 세차게 미는 힘에 몸을 맡긴 채, 가까스로 총을 끄집어내며 뒤로 날아갔다.

두 남자는 뒤로 추락했다. 충격으로 창문이 산산조각 났다.

코닐리어스는 이제 총을 빼 들고 있었다. 그는 추락하는 와중에 사이먼 어깨 너머로 총을 발사했다.

총알이 퍼붓는 가운데 어딘가에서 남자가 투덜대는 소리가 들렸다. 여자가 비명을 질렀다. "애시!"

코닐리어스와 사이먼은 여전히 뒤엉킨 채로 비상 탈출용 계단으로 떨어졌다. 코닐리어스는 등으로, 그를 느슨하게 잡고 있던 사이먼은 그 위로 떨어졌다.

충격으로 코닐리어스는 총을 놓쳤다. 사이먼은 단단한 아스팔트로 수직 낙하하는 총을 바라보았다.

여자가 다시금 고통스러운 비명을 내질렀다. "애시! 안 돼!"

사이먼은 초점을 잃기 시작했다. 입안이 적갈색의 무언가가 가득했다. 사이먼은 그것이 피임을 깨달았다. 그는 가까스로 코닐리어스에게서 떨어져서 말을 하려고 노력했다. 도망치라고 말하고 싶었다. 붉은 머리 여자는 총에 맞지 않았다고, 곧 다시 올 거라고 말하고 싶었다.

하지만 말이 나오지 않았다.

그는 코닐리어스를 바라보았다. 코닐리어스가 고개를 저었다.

그는 사이먼을 남겨두고 떠나지 않을 것이다.

로코가 문고리를 돌린 후 지금 이 순간까지, 모든 것이 오 초도 안 되는 시간 동안 벌어졌다.

집 안에서 목이 찢어져라 통곡하는 여자의 원시적인 울음소리가 들려왔다.

이런 상황에서도, 생명력이 몸에서 빠져나가는 게 느껴지는 이 순간에도 사이먼은 여자가 곧 오리라는 사실을 알고 있었다.

가세요, 사이먼은 코닐리어스에게 그렇게 말하려 애썼다.

그는 가지 않을 것이다.

붉은 머리 여자가 다가오는 모습이 보였다. 총을 들고 있었다.

다시 한번, 선택의 여지가 없었다.

놀랍게도 사이먼은 남은 힘을 다해 코닐리어스를 비상계단 아래로 밀었다.

코닐리어스는 계단을 따라 굴렀다. 머리 발 머리 발 순서로 공중제비를 도는 것 같았다.

'아프겠네.' 사이먼은 생각했다. 몇 군데가 부러졌을지도 모른다.

하지만 죽지는 않을 것이다.

이제 다 끝났다고 사이먼은 생각했다. 사이렌 소리가 가까워지고 있었다. 그들이 도착했을 땐 이미 늦었을 것이다. 사이먼은 돌아누워 여자의 초록색 눈동자를 바라보았다. 그 안에서 약간의 자비 혹은 약간의 망설임을 볼 수 있기를 미약하게나마 바랐지만, 눈동자를 마주한 순간 자신이 마지막으로 품은 희망이 날아갔음을 깨달았다.

여자는 사이먼을 죽일 것이고, 그 사실을 즐기고 있었다.

여자가 창문 밖으로 몸을 내밀었다. 사이먼 머리에 총을 겨누었다.

그런데 다음 순간, 여자가 사라졌다.

누군가가 뒤에서 그녀를 창밖으로 밀었다. 비명이 들렸고 이윽고 아스팔트에 부딪히는 처참한 소리가 들렸다.

사이먼이 고개를 들자 다른 여자가 보였다. 빨간 줄무늬가 박힌 이상한 회색 유니폼을 입은 나이 든 여자였다. 그녀는 사이먼을 걱정스러운 눈길로 바라본 후, 비상계단으로 나와 지혈을 하려고 노력했다.

"다 끝났습니다." 여자가 말했다.

그녀가 누구인지, 페이지를 아는지 묻고 싶었지만 입이 피로 가득했다. 몸에서 기운이 빠지고 행동이 느려지는 게 느껴졌다. 눈알이 뒤로 넘어가는 것까지. 어둠이 내려앉는 사이, 사이렌 소리가 들려왔다.

"우리 아이들은 이제 무사할 겁니다."

그리고 아무것도 없었다.

38

한 달이 지났다.

세 번의 수술을 받고 잉그리드와 같은 병원에서 십팔 일 동안 누워 있었다. 모르핀 주사를 수도 없이 맞았고 이 주가 넘도록 물리치료를 받았다. 부상을 치료하는 데에는 통증과 손상이 수반되었다. 아마 남은 생을 절름발이로 혹은 지팡이에 의존하며 살아야겠지만, 생명에는 지장이 없었다. 이런 상황은 기묘하게도 엘레나 라미레스를 생각나게 했다.

염좌와 경미한 타박상만 입은 코닐리어스는 자리를 털고 일어났다. 로코와 루서는 총상으로 사망했다. 애슐리 '애시' 데이비스라는 청부 살인업자 역시 같은 죽음을 맞았다. 그의 파트너이자 사이비 종교 신도인 다이앤 '디디' 라호이는 머리부터 떨어져서 두개골이 깨지고 말았다. 아직 의식을 회복한 상태는 아니지만 앞으로도 그러지 못할 것으로 보였다.

여러 기관에서 사건을 하나로 취합하는 데 시간이 오래 걸렸다. 아이작 패그벤레이 형사는 사이먼에게 사건의 전말을 설명해주려고 노력했다. 진리의 안식처라는 사이비 종교와 비밀 입양, 청부 살인과 관련한 사건이었다.

세부 사항은 생각보다 끔찍했다.

설상가상으로 사이비 교주인 캐스퍼 바티지가 자연사했다. 두 아들은 결백을 주장하며 최고의 변호인단을 구성했다. 아마도 변호인단은 캐스퍼 바티지가 (차마 공개할 수 없는) 어떤 일을 꾸몄으나 당사자는 사망했고, 아들들은 아무것도 모른다고 주장할 것이다.

"놈들을 잡고 말 겁니다." 패그벤레이가 장담했다.

사이먼은 그렇게 자신할 수만은 없었다. 바티지의 만행을 가장 정확하게 진술할 수 있는 킬러 두 명은 증언능력을 상실한 상태였다. 경찰 측에서 믿고 있는 사람은 사이먼의 목숨을 구한 여자밖에 없어 보였다. 그녀는 자신을 성모 아디오나라고 밝혔다. 경찰은 그녀의 진짜 이름을 찾아내지 못했다. 그녀는 그렇게나 오래 사이비에 몸담고 있었다. 경찰은 그녀를 잡아둘 수 없었다. 사이먼의 목숨을 구한 것 외에는 어떤 범죄도 저지르지 않아서였다.

물론 다른 이야기도 있었다. 경찰은 불법 입양에 대해 눈치챈 엘레나 라미레스를 애시와 디디가 살해했다고 결론 내렸다. 디디가 모는 차에 엘레나가 올라타는 모습이 담긴 CCTV 영상을 찾은 것이다. 엘레나는 이후 빈 오두막으로 끌려가 살해당한 것으로 보였다. 시신은 아직도 찾지 못한 상태였다. 엘레나의 휴대전화에서 사이먼과 나눈 문자를 확인한 킬러들은 사이먼 역시 처리해야 한다고 생각했다. 여기서 끝이 아니었다. 에런 코벌을 비롯한 이복형제들이 어떻게 서로를 찾았는지, 아버지를 찾을 때까지 관계를 비밀에 부치기 위해 어떤 약속을 했는지, 헨리 소프라는 남자가 어떻게 친어머니의 행방을 찾았는지, 전 사이비 교도이던 그녀가 어떻게 바티지에게 맞서서 그를 고발했는지에 관한 이야기가 있었다.

그러나 페이지에 관해서만은 새로운 이야기가 없었다.

병원에 입원한 지 오 일째 되던 날, 심한 고통 속에서 최대치의 모르핀을 맞으며 버티던 중, 사이먼은 잠에서 깨어 반쯤 혼미한 상태로 침대 옆에 앉아 있는 성모 아디오나를 보았다.

"그 사람들이 아들들을 죽이고 있었어요." 그녀가 말했다.

사이먼도 아는 사실이었지만, 동기가 여전히 모호했다. 사이비에서 아이를 내다 판 과거 범죄 이력을 지우려던 것일 수도 있다. 아니면 남성 살해가 이상한 의식이나 신탁의 한 부분일 수도 있다. 이유를 아는 사람은 없어 보였다.

"저는 진리를 믿는 사람입니다, 그린 씨. 그게 저를 지탱해주지요. 저는 평생 그 안에서 진리의 종으로 살아왔습니다. 아들을 낳았고, 진리는 그 아들이 미래의 지도자가 될 거라고 했어요. 그 아이를 그렇게 키웠습니다. 그리고 또 다른 아들을 낳았습니다. 진리는 이 아들은 우리와 함께할 수 없다고 했죠. 저는 아이를 보내주었습니다. 다시는 못 볼 거라는 사실을 알면서도요."

사이먼은 진통제 때문에 몽롱한 가운데서도 그녀를 바라보았다.

"작년에 아들이 어떻게 자랐는지 알고 싶어서 유전자 사이트를 이용했습니다. 해를 끼칠 의도는 없었습니다. 그냥 알고 싶었을 뿐이죠. 정말 그냥." 여자는 말하다 말고 미소를 지었다. "제가 어떤 진실을 찾아냈는지 아시나요?"

사이먼은 고개를 저었다.

"아들 이름은 네이선 브래넌이에요. 휴 브래넌과 마리아 브래넌의 아들로 컸죠. 두 분 다 플로리다 주 탤러해시에서 일하는 학교 선생님이라고 하더군요. 아이는 플로리다 주립대학교를 우등으로 졸업했어요. 고등학교 때 만난 첫사랑과 결혼해 아들 셋을 낳았죠. 제일 큰 애가 열 살, 그 밑으로는 여섯 살짜리 쌍둥이예요. 그 아이도 학교 선생님이 되었답니다. 오 학년을 맡고 있고, 사람들 말에 따르면 좋은 사람이라고 하더군요."

사이먼은 일어나 앉으려고 해봤지만 약 기운 때문에 늘어져 있을 수밖에 없었다.

"그 아이는 저를 만나고 싶어했어요. 하지만 제가 거절했습니다. 그게 얼마나 어려운 일이었는지 상상하실 수 있나요?"

그는 고개를 저으며 가까스로 말했다. "아니요. 저는 못 합니다."

"하지만 아시잖아요. 저는 아들이 행복하다는 사실을 안 것만으로 충분했습니다. 그래야만 했죠. 진리가 원한 것도 그것이고."

사이먼은 성모 아디오나 쪽으로 손을 움직였다. 나이 든 여자가 그의 손을 잡아주었다. 두 사람은 거기에 그렇게 잠시 있었다. 어둠 속에서, 저 멀리 일렁거리는 병원의 소음 속에서.

"그런데 사람들이 제 아들을 죽이려 한다는 사실을 알아냈어요." 그녀는 마침내 사이먼을 내려다보며 눈을 맞추었다. "저는 평생을 믿음을 위해 저를 굽혀왔습니다. 하지만 이 일은…… 너무 많이 굽힌 나머지 부러지고야 말았죠. 무슨 말인지 이해하시나요?"

"물론이죠."

"그들을 막아야 했습니다. 누가 다치는 상황은 원치 않았어요. 하지만 선택지가 없었죠."

"고맙습니다." 사이먼이 말했다.

"이만 가봐야겠네요."

"어디로 가시나요?"

"진리의 안식처죠. 그곳은 아직도 저의 집이랍니다."

성모 아디오나는 자리에서 일어나 문으로 향했다.

"저기." 사이먼이 침을 삼켰다. "제 딸이요. 제 딸이 아들 중 한 명과 만나고 있었어요."

"그렇다고 들었습니다."

"그 아이가 실종됐습니다."

"그것도 들었습니다."

"좀 도와주세요." 사이먼이 부탁했다. "당신도 부모잖아요. 당신은 이해할 수 있잖아요."

"그렇습니다." 성모 아디오나가 문을 열었다. "하지만 더는 아는 것이 없습니다."

그렇게 그녀는 사라져버렸다.

일주일 뒤, 사이먼은 패그벤레이에게 사건 파일을 보여달라고 부탁했다. 사이먼을 불쌍히 여긴 패그벤레이는 그걸 묵인해주었다.

잉그리드는 조금씩 나아지는 듯했다. 희망의 빛이 보였다. 텔레비전에 나오는 것과 달리, 사람은 혼수상태에서 단번에 빠져나오지 못한다. 그 과정은 두 발짝 나아갔다가 한 발짝 물러서는 일과 같다. 잉그리드는 의식을 회복했고 예기치 않게 사이먼에게 두 번 말을 걸었다. 두 번 다 의식이 또렷한 상태였다. 하지만 그것도 일주일 전이었다. 그 이후로 달라지지 않았다.

총에 맞은 날 이후로, 사이먼은 여전히 풀리지 않은 가장 큰 문제에 계속 매달렸다.

페이지는 어디에 있는 걸까?

며칠이 지나고 몇 주가 지나도 답을 찾을 수 없었다.

답을 찾는 데는 꼬박 한 달이 걸렸다.

꽃

총에 맞은 지 한 달이 지나고 상태가 괜찮아졌을 때쯤, 사이먼은 오소리티 터미널로 향했다. 그리고 버펄로로 가는 버스에 올랐다. 눈에 보이는 무언가가 번뜩이는 생각을 불러일으키길 기대하면서 일곱 시간 내내 창밖을 응시했다.

아무것도 떠오르지 않았다.

버펄로에 도착한 사이먼은 터미널 근처를 두 시간이나 돌아다녔다. 근처를 몇 바퀴만 돌면 단서가 나오리라는 확신이 들었다.

그러나 아무것도 찾지 못했다.

아무래도 여행은 무리였는지 온몸이 쑤셨다. 사이먼은 버스에 올라 의자에 몸을 묻은 채, 다시 일곱 시간의 여정을 떠났다.

이번에도 창밖을 주시했다.

아무것도 나오지 않았다.

버스가 오소리티 터미널에 도착한 것은 새벽 2시가 다 된 시각이었다. 사이먼은 병원으로 가는 북행 노선을 탔다. 잉그리드는 아직 혼수상태였지만 중환자실에서 나와 일반 병실에서 지내고 있었다. 간이침대를 둘 수 있어서 사이먼은 그곳에서 아내와 함께 잤다. 어떤 날에는 샘과 애니아 때문에 집으로 갔지만 대부분은 오늘처럼 이렇게, 위싱턴 하이츠로 돌아와 아내의 이마에 입 맞추고 간이침대에서 잠을 청했다.

사이먼이 총에 맞은 지 한 달이 되는 오늘 밤, 병실로 돌아왔을 때 다른 누군가가 있었다.

불이 꺼져 있어서 침대 옆에 앉아 있는 실루엣으로 모습을 확인할 수 있었다.

사이먼은 문간에 얼어붙었다. 눈이 휘둥그레졌다. 손으로 입을 틀어막았다. 그럼에도 꾹꾹 눌러 담은 울음소리가 새어 나왔다. 다리가 풀렸다.

그때 페이지가 뒤를 돌아보았다. "아빠?"

사이먼은 울음을 터뜨렸다.

39

페이지는 아버지가 의자에 앉을 수 있도록 부축했다.

"오래는 못 있어요." 페이지가 말했다. "딱 한 달 됐어요."

사이먼은 정신을 차리려고 노력했다. "한 달 됐다니?"

"약 끊은 지요."

정말 그랬다. 사이먼의 눈에도 그렇게 보였다. 심장이 날뛰기 시작했다. 아이는 여전히 야위고 창백하고 어찌할 바를 모르는 것 같아 보였다. 그러나 눈에 초점이 돌아왔고, 제정신인 듯했다. 다시 눈물이 차올랐다. 이번에는 기쁨의 눈물이었다. 사이먼은 그마저도 다시 삼켰다.

"아직 완전히 끊은 건 아니에요." 페이지가 주의를 주었다. "아마 영원히 그렇겠죠. 그래도 나아지고 있어요."

"그럼 그동안 계속……."

"이런 일이 있었는지 전혀 몰랐어요. 거기선 전자기기를 사용하지 못해요. 가족, 친구, 바깥 세계와는 완전히 접촉을 끊어요. 그게 규칙이에요. 한 달을 아무 접촉도 없이 보내죠. 저한테는 그게 최선이었어요, 아빠. 마지막 기회이기도 했고요."

사이먼은 그냥 멍해지고 말았다.

"재활센터로 돌아가야 해요. 이해해주세요. 아직 현실을 마주할 준비가 안 됐어요. 딱 이십사 시간만 나갔다 오기로 했어요. 그것도 이런 응급 상황이라 가능했고요. 가야 해요. 이렇게 잠깐만 나와 있어도 갈망이 심해요……."

"가야지. 데려다줄게." 사이먼이 말했다.

페이지는 엄마가 누워 있는 침대 쪽으로 돌아섰다. "저 때문이죠?"

"아니야. 그렇게 생각하지 마." 사이먼이 말했다.

사이먼은 페이지에게 가까이 다가갔다. 아이는 부서질 것처럼 약했다. 너무나 약해서, 혹시나 페이지가 자신을 원망하고 죄책감을 가지고 그로 인해 다시 망각의 세계에 빠지지 않을까 걱정스러웠다.

"네 잘못이 아니야. 아무도 널 비난하지 않아. 엄마랑 아빠는 더더욱 그렇고. 알겠니?" 사이먼이 말했다.

페이지는 망설인 끝에 고개를 끄덕였다.

"페이지?"

"네, 아빠."

"무슨 일이 있었는지 아빠한테 말해줄 수 있니?"

"집으로 돌아갔을 때 에런이 죽어 있었어요…… 저는 곧바로 숨었고요. 경찰이 제가 에런을 죽였다고 볼 것이라 생각했어요. 에런한테 벌어진 일을 보기가 끔찍했어요. 한편으로는 에런이 없어졌다는 사실을 받아들였어요. 드디어 사라졌구나. 자유를 느꼈죠. 무슨 뜻인지 아시겠어요?"

사이먼은 고개를 끄덕였다.

"그래서 재활센터로 들어갔어요."

"거기는 어떻게 알았니?" 사이먼이 물었다.

페이지는 눈을 깜빡이다 다른 곳으로 시선을 돌렸다.

"페이지?"

"전에도 갔던 데예요." 페이지가 대답했다.

"언제?"

"센트럴파크에서 만날 날 기억해요?"

"당연하지."

"그 직전에 센터에 있었어요."

"잠깐만, 언제라고?"

"바로 직전이요. 중독 치료를 하려고. 정말 잘돼가고 있었어요. 제 생각이었지만. 그런데 에런이 찾아왔어요. 어느 날 밤 방으로 몰래 들어와서 잠든 제게 약을 놓았죠. 다음 날, 저는 에런과 함께 자취를 감췄고요."

사이먼은 머리가 빙빙 도는 것 같았다. "잠깐만, 공원에서 날 만나기 전에 재활센터에 갔다고?"

"네."

"이해가 안 가. 그 센터는 어떻게 찾아갔는데?"

페이지는 침대 쪽을 바라보았다.

사이먼은 믿을 수 없었다. "네 엄마가?"

"엄마가 절 데려갔어요."

사이먼도 잉그리드 쪽을 바라보았다. 그녀가 당장이라도 일어나 설명해주기라도 할 것처럼.

"엄마를 찾아갔어요." 페이지가 말을 이었다. "마지막 희망이었죠. 엄마가 이 시설을 알았어요. 오래전에 엄마도 거기 있었다고. 다른 데랑은 좀 다르게 치료한다고 했어요. 그래서 시도했죠. 잘 맞는 것 같았어요. 어쩌면 아니었는지도 모르죠. 다른 사람을 비난하기는 쉬우니까요. 아무튼……."

사이먼은 새로운 사실을 듣고 충격을 받았지만, 더 중요한 사실에 집중하려 노력했다.

페이지가 돌아왔다. 딸이 돌아왔다. 그리고 아이는 약을 끊었다.

사이먼은 최대한 조심스럽게 다음 질문을 했다. "널 도와주고 있다는 걸 엄마가 왜 말하지 않았을까?"

"제가 말하지 말라고 했어요. 그게 조건이었어요."

"왜 내가 모르길 바랐니?"

페이지는 사이먼을 향해 돌아앉았다. 그는 딸의 고통 어린 눈망울을 들여다보았다. 이렇게 아이를 바라본 적이, 눈을 들여다본 적이 얼마나 오랜만인지 생각해보았다. "아빠 표정이." 페이지가 대답했다.

"뭐라고?"

"제가 실패하거나 실망시켰을 때, 아빠 얼굴이, 그 실망하는 표정이……." 페이지는 말을 멈추고 머릿속을 비워내듯 고개를 흔들었다. "다시 실패하고 그 얼굴을 마주하면 자살하고 싶을 것 같았어요."

사이먼은 손으로 입을 틀어막았다. "세상에, 얘야."

"죄송해요."

"아니야. 그러지 마. 그렇게 느꼈다면 정말 미안해."

페이지는 신경질적으로 팔을 긁었다. 희미해지고는 있었지만 여전히 주삿바늘 자국이 보였다.

"아빠?"

"응?"

"이제 가야 해요."

"데려다주마."

그들은 가는 길에 집에 들렀다. 페이지가 동생들을 깨웠다. 사이먼은 세 남매가 짧지만 강렬하게 재회하던 순간의 황홀한 눈물을 휴대전화에 담았다. 잉그리드에게 틀어줄 생각이었다. 혼수상태에서 들을 수 있느냐는 중요하지 않았다. 잉그리드와 자신을 위해 이 영상을 두고두고 볼 생각이었다.

북쪽으로 다시 돌아가는 길은 꽤 멀었다. 사이먼은 개의치 않았다. 페이지는 몇 시간 동안 잠을 잤다.

사이먼은 몇 가지 생각과 함께 혼자 남겨졌다.

너무나도 많은 감정이 그를 스쳐 지나갔다. 페이지, 그것도 약을 끊은 페이지를 다시 보게 되다니, 기쁨과 안도감이 들었다. 이것이야말로 가장 중요한 감정이었다. 사이먼은 나머지 감정은 무시하려고 노력했다. 다음에 닥칠 일에 대한 걱정, 자신이 그런 반응을 해서 페이지가 그토록 끔찍한 감정을 느꼈다는 슬픔, 잉그리드가 그에게 엄청난 비밀을 숨긴 이유에 대한 혼란스러움 같은 감정 말이다.

어떻게 그럴 수 있었을까?

페이지를 시설에 데려갔다는 사실을 어떻게 말하지 않을 수가 있지? 공원에서 페이지와 마주치고 에런과 싸움박질한 다음에도 말하

지 않았다니. 페이지와의 약속을 지키는 일과는 별개의 문제다. 사이
먼도 약속에 대해서는 인정하지만, 부부 사이에 그럴 수는 없었다.

두 사람은 서로에게 모든 것을 이야기했다.

아니면 사이먼만 그렇게 생각했을 수도.

사이먼은 로코가 한 말, 어떻게 루서가 잉그리드를 쏘게 된 것인지
를 되뇌어보았다. 그때 페이지가 잠에서 깨어 물을 찾았다.

"컨디션은 좀 어때?" 사이먼이 물었다.

"괜찮아요. 거리가 꽤 멀죠. 버스 타고 가도 되는데."

"그런 일은 없을 거야."

사이먼은 피곤한 미소를 지었다. 아이는 그 미소에 답하지 않았다.

"시설에 와도 절 만날 수는 없어요. 앞으로 한 달은 안 돼요. 방문객
사절." 페이지가 말했다.

"알겠어."

"제가 걱정 끼치고 싶지 않다고 해서 나올 수 있던 거예요."

"고맙다."

그는 계속 차를 몰았다.

"어떻게 돌아가는 거야?" 사이먼이 질문을 던졌다.

"뭐가요?"

"첫 달이 끝나면 시설에서 가족한테 연락할 수 있게 해주는 거야?"

"네."

"무슨 일이 있었는지 다 봤니?"

페이지는 고개를 끄덕였다. "클리닉 상담사분이 뉴스를 봤대요. 그
분이 말씀해주셨어요."

"언제?"

"어젯밤에요."

"그럼 그동안은 상담사가 알면서도 말해주지 않은 거야?"

"제게 남은 유일한 기회였어요, 아빠. 완전히 격리될 수 있는 기회
요. 이해해주세요."

"이해해." 사이먼은 차선을 변경했다. "참, 집주인이던 코닐리어스
씨하고 친구가 됐어."

페이지는 사이먼 쪽으로 돌아앉았다.

"그분이 엄마 목숨을 구했어."

"어떻게요?"

그는 브롱크스에서 벌어진 일을 말해주었다. 페이지의 집에 찾아가
고, 코닐리어스를 만나고, 로코의 지하실에 간 것까지 모두 얘기했다.

"코닐리어스 아저씨는 저를 따뜻하게 대해주셨어요." 사이먼이 얘
기를 끝마쳤을 때 페이지가 말했다.

"에런이 죽기 이틀 전, 네가 얼굴에 피를 묻힌 채로 뛰쳐나갔다는 얘
기도 해줬어."

페이지는 사이먼을 등지고 창밖을 바라보았다.

"에런이 널 때렸니?"

"그때 한 번요."

"심각하게?"

"네."

"그래서 도망친 거구나. 경찰 말로는 그다음에 킬러가 와서 에런을
죽였다더구나."

"저도 그렇게 생각해요." 그렇게 말하는 페이지 목소리가 이상했다.
그는 딸아이 목소리에서 거짓말의 흔적을 느꼈다.

사이먼은 에런 코벌의 죽음에 관해 경찰이 제시한 이론에 틀린 부분이 있다고 생각했다. 그 이론은 깔끔하고 정확히 맞아떨어졌다. 거의 그랬다. 사이비 종교 단체가 불법 입양된 아이들을 죽이고 있었다. 에런 코벌은 아이들 중 한 명이었다. 그러므로 그는 그들의 타깃이었고, 애시와 디디는 사이먼까지 죽이려고 그곳에 돌아왔다.

하지만 사이먼이 그곳에 있다는 사실을 어떻게 알았을까?

사이먼은 모든 서류를 읽고 또 읽었다. 그는 통행 기록을 확인했고, 애시와 디디의 차가 병원 근처에 간 적이 없다는 사실을 발견했다. 그렇다면 그들은 사이먼을 쫓던 게 아니다.

그때 사이먼 눈에 무언가가 들어왔다.

목격자였다. 코닐리어스의 아파트 세입자인 엔리케 보애즈는 2층에 있는 코닐리어스의 집에서 총격이 있기 전, 3층에서 디디를 보았다고 증언했다.

왜? 그녀는 왜 3층에 갔을까?

경찰은 이 부분을 작은 모순, 별것 아닌 일로 취급했다. 모든 사건에는 앞뒤가 안 맞는 부분이 존재한다. 하지만 사이먼은 계속 그 사실이 신경 쓰였다. 그래서 그곳으로 찾아갔다. 코닐리어스와 함께 가서 엔리케에게 몇 가지 질문을 했다. 그리고 새로운 가능성을 가진 단서를 찾아냈다.

디디는 에런과 페이지의 방 앞에 서 있었다.

다시.

왜? 에런을 죽였다면 왜 그 방에 갔을까? 경찰이 돌아간 뒤 코닐리어스가 발견한 것처럼, 왜 들어가려고 문을 박차기까지 했을까?

앞뒤가 맞지 않았다.

전에도 온 적이 있다면 말이다.

"페이지?"

"네?"

"에런한테 맞고 나서 너는 뭘 했니?"

"도망쳤어요."

"어디로?"

"그게…… 작대기를 사러 갔어요."

대답을 들은 사이먼이 물었다. "엄마한테 전화한 게 아니고?"

침묵이 흘렀다.

"페이지?"

"아빠, 제발요……."

"엄마한테 전화했니?"

"네."

"엄마가 뭐라고 했어?"

"제가……." 페이지는 눈을 질끈 감았다. "엄마한테 제가 한 일을 얘기했어요. 도망쳐야 했다고."

"또 무슨 말을 했어?"

"아빠, 제발. 제발 더는 묻지 말아주세요."

"진실을 말하기 전까지는 안 돼. 페이지, 진실은 이 차 밖으로 새어 나가지 않을 거다. 절대로. 에런은 쓰레기였어. 놈을 죽인 건 살인이 아니다. 자기방어지. 놈은 너를 매일매일 죽이고 있었어. 널 중독시키면서. 네가 벗어나려고 했을 때조차 다시 찾아와서 약을 놨잖니."

페이지는 고개를 끄덕였다.

"무슨 일이 있었니?"

"그날 에런이 절 때렸어요."

사이먼은 다시금 분노에 잠식당할 것만 같았다.

"더는 견딜 수 없었어요. 하지만 멈출 수 있다는 걸, 자유로워질 수 있다는 걸 저도 알고 있었어요. 만약 그 사람만……."

"없다면 말이지." 사이먼은 페이지 말을 대신 마무리했다.

"공원에서 본 제 모습 기억나세요? 제가 무슨 꼴이었는지?"

그는 고개를 끄덕였다.

"저를 지배하고 있던 사람을 끊어내야만 했어요."

사이먼은 기다렸다. 페이지는 자동차 앞 유리 너머를 뚫어져라 응시했다.

"그래서, 그래서 죽였어요. 죽이고 피투성이로 만들었어요. 그리고 도망쳤어요."

사이먼은 그저 운전을 계속했다. 그는 운전대를 꽉 잡았다. 너무 힘을 줘서 대시보드에서 뽑혀 나오지 않을까 두려울 지경이었다.

"아빠?"

"너는 내 딸이야. 나는 널 끝까지 영원히 보호할 거야. 네가 자랑스럽다. 너는 해야 할 일을 한 거야."

페이지가 사이먼 쪽으로 조금 더 다가왔다. 사이먼은 한쪽 팔로 운전을 하면서 다른 팔로 딸아이를 안아주었다.

"하지만 네가 에런을 죽인 것 같지는 않구나."

사이먼에게 안긴 페이지의 몸이 뻣뻣해지는 게 느껴졌다.

"에런은 너를 때리고 나서 이틀 뒤에 살해당했어."

"아빠. 제발 그냥 넘어가요."

사이먼도 그럴 수 있기를 간절히 소망했다. "너는 엄마한테 전화를 걸었어. 네가 말한 대로. 그리고 도와달라고 했지."

페이지는 몸을 더 작게 움츠리며 사이먼을 파고들었다. 아이가 몸을 떠는 게 느껴졌다. 이렇게 몰아붙여도 되나 걱정됐지만, 반드시 끝까지 가야 했다.

"엄마가 그날 밤 나가 있으라고 했니?"

페이지 목소리는 아주 작았다. "아빠, 제발요."

"네 엄마는 내가 잘 알아. 나였어도 상황을 똑같이 받아들였을 거다. 우리가 너를 빼내 좋은 시설에 보내도 에런이 살아 있는 한, 둘 사이가 어떻게 꼬여 있는진 몰라도 놈은 너를 다시 찾아냈겠지. 너희 둘은 나는 절대 이해 못 할 방식으로 깊이 맺어져 있었어. 에런은 죽어 마땅한 기생충 같았고 말이야."

"그래서 죽인 거예요." 페이지가 말했다. 아이는 최대한 허세와 자신감을 담아 말해보려고 노력했다. 하지만 그저 밋밋하게 들렸다.

"아니야, 얘야. 네가 그런 게 아니야. 그래서 루서가 엄마를 쏜 거야. 그날 밤 엄마를 본 거지. 죽기 전에 나한테 그 말을 하려 했고. 확실하진 않지만, 루서는 잉그리드가 아파트에서 나가는 모습을 봤거나 죽이는 순간을 목격했어. 며칠 뒤 로코 근처에 있던 엄마를 봤을 때, 엄마가 로코 역시 죽이리라고 생각했겠지. 에런은 로코 밑에서 일했잖아, 그렇지? 그래서 루서가 총을 뽑아 든 거야. 그래서 내가 아니라 엄마부터 쏜 거라고. 정당방위를 계속 주장한 이유도 그것 때문이고."

패그벤레이가 처음부터 옳았다.

"오컴의 면도날이란 말, 들어보셨나요?"

"딱히 그럴 기분이 아닙니다, 형사님."

"그 뜻은……."

"무슨 뜻인지는 압니다."

"가장 간단한 대답이 정답일 가능성이 높다는 뜻이죠."

"그 간단한 대답이 뭐죠, 형사님?"

"당신이 에런 코벌을 살해했어요. 아니면 부인이 그랬거나. 누가 됐든 비난할 마음은 없습니다. 놈은 괴물이었으니까. 놈은 당신 딸을 천천히 중독시키고, 당신 눈앞에서 죽이고 있었죠."

패그벤레이는 잉그리드가 휴식 시간 동안 브롱크스에 갔을 수도 있다는 사실을 알고 있었다. 경찰은 병원을 나서는 그녀의 CCTV 영상을 가지고 있었다. 잉그리드는 타이밍을 잘 알았다. 그녀는 에런이 혼자 있을 때를 노렸다.

"페이지?"

"엄마가 에런을 죽이리라고는 생각 못 했어요."

페이지는 사이먼 품에서 벗어나 앉았다.

"집에 좀 일찍 돌아왔는데…… 엄마가 병원 수술복을 입고 있었어요. 피가 잔뜩 묻어 있었고, 아마 나중에 버렸겠죠. 엄마를 봤을 때 정말 기절할 것만 같았어요. 그래서 도망쳤고요."

"어디로?"

"다른 지하실이 있어요. 로코네 같은. 작대기를 두 개 사서 거기에 몇 시간을 누워 있었죠. 얼마나 오래 누워 있었는지는 몰라요. 깨어났을 때, 마침내 진실을 깨달았죠."

"어떤 진실?"

"엄마가 사람을 죽였다. 생각해보세요. 바닥을 치면 좋아진다고들 하잖아요. 엄마가 나 때문에 사람을 죽였다는 사실을 깨달으면, 거기가 바닥 중의 바닥이라는 것도 알게 되죠."

두 사람은 한동안 아무 말도 하지 않았다.

사이먼이 입을 열었다. "엄마는 왜 시설에 전화하지 않았을까? 네가 거기 갔을지도 모르는데?"

"아마 했을 거예요. 제가 아직 거기 가지 않았을 뿐이죠. 거기에 가기까지 며칠이 걸렸거든요."

그때쯤에 잉그리드는 혼수상태에 빠져 있었다.

"아빠?"

"왜 그러니, 얘야?"

"이제 이 이야기에 관해서 더는 묻지 않으실 거죠?"

사이먼은 그 결정에 대해 생각해보았다. "그럼."

"이 차 밖으로 새어나가지 않는 거죠?"

"절대로."

"엄마도 포함해서요."

"뭐라고?"

"엄마한테 아빠가 알고 있다고 말하면 절대 안 돼요. 그냥 잊어버려요, 우리."

40

지난 몇 주 동안, 잉그리드는 점차 좋아졌고 삶은 조금씩 나아졌다.
사이먼은 페이지의 부탁을 생각해보았다.

그들이 나눈 대화가 차 밖으로 새어나가면 안 될까? 아내가 사람을
죽인 사실을 모른 척하는 게 최선일까?

비밀과 함께 살아가는 삶이 최선일 수 있을까?

표면적으로 대답은 '그렇다'가 되어야 할 것처럼 보였다.

사이먼은 아내가 자신과 가족에게 돌아오는 모습을 지켜보았다.

잉그리드는 마침내 집으로 돌아올 만큼 회복했다.

몇 주라는 시간은 몇 달로 바뀌어 있었다.

몇 달이라니.

페이지 역시 좋아지고 있었다. 마침내 시설에서도 페이지가 집으로
돌아갈 수 있게 허락해주었다.

샘은 새 학기가 시작되자 애머스트 대학교로 돌아갔다. 애니아는
학교생활을 훌륭히 해내고 있었다. 사이먼도 출근하기 시작했다. 조

만간 잉그리드 역시 환자들을 돌볼 것이다.

삶은 평상시로 돌아온 것 이상이었다.

삶이란 멋진 것이다. 정말 그랬다. 멋진 삶을 살고 있다면, 잠자는 개는 건드리지 않는 편이 최선일 수도 있다.

삶에 웃음과 행복이 다시금 찾아왔다. 센트럴파크로 산책도 나갔다. 친구들과 저녁 식사도 하고 극장에서 영화를 보기도 했다. 사랑과 빛과 가족이 함께했다.

잉그리드와 사이먼은 페이지의 귀환을 두 팔 벌려 환영했다. 두 사람은 할 수 있는 모든 지원을 아끼지 않았다. 한편으로는 걱정도 도사리고 있었다. 에런이 페이지 몸속에 심어놓은 악령이 잠들고 약해졌다 할지라도, 여전히 안에 존재하며 언제든 튀어나올 준비를 하고 있었다.

악령은 영원히 죽지 않는다.

비밀도 마찬가지다.

문제는 바로 그것이었다. 온갖 좋은 일이 다시 찾아왔지만 비밀도 함께 찾아왔다.

어느 날 저녁, 잉그리드와 사이먼은 센트럴파크로 산책을 나섰다. 두 사람은 스트로베리 필즈에서 걸음을 멈췄다. 사이먼은 보통 이 길을 피해 다녔다. 비틀스의 목을 비트는 양 노래 부르던 페이지를 목격한 곳이다. 무슨 노래였더라? 기억조차 나지 않았다. 까맣게 잊어버렸다. 기억하고 싶지 않았다.

잉그리드는 벤치에 앉아보길 원했다. 평상시와 달리 사이먼은 벤치에 새겨진 글귀를 읽어보았다.

멋진 강아지, 저지를 위한 자리입니다

그 아이라면 아주 행복하게 이 벤치를 당신과 나누겠지요

잉그리드가 앞을 바라보며 말했다. "알고 있구나."

"응."

"왜 그랬는지 이해하지?"

사이먼은 고개를 끄덕였다. "이해해."

"페이지는 물에 빠져 죽어가는 사람 같았어. 살려고 물 위로 나올 때마다 에런이 낚아채서 물속으로 끌고 들어갔지."

"굳이 설명하지 않아도 돼."

잉그리드가 그의 손을 잡았다. 사이먼은 손을 꽉 쥐고 놓지 않았다.

"계획한 거지?" 사이먼이 말했다.

"페이지 전화를 받자마자."

"일부러 그렇게 끔찍하고 잔인하게 해놓았을 테고……."

"그렇게 하면 경찰은 마약사건이라고 생각할 테니까." 잉그리드가 말했다.

사이먼은 시선을 돌렸다가 다시 아내를 바라보았다. "왜 도와달라고 하지 않았어?"

"세 가지 이유가 있어." 잉그리드가 말했다.

"말해줘."

"첫 번째는, 당신을 보호하는 일이 내 의무라는 점. 당신을 사랑하니까."

"나도 당신을 사랑해."

"두 번째는, 만약 내가 잡히면 우리 둘 중 하나는 아이들을 키워야

하잖아."

사이먼은 웃을 수밖에 없었다. "아주 현실적인 이유네."

"그렇지."

"세 번째는?"

"당신이 나를 말릴 거라고 생각했어."

사이먼은 아무 대답도 하지 않았다. 과거의 사이먼이라면 에런 코벌을 살해하려는 계획에 동참했을까?

지금의 사이먼은 알 수 없었다.

"대담했어." 사이먼이 말했다.

"그랬지."

그는 아내를 바라보며 다시 한번 완전히 압도되는 감정을 느꼈다.

"나는 우리 가족을 사랑해." 잉그리드가 말했다.

"나도 마찬가지야."

잉그리드는 이전에도 수백 번 그랬던 것처럼 사이먼 어깨에 머리를 기댔다.

삶을 살아가면서 이토록 순수하게 행복한 순간은 많지 않을 것이다. 대부분의 경우, 행복이 끝나기 전까지는 그런 순간을 누리고 있다는 사실조차 모른 채 살아간다. 그러나 이 순간만은 그렇지 않았다. 바로 지금, 사랑하는 여자와 나란히 앉아 있는 이 순간이 순수한 행복의 시간이라는 사실을 사이먼은 알고 있었다.

잉그리드도 마찬가지였다.

행복이란 이런 것이다.

그리고 행복은 영원하지 않다.

에필로그

주립 경찰은 살인사건 발생 일 년 뒤 엘레나 라미레스의 시신을 발견했다.

시카고에서 장례식이 있었다. 사이먼과 코닐리어스는 장례식에 참석하기로 했다. 그들은 항공편을 이용하기보다는 직접 운전해서 가는 쪽을 선택했다. 중간에 들를 수 있는 신기한 박물관과 휴게소를 넣어 코닐리어스가 직접 경로를 짰다.

엘레나는 조엘 마커스라는 남자 곁에서 영면했다.

두 사람은 시카고 외곽의 한 호텔에서 하룻밤을 묵었다. 다음 날 아침 집으로 돌아오는 길에 사이먼이 물었다. "피츠버그에 잠시 들러도 괜찮겠어요?"

"문제 없소." 코닐리어스가 대답했다. 사이먼의 표정을 읽은 코닐리어스가 덧붙였다. "무슨 일 있소?"

"누굴 좀 만나려고요."

사이먼이 문을 두드리자 젊은 남자가 문을 열고 내다보았다. "더그 멀저?"

"그런데요."

멀저는 사건 후, 정서적으로나 신체적으로 회복되지 않아 랜포드 대학교로 돌아가지 못했다. 사이먼은 신경 쓰지 않았다. 혹은 매우 신경 썼을 수도 있다. 사적인 보복은 그것으로 충분했다.

"사이먼 그린이라고 합니다. 페이지의 아빠예요."

뉴욕으로 돌아온 사이먼은 코닐리어스를 내려주고 PPG자산운용 사무실로 향했다. 늦은 시각이었지만 이본이 아직 사무실에 있었다. 그는 이본에게로 가서 말했다. "잉그리드의 비밀이 뭔지 알겠어."

그날 저녁, 아파트 건물로 들어가는 길에 그를 위해 엘리베이터 문을 잡아주고 있는 수지 피스크를 만났다. 그녀는 환한 미소로 인사를 건네며 사이먼의 양 볼에 입을 맞췄다.

"잘 지내죠? 샘이 왔다면서요?" 그녀가 말했다.

"네, 방학이라 오늘 밤에 도착했다고 하더군요."

"집에 애들 셋이 다 있겠네요?"

"그렇죠."

"좋으시겠어요."

사이먼은 미소를 지었다. "좋아요."

"페이지가 뉴욕 대학교에 입학했다는 소식도 들었어요."

"네. 집에서 다닐 거예요."

"정말 잘됐네요."

"정말 고마워요, 수지. 이미 여러 번 말씀드린 건 알지만……."

"레드팜 식당 기프트카드도 주셨잖아요. 너무 비싼 걸 주셔서 벌써 네 번이나 다녀왔다니까요."

엘리베이터가 사이먼이 사는 층에 멈춰 섰다. 엘리베이터에서 내린 사이먼은 열쇠로 현관문을 열었다. 배드 울브스가 부른 '좀비Zombie' 가 부엌에 있는 블루투스 스피커를 통해 울려 퍼지고 있었다. 잉그리드가 코러스를 넣었다.

"왓츠 인 유어 헤드, 인 유어 헤드, 좀비……."

사이먼은 부엌 문틀에 기대섰다. 잉그리드가 돌아보며 미소 지었다.

"안녕." 잉그리드가 인사했다.

"안녕."

"여행은 어땠어?"

"좋았지." 사이먼이 말했다. "슬펐어."

"아들이 집에 왔답니다."

"그러게. 뭐 만들어?"

"나만의 아시아 스타일 연어 요리라고나 할까. 샘이 좋아하잖아."

"사랑해." 사이먼이 말했다.

"나도."

"페이지는?"

"자기 방에 있어. 오 분 내로 저녁 먹자, 알겠지?"

"응."

그는 복도를 따라 내려가 페이지의 방문을 두드렸다. 페이지가 대답했다. "들어오세요."

딸아이는 아직도 창백하고 야위고 황폐해 보였다. 시간이 그렇게나 흘렀지만 흔적이 사라질지 의문이었다. 잠을 설치는 밤과 땀방울, 악몽과 눈물과 함께한 시간이었다. 그것은 투쟁이었고, 페이지가 승리할지는 확률적으로만 알았지 사이먼도 확신할 수 없었다. 아마도 해낼 수 있을 것이다. 에런이 페이지에게 미친 영향과 그들의 기이하고 틀어진 유대 관계에 관해 사이먼은 늘 의문을 가졌다. 하지만 그것 역시 결국 단순할지도 모른다. 패그벤레이의 말처럼 말이다.

자식을 구하려고 놈을 죽인 거예요.

한 명의 중독자를 구하려고 놈을 죽인 거라고요.

"에런이랑 처음에 어떻게 엮였는지 이해가 안 돼." 사이먼이 입을 열었다. "그 부분을 아직 떨쳐내지 못하겠구나. 엘레나 라미레스가 헨리 소프의 유전자 검사 결과를 확인했었어. 에런을 포함해서 전부 이복형제였다고. 그런데 너도 검사를 받았잖아, 페이지."

"그랬죠."

"그래서 더욱 이해가 안 가더구나. 에런과 너의 연결 고리가 뭐였니? 어떻게 그렇게 끔찍한 사람을 사랑하게 된 거야?"

페이지는 서랍에서 후드티를 꺼내려다가 잠시 멈추고 기다렸다.

"브롱크스에 있는 아파트에서 의아한 점이 있었어." 사이먼은 얘기를 멈추지 않았다. "방에 싱글 매트리스가 두 개였지. 양쪽 벽에 하나씩." 사이먼은 양손을 펼쳤다. "보통 젊은 커플은 침대를 하나만 두고 같이 쓰지 않니?"

"아빠."

"괜찮다면 먼저 좀 들어주겠니? 오늘 피츠버그에 가서 더그 멀저를 만났어. 녀석이 너한테 저지른 일에 관해서 어느 시점에는 얘기해야 하니까. 상담받으면서 했을 수도 있지만."

"이미 했어요."

"잘했구나. 하지만 생각해보자. 녀석은 악랄하게 보복당했어."

"그건 잘못된 행동이었어요." 페이지가 대답했다.

"그럴 수도 있고, 아닐 수도 있지. 잘못을 따지자는 말이 아니야. 더 그는 스키 마스크를 쓴 남자가 자길 공격했다고 했어. 에런이 맞지?"

"네. 더그가 저한테 한 짓을 말하면 안 됐는데."

"왜 말했니?"

페이지는 아무 말도 하지 않았다.

"그 이유가 도무지 이해가 안 됐어. 그런데 멀저가 에런이 자신을 때리는 내내 소리친 말을 나한테 해주더구나."

페이지 눈에서 눈물이 흘렀다. 사이먼 눈에서도 눈물이 흐르고 있었다.

"아무도 내 동생은 못 건드려."

페이지의 어깨가 축 늘어졌다.

"유전자 검사를 받고 나서 에런이 오빠라는 사실을 알았지? 아빠 쪽은 아니고, 엄마가 같았지." 사이먼은 몸이 떨리는 걸 느꼈다.

시간이 좀 걸리기는 했지만, 페이지는 고개를 들어 사이먼을 바라보았다. "맞아요."

"이본과 이야기 나눴어. 엄마는 열일곱 살 때 해외에서 모델 일을 하지 않았어. 사이비 종교에 빠졌지. 거기 교주 때문에 임신을 했고. 그런데 사람들이 아이가 사산됐다고 말했지. 엄마는 그들이 일부러

아이를 죽였다고 생각해서 자살을 시도했어. 잉그리드의 가족, 그러니까 너희 할머니, 할아버지가 나서서 엄마를 붙들고 재활 시설에서 치료를 받게 했어. 너를 데리고 간 그곳에서 말이야."

페이지는 방을 가로질러 침대로 가서 앉았다. 사이먼도 그리로 가서 앉았다.

"처참히 망가져 있었어요." 페이지가 입을 열었다. "어렸을 때부터 아버지한테 학대당해서요."

"에런 말이니?"

페이지는 고개를 끄덕였다. "아빠는 제가 어땠는지 알아야 해요. 저는 학교에서 더그 멀저한테 성폭행당했어요. 그리고 유전자 검사를 받았죠. 인생 전체가 거짓말처럼 느껴졌어요. 길을 잃은 것 같았죠. 무섭고 혼란스러웠어요. 그런데 오빠가 생긴 거예요. 우린 몇 시간이고 얘기를 나눴어요. 성폭행 이야기도 했고요. 그래서 에런이 그런 짓을 한 거예요. 끔찍한 일이었지만 보호받는 느낌도 들었어요. 잘 모르겠어요. 그리고 에런이 저한테 약을 놨어요. 그건…… 좋았어요. 아니, 미치도록 좋았어요. 약을 하면 모든 일에서 벗어날 수 있으니까. 에런은 몇 번이고 약을 놔줬어요. 계속……." 페이지는 하던 말을 멈추고 눈물을 닦았다. "에런도 자기가 무슨 짓을 하는지 알았죠."

"무슨 뜻이니?"

"에런도 여동생이 생겨서 좋았나 봐요. 나를 잃고 싶지 않으니 중독시킬 필요가 있었죠. 그러면 자기를 버리지 못할 테니까. 그리고 아마도, 친엄마한테 복수하고 싶었나 봐요. 자기는 엄마가 버린 아이였으니까, 엄마가 버리지 않은 아이를 망가뜨리고 싶었던 것 같아요."

"이 얘기를 엄마한테 한 적 있니?"

"했어요." 페이지는 깊은숨을 들이쉬었다. "집으로 와서 엄마한테 물었어요. 아이가 있었냐고. 엄마는 아니라고 했죠. 저는 진실을 말해 달라고 매달렸어요. 엄마도 끝내는 무너졌고요. 사이비 종교에 빠진 때 이야기를 해줬어요. 끔찍한 인간 때문에 임신을 했지만 아이는 죽었다고."

이본의 말에 따르면, 잉그리드는 아직도 그렇게 믿고 있었다.

"엄마가 거짓말을 한다고 생각했어요. 상관없었어요. 그땐 이미 마약쟁이였으니까. 다음 작대기에만 관심이 있었죠. 그래서 엄마 보석을 훔쳐 에런에게 돌아갔어요."

구역질 나고 꼬인 그 관계는 피로 맺어져 있었다.

"바닥을 친다는 것이 어떤 의미인지에 관해 얘기했었지." 사이먼이 말했다. 가슴에서 단단한 무언가가 느껴졌다. 숨을 쉴 수 없었다. "너 때문에 엄마가 누군가를 죽였다고 말이야……."

페이지는 눈을 질끈 감았다. 모든 것이 눈앞에서 사라지길 바라는 사람처럼.

"엄마가 죽인 사람은 그냥 '누군가'가 아니었어……."

그들은 무엇이 다가오는지 알고 있었다. 페이지는 눈을 감은 채 다가올 충격에 대비했다.

"엄마는 자기 아들을 죽인 거야."

"말하면 안 돼요, 아빠."

사이먼은 고개를 저었다. 그는 잉그리드와 센트럴파크의 벤치에서 나눈 이야기를 기억했다. "더는 비밀은 없어, 페이지."

"아빠……."

"엄마는 에런을 죽인 사실도 털어놨어."

페이지는 천천히 고개를 돌려 사이먼을 마주했다. 사이먼은 그렇게 맑은 딸의 눈을 처음 본다고 생각했다. "이건 그런 종류의 비밀이 아니에요. 엄마를 망가뜨릴 거예요."

노래를 부르는 듯 가족을 부르는 잉그리드의 행복한 목소리가 문 너머에서 들려왔다. "저녁 다 됐어! 다들 손 씻어."

"말하면 안 돼요, 아빠."

"어떻게든 밝혀질 거야. 이미 알 수도 있고."

"엄마는 몰라요. 입양 기관에 기록이 남아 있지 않아요. 진실을 아는 사람은 우리뿐이라고요." 페이지가 말했다.

두 사람은 식탁으로 향했다. 다섯 명의 가족, 사이먼과 잉그리드, 페이지와 샘 그리고 애니아가 자기 자리에 앉았다. 샘은 정신과 수업에서 만난 별난 실험실 파트너에 관해 말했다. 재미있는 이야기였다. 잉그리드는 하도 웃어서 눈물까지 흘렸다. 그리고 사이먼을 바라보며 그들이 얼마나 운이 좋고 행복한지 말하는 듯한 표정을 지었다. 공원에서 보낸 그 시간을 기억하는지 묻는 듯한 표정이었다. 지금 역시 행복한 순간 중 하나일 것이다. 어쩌면 아이들과 함께하기에 어느 때보다 행복한 순간일 수 있다. 지금 그들은 온전한 행복의 순간 속에 있었고, 그 사실을 안다는 것 자체가 행운이었다.

사이먼은 식탁 맞은편에 앉아 있는 페이지를 바라보았다. 페이지도 사이먼을 바라보았다.

그들의 비밀도 이 자리에 함께였다.

사이먼이 말하지 않으면, 비밀은 언제나 그들과 함께할 것이다.

그는 무엇이 더 불행한지 생각해보았다. 영원히 비밀에 사로잡힌 채 살아가는 것과, 사랑하는 여자에게 자기 손으로 아들을 죽였다는 사실을 알려주는 것 중에 무엇이 더 불행할까.

대답은 분명해 보였다. 그 대답은 내일을 바꿀지도 모른다. 그러나 사이먼은 오늘 밤 자신이 해야 할 일이 무엇인지 알고 있었다.

루서가 잉그리드를 향해 총을 쐈을 때, 그는 총알을 막지 못했다. 그는 지금 그 총알을 몸소 막으려 한다. 얼마나 고통스러울지는 중요하지 않았다. 그는 아내의 아름다운 웃음소리에 귀를 기울였다. 그 웃음소리를 계속 듣기 위해서라면, 그는 자신이 어떤 대가라도 치르리라는 사실을 알았다.

그렇게 그는 엄숙히 맹세했다. 더는 비밀은 없을 것이다.

이번 한 번만을 제외하면.

옮긴이 **부선희**

고려대학교에서 정치외교학을 전공하고 전문번역가로 활동하고 있다. 옮긴 책으로《우먼 인 윈도》《달콤한 킬러 덱스터》《청바지 돌려 입기 2》등이 있다.

네가 사라진 날

1판 1쇄 인쇄 2023년 8월 11일 **1판 1쇄 발행** 2023년 8월 31일

지은이 할런 코벤 **옮긴이** 부선희
펴낸이 고세규
편집 백경현 박정선 **디자인** 지은혜
마케팅 이헌영 **홍보** 반재서 박상연

발행처 김영사
주소 경기도 파주시 문발로 197(문발동) 우편번호 10881
등록 1979년 5월 17일(제406-2003-036호)
구입 문의 전화 031)955-3100 **팩스** 031)955-3111
편집부 전화 02)3668-3289 **팩스** 02)745-4827 **전자우편** literature@gimmyoung.com
비채 블로그 blog.naver.com/viche_books
인스타그램 @drviche **트위터** @vichebook
ISBN 978-89-349-4428-7 03840 책값은 뒤표지에 있습니다.

비채는 김영사의 문학 브랜드입니다.